EDGAR NOSKE
Lohengrins Grabgesang

Buch

Kleve, im Frühsommer 1350. Auf dem Turnierfeld zu Kleve wird der grausam verstümmelte Leichnam der Wirtstochter Anna Zwerts gefunden. Der Mörder hat der jungen Frau das Herz herausgeschnitten. Die schaurigen Umstände ihres Ablebens schüren Gerüchte und Spekulationen. Handelte es sich bei der Tat um einen Ritualmord der Juden? Da der Täter nicht ermittelt werden kann, beschließt der Magistrat, alle beschnittenen Einwohner von Kleve zu suchen, und löst damit eine Hetzjagd aus. Ein fataler Beschluss für Marco di Montemagno, der als ehemaliger Liebhaber Annas zum Kreis der Verdächtigen gehört. Er beschließt, den Täter auf eigene Faust zu suchen, und bittet Annas Schwester Elsa um Hilfe. Dann geschieht ein weiterer Mord: Die junge Nehle Wannemeker wird ebenfalls mit herausgeschnittenem Herzen gefunden. Marcos und Elsas Bemühungen scheinen vergebens. Und als Marco nicht länger verheimlichen kann, dass auch er beschnitten ist, wird er als Täter in den Kerker geworfen. Alles scheint verloren, doch Elsa fleht in ihrer Not zum Allmächtigen, er möge Lohengrin zu Hilfe schicken. Und tatsächlich erscheint noch am selben Tag ein fremder Ritter in Kleve, der ihnen seinen Beistand anbietet ...

Autor

Edgar Noske, geboren 1957, studierte Italienisch, Geschichte und Philosophie, machte eine Lehre als Industriekaufmann und jobbte als Taxifahrer, Hilfskrankenpfleger, Aushilfskoch und Kellner. Außerdem betrieb er einige Zeit ein Geschäft für Hemden und Krawatten und war Vertreter für Masten von Flutlichtanlagen. Seit 1991 lebt er als freier Autor in Niederkassel.

Von Edgar Noske außerdem als Taschenbuch lieferbar:

Der Bastard von Berg. Ein Krimi aus dem Mittelalter (45631)
Der Fall Hildegard von Bingen. Ein Krimi aus dem Mittelalter
(45696)

Edgar Noske

Lohengrins Grabgesang

Ein Krimi aus dem Mittelalter

GOLDMANN

Umwelthinweis:
Alle bedruckten Materialien dieses Taschenbuches sind
chlorfrei und umweltschonend.

2. Auflage
Genehmigte Taschenbuchausgabe November 2004
Wilhelm Goldmann Verlag, München,
in der Verlagsgruppe Random House
Copyright © der Originalausgabe by
Hermann-Josef Emons Verlag, Köln
Ungekürzte Lizenzausgabe des gleichnamigen Romans
Umschlaggestaltung: Design Team München
Umschlagmotiv: Collage Corbis
Satz: DTP Service Apel, Hannover
Druck und Bindung: GGP Media GmbH, Pößneck
JE · Herstellung:Wid
Printed in Germany
ISBN-10: 3-442-45695-9
ISBN-13: 978-3-442-45695-6

www.goldmann-verlag.de

*»Nie sollst du mich befragen,
noch Wissens Sorge tragen,
woher ich kam der Fahrt,
noch wie mein Nam' und Art!«*
   Richard Wagner: Lohengrin

Kleve im späten Mittelalter

Für meinen Freund Klaus,
der mich einst den Tabakgenuss lehrte

und

für meinen Freund Achim,
dem ich verdanke, dass ich nicht mehr rauche.

Paris, November 1345
Seit zwei Wochen schüttete es ohne Unterlass, und der Regen legte den Bauzustand des Königspalastes auf der Île de la Cité schonungslos offen. Die Dächer waren löchrig wie alte Strümpfe, allenthalben drang Wasser ein. Von Stockwerk zu Stockwerk sickerte es durch, an einigen Stellen tropfte es sogar bis in den Keller. Da die Gefäße, die im Palast zur Verfügung standen, bei weitem nicht ausreichten, um all das Wasser aufzufangen, wurden in der Stadt Krüge und Kannen beschlagnahmt. Übertönt wurde das nervtötende Tropf-Tropf nur von der angeschwollenen Seine, die vor den Fenstern rauschte wie ein Wildbach.

Ein Wetter, das sich höchst nachteilig auf das seelische Befinden Seiner Majestät, König Philipp VI., auswirkte. Von Natur aus mehr der Dicht- und Sangeskunst zugetan, hatte er sich von den Staatsgeschäften seit jeher überfordert gefühlt. Erst recht, seit sein englischer Gegenspieler Edward III. vor sieben Jahren Anspruch auf den französischen Thron erhoben und damit einen zermürbenden Krieg heraufbeschworen hatte. Inzwischen reichte der nichtigste Anlass, um Philipp aus der Bahn zu werfen.

So hatte der erste Valois auf Frankreichs Thron sein Bett, seit der Dauerregen eingesetzt hatte, außer zur Verrichtung der Notdurft nicht mehr verlassen. Gleich nach dem Aufwachen begann er zu trinken, was ihn spätestens mittags zwang, das erste Mal seinen Rausch auszuschlafen. Im Laufe des Nachmittags erwachte er erneut, jedoch nur, um weiteren Wein in sich hineinzuschütten, woraufhin er meist noch vor dem Nachtmahl in den nächsten weingeistigen Tiefschlaf sank.

Seine Berater, allen voran Graf Henri de la Chapelle, seit der Thronbesteigung Philipps vor siebzehn Jahren der engste Vertraute des Königs und der gewiefteste Ränkeschmied bei Hofe, waren entsetzt. Gewiss, Seine Majestät waren schon immer wetterfühlig gewesen – schien die Sonne, gebärdete sie sich ausgelassen wie ein junger Hund, regnete es, verkroch sie sich winselnd unter der Bettdecke –, doch so arg wie diesmal war es noch nie gewesen. Der König war kaum ansprechbar, die gesamte Arbeit lastete auf de la Chapelles Schultern. Nicht dass dieser die Verantwortung gescheut hätte – Macht und Einfluss waren neben Hahnenkämpfen, an denen er sich mit seinen Tieren in den Gassen hinter St. Genevieve beteiligte, sein einziger Lebensinhalt –, aber er bevorzugte es, die Fäden aus dem Hintergrund zu ziehen, wohlwissend wie gefährlich es sein konnte, wenn man in vorderster Reihe stand.

Als de la Chapelle an diesem Morgen das königliche Schlafgemach betrat, in dem gleich zwei Kamine gegen Feuchtigkeit und Kälte anheizten, erkannte er auf den ersten Blick, dass irgendetwas vorgefallen sein musste. Statt wie gewöhnlich von dröhnendem Schnarchen empfangen zu werden, erwartete ihn Seine Majestät mit irrem Blick aufrecht im Bett sitzend. Was dem König an Haaren geblieben war, stand in alle Richtungen vom Kopf ab; das Gesicht war schweißnass. Das Frühstück, bestehend aus zwei Scheiben gebuttertem Brot und dem unvermeidlichen Krug Wein, war unberührt.

»Guten Morgen, Sire«, sagte de la Chapelle und deutete eine Verbeugung an. »Ich hoffe, Eure Majestät haben wohl geruht.«

»Wahnsinn«, murmelte Philipp. »Wahnsinn.«

»Pardon, Sire?«

»Wisst Ihr, wer hier war?«

»Wie könnte ich, Sire. Sprecht Ihr von der vergangenen Nacht? Hattet Ihr Besuch?«

»Er kam unangemeldet. Zuerst waren wir darüber erzürnt, aber dann ... Einfach Wahnsinn!«

»Verzeiht, Sire, aber wer hat Eure Majestät besucht – oder soll ich sagen – belästigt?«

»Onkel Gottfried, der Bruder unserer Mutter.« Zum ersten Mal blickte der König seinem Berater in die Augen. »Sagten wir das nicht?«

»Nein, Sire.« De la Chapelle streute ein Hüsteln ein. »Darf ich Eure Majestät daran erinnern, dass der von Ihr erwähnte Gottfried von Charney vor über dreißig Jahren verstorben ist?«

»Das wissen wir selbst. Deswegen waren wir ja auch so überrascht, als er plötzlich vor uns stand. Genau da, wo Ihr jetzt steht, de la Chapelle. Er hatte sich überhaupt nicht verändert. Vor allem sah man ihm nicht an, dass er auf dem Scheiterhaufen verbrannt ist.«

»Das ist ja erfreulich. Hatte Euer Onkel ein besonderes Anliegen?«

»In der Tat. Ihm war zu Ohren gekommen, wie misslich unsere Lage ist. Vor allem, welchen Geldmangel wir leiden. Da hat er uns seine Hilfe angeboten.«

»Oh!« So weit de la Chapelle wusste, war Gottfried von Charney bettelarm gestorben; sein gesamtes Vermögen hatte er seinerzeit in den Orden der Tempelritter eingebracht. »Euer Onkel hat Euch tatsächlich Geld angeboten, Sire?«

»Mehr als das, de la Chapelle. Weit mehr als das.«

»Gold?«

Philipp winkte seinen Vertrauten heran. Der senkte seinen Kopf und atmete gleichzeitig durch den Mund, da der König sich seit Anbeginn seiner Bettlägrigkeit nicht mehr gewaschen hatte.

»Den Schatz der Templer«, hauchte Philipp.

»Potztausend!« Für de la Chapelle stand nunmehr außer Frage, dass der König sich um den Verstand gesoffen hatte. Der sagenhafte Schatz der Templer war nicht weniger ein Hirngespinst als der Heilige Gral oder der Turm zu Babel. Nichts als eine Legende. Deshalb schwang in de la Chapelles anschließender Frage auch ein spöttischer Unterton mit. »Sagt bloß, Sire, Euer Onkel hat Euch verraten, wo der Schatz versteckt ist?«

»Schafskopf!«, blaffte Philipp. »Das kann er nicht, weil er es selbst nicht weiß. Aber er hat uns bestätigt, dass es ihn gibt, und das ist mehr, als wir bisher wussten. Und er hat uns gesagt, dass Philipp der Schöne nicht einmal eines Zehntels des Vermögens habhaft geworden ist, das die Tempelbrüder angehäuft hatten. Wisst Ihr, welche Reichtümer da auf uns warten? Jetzt müssen wir ihn nur noch finden. Das wird Eure Aufgabe sein.«

»Euer Vertrauen ehrt mich, Sire. Andererseits ...«

»Wie?«

»Nun ja, Sire, seit Generationen sind Gerüchte über diesen Schatz im Umlauf. Halb Frankreich wurde deswegen umgegraben, und was ist dabei herausgekommen? Nichts.«

»Ihr werdet ihn trotzdem finden. Erwähntet Ihr nicht erst in der vergangenen Woche, dass der Sekretär des letzten Großmeisters noch am Leben ist? Wie war doch gleich sein Name?«

De la Chapelle war verblüfft, dass der König sich daran erinnerte, er hatte den Mann nur beiläufig erwähnt. »In der Tat, Sire, der Mann heißt Jean-Batiste de Verne, Comte d'Amiens. Er sitzt noch immer im Kerker zu Reims und soll sich bester Gesundheit erfreuen. Wirklich erstaunlich nach all den Jahren.«

»Lasst ihn umgehend herschaffen und foltern. Wenn jemand etwas über den Verbleib des Schatzes weiß, dann er.«

Kein Zweifel, dem König war es ernst mit der Schatzsuche. Also galt es für de la Chapelle so zu tun, als messe auch er der Sache Bedeutung bei.

»Wenn einer, dann d'Amiens, da gebe ich Euch Recht, Sire. Jedoch weiß ich nicht …«

»Was gibt es da nicht zu wissen?«

»Ich habe meine Zweifel, ob sich jemand, der mehr als dreißig Jahre Kerker überstanden hat, von einer Sitzung auf der Streckbank beeindrucken lässt.«

»Wie wollt Ihr ihn sonst zum Reden bringen?«

»Wer sagt, dass er überhaupt reden muss, Sire?«

»Ihr feixt, de la Chapelle. Heraus mit der Sprache, was habt Ihr im Sinn?«

»Schenkt dem Comte d'Amiens die Freiheit, Sire. Sollte er das Versteck tatsächlich kennen, so wird er uns zu ihm führen. Entweder um den Schatz an sich zu nehmen, oder um sich zu vergewissern, dass er unangetastet ist.«

Philipp kniff die Augen zusammen und legte den Kopf schief. »Der Mann wird auf der Hut sein, wenn er nach dreißig Jahren plötzlich freigelassen wird. Von der Folter versprechen wir uns mehr.«

»Dann begnadigt ihn nicht, sondern ordnet an, dass ihm die Flucht ermöglicht wird. Wenn d'Amiens das Gefühl hat, aus eigener Kraft entkommen zu sein, wird er weniger Misstrauen hegen.«

»Ihr seid schlau wie ein Fuchs, de la Chapelle. Wir glauben, wir sollten Euch zu unserem Leibberater ernennen.«

De la Chapelle verneigte sich leicht. »Mit Verlaub, Sire, das bin ich bereits.«

»Wenn wir sie ein zweites Mal treffen wollten, muss unsere Entscheidung ja richtig gewesen sein. – Gelingen kann Euer Plan jedoch nur, wenn der Comte lückenlos überwacht wird. Nur die besten Männer kommen dafür in Frage. Ihr habt diesbezüglich alle Vollmachten.«

»Danke, Sire, ich fühle mich geehrt. Ihr könnt Euch auf mich verlassen. Wie immer.«

»Das weiß ich doch. Und damit Ihr nicht Gefahr lauft,

wortbrüchig zu werden, stellen wir Euch von Euren übrigen Pflichten frei. So könnt Ihr die Überwachung höchstpersönlich leiten.«

Eine fürchterliche Trockenheit befiel de la Chapelles Mundraum.

»Sire«, stammelte er. »Ich müsste Paris womöglich verlassen ... den Palast ... meine Hähne ... Euch.«

»Je schneller Ihr den Schatz gefunden habt, desto eher seid Ihr wieder da«, sagte Philipp und langte nach dem Weinkrug. »Und nun hinaus mit Euch, unser Frühstück wartet.«

Kleve, Juni 1350
Drückende Schwüle lastete auf der Stadt. Das war ungewöhnlich für den Juni, der sich meist durch angenehmes Wetter auszeichnete. Jedoch was war in diesem Jahr schon wie gewöhnlich, das Jahr, in dem nun auch der Niederrhein vom Schwarzen Tod heimgesucht wurde. Noch hatte die Geißel Kleve verschont, aber in Wesel, Xanten und Nimwegen starben die Leute bereits wie die Fliegen. Es war nur eine Frage der Zeit, bis es auch in der Stadt am Kermisdahl den ersten Pesttoten geben würde.

Die Nachricht vom Ausbruch der Seuche in Köln kurz vor Weihnachten und ihrem unaufhaltsamen Vorrücken gen Norden hatte Kleve Anfang Januar erreicht. In den ersten Wochen danach waren die Klever wie gelähmt gewesen, mit Frühlingsbeginn jedoch war es zu einem trotzigen »Jetzt-erst-recht« unter den Bewohnern der Stadt gekommen. Ein jeder wollte sein Leben genießen, noch einmal frohgemut sein, bevor die große Heimsuchung ihn womöglich dahinraffte. So soff und prasste man allabendlich, was Leber und Magen aushielten. Und das nun schon im dritten Monat.

Auch an diesem Abend, es war ein Freitag, platzte die Schankstube »Im Hemele« am Alten Markt aus allen Nähten. Um dem Andrang gerecht zu werden, hatten der Schankwirt Henrik Zwerts und seine Frau Margarethe weitere Tische und Bänke herbeigeschafft und vor dem Haus aufgestellt. So saßen die Leute denn auch unter freiem Himmel dicht an dicht und sorgten für satte Einnahmen.

Das Klingeln der Münzen im Beutel war jedoch nicht in den Ohren aller Familienmitglieder Musik. Elsa und Anna, die sechzehn- und siebzehnjährigen Töchter der Zwerts, konnten sich durchaus Angenehmeres vorstellen, als allabendlich kannenweise Bier und plattenweise Fleisch zu schleppen und sich dabei auch noch begrapschen zu lassen.

Heute war es besonders arg, was wohl auch am Wetter lag, das die Leute übermütig und reizbar machte. Anna, die zusammen mit ihrer Mutter bediente, fürchtete, ihre Kehrseite sei ein einziger blauer Fleck, so oft war sie von den Mannsleuten gekniffen worden. Da hatte es Elsa heute besser; sie besorgte das Kochen, während der Vater wie immer am Ausschank stand.

Die Sonne war bereits untergegangen, und Mücken und Motten umschwirrten die talggefüllten Lichtnäpfe, als Anna die Tür zur Küche rücklings aufstieß und einen Stapel irdener Bratenplatten hereinschleppte, auf denen nur noch Saftpfützen schwappten. Sie stellte ihre Last auf dem Hauklotz ab, auf dem der Vater nachmittags das halbe Schwein und die beiden Ochsenlenden zerteilt hatte. Obwohl nur noch ein Feuer brannte, herrschte in der Küche eine Gluthitze, die durchaus mit der des Feuers der ewigen Verdammnis mithalten konnte.

»Dafür, dass heute Freitag und Fischtag ist, haben sie ordentlich zugelangt«, sagte Anna, stützte die Hände in die Seiten und bog den Rücken durch. Anschließend betastete sie ihr Hinterteil.

»Was hast du?«, fragte Elsa, die mit einem armlangen Holzlöffel im Schwenkkessel rührte.

»Na, was schon? Die Kerle sind heute außer Rand und Band.« Anna lächelte schelmisch. »Besonders schlimm war's am Tisch der Ehrenwerten. Sogar Kaplan von Elten konnte seine Finger nicht bei sich behalten.«

»Anna! Doch nicht der Kaplan?«

»Ach, du Dummchen«, sagte Anna, umfasste ihre Schwester von hinten und legte ihr das Kinn auf die Schulter. »Er ist doch auch nur ein Kerl.«

Wange an Wange war die Verwandtschaft unverkennbar. Das dicke kastanienbraune Haar, die dunklen Augen und die hohen Wangenknochen hatten sie von ihrer Mutter, die von jenseits der Elbe stammte. Vater Henrik hingegen, käsig und flachsblond, war aus Holland und hatte ihnen lediglich sein Kinngrübchen vererbt, das Elsa sich verschandelt hatte, als sie als Kind mit dem Kinn aufs Pflaster geschlagen war. Dank der schräg verlaufenden Narbe sah das Grübchen seitdem wie durchgestrichen aus. Sonst unterschieden die Schwestern sich vornehmlich dadurch, dass Anna, obgleich zwei fingerbreit kleiner als ihre jüngere Schwester, sehr viel reifer wirkte. Ihre Gesichtszüge waren ausgeprägter, und ihre Figur war bereits die einer Frau. Kaum zu glauben, dass sie lediglich dreizehn Monate auseinander waren.

Anna küsste Elsa auf die Wange. »Tu mir einen Gefallen, Schwesterchen. Lös mich ab. Das Schlimmste ist ja überstanden, der Braten ist verputzt. Jetzt können sie bestenfalls noch Suppe bestellen. Es ist ja auch nur so lange, bis Hedwig kommt. Sie sollte schon längst hier sein.«

Hedwig arbeitete als Magd auf einem Hof am Sommerdeich am anderen Ende der Stadt und verdiente sich gelegentlich als Bedienung bei den Zwerts etwas dazu.

»Ich wusste gar nicht, dass Vater sie für heute bestellt hat.«
»Hat er auch nicht. Ich bezahle sie.«
»Du? Von deinem eigenen Geld?«

Anna ließ ihre Schwester los und drehte sich mit ausgestreckten Armen im Kreis. »Ist das nicht eine Schande? Das bisschen Freiheit, das ich habe, muss ich mir auch noch teuer erkaufen. Aber das ist es mir wert.«

»Du meinst: Er ist es dir wert.«

»Von wem sprichst du?«, fragte Anna und lachte.

»Von Marco, wem sonst«, sagte Elsa. »Du weißt, dass Mutter es nicht billigen würde, wenn du dich wieder mit ihm triffst.«

»Was Mutter sagt, kümmert mich nicht. Aber wie kommst du darauf, dass ich mich mit Marco treffen will?«

Elsa schlug die Augen nieder. »Ich hab euch gestern zusammen gesehen. Beim Fischhändler in der Großen Straße.«

»Schnüffelst du mir etwa hinterher?«

»Nein.« Elsa blickte wieder auf. »Mutter hatte vergessen, dir aufzutragen, auch Brot mitzubringen, und mich zum Bäcker am Kloster geschickt. Dabei habe ich euch gesehen.«

Anna trat vor ihre Schwester und strich ihr die schweißnassen Haarsträhnen aus dem Gesicht. »Sei ehrlich, Kleines. Bist du in den hübschen Lombarden verliebt?«

»Was geht dich das an?« Unwirsch suchte Elsa Abstand. »Aber wenn du es unbedingt wissen willst: Nein, bin ich nicht. Er ist zu alt für mich. Und außerdem ist er – schlechter Umgang.«

»Schade«, sagte Anna. »Wäre dir an ihm gelegen gewesen, ich hätte ihn dir überlassen.«

»Auf einen Kerl von deinen Gnaden kann ich verzichten!«, fauchte Elsa. »Wenn es so weit ist, werde ich mir schon einen rechten Mann zu nehmen wissen.«

»Du solltest damit aber nicht zu lange warten, sonst ergeht

es dir wie Tante Clothilde. Die war sich auch immer zu schade. Und nun ist sie eine alte Jungfer, die keiner mehr will.«

»Du kannst manchmal so gemein sein. Nur weil ich die Liebe ernster nehme als du.«

»Ich mein's doch nur gut mit dir. Genieße das Leben, solange noch Zeit dazu ist.« Anna dämpfte die Stimme, obwohl sie allein waren. »Bürgermeister van der Schuren sagte eben, die Pest wüte jetzt schon in Goch.«

»Gütiger Himmel!« Elsa schlug das Kreuz. »Dann sind wir ja vom Schwarzen Tod eingeschlossen.«

»Aber noch leben wir. Such dir einen netten Burschen und träum nicht länger von einem Sagenprinzen wie dem Lohengrin. Denn bevor der kommt, kommt der Schwarze Tod.«

»Ich weiß, ich weiß«, sagte Elsa. Das hatte sie nun schon oft genug gehört. »Außerdem ist der Lohengrin ohnehin nur eine Erfindung unseres Grafen, weil er sich über die wahre Abstammung seines Geschlechtes im Unklaren ist.«

»So ist es«, äffte Anna Elsas Tonfall nach und lachte dann auf. »Kann ich gehen? Vor dem ersten Hahnenschrei bin ich auch zurück.«

»Bist du nun mit Marco verabredet oder nicht?«

»Aber ja doch. Was ist also?«

»Was soll ich sagen, wenn die Eltern fragen, wo du bist? Du weißt, dass ich nicht gerne lüge.«

»Erzähle ihnen von mir aus die Wahrheit, mir ist es gleich.«

»Geh nur. Dich kann man ja ohnehin nicht halten.«

Anna band ihre Schürze ab, hauchte Elsa einen Kuss und ein »Lieb von dir!« auf die Wange und war durch die Hintertür wie ein Wiesel.

Als Elsa ihren ersten Krug Wein zum Honoratiorentisch trug, vermied sie es vorsichtshalber, den Herren die Kehrseite zuzuwenden. Aber ihre Sorge war überflüssig. Bürgermeister van der Schuren und Kaplan von Elten hatten die Runde bereits verlassen, und der Rest der ehrenwerten Mannsbilder war derart betrunken, dass sie sich kaum mehr auf den Bänken halten konnten.

In dem Trubel dauerte es eine Weile, bis ihre Mutter bemerkte, dass Anna verschwunden war. Auf ihre Frage, wo sie abgeblieben sei, antwortete Elsa wahrheitsgemäß, sie habe eine Verabredung. Als die Mutter wissen wollte, mit wem, log Elsa doch.

Das wisse sie nicht, sagte sie.

*

Das Krähen des Gockels riss Elsa aus einem Traum, der sie noch verwirrte, als sie schon nicht mehr wusste, was sie eigentlich geträumt hatte. Zudem war sie von Mückenstichen übersät und fühlte sich wie gerädert. Ihr Kopf schmerzte, Arme und Beine waren bleischwer.

Die Luft in ihrer Kammer unter dem Dach war aber auch zum Schneiden, die ganze Hitze des vergangenen Tages staute sich hier oben. Das Stroh, das ihr als Unterlage diente, war schon wieder feucht und roch schimmlig, dabei hatte sie es erst vorgestern erneuert. Eigentlich war es hier oben nur schön, wenn es regnete. Da das Dach mit Pech gut abgedichtet war, konnte man das Prasseln der Tropfen auf den hölzernen Schindeln ohne Reue genießen. Eingemummelt in die Schafsfelle ließ es sich dann wunderbar träumen.

Elsa setzte sich auf und trank aus dem Krug, der am Kopfende ihrer Schlafstatt stand. Das Wasser war warm und schmeckte abgestanden, obwohl es vom Vortag war. Bei der Schwüle verdarb wirklich alles. Dann lauschte sie an der Bretterwand, die die beiden Dachkammern trennte. Jenseits der Wand war es mucksmäuschenstill. Anna schlief also noch. Vielleicht war sie ja eben erst auf ihr Lager gekrochen. Aber das würde ihr nichts nützen. Langschläferei war in den Augen der Eltern gotteslästerlich und wurde nicht geduldet.

Nachdem sie ihre Strümpfe mit Sohlen angezogen und das Gewand übergeworfen und gegürtet hatte, schob Elsa den sackleinenen Vorhang zur Seite, der als Abtrennung zur Stiege diente. Ihre Schwester hatte ihren Vorhang nicht zugezogen, was sie sonst üblicherweise tat. Elsa ahnte Ungeheuerliches, und ein Blick in die Kammer bestätigte es ihr: Anna lag nicht in ihrem Bett.

Wenn das herauskam, würde es Ärger geben.

Als sie ein Stockwerk tiefer an der Schlafkammer der Eltern vorbeikam, vernahm sie das bärige Schnarchen ihres Vaters, das die Hauptschuld daran trug, dass ihre Mutter auf dem rechten Ohr fast taub war. Dann folgte ein unerwarteter Augenblick der Stille; der Alte hatte einen Atemaussetzer. Jetzt waren deutlich die Atemzüge der Mutter zu hören. Also lag auch sie noch im Bett. Das war die Gelegenheit. Wenn Elsa sich beeilte, konnte sie die Schwester heimholen, bevor die Glocke der benachbarten Stiftskirche zu schlagen begann. Die würden die Eltern gewiss nicht überhören.

Dem Hund warf sie vorsorglich einen Knochen aus den Küchenabfällen hin, damit er ihr nicht nachkläffte, dann lief sie, ohne sich am Brunnen erfrischt zu haben, durch die enge Ravensteege zur Haagschen Straße, die zusammen mit der Großen Straße die Hauptdurchgangsader Kleves bildete. Bergab ging es in Windeseile durch die beinahe menschenleere Straße. Nur Lars, der Wasserträger, war schon unterwegs, hatte unter seiner Last aber kein Auge für Elsa.

Linker Hand endete mit dem neuen Prachthaus des Ritters van Eyl die Bebauung. Dahinter erstreckte sich nach Westen eine etwa siebenhundert Fuß klevisch lange und mehr als zweihundertfünfzig Fuß klevisch breite Senke, die zur Stadtmauer hin wieder anstieg. Das war die Stechbahn, das Turnierfeld der Grafen zu Kleve. Am Ende ihrer in Terrassen ansteigenden Nordseite befand sich der so genannte Rabenturm, der schon der alten Stadtmauer als Wehrturm gedient hatte. Unterhalb des Turms stand eine Hirtenhütte, die selten genutzt wurde und deswegen bei den Liebespaaren der Stadt beliebt war. Sonst gab es noch die Fischerhütten in der Nähe der Alten Brücke, aber Elsa hoffte, ihre Schwester hier zu finden.

Das hüfthohe Gras mit beiden Armen teilend, bahnte Elsa sich einen Weg, ständig darauf gefasst, auf eine Kreuzotter oder eine Rotte Wildschweine zu stoßen. Obwohl jedes Jahr zur Jagd auf die Schwarzkittel geblasen wurde, weil sie die Gärten und Felder verwüsteten, und auch eine beträchtliche Anzahl erlegt wurde, tauchten immer wieder neue auf. Wie es den Tieren gelang, trotz der Befestigung in die Stadt einzudringen, war allen ein Rätsel. Justus, der einbeinige Nachtwächter der Stiftsfreiheit, behauptete, immer wenn zur Sonnenwende Neu- oder Vollmond herrsche, könnten Schweine fliegen, was Elsa jedoch bezweifelte.

Die Sonne selbst blieb hinter der geschlossenen Wolkendecke verborgen. Ein weiterer unerträglich schwüler Tag zog herauf, schon jetzt schlug ihr die Luft ins Gesicht wie ein nasser Lappen. Ein halbes Dutzend Krähen kreiste am fahlen Himmel, sank herab und verschwand im Gras. Endlich kam die strohgedeckte Schäferhütte in Sicht.

Die Hütte war uralt, älter als das Jahrhundert. Und genauso lange wurde sie auch schon zweckentfremdet. Hedwig wusste zu berichten, dass sich hier bereits ihre Großeltern zum Stelldichein verabredet hatten. Damals hatte die Hütte allerdings noch außerhalb der Stadtmauer gelegen, was ein aufwendiges und nicht ungefährliches Übersteigen erfordert hatte. Heutzutage war der Zugang ein Kinderspiel, weswegen die Alten dem Platz jeden Reiz absprachen, was die Jungen aber nicht im Mindesten störte.

Außerdem ging die Mär um, in der Hütte gezeugte Kinder würden blond, selbst wenn beide Elternteile dunkelhaarig waren. Deshalb munkelte man auch, das Dasein des jetzigen

Grafen, Johann des Ersten, habe dort seinen Anfang genommen. Ein geradezu freundliches Gerücht verglichen mit dem, seine Mutter habe etwas mit dem blonden Truchsess gehabt, der kurz nach Johanns Geburt unter mysteriösen Umständen vom Schwanenturm gestürzt war.

Fensterlöcher hatte die Hütte keine, es gab nur eine zweigeteilte Tür auf der Vorderseite. Deren unterer Teil war geschlossen, der obere fehlte.

»Anna?«, fragte Elsa. Und dann lauter: »Anna!«

Eine geradezu unnatürliche Stille war die Antwort, als würde die Welt den Atem anhalten. Dann flog plötzlich vom Rabenturm eine Krähe los und zog laut krächzend nur knapp über Elsas Kopf hinweg. Elsa hatte den Schrecken noch nicht ganz verdaut, da begann die Glocke der Stiftskirche zur Morgenandacht zu läuten. Das Echo durch die kleinere, hellere Glocke des Minoritenklosters am anderen Ende der Stadt folgte umgehend. Dort wurden die Brüder zum Gebet gerufen. Das nahmen auch die unter dem Strohdach nistenden Schwalben zum Anlass, sich wieder zu rühren. Nun hatte der Tag unwiderruflich begonnen.

Die Hütte bot nur Platz für einen Schäfer und einige kranke Lämmer. Im Stroh zeichnete sich eine tiefe Kuhle ab, die allerdings schon kalt war. Dafür fand Elsa das rote Band, mit dem Anna ihre Haare zusammengebunden hatte. Kein Zweifel, sie war hier gewesen. Nur wo war sie jetzt?

Hinter der Hütte waren noch die Umrisse der Beete zu erahnen, die der vom Magistrat bestellte Hirte auf der Allmende zur Eigenversorgung angelegt hatte. Im letzten Winter war er jedoch gestorben, und nun war alles von Unkraut überwuchert.

Jenseits der Beete wand sich ein Trampelpfad hinauf zur alten Stadtmauer. Elsa folgte ihm bis auf die oberste Terrasse. Von der erhöhten Warte aus zeichnete sich deutlich der Weg ab, den sie sich vorhin durch das Gras gebahnt hatte. Nur wenige Ellen daneben verlief eine zweite Spur, von der Hütte weg mitten ins Feld, wo sie unvermittelt endete. Sie war nur noch undeutlich auszumachen, weil sich die Halme größtenteils schon wieder aufgerichtet hatten.

Plötzlich stieg dort, wo sich die Spur verlor, ein Schwarm Krähen auf. Fluchtartig, als habe ein Geräusch sie aufgeschreckt. Zu hören war jedoch nichts.

Elsa rannte los, noch bevor sie wusste, warum. Die Terrassen hinab, querfeldein, in gerader Linie auf die Stelle zu. Sie lief zu schnell, strauchelte und stürzte. Disteln zerkratzten ihre Unterarme. Ohne sich darum zu kümmern, raffte sie ihr Gewand und lief weiter. Erneut kam sie ins Stolpern und schlug der Länge nach hin. Kriechend arbeitete sie sich voran, nur wenige Schritte konnten es noch sein. Ein Tier nahm vor ihr Reißaus, ein Fuchs oder ein Hund. Und dann lag sie auf einmal vor ihr.

Zuerst dachte Elsa, Anna trage eine schwarze Binde um die Augen. Aber dann sah sie, dass die Binde lebte. Ameisen, überall waren Ameisen. Elsa versuchte sie fortzuwischen. Wie von Sinnen rieb sie die Augen ihrer Schwester, aber es waren zu viele. Dann kroch ein Käfer aus Annas offen stehendem Mund. Wie irre zerrte Elsa an ihrer Schwester, um sie fortzuziehen, fort von diesen Ungeheuern, die sie auffraßen, und plötzlich steckte ihre Hand tief in Annas Leib.

Der Wasserträger war der Erste, der Elsas Schreie hörte.

Wenn Kleve tatsächlich mehr als tausend Einwohner zählte, wie der Magistrat gerne behauptete, dann war an diesem Morgen jeder fünfte auf der Stechbahn. Die meisten warfen nur einen kurzen Blick auf die Tote und wandten sich entsetzt ab. Aber sie blieben in der Nähe, scharten sich zu Grüppchen und schauten erwartungsvoll, auch wenn niemand von ihnen hätte sagen können, worauf sie eigentlich warteten. Vielleicht darauf, dass ein Blitz vom Himmel fuhr und denjenigen erschlug, der dem Mädchen das angetan hatte.

Selbst die alte Antje, die buckelige Kräuterfrau, deren Bartwuchs jedem Jüngling zur Ehre gereicht hätte, hatte sich von ihrer Kate in der Brückenvorstadt hergeschleppt. Sie streute ein gräuliches Pulver auf Annas Gesicht, das die Ameisen im Nu vertrieb. Jetzt konnte man der Toten wenigstens die Augen schließen.

Erst als Arnold Distelhuizen, der Gerichtsbote, hinzutrat, kam Ordnung in das Durcheinander. Er, der alle um Haupteslänge überragte, scheuchte die Neugierigen kraft seines Amtes hinter eine unsichtbare Grenze, die er willkürlich festlegte. Etliche murrten, hielten sich aber daran, wohl wissend, dass mit Distelhuizen nicht gut Kirschen essen war.

Bürgermeister Erasmus van der Schuren erschien in Begleitung seines nur unwesentlich jüngeren Bruders Jakob, dem vom Fürsten bestellten Richter zu Kleve. Die beiden auseinander zu halten war nicht einfach. Erasmus wie Jakob waren von massiger Gestalt, hatten eine Kartoffelnase mit eingekerbter Spitze und die Augen eines traurigen Hundes. Dazu strahlten sie jene Autorität aus, die ein hohes Amt mit sich bringt. Heute fiel die Unterscheidung allerdings leicht, da man Erasmus aus den Federn geholt hatte und er noch seine Bettmütze trug, einen ellenlangen Zipfel mit Quaste, die ihn zum Gespött der Gaffer machte.

Die Brüder van der Schuren und der Gerichtsbote begannen flüsternd, die weitere Vorgehensweise zu beratschlagen.

Zu ihnen gesellten sich schließlich Rektor Conradus Clos, der Leiter der Stiftsschule, und Schlosskaplan Gotthilf Maria von Elten, letzterer, nachdem er beim Anblick des Leichnams seinen Mageninhalt ausgespien hatte.

Margarethe und Henrik Zwerts kamen spät an den Ort des Grauens, so spät, dass Elsa schon dachte, man habe vergessen, die Eltern zu benachrichtigen. Anders als von Elsa erwartet, brach ihr Vater, sonst der sanftmütigere und empfindsamere von beiden, bei Annas Anblick nicht zusammen, auch wenn er sich seiner Tränen nicht erwehren konnte. Ihre Mutter hingegen, im Alltag energisch, bestimmend und ein Muster an Selbstbeherrschung, verlor völlig die Fassung. Sie erlitt einen hysterischen Weinkrampf und musste gestützt werden. Keiner der beiden nahm Elsa in den Arm, zu sehr waren sie mit sich selbst beschäftigt.

Und auch die anderen hielten Abstand, als habe Elsa sich durch Annas Tod eine ansteckende Krankheit zugezogen. Niemand trat auf sie zu und spendete Trost, nicht einmal ihre Freundin Nehle, die nur einen zögernden Schritt in Elsas Richtung machte und sich dann abwandte, als sei ihr plötzlich eingefallen, dass sie das Essen auf dem Feuer habe.

So saß Elsa mutterseelenallein am Fuß der Terrassen und beobachtete das Treiben, als werde vor ihren Augen ein befremdliches Schauspiel aufgeführt. Immer wieder roch sie an ihren Fingern, zwischen denen sie eine Kamillenblüte zerrieben hatte, als sei der Duft das letzte Überbleibsel der Wirklichkeit. Bisher war sie unfähig gewesen zu weinen. Das konnte sie erst, als Hedwig sie entdeckte, zu ihr hinging und sie in die Arme nahm. Jetzt löste sich Elsas Verkrampfung, und sie heulte Rotz und Wasser.

Zu guter Letzt rumpelten diejenigen mit ihrem Fuhrwerk heran, die mit dem Tod ihr Geschäft machten. Julius Heeck, der Totengräber, und Gattin Henriette; er, klapperdürr und leichenblass, als sei er selbst sein nächster Kunde; sie, flach wie eine Oblate, die Gesichtszüge von Raffgier und Geiz entstellt. Gemeinsam mit Distelhuizen lud Heeck Annas sterbliche Überreste auf den Wagen, um sie in die Rüstkammer des Domus Campane am Kloppberg zu schaffen, während Henriette die Zügel hielt und vermutlich im Kopf überschlug, was Annas Dahinscheiden ihnen wohl eintragen würde.

Mit dem Abtransport des Opfers war die Vorstellung zu Ende, und die Menge zerstreute sich. Da entdeckte Elsa die dunklen Lockenköpfe von Marco di Montemagno und seinem Bruder Pietro. Die beiden Lombarden standen abseits im Schatten der Schäferhütte. Marcos Gesicht wirkte schmerzverzerrt und versteinert zugleich, als ignoriere er mit äußerster Willenskraft ein Messer, das in seinen Eingeweiden steckte. Sein Bruder legte ihm den Arm um die Schultern, und sie verschwanden aus Elsas Blickfeld.

Sein Gesicht jedoch blieb Elsa vor Augen. Sah so ein Mörder aus? Aber was wusste sie schon von Mördern, sie hatte noch nie einen gesehen. Und falls doch, dann hatte sie es nicht gemerkt.

*

Kurz nach Mittag hatte Erasmus van der Schuren die Stadtglocke läuten lassen. Aber nicht Sturm, denn das hätte die Bürger zu den Waffen gerufen, sondern in dem Rhythmus, der zu den Magistratssitzungen lud – drei Schläge, Klöppel anhalten, drei Schläge, Klöppel anhalten und so weiter. Nun drängten sich neben den Brüdern van der Schuren, Rektor Clos und Arnold Distelhuizen drei weitere Männer von Rang und Namen in der Ratsstube über dem Mitteltor, das bis zur Stadterweiterung vor neun Jahren das südliche Stadttor gewesen war. Seitdem war es für die Verteidigung ohne Bedeutung, lag aber so, dass es für jeden bequem zu Fuß zu erreichen war.

Der Erste, der sich eingefunden hatte, war Ritter Paulus

van Eyl gewesen, ein in die Jahre gekommener, narbenübersäter, trinkfreudiger Haudegen. Tagein, tagaus, sommers wie winters lief er im Kettenhemd herum, als rechne er jeden Augenblick mit dem Einfall der Sarazenen. Sein Brot verdiente er mit dem Betrieb zweier Rossmühlen.

Neben ihm saß Diderik van Dornik, der Herr des Hofes op gen Schild am Sommerdeich, wo Hedwig als Magd diente. Er war im besten Alter, gerade mal Anfang dreißig, hatte aber bereits einen handbreiten Mittelscheitel. Sein Gesicht war kreisrund, und seine Ohren standen ab wie Henkel, weswegen die Kinder ihm »Pisspott« hinterherriefen. Seit seinem zwanzigsten Lebensjahr war er auf Brautschau.

Der Dritte war der Tuchhändler Jan van Wissel, ein humorloser Ränkeschmied. Seine Wortmeldungen waren so häufig wie Schnee im August, dagegen merkte er sich sehr genau, wer wann was gesagt hatte, um die Ratsherren bei Bedarf gegeneinander ausspielen zu können.

Zwei weitere Mitglieder fehlten, waren aber entschuldigt, da sie zur Zeit im Gefolge des Grafen Johann in Brügge weilten. Lediglich Arnold Distelhuizen, der im Beffroi den Leichnam untersuchte, wurde noch erwartet.

»Wo bleibt er nur?«, fragte Clos, der mit seiner spitzen Nase, der fliehenden Stirn und den ruckartigen Kopfbewegungen an einen Specht erinnerte. »Es ist ja nicht so, dass man sonst nichts zu tun hätte.«

»Wir wissen doch, wie gründlich Distelhuizen ist«, sagte Jakob van der Schuren, als Richter der Vorgesetzte des Gerichtsboten. »Eine Weile sollten wir ihm noch zubilligen.«

»Irgendwann musste so etwas ja passieren«, sagte von Elten, der sich als das Gewissen Kleves verstand. Klein und feist wie er war, erreichte er den Boden gerade mal so mit den Zehenspitzen.

»Wie meint Ihr das?«, fragte van Eyl.

»Der Mord ist eine Folge der zunehmenden Sittenlosigkeit

in dieser Stadt. Das beginnt schon bei der Kleidung. Überall sieht man diese bunten und bestickten Stoffe, mit denen die Träger ihrer Eitelkeit frönen. Dazu tiefe Ausschnitte und lange Schlitze, die Blicke auf Körperbereiche gestatten, auf die ich hier nicht näher eingehen will, und damit die niedersten Triebe wecken. So etwas hat es früher nicht gegeben.«

»So lange ich das Mädchen kannte, trug sie immer einfache, hochgeschlossene Gewänder«, sagte Jakob van der Schuren.

»Dennoch besteht in dieser Runde doch wohl kein Zweifel daran, was für eine sie war.«

»Eine, der man gerne mal einen hinten draufgab«, sagte van Eyl, hustete seine Bronchien frei und spie über die Schulter. Das offene Fenster verfehlte er; stattdessen traf er die hölzerne Tafel mit dem Spruch »Audiatur et altera pars«. »Ein Spaß, den sogar Ihr Euch nicht verkneifen konntet, von Elten.«

»Ich? Da müsst Ihr eine Geste missverstanden haben. Vermutlich habe ich sie wegen einer Bestellung herangewinkt.«

»Ich hab's aber klatschen hören.«

Von Elten senkte den Kopf und zog die Schultern hoch.

»Selbst wenn dem so gewesen wäre – was ich jedoch nach wie vor bestreite –, wäre dies nur ein weiterer Beweis für den zunehmenden Sittenverfall. Nicht einmal vor der Verführung eines Gottesmannes scheut die Hure Babylon zurück.«

»In einem muss ich unserem Kaplan Recht geben«, sagte Rektor Clos und legte dem neben ihm sitzenden von Elten beruhigend die Hand auf den Unterarm. »Nach allem, was man so hört, soll die Tote ein ziemlich loses Frauenzimmer gewesen sein. Es gibt wohl kaum einen jungen Burschen in der Stadt, dem sie nicht das Herz gebrochen hat.«

»Dann glaubt Ihr also, der Täter sei unter den verschmähten Liebhabern der Verblichenen zu suchen?«, fragte Jakob van der Schuren.

»Das liegt doch auf der Hand. Da wird einer nicht verkraftet haben, dass sie ihm den Laufpass gegeben hat.«

»Habt Ihr einen bestimmten Anhaltspunkt für Eure Vermutung? Vielleicht einen Namen?«

»Wie schon gesagt – es kommt da mehr als einer in Frage.«

»Mein Sohn hat ihr nachgestellt«, sagte Erasmus van der Schuren zur allgemeinen Verblüffung. »Aber für ihn lege ich die Hand ins Feuer.«

»Niemand verdächtigt Till«, sagte sein Bruder. »Ich habe Anna Zwerts zum Beispiel erst neulich mit Kaspar, dem Sohn unseres Totengräbers, sprechen sehen.«

»Ha!«, machte van Eyl. »Das wäre ja der Gipfel. Schlägt der Bengel das Mädchen tot, und anschließend verdient der Vater an ihrer Bestattung. So macht man Geschäfte.«

»Also wirklich!«, sagte van Dornik aufgebracht. »Wenn es um Geschmacklosigkeiten geht, macht Euch so schnell keiner die Krone streitig.«

»Oh, oh! Höre ich da etwa die Stimme verletzter Gefühle? Wollt Ihr Euch freiwillig in den Reigen der Verdächtigen einreihen?«

Van Dornik sprang auf, zückte seinen Dolch und lehnte sich über den Tisch. »Zügelt Eure Zunge, Ritter van Eyl! Sonst könnte es sein, dass ich sie Euch gelegentlich herausschneide!«

»Donner und Doria!« Erasmus van der Schuren schlug mit der Faust auf den Tisch. »Van Dornik! Ihr wisst genau, dass Waffen in der Ratsstube verboten sind!«

»Ohne meinen Dolch gehe ich nirgendwohin.«

»Ihr habt die Wahl: den Dolch oder Euren Platz in diesem Kreis.« Van Dornik ließ seinen Blick über die Anwesenden schweifen, stieß ein verächtliches Schnauben aus und verließ die Stube ohne ein weiteres Wort. Als er die Treppe hinunterpolterte, knurrte van Eyl: »Pisspott!«

Erneut sauste die Faust des Bürgermeisters auf den Tisch. »Und Ihr werdet Euch in Zukunft mäßigen, van Eyl! Unflat dulde ich in dieser Runde ebenfalls nicht!«

Wieder waren Schritte auf der Treppe zu hören, diesmal treppauf. Arnold Distelhuizen musste den Kopf einziehen, um nicht an den Türstock zu stoßen.

»Nehmt Platz und erstattet uns Bericht«, sagte Erasmus van der Schuren, noch immer rot im Gesicht.

Distelhuizen setzte sich, verstaute seine langen Beine unter dem Tisch und faltete die Hände.

»Die Jungfer Anna Zwerts ist hinterrücks ermordet worden«, sagte er geradeheraus, wie es seine Art war. »Daran kann nach der Untersuchung, die ich im Beisein des Totengräbers und der alten Antje vorgenommen habe, kein Zweifel bestehen. Zu Tode gekommen ist die Jungfer durch einen Streich mit einer scharfkantigen Waffe auf den Hinterkopf. Das mag ein Schwert gewesen sein, ein Dolch ist jedoch wahrscheinlicher, da die Wunde nicht sehr tief ist.«

»War es wirklich nötig, dass dieses gottlose Frauenzimmer dabei war?«, fragte Erasmus.

Der Gerichtsbote nickte knapp. »Unbedingt. Aber dazu komme ich noch. Der Verlust der Augäpfel dürfte den Krähen zuzuschreiben sein. Die Bisswunden am Rumpf wie an den Armen und Beinen stammen wahrscheinlich von dem Fuchs oder Hund, den die Schwester der Ermordeten gesehen hat. Die Öffnung des Brustkorbs hingegen wurde mit einem Schneidewerkzeug vorgenommen. An den Rippen des Opfers sind deutlich glatte Schnittspuren zu erkennen. Denkbar, dass es sich dabei um dieselbe Waffe handelt, mit der sie erschlagen wurde. Unter den Fingernägeln der rechten Hand haben wir blutige Hautfetzen entdeckt. Der Mörder dürfte durch Kratzspuren gezeichnet sein. Das sollten wir im Hinterkopf behalten.«

Distelhuizen blickte in die Runde, als erwarte er Fragen, aber niemand stellte eine.

»Nun, dann kommen wir dazu, weswegen ich auf der Mithilfe der alten Antje bestanden habe. Zunächst einmal hat sie festgestellt, dass sich die junge Frau am gestrigen Abend ... wie soll ich sagen ... keiner Sünde schuldig gemacht hat.«

»Aber das Gewand war doch in mehr als unschicklicher Weise hochgeschoben«, sagte von Elten.

»Anna Zwerts muss sich zunächst gegen ihren Mörder zur Wehr gesetzt haben, dafür sprechen die Hautfetzen unter den Nägeln. Dann ist sie vor ihm geflohen, weg von der Hütte, hinein ins Feld. Ich nehme an, dabei hat sie ihr Gewand gerafft, um besser laufen zu können. Er war jedoch schneller und hat sie überwältigt.«

»Und was hat es mit der – wie sagtet Ihr – Öffnung des Brustkorbs auf sich?«, hakte Jakob van der Schuren nach.

Distelhuizen nickte. »Das war der zweite Grund, warum ich Antje dabei haben wollte, denn gleich beim ersten Anblick der Toten hatte ich einen bestimmten Verdacht. Die Schwierigkeit ist nur, dass ich zwar weiß, wie es in einem Huhn aussieht, und ich habe auch schon mal einen Zander und einen Aland ausgenommen, aber mit den menschlichen Innereien tu ich mich schwer. Aber Antje hat meinen Verdacht bestätigt.«

»Nun macht es nicht so spannend«, drängte der Richter.

Distelhuizen atmete einmal tief durch. »Der Täter hat Anna Zwerts nicht nur ermordet und aufgeschlitzt. Er hat ihr auch das Herz herausgeschnitten.«

»Bei Gott!«, entfuhr es dem Bürgermeister stellvertretend für alle. Eine Weile herrschte betroffenes Schweigen. Dann fragte van Eyl: »Kann das Herz nicht der Fuchs gefressen haben?«

Distelhuizen schüttelte den Kopf. »Der hätte es herausgerissen, es ist aber herausgeschnitten worden. Das konnte die alte Antje deutlich sehen.«

Wieder schwieg die Runde, bis von Elten plötzlich so laut »Verdammt!«, sagte, dass sämtliche Köpfe herumflogen.

»Jawohl, verdammt sage ich. Verdammt will ich sein, wenn dieses Verbrechen kein Ritualmord der Juden ist. Hostien schänden, Brunnen vergiften und Kindern und Jungfrauen die Herzen herausreißen, das ist die Art ihres Unwesens.«

Die Gebrüder van der Schuren runzelten einträchtig die Stirn, und Erasmus sagte: »Ich warne vor voreiligen Schlussfolgerungen. In diesen Zeiten wird den Juden schnell allerlei angelastet.«

»Unser Bürgermeister hat Recht«, sagte van Eyl. »Das war ein unüberlegter Vorstoß von unserem Kaplänchen.«

»Wieso?« Von Elten wirkte gekränkt, als sei sein Sachverstand in Glaubensfragen angezweifelt worden.

Van Eyl nahm sich die Zeit, erneut abzuhusten und hinter sich zu spucken. Wieder verfehlte er das Fenster.

»Ganz einfach«, sagte er. »In Kleve gibt es keine Juden.«

Reims, Dezember 1345
Das war noch nie da gewesen. Es gab freien Wein, und das nicht nur für die Wärter, sondern auch für die Gefangenen. Jeder durfte so viel saufen, wie er wollte. Unglaublich. Aber schließlich feierte der Kommandant nicht jeden Tag Hochzeit. Blutjung war die Braut, nicht einmal halb so alt wie der Gatte, hatte der Kerkermeister verlauten lassen und dabei gezwinkert. Die einzige Bedingung, die der Kommandant an seine Gabe geknüpft hatte, war, dass die Zecher das Brautpaar bei jedem neuen Becher hochleben lassen mussten. Dem kam jeder bereitwillig nach, entsprechend war das Gegröle. So befand sich denn eine ganze Festung im Rausch – bis auf einen Mann: den Gefangenen aus Verließ Nummer VII.

Er hieß Jean-Batiste d'Amiens und war ein Nachfahre des

Eremiten Peter von Amiens, der sich anno 1066, noch vor dem ersten Kreuzzug, laut »Deus lo volt!« brüllend mit einem wild zusammengewürfelten Haufen von Gesindel aller Art auf den Weg ins Heilige Land gemacht hatte. Jeden, der Peter von Amiens dabei über den Weg gelaufen war, hatte er totgeschlagen, bis die Horde dann verdientermaßen von den Türken niedergemetzelt worden war. Ein Glaubenseifer, den der Comte von seinem Ahnen geerbt hatte. Auch er war bereits in jungen Jahren ein glühender Streiter für den Glauben gewesen und folgerichtig als Sechzehnjähriger den Pauperes Commilitones Christi templique Salomonici Hierosalemitanis beigetreten, dem 1119 von Hugo von Payens und Geoffrey de Saint Omer gegründeten Ritterorden der Templer.

In jenen Tagen jedoch hatte sich der Orden bereits im Niedergang befunden, eine Entwicklung, die spätestens mit dem Fall Akkons im Jahre 1291 offenkundig geworden war, wodurch die letzte Bastion im Heiligen Land verloren ging und die Brüder den Rückzug nach Zypern antreten mussten. Auch für den jungen d'Amiens, der seine Aufnahme nur dem außerordentlichen Nachwuchsmangel zu verdanken hatte, denn eigentlich mussten die Anwärter das achtzehnte Lebensjahr vollendet haben, begann seine Ordenszeit mit einem Misserfolg, ja einer Demütigung.

Gerade mal eine Woche war es her gewesen, dass er seinen Dienst in der Templerfestung auf Rouad vor Tortosa angetreten hatte, als die Insel von den Sarazenen angegriffen und im Handstreich genommen worden war. Die einhundertzwanzig Ritter, fünfhundert Bogenschützen und vierhundert dienenden Brüder waren jedoch entgegen ihrer Erwartung nicht hingerichtet, sondern in Schimpf und Schande nach Ägypten geführt worden. Welch eine Schmach! Anstatt wie erhofft den Heldentod zu sterben, wurden sie dem Gespött des mameluckischen Pöbels preisgegeben.

Nach der Rückkehr nach Frankreich hatte Jakob von Molay, der Großmeister des Ordens, d'Amiens völlig überraschend zu seinem Knappen ernannt. Eine Bevorzugung, die sich der junge Comte zunächst nicht erklären konnte, bis Molay eines Nachts in seiner Kammer erschien und ihm sagte, er habe eine Schwäche für blonde Haare und blaue Augen. D'Amiens war zunächst schockiert, aber Molay erklärte ihm, das Gelübde der Keuschheit beziehe sich nur auf den Umgang mit Frauen, und außerdem würden das alle machen, und er solle sich nicht so anstellen. D'Amiens zierte sich dann auch nicht länger und fand nach einer Weile sogar Spaß daran. Drei Jahre später war er der persönliche Sekretär des Großmeisters, und die beiden lebten wie ein Paar.

Ein Glück, das jedoch nur von kurzer Dauer war, denn am 13. Oktober 1307 hatte der König von Frankreich, Philipp der Vierte, genannt der Schöne, gänzlich unerwartet die Ritter des Tempels verhaften und wegen Ketzerei und anderer Vergehen in den Kerker werfen lassen. Es waren Monate quälender Verhöre und Folterungen gefolgt, bis sie schließlich gestanden hatten, was die Schergen des Königs hören wollten. Sechseinhalb Jahre verbrachten sie noch Verlies an Verlies, bis Jakob von Molay im März 1314 auf dem Scheiterhaufen endete. D'Amiens wurde daraufhin in den Kerker von Reims überstellt.

Überlebt hatte er die jahrzehntelange Qual nur, weil er noch eine Aufgabe hatte: Er wollte unter allen Umständen das Vermächtnis seines Meisters und Geliebten erfüllen. Am Morgen des Prozesstages, an dem Molay sein Geständnis widerrief, was unweigerlich sein Todesurteil bedeutete, hatte er d'Amiens seinen letzten Willen mitgeteilt. Zum einen sollte er den Heiligen Gral bergen und an einen sicheren Ort verbringen, zum anderen die Geschichte der Templer und insbesondere die wahren Hintergründe des Prozesses gegen den Orden niederschreiben und somit der Nachwelt überliefern.

Dabei wurde es mit jedem Jahr, das d'Amiens im Verlies

verbrachte, unwahrscheinlicher, dass er Molays Wünschen entsprechen konnte, so sehr er auch immer wieder die Hoffnung beschwor. Hatte er in den ersten Jahren noch Ausbruchspläne geschmiedet, hatte er dies nun schon vor über zwei Jahrzehnten aufgegeben. Nicht eine einzige Gelegenheit hatte sich ihm in all den Jahren geboten, auch nur seine Zelle zu verlassen, von der Flucht aus der Festung ganz zu schweigen. Fünf Tore galt es zu überwinden, hatte der Kerkermeister ihm einmal gesagt, und jedes war mit einem anderen Schloss gesichert. Nein, wenn d'Amiens aufrichtig zu sich selbst war, dann sah es ganz danach aus, als würde er sein Leben zwischen diesen Mauern beschließen.

Laut die Psalmen aufsagend – eine Gedächtnisübung, die d'Amiens sich regelmäßig auferlegte – schritt er mit hinter dem Rücken verschränkten Händen in seiner Zelle auf und ab. Viereinhalb Schritte hin, viereinhalb Schritte zurück, quer maß der Raum dreieinhalb, jeder einzelne Stein war d'Amiens vertraut.

»Wie lieblich ist deine großartige Wohnstätte, O Gott der Heerscharen!«, begann er den vierundachtzigsten Psalm. »Meine Seele hat sich gesehnt und auch geschmachtet nach den Vorhöfen –«

Mit einem lauten Knall flog die Zellentür auf und verfehlte den Comte nur um Haaresbreite. Breitbeinig und bedenklich schwankend stand der Kerkermeister auf der Schwelle, mit puterrotem Gesicht und stierem Blick.

»Sauf!«, brüllte er und hielt d'Amiens einen Becher Wein hin.

»Nein danke.«

»Sauf, sage ich! Oder willst du unseren ehr … ehr … ehrenwerten Kommandanten be … beleidigen?«

»Nichts liegt mir ferner«, sagte d'Amiens. »Aber nach den Jahrzehnten der Enthaltsamkeit glaube ich nicht, dass der Wein mir bekommen würde.«

»Dann sauf ich ihn eben selbst.«

Der Kerkermeister leerte den Becher in einem Zug, wobei ihm ein Gutteil übers Kinn rann. Dann erstarrte er wie Lots Weib, bis sich seinem Schlund mit qualvoller Langsamkeit ein Rülpser entrang. Schließlich riss er in maßlosem Erstaunen die Augen auf – und schlug der Länge nach hin. D'Amiens musste zur Seite springen, um nicht umgerissen zu werden.

Er fühlte den Puls des Mannes. Der Kerl lebte, er war nur besinnungslos. D'Amiens wollte sich schon wieder aufrichten, als er plötzlich innehielt. Bei seinem Eintritt hatte der Kerkermeister in beiden Händen etwas gehalten. In der rechten den Becher, der nunmehr durch die Zelle rollte.

Dafür umklammerte seine Linke noch immer einen eisernen Ring mit fünf Schlüsseln.

Kleve, Juni 1350
Das Essen ging in seine zweite Stunde, doch das war bei den Montemagnos eher die Regel denn die Ausnahme. Nach mit Olivenöl beträufelten Steinbrotfladen, einer Flusshechtsuppe, gekochten Weizengrießstreifen mit Kräutersoße und geriebenem Käse, über Buchenholz geräuchertem Aal und Hammel vom Spieß mit Semmeltorte war man nun bei der Nachspeise angekommen: in Wein gedünstete Äpfel und Schmalznudeln.

Dass die Schmalznudeln im Laufe der Jahre immer dicker geworden waren, lag daran, dass Sophia Maria, die Herrin des Hauses, die Nudeln über ihrem bemehlten linken Knie formte. Das Knie aber hatte wie die ganze Dame – die nichtsdestoweniger eine Schönheit war – nach und nach an Üppigkeit gewonnen. Was wiederum nicht zuletzt auf den regelmäßigen Verzehr immer größerer Schmalznudeln zurückzuführen war. Ein wahrer Teufelskreis, der nur zu durchbrechen gewesen wäre, hätte ein anderes Familienmitglied sein Knie zur Verfügung gestellt. Aber dafür war niemand zu begeistern.

Die Unterhaltung bei Tisch wurde an diesem Abend ausschließlich von Umberto di Montemagno, dem Herrn des Hauses, bestritten. Er war schmal und noch ein Stück kleiner als seine Frau, hatte aber die Nase und die Ohren eines mindestens doppelt so großen Mannes, wodurch er aussah, als pausiere sein Wachstum nur. Dazu war er von einer Lebhaftigkeit, die einen Marder nervös machen konnte. Vom ersten Bissen an schimpfte er gestenreich und ohne Unterbrechung über die Nachbarn auf der anderen Straßenseite, die van Bylants, Pfandleiher und Kaufleute wie die Montemagnos, nur ungleich erfolgreicher und einflussreicher. So weilte das Oberhaupt der Sippe, Benedikt van Bylant, derzeit an der Seite des Grafen von Kleve in Brügge.

»Neureiches Gesindel«, trompetete Umberto zum wiederholten Mal. »Keine zwei Jahre hier und führt sich auf, als sei die Stadt sein Eigentum.«

»Wirst du wohl leiser sein«, fuhr Sophia Maria ihn an. »Man hört dich bis auf die Straße.«

»Dann mach die Fenster zu.«

»Sollen wir ersticken, nur damit du brüllen kannst? So weit kommt es noch.«

Die übrigen Teilnehmer der Tafelrunde sagten wie schon den ganzen Abend keinen Ton, nicht einmal mit der Wimper zuckten sie. Fast konnte man den Eindruck haben, sie seien taub, was aber nur auf einen der drei zutraf: Ricciutello, den kahlköpfigen Knecht der Familie. Er, der schon Umbertos Vater treu gedient hatte, mampfte vor sich hin und schien mit sich und der Welt zufrieden. Dazu hatte er auch allen Grund, denn heute durfte er zusätzlich zu seiner auch noch Marcos Portion verdrücken, der nur geistesabwesend in seinem Essen herumstocherte.

Marco und Pietro, um einiges größer und kräftiger als der Vater und – wofür Sophia Maria dem Herrgott täglich dankte – nicht mit dessen Nase und Ohren auf die Welt gekommen, ähnelten einander nur auf den ersten Blick. Beide hatten schwarze Locken und schmale Gesichter, aber Pietro wirkte femininer als sein Bruder. Seine Züge waren weicher, und er hatte Wimpern von einer Länge und Dichte, um die ihn jede Frau beneidete. Hinzu kam, dass die Natur Marco eine Lücke zwischen den oberen Schneidezähnen beschert hatte, die ihm, wenn er lächelte, eine gewisse Verwegenheit verlieh. Pietros Gebiss hingegen hätte makelloser nicht sein können.

»Wie wurde das Stadttor neben unserem Haus all die Jahre genannt, in denen unsere Landsleute und wir dieser Stadt zu Wohlstand und Ansehen verholfen haben?«, fragte Umberto, erwartete aber keine Antwort, da er die Frage schon hundert Mal gestellt und beantwortet hatte. »Ganz richtig: Porta Lombadorum, das Tor der Lombarden. Und jetzt? Keine zwei Jahre ist es her, dass diese dahergelaufenen Kaverner sich hier breit gemacht und beim Grafen eingeschmeichelt haben, und – wupps – schon heißt es Kavernisches Tor. Desgleichen unsere Straße. Seit Urzeiten war das die Löwenstraße. Und auf einmal wird sie nur noch als Kavernische Straße bezeichnet. Und da soll ich mich nicht aufregen?«

Um seine Kehle anzufeuchten, vielleicht aber auch, um sich zu beruhigen, nahm Umberto einen Schluck Rotwein. Ein samtiger Tropfen aus der Gegend von San Gimignano, den er selbst eingeführt hatte, obwohl ihm als Lombarden der Handel mit Wein untersagt war.

»Zehn meiner besten Jahre habe ich dieser Stadt geopfert, war immer untertänig und gesetzestreu, und nun muss ich erkennen, das alles vergebens war. Aber das lasse ich mir nicht bieten. Genug ist genug. Bevor uns noch weitere Demütigungen zugemutet werden, werden wir diesen ungastlichen Ort verlassen.«

»Ich weiß gar nicht, was du hast«, sagte Sophia Maria. »Wir sind gesund, wir haben ein wunderschönes Haus, wir haben unser Auskommen, und man lässt uns in Frieden. Was erwartest du noch? Dass die Leute uns huldigen, wenn wir durch die Straßen gehen?«

»Ich sehe, du hast nichts begriffen«, sagte Umberto und fuchtelte seiner Frau mit der Hand vor der Nase herum, wobei er die Finger in Form einer Artischocke zusammenlegte. »Wir haben in dieser Stadt keine Zukunft. Unsere Geschäfte gehen den Bach runter. Spätestens nächstes Jahr werden wir uns nur noch Schmalznudeln in der Größe von Fingerhüten leisten können. Deshalb müssen wir weg.«

»Und wohin willst du? Zurück nach Strassburg?«

»Strassburg!« Umberto schlug sich mit der flachen Hand vor die Stirn. »In diese Stadt, in der man uns Verräter und Betrüger geheißen hat, weil wir angeblich nicht nur Menschen und Haustiere verschlingen, sondern auch Mühlen, Schlösser, Bauernhöfe, Wiesen, Gehölze und Wälder? In der man uns beschuldigt hat, mit einem Blatt Pergament in der einen und einer Feder in der anderen Hand den Einheimischen das Letzte wegzunehmen und uns unsere Beutel mit ihrem Silber zu füllen? In der man uns bezichtigt hat, uns mit der Not der anderen zu mästen? In die Stadt, in der man uns zuletzt wie Aussätzige, was sage ich, wie Vogelfreie behandelt hat? Aus der wir bei Nacht und Nebel fliehen mussten und nur retten konnten, was wir am Leibe trugen? Niemals!«

»Ist ja schon gut. Wohin dann?«

»Nach Köln.«

Jetzt blickten sogar die Söhne auf, und Ricciutello hörte auf zu kauen, obwohl er kein Wort verstanden haben konnte.

»Du musst des Wahnsinns sein. In Köln tobt die Pest. Jeder vierte Einwohner soll bereits gestorben sein.«

»Zweifellos ein Elend. Auf der anderen Seite hat ein solcher Kahlschlag jedoch auch sein Gutes, vergleichbar mit einem Krieg. Ist das Unheil überstanden, herrscht ein gewaltiger Bedarf an Geldmitteln, um die erlittenen Verluste an Menschen und Gütern wettzumachen. Zudem gibt es keine Konkurrenten mehr, schließlich haben die Kölner im letzten Sommer sämtliche Juden erschlagen und ihr Viertel niedergebrannt. Für uns wäre ein Umzug in die Domstadt das, was … nun ja, was eine Eichelmast für die Schweine ist.«

Sophia Maria stand der Mund offen. »Ein wundervoller Vergleich. Langsam zweifele ich wirklich an deinem Verstand, Umberto. Aber, Gott sei es geklagt, ich habe ja damals nicht auf meine Mutter hören wollen, die mich vor dir gewarnt hat. Und diesem Wahnsinnigen habe ich auch noch zwei Söhne geboren, die er zweifellos mit ins Verderben reißen will. Und alles nur, um sich die Taschen zu füllen.«

»Köln hat noch andere Vorteile«, sagte Umberto, der gar nicht merkte, dass er sich um Kopf und Kragen redete. »Als Lombarde kann man sich dort für zehn Jahre oder auch länger die Bürgerrechte kaufen. Wir wären dann keine Geduldeten mehr, sondern vollwertige Bürger.«

»Diese Rechte ziehen aber auch einen Rattenschwanz an Pflichten nach sich. Als Bürger musst du Steuern entrichten, und ihr Männer müsst Wach- und Wehrdienst leisten. Hier in Kleve zahlen wir unser Schutzgeld an den Grafen, und das war es. Außerdem – auch auf die Gefahr hin, dass ich mich wiederhole – geht in Köln der Sensenmann um. Selbst wenn du dir das Bildnis des Märtyrers Sebastian in dein Fell ritzen ließest, würde uns das nicht vor dem Tod retten.«

»Glaubst du Närrin etwa, die Pest wird einen Bogen um Kleve schlagen?«

Sophia Maria bedachte Umberto mit einem Blick, der keine Widerrede duldete. »Bisher sind wir verschont geblieben, und vielleicht geht der Kelch ja tatsächlich an dieser Stadt vorüber. Und falls nicht, werde ich jeden Tag einhundert Vaterunser beten und das ganze Haus in eine Räucherkammer verwandeln. Aber wie auch immer es kommen mag: Wir bleiben hier.«

Ricciutello kaute unbelästigt von dem Streit vor sich hin, und Pietro langte nach einer weiteren Schmalznudel. Nur Marco guckte, als sei das Gespräch in einer ihm fremden Sprache geführt worden.

»Was ist los mit dir?«, raunzte Umberto ihn an. »Den ganzen Abend sagst du keinen Ton. Von dir als Erstgeborenem erwarte ich, dass du eine Meinung hast.«

»Nun lass ihn doch«, sagte Pietro. »Die Sache mit Anna hat ihn sehr mitgenommen.«

»Zum Teufel – wegen eines solchen Frauenzimmers flennt man doch nicht.«

Marco schoss einen Blick über den Tisch, der als Pfeil tödlich gewesen wäre. Dann sprang er auf, dass sein Hocker umstürzte, und stürmte aus dem Raum.

»Denk dran, dass du morgen Früh nach Wesel reitest, um die Anzahlung für die neue Weinlieferung zu leisten«, rief Umberto ihm nach.

»Sollte man dich eines Tages aufschneiden, würde man sich wundern, was man dort findet«, sagte Sophia Maria.

»Was meinst du?«

»Ein Herz aus Holz.«

*

Marco hatte seinen Brustpanzer angelegt und das Schwert gegürtet. Auch den Nasalhelm nahm er mit. Immerhin würde er mit einer gehörigen Summe unterwegs sein. Deshalb ritt er auch sonntags, denn nach Ansicht seines Vaters waren gerade die größten Spitzbuben die frommsten und ruhten an diesem Tag wie der Herr.

Ricciutello hatte ihm den Braunen mit der weißen Blesse gesattelt, das ausdauerndste Pferd, das sie im Stall hatten. Geräucherten Schinken, dunkles Brot und zwei Äpfel hatte die Mutter ihm eingepackt; vor dem Abend würde er nicht zurück sein.

Marco führte das Tier auf die Straße und verscheuchte einige pickende Hühner und ein Wollschweinferkel, das seinen Rüssel durch den Staub schob. Schräg gegenüber dampfte der Dunghaufen der van Bylants in den dunstigen Morgen. Ein weiterer Grund, weswegen der Vater regelmäßig in Zorn geriet, denn der Mist versperrte oft genug die halbe Straße. Marco wollte gerade aufsitzen, als ihm vor Schreck die Hitze ins Gesicht stieg. Nein, er hatte sich geirrt, das Mädchen im Schatten der Weide vor dem Minoritenkloster war nicht Anna. Dort stand Elsa. Sie hatte die Arme vor der Brust verschränkt und zitterte, obwohl es schwülwarm war. Unverwandt starrte sie ihn an. Marco zögerte einen Augenblick, leinte dann aber den Braunen am Tor an, hängte den Helm an den Sattel und ging auf sie zu. Ihre Wangen waren eingefallen, und er konnte sehen, dass sie geweint hatte.

»Es tut mir Leid, Elsa«, sagte er und verschluckte wie immer die Endungen, was seine Sprache unnötig schlampig machte. »Ich meine, was mit Anna passiert ist. Für euch muss das schrecklich sein. Auch mir geht es sehr nahe.«

Elsa entgegnete nichts, sie kaute nur auf ihren Lippen. Marco nickte ihr zu und wollte sich schon abwenden, da sagte sie:

»Ich weiß, dass ihr euch am Freitagabend getroffen habt.«

Marco war verdutzt. »Wie meinst du das? Da hab ich Anna nicht getroffen. Hatte sie dir nicht gesagt, dass wir uns getrennt hatten?«

»Du meinst, dass sie dir den Laufpass gegeben hat.«

»So kann man es auch nennen, ja.«

Da Elsa ihn weiter anstarrte, fragte er: »Wie kommst du bloß darauf?«

»Als sie ging, sagte sie mir, sie sei mit dir verabredet.« Die Erinnerung füllte Elsas Augen mit Tränen. »Sie hatte eigens Hedwig dafür bezahlt, um dich treffen zu können.«

»Das kann nicht sein. Ich habe Anna nicht mehr gesehen seit dem Tag, an dem sie unsere Liebschaft beendet hat.«

»Das ist gelogen. Ich habe euch noch am Donnerstag zusammen bei den Fischbänken gesehen.«

»Richtig«, sagte Marco. »Das hatte ich ganz vergessen. Wir sind uns zufällig dort begegnet.«

»Du warst sehr ausgelassen und hast mit ihr gescherzt.«

»Ja. Ich wollte mir nicht anmerken lassen, dass ich wegen der Trennung noch immer verletzt war.«

Elsas Augen wurden schmal. »Schwörst du bei allem, was dir heilig ist, dass das das letzte Mal war, dass du Anna gesehen hast?«

»Was soll das? Glaubst du etwa, ich hätte –«

»Schwörst du das?«

»Ist denn das so wichtig?«

»Ja.«

»Gut, dann muss es wohl sein. – Ich schwöre.«

»Du hast die Hand nicht gehoben.«

»Gott, wir sind doch hier nicht vor dem Inquisitionsgericht.«

»So ist der Schwur nichtig.«

»Was soll das, Elsa?« Marco versuchte, sie am Arm zu fassen, aber sie wich ihm aus. »Glaubst du wirklich, ich könnte Anna das angetan haben?«

Elsa musterte ihn lange und ruhig. »Ich kann nicht glauben, dass Anna gelogen hat, als sie mir sagte, sie sei mit dir verabredet. Warum hätte sie das tun sollen?«

Marco zuckte die Achseln. »Ich weiß es nicht. Vielleicht

wollte sie nicht, dass du wusstest, wer der Kerl war. Das wäre doch möglich, oder?«

Elsas Miene wurde lauernder. »Du weißt etwas, das spüre ich.«

»Das ist doch Unfug, Elsa. Was soll ich schon wissen? Du bist völlig überdreht. Geh nach Hause und ruh dich aus. Du hast bestimmt die ganze Nacht kein Auge zugetan.«

»Du verheimlichst mir etwas.«

»Elsa, bitte.«

»Wenn du mir nicht auf der Stelle sagst, was es ist, gehe ich zum Magistrat und erzähle, dass Anna mir gesagt hat, sie sei mit dir verabredet gewesen. Also – es liegt bei dir.«

Marco wandte sich ab und schickte ein Stoßgebet zum Himmel. Dann gab er sich einen Ruck.

»Nun gut, du willst es ja nicht anders«, sagte er. »Aber beschwer dich nicht, wenn die Wahrheit schmerzen sollte. Anna sagte mir einmal, du hättest die Angewohnheit, dich in eben die Männer zu verlieben, mit denen sie sich trifft. Und ganz besonders in mich. Vielleicht wollte sie dem diesmal vorbeugen.«

Die Ohrfeige kam ansatzlos, an ein Ausweichen war nicht zu denken.

»Du lombardischer Lügner!«, kreischte Elsa mit einem Gesicht, das nurmehr eine Fratze war. »Du Sohn eines gottlosen Wucherers und Halsabschneiders! Das hätte Anna niemals gesagt. Niemals! Vater hatte ganz Recht, als er uns vor euch gewarnt hat. Hoffentlich holt dich der Teufel!«

Schluchzend rannte sie davon, die Kaverner Straße hinunter, bis sie an der Ecke zur Großen Straße hinter dem Haus des Töpfers verschwand.

Marco schalt sich einen Narren, dass er den Mund nicht gehalten hatte. Einerseits, weil Elsa ihm aufrichtig Leid tat. Erst verlor sie ihre Schwester, und nun musste sie auch noch diese Demütigung ertragen. Andererseits fürchtete er jedoch auch, sie könnte in ihrer Wut zu Distelhuizen laufen und ihn anschwärzen. Und dann konnte es eng werden.

Denn die einzige Person, die hätte bezeugen können, dass er in jener Nacht nicht in der Hirtenhütte gewesen war, wäre Anna gewesen.

Die Mutter hatte ihn nicht geweckt, weil er erst kurz vor Mitternacht nach Hause gekommen war. Während im Haus und im Hof schon gelärmt wurde, lag Marco noch auf seinem Lager und beobachtete, wie an der Kammerdecke eine Kreuzspinne einen Weberknecht einspann.

Der Ritt am Vortag war ohne Zwischenfälle verlaufen, weder Wegelagerer noch wilde Tiere hatten ihm aufgelauert. Dennoch hatte er lange gebraucht; er hatte es ruhig angehen lassen und war zumeist Schritt geritten.

Allein auf weiter Flur hatte er seinem Schmerz über Annas Tod freien Lauf gelassen. Am meisten bestürzte ihn die Endgültigkeit des Ereignisses. Obgleich Anna ihre Liebschaft beendet hatte, hatte er, solange sie lebte, die Hoffnung hegen können, sie noch einmal zu erobern. Diese Möglichkeit gab es nun nicht mehr.

Um Kalkar und Xanten hatte er, wie er es der Mutter versprochen hatte, einen Bogen gemacht. Und er hatte auch der Versuchung widerstanden, nach Wesel überzusetzen. Stattdessen hatte er in Büderich gewartet und einen Boten über den Rhein geschickt.

Stunden waren vergangen, und die Sonne hatte ihren Zenit längst überschritten, als der Wein- und Tuchhändler Sebastian von Heiden, der Zulieferer der Montemagnos, schließlich aufgetaucht war. Über das, was in Wesel vorging, machte er nur Andeutungen, aber das Wenige reichte, um Marco etliche Schauer über den Rücken zu jagen.

Die Toten bestattete man nur noch in Massengräbern, anders wurde man ihrer Zahl nicht mehr Herr, das öffentliche Leben war fast zum Erliegen gekommen. Allenthalben machte sich Faustrecht breit, was die beiden bewaffneten Begleiter von Heidens erklärte. Er selbst schien gesund, wirkte allerdings niedergeschlagen. Als sie sich verabschiedeten, kämpfte er mit den Tränen.

Eine bedrückende Begegnung, die Marcos Stimmung nicht eben hob. Zu seiner Trauer um Anna kam nun noch die Sorge, was wohl aus seiner Heimatstadt und seiner Familie würde, sollte dort die Pest ausbrechen. Die Idee seines Vaters, Kleve zu verlassen, hielt er inzwischen für gar nicht mehr so abwegig. Nur hatte der alte Montemagno die falsche Richtung vorgeschlagen. Wenn sie der Seuche entgehen wollten, blieb allein der Weg nach Friesland.

Kräftiges Klopfen an der Haustür riss ihn aus seinen Gedanken. Marco konnte es hören, obwohl seine Kammer im ersten Stock und zum Hof hin lag. Die helle Stimme seiner Mutter und eine dumpfe Männerstimme wechselten sich ab. Dann wurde nach ihm gerufen.

Als Marco kurz darauf in die Küche trat, war sein erster Gedanke: Nun hat sie mich doch verpfiffen. Kurz erwog er wegzulaufen, unterdrückte den Drang aber, denn ein klareres Schuldeingeständnis hätte er nicht liefern können. Überdies war fraglich, wie weit er kommen würde, womöglich stand ein Posten vor der Tür. Also begrüßte er seine Mutter mit einem Kuss, nickte dem Richter und dem Gerichtsboten zu, die auf der Bank unter dem Fenster Platz genommen hatten, und setzte sich ihnen gegenüber auf einen der Hocker. Sophia Maria schien ganz auf das Kneten des Brotteigs konzentriert, aber Marco sah, dass ihre Ohren zuckten. Wahrscheinlich hörte sie, dass ihm das Herz bis zum Hals schlug.

»Wir sind hier, um Euch einer Befragung zu unterziehen«, sagte Jakob van der Schuren und versuchte sich an einem strengen Blick, was ihm mit seinen melancholischen Triefaugen jedoch nur unvollkommen gelang. »Anlass ist die Ermordung der Jungfer Anna Zwerts.«

»Eine schreckliche Geschichte«, sagte Marco mit einer Stimme, die er noch nie gehört hatte. »Aber weshalb kommt Ihr zu mir?«

»Wir befragen alle jungen Burschen, die in einem besonderen Verhältnis zu dem Mädchen standen. Ein solches hat nach Aussage von Annas Eltern – wenn auch unerwünschterweise – zwischen der Ermordeten und Euch bestanden.«

»Ein Liebesverhältnis«, verdeutlichte Distelhuizen. »War dem so?«

»Es war vorbei«, sagte Marco. »Anna hatte es beendet.«

»Wann?«

»Mittwoch werden es zwei Wochen.«

»Und warum?«

»Muss ich das beantworten?«

»Es sähe besser aus.«

»Die Schwierigkeit ist – ich weiß es nicht. Wir hatten keinen Streit, das Ende kam für mich aus heiterem Himmel. Ich habe sie gefragt, ob es einen anderen gebe, aber sie sagte Nein. Unsere Zeit sei einfach vorbei, meinte sie.«

»So etwas Ähnliches haben wir heute schon einmal gehört«, sagte van der Schuren. »Nicht wahr, Distelhuizen?«

»In der Tat.«

»Von wem?«, fragte Marco.

»Das braucht Euch nicht zu kümmern«, sagte Distelhuizen kalt. »Sagt mir lieber, ob Ihr die Trennung hingenommen habt oder ob Ihr darüber in Rage geraten seid.«

»Es fiel mir nicht leicht, aber ich habe es weggesteckt«, sagte Marco und schämte sich für seine Mutter, die ihren Kopf immer weiter in Richtung Tisch reckte. »Schließlich gibt es noch andere Mädchen.«

»Wann habt Ihr die Anna zum letzten Mal gesehen?«, fragte van der Schuren.

Jetzt würde es sich erweisen, ob Elsa ihn verraten hatte oder nicht.

»Am Donnerstag, dem Tag vor ihrem Tod«, sagte Marco. »Da sind wir uns bei den Fischbänken über den Weg gelaufen.«

»Und danach seid Ihr ihr nicht mehr begegnet?«

»Lebend habe ich sie nicht mehr gesehen. Nachdem ich gehört hatte, was passiert war, bin ich natürlich zur Stechbahn gegangen.«

»Natürlich«, sagte Distelhuizen. »Wir haben Anlass zu der Annahme, dass die Jungfer Anna ihrem Mörder Kratzwunden zufügte. Entblößt also bitte Eure Arme und Euren Oberkörper.«

Wortlos erhob Marco sich und streifte langsam sein Hemd ab. Seine Mutter starrte ihn furchtsam an, als rechne sie mindestens mit den Wundmalen Christi. Distelhuizen bat Marco, sich auch umzudrehen. Aber auch auf dem Rücken hatte er keinen einzigen Kratzer.

»Eine letzte Frage: Wo habt Ihr die Nacht von Freitag auf Samstag verbracht? Und gibt es jemanden, der Eure Angabe bezeugen kann?«

»Ich«, kam es so überraschend von der Tür, dass Sophia Maria der Teig auf die gewachsten Dielen fiel.

Pietro überschritt die Schwelle, trat hinter seinen Bruder und legte ihm die Hände auf die Schultern. »Marco ist an dem Abend früh zu Bett gegangen. Er klagte über Kopfschmerzen. Das können im Übrigen auch die Eltern bestätigen.«

»So ist es«, sagte Sophia Maria mit einem Kiekser in der Stimme. »Kopfschmerzen.«

»Teilt Ihr eine Kammer?«

»Nein«, sagte Pietro. »Aber unsere Kammern liegen hintereinander. Wenn mein Bruder seine verlassen will, muss er meine durchqueren.«

»Hat die Kammer kein Fenster?«

»Nur eine Dachluke«, sagte Marco. »Durch die passt gerade mal eine Katze.«

Van der Schuren und Distelhuizen sahen sich kurz an, nickten und standen gleichzeitig auf.

»Das war es«, sagte der Gerichtsbote. »Zumindest für heute.«

Während Sophia Maria die beiden Herren hinausbegleitete, zog Marco seinen Bruder durch die Hintertür auf den Hof. Obwohl sie bis auf Ricciutello, der gerade eine frisch geschlachtete Ziege häutete, allein waren, flüsterte Marco, als stünden sie mitten auf dem Marktplatz.

»Warum hast du gelogen?«, fragte er. »Ausgerechnet du, der die Zehn Gebote sonst über alles stellt.«

»Wenn du dir die Wahl meiner Worte ins Gedächtnis rufst, wirst du erkennen, dass ich keineswegs gelogen habe«, sagte Pietro. »Ich habe mich lediglich der einen oder anderen Auslassung schuldig gemacht. Außerdem, hast du vergessen, was Großvater und Vater uns immer wieder gepredigt haben? Zuerst und vor allem anderen kommt die Familie. Nur so konnte unsere Sippe durch die Jahrhunderte sämtliche Unbill überstehen.«

»Was denkst du denn, wo ich war? Glaubst du womöglich, ich hätte etwas mit Annas Ermordung zu schaffen?«

»Ich denke gar nichts. Ich weiß nur, dass du, kaum lag ich in den Federn, noch einmal weggegangen und erst im Morgengrauen zurückgekommen bist. Bevor du dich wieder hingelegt hast, habe ich dich ein paarmal ›Was bin ich für ein Narr!‹ murmeln und leise lachen hören. Hätte ich den beiden das erzählen sollen?«

»Klingt das für dich wie das Verhalten eines Mörders?«

»Ich weiß nicht, wie Mörder sich zu verhalten pflegen«, sagte Pietro. »Ich weiß nur, wie van der Schuren es auslegen würde. Außerdem – so eine wie Anna ist es nicht wert, dass du ihretwegen in Schwierigkeiten gerätst.«

»Du redest denselben Scheiß wie Vater«, sagte Marco. »Trotzdem – Dank für den Beistand.«

*

Die Nacht zum Dienstag brachte die Erlösung. Von Westen frischte es auf, und Gewitter und Regenwolken zogen über das Land. Es blitzte und donnerte ohne Unterlass, sodass sich der Brandwächter vorsichtshalber auf seinen Aussichtsposten im Beffroi begab. Kleine Feuer hätte der Regen zwar umgehend gelöscht, wäre jedoch der Blitz in eines der Pech- oder Firnislager eingeschlagen, hätte die Wehr benachrichtigt werden müssen.

Den Frühaufstehern bot sich der Rinnstein in der Straßenmitte noch als reißender Strom dar, der zu Seen wurde, wo Unrat sich gestaut hatte. Kurzes Stochern sorgte für freien Abfluss, und man konnte daran gehen, die schlammigen Gassen mit Stroh zu bestreuen, damit die, die zu Fuß unterwegs waren, nicht bis über die Knöchel einsanken.

Die Mitglieder des Magistrats waren allesamt in hölzernen Überschuhen erschienen, die sich nun neben dem Eingang aneinander reihten, wobei die Pantinen von Erasmus van der Schuren durch ihre Beschläge aus Silberblech hervorstachen. Überhaupt hob der Bürgermeister sich wie schon seit Wochen deutlich von den anderen ab; er trug leuchtend rote Beinlinge, die ihn aussehen ließen, als sei er durch Blut gewatet. Zusammen mit seinem mit Stickereien und Borten verzierten Umhang boten sie ein Erscheinungsbild, das von Elten mit vorwurfsvollen Blicken bedachte. Neben den beiden entschuldigten Mitgliedern fehlte diesmal auch Diderik van Dornik.

Nach einem kurzen Marienlob, vorgetragen vom Kaplan, der für seine glühende Verehrung der Mutter Gottes bekannt war, eröffnete Erasmus die Sitzung. Sodann trug Distelhuizen vor, was die Befragung während der vergangenen Tage ergeben hatte.

»Zehn Burschen haben wir einem Verhör unterzogen«, sagte der Gerichtsbote und zählte die Männer namentlich auf. »Nur drei davon waren uns vom Schankwirt Zwerts und seiner Frau benannt worden. Ob sie vom Umgang mit den anderen nichts gewusst haben, oder ob sie ihre Tochter nachträglich in ein besseres Licht rücken wollten, lassen wir dahingestellt sein. Jedenfalls hat ihre Verschwiegenheit unsere Aufgabe nicht erleichtert. Mühsam mussten wir die Namen ermitteln. Bis auf einen waren alle in der Lage, einen Abwesenheitsbeweis zu erbringen, der der Überprüfung standhielt.«

»Wer war derjenige?«, fragte Rektor Clos.

Schnaufend stand Erasmus van der Schuren von seinem Stuhl auf, ging die paar Schritte zur nebenan liegenden Kammer des Schreibers, öffnete die Tür und sagte: »Komm raus.«

Unsicherheit und Trotz spiegelte sich in der Miene des Burschen, der die Ratsstube betrat. Breitbeinig trat er über die Schwelle, als habe sein Hinterteil erst kürzlich Bekanntschaft mit einem Ochsenziemer gemacht. Er mied den Blick der Anwesenden, auch den des Bürgermeisters, dem er, abgesehen von den triefenden Augen, wie aus dem Gesicht geschnitten ähnlich sah.

»Mein Sohn Till«, brummte Erasmus. »Los, erzähl den Herren, was du angestellt hast.«

»Muss das sein?«, maulte Till und zog augenblicklich den Kopf ein, weil der Vater die Hand hob. »Schon gut, schon gut. Also, es war so ...«

Die Zeit verstrich, aber Till starrte nur auf die Dielen. Schließlich wurde es dem Alten zu bunt, und er knuffte seinen Sohn in die Seite. »Auf geht's«, sagte er aufmunternd. »Mist kann man bauen, aber man muss auch dafür gerade stehen.«

»Also, ich ...«

Wieder kam Till über die ersten Worte nicht hinaus, sodass Distelhuizen nach einer Weile zögernd auf sich aufmerksam machte. Als sein Blick den des Bürgermeisters traf, guckte der zunächst abweisend, gab kurz darauf aber mit entmutigter Miene dem stumm vorgetragenen Ansinnen des Gerichtsboten nach.

»Distelhuizen, Ihr habt das Wort. Sonst stehen wir noch heute Abend hier. Und du, setz dich.«

Damit drückte er Till auf einen der freien Stühle am Kopfende der Tafel, während er selbst wieder seinen angestammten Platz einnahm.

Distelhuizen räusperte sich kurz. »Till van der Schuren gab zunächst an, in jener Nacht mit Kumpanen, deren Namen er angeblich vergessen hatte, irgendwo am Kermisdahl gezecht zu haben. Da niemand das bestätigen konnte, war diese Angabe als Abwesenheitsbeweis natürlich untauglich. Heute Früh, noch bevor ich das Haus verließ, meldete sich überraschend ein Zeuge, der das fragliche Gelage beobachtet hat. Nur hat es nicht wie von Till angegeben am Alten Rhein stattgefunden, sondern auf dem Friedhof am Minoritenkloster.«

»Was?«, kreischte von Elten. »Auf geweihter Erde?«

»Dafür wird er bestraft«, knurrte Erasmus. »Gnadenlos. Mindestens eine Woche Stubenarrest.«

»Wer hat das denn nun bezeugt?«, fragte van Eyl. »Und wieso erst heute?«

»Einer der Padres«, sagte Distelhuizen. »Ihn hatte der Lärm der Zecher auf den Friedhof gerufen. Während es den anderen gelang, rechtzeitig zu entkommen, wurde Till von dem Mönch erkannt.«

»Ist der Bengel bereits so ein Bleibein wie Ihr?«, feixte van Eyl in Richtung des Bürgermeisters.

In der Stille nach dieser Frage knackte Distelhuizen zunächst mit den Fingern, bevor er sagte: »Er wurde dadurch behindert, dass er die Hosen heruntergelassen hatte und sein Wasser gegen einen der Grabsteine abschlug.«

Während von Elten aufstöhnte, als sei er tödlich verwundet, machte Till den Eindruck, als würde er am liebsten unter den Tisch kriechen. Dazu zischte Erasmus pausenlos: »Ohne Gnade, ohne Gnade.«

»Ihr habt meine zweite Frage noch nicht beantwortet«, hakte van Eyl ungerührt nach. »Wieso hat der Padre sich erst heute gemeldet?«

»Till hatte ihm Prügel angedroht für den Fall, dass er ihn anzeigen sollte. Der arme Bruder war völlig verängstigt und hat zwei Tage mit sich gerungen, bis er sich gestern Abend doch seinem Abt offenbarte. Der hat ihn dann zu mir geschickt.«

»Das wird ja immer ungeheuerlicher«, fuhr Clos auf und drohte Till mit dem Zeigefinger. »Du kannst froh sein, Bürschchen, dass du die Schule bereits hinter dir hast, sonst –«

»Bitte!« Jakob van der Schuren hob beschwörend die Hände. »Zweifellos handelt es sich hierbei um einen schwer wiegenden Frevel, der geahndet gehört. Wie ich meinen Bruder kenne, wird er es an Strenge nicht missen lassen. Dennoch sollten wir nicht vergessen, welches der eigentliche Grund unserer Zusammenkunft ist. Und was das angeht, wird Till durch seine Missetat entlastet. – Till, du kannst nun nach Hause gehen und auf die Heimkehr deines Vaters warten. Und ich rate dir gut, keine Umwege zu machen. – Und Ihr, Distelhuizen, solltet mit Eurem Bericht fortfahren.«

Der Gerichtsbote wartete, bis Till die Stube verlassen hatte. Das tat er, wie er gekommen war: stumm und staksig.

»Wir haben die jungen Männer nicht nur verhört, sondern

überdies auf Kratzspuren untersucht und sind in einem Fall tatsächlich fündig geworden«, führte der Bote aus. »Allerdings ergab eine eingehendere Untersuchung, dass die Spuren von einer Katze stammen. Tja, das ist im Augenblick alles.«

»Wie?«, fragte van Wissel, wofür die Versammelten ihn anstarrten, als habe er durch ein Wunder die Sprache wiedererlangt. »Dann sind wir ja genauso weit wie vorher.«

»Das stimmt so nicht«, sagte Jakob. »Wir haben zwar noch immer keine richtige Spur, dafür aber eine falsche weniger.«

»Trotzdem ist das unbefriedigend«, sagte Erasmus. »Drei vergeudete Tage, und bereits übermorgen wird der Graf zurückerwartet. Ich hatte gehofft, der Fall sei vor seiner Rückkehr aufgeklärt.«

»Ich weiß, was du damit sagen willst. Es wäre gut, wenn wir beweisen könnten, dass wir in der Lage sind, unsere Belange selbst zu regeln.«

»So ist es.« Erasmus wandte sich an Distelhuizen. »Wie schätzt Ihr die Lage ein? Ist bis übermorgen mit einem brauchbaren Ergebnis zu rechnen?«

Der Gerichtsbote ließ seine Mundwinkel hängen und zog die Schultern hoch, sagte aber nichts. Was das heißen sollte, war allen klar.

»Dann war es wohl doch ein jüdischer Ritualmord«, sagte von Elten und blickte herausfordernd in die Runde.

Van Eyl, der des Kaplans Miene nicht mitbekommen hatte, sagte: »Mit Eurem Hirnschmalz ist es wirklich nicht weit her, verehrter von Elten. Ich habe Euch doch bereits gesagt, dass es in Kleve keine Juden mehr gibt. Der letzte war Eleasar ben Jehuda, aber der hat die Stadt im Herbst letzten Jahres verlassen, nachdem ihm zu Ohren gekommen war, was in der Bartholomäusnacht zu Köln geschehen ist. Ihr werdet Euch schon eine andere Erklärung zurechtlegen müssen.«

»Auch in eine beleidigende Form gekleidet gewinnt Eure Meinung nicht an Stichhaltigkeit. Ist Euch schon mal der Gedanke gekommen, dass Juden womöglich unerkannt unter uns leben?«

Von Elten wurde angestarrt, als habe er die Erdscheibe zur Kugel erklärt.

»Was meint Ihr mit unerkannt?«, fragte Erasmus. »Ohne Spitzhut und Judenfleck? Das wäre strafbar.«

»Warum nicht? Das wäre zudem ein Verhalten, das gut zu ihrem heimlichtuerischen Wesen passen würde.«

»Ich bezweifle, dass Ihr für Eure Ansicht eine Mehrheit finden werdet, von Elten. Das erscheint mir doch zu weit hergeholt.«

»Ich weiß nicht«, sagte Clos. »Von woanders hört man so manches, was von Eltens Überlegungen durchaus schlüssig erscheinen lässt.«

»Nichts als Schauermärchen, um den Mord an diesen Leuten zu rechtfertigen«, polterte Erasmus. »Das hat es in Kleve nie gegeben und wird es auch nie geben.«

»Ohne Juden geht das auch schlecht«, sagte van Eyl.

Jakob van der Schuren ergriff das Wort. »Sagt, von Elten, liegen Euch, abgesehen von der Art und Weise des Mordes, irgendwelche Erkenntnisse vor, die für eine heimliche Anwesenheit von Juden in der Stadt sprechen? Wie ich Euch kenne, stellt Ihr eine solche Behauptung nicht grundlos auf.«

»Mein Brunnen ist jedenfalls nicht vergiftet«, juxte van Eyl. »Ich habe noch heute Morgen daraus getrunken.«

Von Elten zog ein Leinentuch aus der Tasche, das er entknotete und auseinanderfaltete. Das nahm einige Zeit in Anspruch, da ihm von Geburt an beide Daumen fehlten. Zu Tage kamen drei Hostien. Von Elten hielt sie nacheinander hoch. Jede hatte vier kleine Löcher wie von Nadelstichen. Eine ließ er zur näheren Begutachtung herumgehen.

»Hostienschändung«, sagte Clos voller Abscheu. »Damit wird der Leib des Herrn zum zweiten Mal durchbohrt. Woher habt Ihr die? Etwa aus dem Tabernakel?«

»Gottlob sind es keine geweihten«, sagte von Elten. »Nein, der Tabernakel wie auch die Kustodia sind unversehrt, nichts wurde aufgebrochen.«

»Woher stammen sie dann?«, fragte Erasmus.

»Sie lagen geschichtet auf einer Patene in der Sakristei. Sie sind erst heute Morgen gebacken worden.«

»Haltet Ihr den Raum nicht verschlossen?«, fragte Jakob.

»Wenn ich die Kirche verlasse schon. Nach der Messe habe ich jedoch einem Dutzend Sünder die Beichte abgenommen. In der Zeit hätte gleichsam jeder –«

»Zum Teufel!«, sagte van Eyl. »Sollte der Pfaffe doch Recht haben?«

»Ich weiß nicht«, sagte Erasmus und wandte sich mit einem Hilfe suchenden Blick an seinen Bruder.

»Ein eindeutiger Beweis ist das nicht«, sagte Jakob. »Dennoch, so abwegig, wie von Eltens Überlegungen zunächst schienen, sind sie offenbar nicht. Nehmen wir einmal an, es wäre so, wie er vermutet, dann stünden wir plötzlich vor ganz neuen Schwierigkeiten. Oder hat jemand der anwesenden Herren einen brauchbaren Vorschlag, wie wir einen heimlich in der Stadt lebenden Juden ausfindig machen könnten?«

Die Folge war allgemeines Achselzucken, selbst der Kaplan wusste keine Antwort. Bis van Eyl plötzlich mit seiner Pranke auf den Tisch schlug.

»Da gibt's nur eins«, polterte er. »Alle Männer der Stadt müssen die Hosen runterlassen.«

Senlis, Dezember 1345
Zwei schwer bewaffnete Männer hatten ihren Beobachtungsposten hinter dem Erdwall direkt an der Straße nach Beauvais bezogen. In ihrer Begleitung befand sich ein Unbewaffneter, dessen kostspielige Kleidung – unter anderem ein pelzbesetzter Umhang und mit Silberbeschlägen verzierte Stiefel – seine herausragende Stellung bezeugten. Darüber hinaus hielt sich ein knappes Dutzend Reiter im Schutz eines kleinen Wäldchens zum Eingreifen bereit. Obwohl es mitten in der Nacht war, war die Sicht dank einer dünnen Decke Neuschnees ausgezeichnet.

»Wo bleibt er nur?«, flüsterte de la Chapelle, zog den Pelzkragen enger und lugte über den Wall. Erst am Vorabend war er aus Paris angereist, wo er Seiner Majestät Bericht erstattet hatte.

»Er wird wie wir irgendwo auf der Lauer liegen und das Gelände beobachten«, gab Jules de la Motte zurück, der die hauptsächlich aus Leibgardisten des Königs bestehende Truppe befehligte. Sein Schnauzbart war rostrot und gewaltig und erinnerte an einen Rosshaarbesen. »Sobald er sicher ist, dass keine Gefahr droht, wird er seine Deckung verlassen.«

»Euer Wort in Gottes Ohr.«

»Er geht sehr umsichtig vor«, ließ sich der dritte Mann vernehmen, ein gewisser Pierre de Sowieso, de la Chapelle hatte den Namen vergessen. Das einzig Auffällige an dem Mann war, dass ihm das linke Ohr fehlte. »Seit zwei Tagen hat er die Umgebung des Gutes ausgekundschaftet und war dabei von den Bauern des Dorfes kaum zu unterscheiden.«

»Pierre hat Recht«, sagte de la Motte. »Selbst ich, der ich d'Amiens nun seit über einer Woche auf den Fersen bin, hätte ihn beinahe übersehen. Wie alt, sagtet Ihr noch, ist der Comte?«

»Sechzig«, brummte de la Chapelle, woraufhin die beiden Ritter anerkennend nickten.

De la Chapelle missfiel die Bewunderung, die die beiden dem Flüchtling entgegenbrachten, und noch stärker missfiel ihm, dass sie dies zu Recht taten. Der Comte d'Amiens hatte sich keineswegs als der erhoffte einfältige Greis erwiesen, der sie schnurstracks zum Versteck des Schatzes führte. Am zweiten Tag nach seinem Ausbruch hatten sie sogar kurzzeitig seine Spur verloren, weil d'Amiens mit dem Pferd, das er in Reims gestohlen hatte, eine Zeit lang im Bett eines Baches geritten war.

Zunächst fürchtete de la Chapelle, d'Amiens habe bemerkt, dass er verfolgt wurde. Später ließ er sich jedoch gerne von de la Motte überzeugen, dass es sich nur um eine allgemeine Vorsichtsmaßnahme gehandelt hatte, wie sie ein jeder ergriffen hätte, der seine Spuren verwischen wollte. Dennoch wurde dem Bevollmächtigten Seiner Majestät im Nachhinein noch ganz flau, wenn er daran dachte, was eben diese wohl dazu gesagt hätte, hätten sie d'Amiens nicht wieder aufgespürt.

»Ihr solltet Eure Hände vor den Mund halten«, riss ihn de la Motte aus seinen Gedanken. »Sonst sieht man Euren Atem. – Wisst Ihr, wem der Gutshof gehört?«

»Einem Neffen des Königs.« De la Chapelle schnaufte in seine hohle Hand. »In früheren Zeiten war der Hof eine Komturei des Ordens.«

»Dann könnte es also sein, dass sich das, was wir suchen, hier auf dem Gelände befindet.«

Trotz der Umschreibung warf de la Chapelle dem Anführer der Truppe einen bösen Blick zu; höchste Geheimhaltung war vereinbart worden, außer dem Schnauzbärtigen war kein Mann eingeweiht. Auch nicht Pierre, dessen verbliebenes Ohr bei der Bemerkung seines Vorgesetzten gewachsen zu sein schien.

»Da ist er«, sagte de la Motte plötzlich.

»Wo?« De la Chapelle kniff die Augen zusammen.

»Bei den Stallungen. Jetzt ist er hinter dem Misthaufen in Deckung gegangen.«

»Ich sehe nichts.«

»Keine Sorge, ich habe ihn im Visier.«

In dem Moment stieß der Einohrige seinen Vorgesetzten an und deutete nach halb links.

»Er ist bereits weitergelaufen«, raunte de la Motte. »Augenblicklich befindet er sich im Schatten der kleinen Kapelle am Fuß der Mauer. Seht Ihr ihn?«

De la Chapelle hatte weder eine Bewegung bemerkt, noch vermochten seine Augen den angesprochenen Schatten zu durchdringen. Die beiden Ritter konnten ihm viel erzählen.

»Seid Ihr Euch sicher?«, fragte er deshalb.

De la Motte gab keine Antwort, jetzt war zur Abwechslung mal er verstimmt.

»Der Comte macht sich an der Tür des Kirchleins zu schaffen«, sagte Pierre.

»Seht hin, nun müsstet selbst Ihr ihn erkennen können«, sagte de la Motte. »Dort drüben.«

De la Chapelle reckte den Hals. Keine Frage, da war etwas. Aber bei seiner Sehkraft hätte es auch eine Kuh sein können, die ihr Hinterteil am Gemäuer wetzte. Zudem nahmen ihm die Stämme der kahlen Buchen einen Großteil der Sicht.

»Jetzt ist er drin«, ließ sich erneut der Einohrige vernehmen.

»Dann lasse ich meine Männer nun Stellung beziehen«, sagte de la Motte. »Sobald d'Amiens die Kapelle verlässt, werden wir ihn uns schnappen.«

»Das werdet Ihr bleiben lassen!«, fuhr de la Chapelle ihn an, jede Vorsicht vergessend. »Ihr glaubt doch wohl selbst nicht, dass der Schatz sich in dieser mickrigen Kapelle befindet. Seine Majestät und ich gehen von mehreren Wagenladungen aus!«

»Weswegen sollte d'Amiens die Kapelle denn sonst aufsuchen?«

»Was weiß ich? Vielleicht ist dort der Lageplan versteckt.«

»Ein Lageplan? – Nun, wie Ihr meint. Was schlagt Ihr als weiteres Vorgehen vor?«

»Wir warten.«

Die Zeit verging. Erneut, wie schon am frühen Abend, setzte Schneefall ein. Da kein Wind wehte, fielen die Flocken senkrecht. Eine geradezu unheimliche Stille lag über dem Land. De la Chapelle begann zu schwitzen.

»Was kann man bloß so lange in einer Kapelle machen?«, fragte er.

»Sollen meine Männer nachsehen?«, fragte de la Motte.

»Nein, nein. Wir warten noch einen Augenblick.«

Ein schwacher Wind kam auf, und das Schneetreiben wurde dichter. De la Chapelles pelzverbrämte Kappe sah mittlerweile aus, als sei sie aus Hermelin gefertigt.

»Einverstanden«, sagte der Gesandte Seiner Majestät. »Aber zunächst nur ein Mann. Er soll sich anpirschen.«

De la Motte gab seine Anweisungen an den Einohrigen, der daraufhin Harnisch und Schwert ablegte. Nur mit einem Dolch bewaffnet schlich er geduckt von Baum zu Baum, bis er die kleine Kirche erreicht hatte. Einen Augenblick verharrte er neben dem Eingang, dann verschwand er im Dunkel des Gebäudes. Nur Atemzüge später kam er wieder heraus und winkte aufgeregt.

»Kommt!«, rief de la Motte, kletterte über den Wall und eilte voran. De la Chapelle folgte ihm, so schnell er konnte. Als er die Kapelle erreichte, hatte der schnauzbärtige Anführer bereits eine Kerze entzündet und leuchtete in ein rechteckiges Loch in der Rückwand, gleich neben dem winzigen Altar.

»Hier ist er raus«, sagte er. »Ein Geheimgang. Ich habe Pierre hineingeschickt, um herauszufinden, wohin er führt.«

Der tauchte wenig später in ihrem Rücken an der Eingangstür der Kapelle wieder auf.

»Der Gang führt schnurstracks in die Stallungen«, sagte er atemlos. »Einer der Verschläge ist leer, aber der Pferdemist, der darin liegt, ist noch warm.«

»Tja«, sagte de la Motte, »diesmal haben wir ihn wohl wirklich verloren.«

De la Chapelle biss sich vor Wut auf die Lippen, weil er und kein anderer die verhängnisvolle Entscheidung abzuwarten getroffen hatte. Keine Frage, jeden anderen hätte er dafür auf der Stelle köpfen lassen.

Kleve, Juni 1350
»Es soll hier einen Hecht geben, der eine Vorliebe für Waschfrauenfinger hat«, sagte Marco.

Elsa hielt einen Wimpernschlag inne, fuhr dann aber fort, das Gewand auf dem abgerundeten Stein zu walken.

Ohne sich umzudrehen, sagte sie, wobei es unfreundlicher klang, als sie beabsichtigte: »Was willst du?«

»Mich bei dir entschuldigen.«

»Wofür? Dass du die Wahrheit gesagt hast?«

Zur selben Stunde, in der der Magistrat tagte, war Marco die Posterne zum Alten Rhein hinuntergegangen, jenen Weg, den die Frauen zum Waschen und Bleichen nahmen. Nun stand er am Ufer, unweit der Neuen Brücke. In der Vormittagssonne glitzerte der Flussarm wie flüssiges Blei. Hinter Marco ragte der Burgberg mit dem Schloss in den Himmel, eine Anlage, die von hier unten betrachtet jeden Angreifer verzweifeln lassen musste. Zwei Stege führten einige Schritte aufs Wasser hinaus. Obwohl jeder nur von einem Waschweib besetzt war, hatte Elsa einen Platz für sich allein an der Uferböschung gewählt.

»Wahrheit hin oder her, manchmal sollte man einfach den Mund halten«, sagte er. »Was ist, nimmst du meine Entschuldigung an?«

»Kümmert dich das wirklich?«

»Sonst wäre ich wohl kaum hier.«

Elsa zog den Stoff noch einmal durchs Wasser und wrang ihn aus. Da er für ihre Hände zu dick war, musste sie das Gewand verknoten, um die restliche Nässe herauszupressen. Dann hängte sie es neben die anderen Kleidungsstücke auf das hölzerne Trockengestell. Sie sah krank aus, gezeichnet. Ihr Gesicht war noch knochiger als vor zwei Tagen, und die schwarz umrandeten Augen lagen viel zu tief in den Höhlen.

»Gut«, sagte sie. »Ich nehme deine Entschuldigung an. Aber unter einer Bedingung – dass du mir im Gegenzug die Ohrfeige verzeihst. Ich hasse es, derart die Selbstbeherrschung zu verlieren.«

»Geschenkt«, sagte Marco und strich sich über die Wange, als glühe sie noch immer. »Ich würde gerne deine Eltern aufsuchen, um ihnen mein Beileid auszusprechen. Nur weiß ich nicht, wie sie das auffassen würden. Ich stehe bei ihnen ja in keinem besonderen Ansehen.«

»Das lässt du besser. Sie wüssten damit nichts anzufangen.«

Die Unterhaltung kam ins Stocken.

»In der Stadt wird erzählt, dein Vater will die Schankwirtschaft verkaufen und mit euch die Stadt verlassen«, sagte Marco schließlich.

»Wer sagt das?«

»Meine Mutter hat es beim Bäcker aufgeschnappt.«

»Das ist Unfug. Wohin sollten wir denn gehen? Du weißt doch, dass überall um Kleve herum die Pest wütet.«

»Eben.« Marco ließ seinen Blick über das Flachland jenseits des Kermisdahl schweifen. »In gewisser Weise sitzen wir hier in einem Gefängnis.«

»Dasselbe hat Anna einen Tag vor ihrem Tod auch gesagt«, sagte Elsa und schluckte. »Aber dann verbesserte sie sich und sagte, in einem Gefängnis der Glückseligen, denn noch lebten wir ja unbeschwert. Ihr war es gegeben, die Dinge leicht zu nehmen. Darum habe ich sie oft beneidet.«

Ohne ein Wort oder Zeichen der Verständigung setzten sie sich in Bewegung und gingen langsam in Richtung Brücke. Der Uferpfad war breit genug, um nebeneinander zu gehen.

»Ihr Frohsinn war wirklich ansteckend«, sagte Marco. »Man konnte ihr nur schwer böse sein. Deshalb will mir auch nicht in den Kopf, wie jemand ihr das antun konnte. Derjenige muss sie unbändig gehasst haben. Hat Anna einmal erwähnt, dass sie vor irgendwem Angst hatte?«

»Angst? Nein. – Manche mochte sie nicht. Den Kaspar Heeck zum Beispiel, der war ihr unheimlich. Eine Zeit lang hat er ihr nachgestellt und sie dabei aus dunklen Gassen oder Winkeln heraus angesprochen. Hässlich wie der arme Tropf ist, hat er sich wahrscheinlich nur nicht ans Licht getraut.«

»Hat er sie mal bedroht?«

»Das kann ich mir nicht vorstellen. Kaspar ist zwar sonderlich, aber nicht gefährlich. Einmal allerdings ist er von hinten an Anna herangeschlichen und hat ihr an die Brüste gefasst. Dafür hat sie ihm eine geknallt, und er hat sich getrollt. Das war aber auch alles.«

»Immerhin. Und was ist mit Till van der Schuren?«

»Wie kommst du auf den?«

»Mit ihm war Anna doch vor mir zusammen, oder nicht?«

»Aber nur für wenige Tage. Der Kerl ist ein Grobian, hat sie gesagt. Ich weiß allerdings nicht, wie sie das gemeint hat.«

Marco schnaubte. »Als Knabe hat er lebende Kaninchen an

die Stallwand genagelt. Wie der Herr am Kreuz, hat er gesagt und gelacht. Zum Schluss hat er sie gepfählt, indem er den armen Viechern einen kleinen Pflock mitten durchs Herz getrieben hat.«

»Das ist ja teuflisch!«

Unter der Brücke war es feucht und kühl wie in einer Grotte. Laut gluckste das Wasser ans Ufer. Jenseits der Brücke schufteten Zimmerleute am Dachstuhl der neuen Wassermühle.

»Mit wem war sie denn früher noch zusammen?«, fragte Marco eine Spur lauter, um das Hämmern zu übertönen. »Dir hat sie es doch bestimmt erzählt.«

»Quäl dich nicht damit«, sagte Elsa. »Sie hatte dich wirklich gerne, solange ihr zusammen wart. Das weiß ich.«

»Daran zweifele ich nicht. Auch wenn sich die Stärke unserer Gefühle gegenläufig entwickelte.«

»Was meinst du damit?«

»Ich glaube, dass Anna gleich am ersten Tag am heftigsten in mich verliebt war, wobei dieses Gefühl schon kurz darauf wieder abebbte. Ich hingegen war anfangs nur stolz, sie erobert zu haben, und habe mich erst im Lauf der Zeit richtig in sie verliebt. Tragischerweise empfand ich am stärksten für sie, als sie die Beziehung beendet hat.«

»Und jetzt?«

»Mich schmerzt zutiefst, was ihr widerfuhr. Deshalb will ich auch wissen, wer sie umgebracht hat.«

»Darum kümmert sich schon Distelhuizen. Gerade jetzt sitzen sie in der Ratsstube zusammen. Vielleicht wissen sie bereits, wer es war.«

»Das glaube ich nicht. Dem Gerichtsboten kann man einiges vormachen.«

Elsa blieb stehen. »Warum sagst du das jetzt? Weil ich dich nicht an ihn verraten habe?«

»Nein. Ich denke nur daran, wie er mich befragt hat. Mir

wäre es ein Leichtes gewesen, ihm etwas vorzulügen. Bei den anderen wird es nicht anders gewesen sein.«

»Er sucht aber auch nach Kratzspuren. Die kann keiner verbergen.«

Darauf ging Marco nicht ein. Stattdessen fragte er: »Gehen wir zurück?«

Als sie erneut unter der Brücke waren, sagte Elsa: »Eigentlich kommt jeder Gast in Frage, dem Anna mal schöne Augen gemacht hat, und das konnte sie weiß Gott. Dabei hatte sie es nur aufs Trinkgeld abgesehen. Aber das haben die Mannsbilder nicht verstanden. Am letzten Abend, sagte sie, hat ihr sogar der Schlosskaplan einen Klaps gegeben.«

»Von Elten?« Marco lachte kurz auf, dann schüttelte er angewidert den Kopf. »Das muss ich meinem Bruder erzählen. Der hält nämlich große Stücke auf den kleinen, dicken Pfaffen.«

»Nimmt er noch Unterricht bei ihm?«

»Zweimal die Woche treffen sie sich zum gemeinsamen Bibellesen.«

Zu den beiden Waschweibern hatte sich eine dritte Frau gesellt. Sie war fett und hatte offene Beine. Aufgeregt schnatternd standen sie beieinander.

»Habt ihr es auch schon gehört?«, rief die Neuangekommene Elsa und Marco zu. »Sie wollen alle Männer untersuchen. Gleich heute fangen sie damit an.«

»Was soll das heißen?«, fragte Marco.

Die Frau kam ans Ufer gewatschelt. Marco kannte sie vom Sehen, ihr Mann war Diener beim Magistrat.

»Gerade ist die Ratssitzung zu Ende gegangen«, sagte sie kurzatmig. »Es wurde beschlossen, dass alle Männer, ohne Ansehen der Person, untersucht werden.« Sie zeigte hoch zur Burg und kicherte. »Nur den Grafen werden sie wohl ausnehmen.«

»Er ist gar nicht da. Ihr habt noch immer nicht gesagt, weswegen die Untersuchung stattfinden soll. Hofft der Richter, so den Mann mit den Kratzern zu finden?«

Verschwörerisch beugte die Fette sich vor und senkte die Stimme. »Die Juden waren's, die Eure Schwester auf dem Gewissen haben. Das hat zumindest unser verehrter Kaplan gesagt. Wegen der Sache mit dem Herzen; außerdem sind durchstochene Hostien gefunden worden. Mindestens einer von denen muss heimlich in der Stadt sein. Den wollen sie durch die Untersuchung ausfindig machen. Die Stadttore sind schon geschlossen, da kommt keine Maus mehr durch.«

Elsa guckte verständnislos zwischen Marco und der Frau hin und her.

»Ach, du junges Ding«, sagte die Alte. »Die Juden haben doch keine Haut mehr an ihrem ... wie sagt man gleich ...«

»Sie sind beschnitten«, sagte Marco.

»Genau, das suchen sie. Einen Beschnittenen.«

Auf dem Heimweg trug Marco Elsa die Wäsche hinauf ins Kirchdorf. Die ganze Zeit ging er gekrümmt und sagte keinen Ton, was aber nicht an dem mehlsackschweren Wäschekorb lag.

Vielmehr war ihm, als habe ihn jemand in den Unterleib getreten.

*

»Porca miseria!«, schrie Umberto di Montemagno. »Wo bist du nur mit deinen Gedanken? Weißt du, was ein einziges Gran Safran kostet?«

Marco schob mit den Händen zusammen, was ihm aus dem Beutel auf die Erde gefallen war, und legte die gelben Blüten zurück in die Waagschale.

»Madonna! Mit all dem Dreck! Ich werde sämtliche Kunden verlieren!«

»Ich werde die Flusen rausklauben«, sagte Marco.

»Geh weg, das mache ich selbst«, sagte Umberto, drängte seinen Sohn zur Seite und wischte dabei mit dem Ärmel den vollen Beutel von der Waage. Wie gelber Schnee breiteten sich die getrockneten, aromatisch riechenden Blütennarben auf den Dielen aus.

Wenn man nicht daran denkt, welches Vermögen da liegt, sieht es sehr schön aus, dachte Marco, hütete sich aber, dergleichen auszusprechen. Sein Vater stand auch ohne eine derartige Bemerkung kurz vor einem Schlagfluss. Umso erstaunlicher war es, dass er nicht losbrüllte, sondern seinen Sohn lediglich um Fassung ringend ansah.

»Was ist los mit dir, Marco? Seit dieses Weibsbild umgebracht wurde, machst du einen Unfug nach dem anderen. Und jetzt hast du mich auch noch angesteckt. Soll das ewig so weitergehen?«

»Lass uns erst den Safran einsammeln. Sonst bläst der Wind ihn noch zur Tür hinaus.«

»Ach, was kümmert mich der Safran«, sagte Umberto und führte Marco auf den Hof. »Das sollen dein Bruder und Ricciutello machen. Pietro und du, ihr werdet einmal in meine Fußstapfen treten und das Geschäft übernehmen. Bisher warst immer du der Tüchtigere von euch beiden. Dir habe ich zugetraut, das Geschäft zu führen. Aber seit dem Tod dieser Anna ... Benedetto dio! Wie soll das weitergehen? Ich mache mir ernste Sorgen.«

Marco ließ sich erschöpft auf den Hauklotz fallen, auf dem Ricciutello die Holzscheite zu spalten pflegte. So wie er aussah, konnte man meinen, er habe den ganzen Tag Steine geschleppt.

»Was ist?«, fragte Umberto. »Du wirst doch nicht krank werden?«

»Mit mir kannst du nicht mehr rechnen«, sagte Marco. »Pietro wird das Geschäft übernehmen müssen.«

Umberto fiel die Kinnlade runter, so weit, als habe er beim Gähnen die Muskulatur überdehnt.

»Hast du es denn noch nicht gehört?«, fragte Marco.

»Was soll ich gehört haben?«

»Was der Rat beschlossen hat.«

»Caro mio, wenn ich wüsste, wovon du redest, wäre mir wohler.«

Marco seufzte und ließ die Schultern noch mehr hängen. »Angeblich hält sich in der Stadt unerkannt ein Jude auf, der Annas Mörder sein soll. Deshalb hat der Rat verfügt, sämtliche Männer auf Beschneidung zu untersuchen.«

»Aber was hat das mit dir ... Gütiger Himmel!« Umberto schlug die Hand vor den Mund. »Wenn der Pöbel einen Beschnittenen zu fassen kriegt, wird er nicht lange fragen, ob derjenige wirklich ein Jude ist. Weiß deine Mutter das schon?«

»Nein.«

»Gut so. Sie würde sich umbringen vor Sorge.« Umberto legte die Stirn in Falten und begann mit hinter dem Rücken verschränkten Händen um den Hauklotz zu laufen. »Ich werde unverzüglich um eine Audienz beim Fürsten bitten. Es wird mich wahrscheinlich eine Kleinigkeit kosten, aber ... Ich bin mir sicher, wenn ich ihm die Angelegenheit darlege, wird er seine schützende Hand über dich halten.«

»Der Graf ist in Brügge, das weißt du doch. Außerdem – glaubst du ernsthaft, er würde sich gegen die gesamte Bürgerschaft stellen, wenn die erst einmal Blut geleckt hat?«

»Dann wirst du ein paar Sachen packen und zu deinem Onkel Angelo nach Aachen reiten. Dort bist du sicher.«

»Der Rat hat die Stadttore bereits schließen lassen.«

»Dann steigst du über die Mauer.«

»Und das Pferd wirfst du mir hinterher, wie? Nein, nein, das lasse ich bleiben. Wegzulaufen käme einem Geständnis gleich.«

Umberto blieb vor Marco stehen. »Ja, verdammt, was

willst du denn dann tun? Willst du hier sitzen bleiben wie ein Kaninchen beim Anblick der Schlange?«

»Ich weiß es nicht«, sagte Marco und stand auf. Die wirren Vorschläge seines Vaters hatten ihm frisches Vertrauen in seine eigene Stärke gegeben. »Aber mir fällt schon noch etwas ein.«

»Gut, dass ich euch beide treffe«, sagte Pietro, der durch das Tor auf den Hof kam. »Ich muss mit euch sprechen.«

»Jetzt nicht«, sagte Umberto. »Such Ricciutello und sag ihm, er soll dir beim Aufsammeln des Safrans helfen.«

»Welcher Safran?«

»Der Boden des Kontors ist voll davon. Nun mach schon.«

»Einen Satz wird das noch warten können, oder?«

»Na, meinetwegen. Was gibt es?«

Pietros Miene bekam etwas Feierliches, als wolle er verkünden, dass er die Frau fürs Leben gefunden habe. Und so etwas Ähnliches war es dann auch.

»Ich habe beschlossen, mein Leben künftig ganz dem Herrn zu weihen und dem Orden des Heiligen Franziskus beizutreten«, sagte er.

Umberto di Montemagno sank zu Boden, bevor einer seiner Söhne ihn auffangen konnte.

Sie saßen unter einem Apfelbaum im Monniken Bongert, der nicht nur jedermann offen stand, sondern in dem auch die Magistratswahlen abgehalten wurden. Die Sonne hatte sich für heute bereits verabschiedet, aber der glutrote Balken, den sie am Horizont zurückgelassen hatte, spendete noch so viel

Licht, dass man gut ohne Kerze hätte lesen können. Es war die Stunde des Abendbrotes bei den Montemagnos, doch weder Marco noch Pietro machten Anstalten, heimzugehen. Hin und wieder gab es Wichtigeres als Schmalznudeln.

»Warum?«, fragte Marco.

»Weil nur die uneingeschränkte und vorbehaltlose Rückbesinnung auf Gott die Menschheit noch retten kann«, sagte Pietro. »Sieh dich um: allenthalben Sittenverfall, Unzucht und Gottlosigkeit. Selbst solche, von denen man vor kurzem noch dachte, sie seien fromm und gottesfürchtig, führen sich mittlerweile auf wie die Bewohner von Sodom und Gomorrha.«

»Nun übertreib nicht.«

»Ich übertreibe keineswegs. Es soll jedoch auch Menschen geben, die ihre Augen bewusst vor dem Schmutz verschließen, der sie umgibt.«

»Das klingt schrecklich nach Mutter, wenn wir unsere Schuhe nicht abgetreten haben.«

»Dein Spott wird dir nicht helfen, mein Bruder. Die Geißel Gottes naht unaufhaltsam. Das halbe Land hat sie bereits verheert.«

»Du scheinst Ursache und Wirkung zu verwechseln, Pietro. Die Pest ist nicht die Strafe für die Ausschweifungen. Die Leute prassen und huren erst, seit sie wissen, dass der Schwarze Tod auf sie zurast.«

»Du leugnest die göttliche Vorsehung.«

»Hat das von Elten gesagt?«

»Nein, das sage ich. Was nicht heißt, dass von Elten und Clos nicht meiner Meinung wären.«

»Clos? Sag bloß, ihr steht noch immer in Verbindung?«

»Er stößt ab und an dazu, wenn ich mit dem Kaplan studiere. Er wohnt ja gleich nebenan. Meistens entwickeln sich dann hochinteressante theologische Dispute.«

»Das kann ich mir lebhaft vorstellen«, sagte Marco und

verdrehte die Augen. »Bisweilen frage ich mich, ob wir nicht doch aus verschiedenen Ställen stammen.«

»Nur weil du zeitlebens Schwierigkeiten mit Lehrern hattest, muss es mir doch nicht ebenso ergehen.«

»Nicht mit allen, nur mit einem.«

»Was sich gleich bleibt, da wir nur den einen hatten.«

»Du vergisst den alten van Houten. Der Mann hat mir gefallen.«

»Den hatten wir nur drei Wochen. Und davon war er zwei Wochen krank.«

»Eben.«

Conradus Clos hatte sie bereits in Strassburg unterrichtet. Bei ihm hatten sie neben Lesen, Schreiben und etwas Rechnen auch ihre Grundkenntnisse in Latein erworben, hatten zum Beispiel Ovids »Ars amandi« studiert. Schon damals hatte es zwischen Clos und Marco, der unbegründete Bevormundungen nur schlecht ertrug, ständig Reibereien gegeben. Kein anderer hatte auch nur halb so viele Schläge mit dem Rohrstock kassiert wie der ältere der Montemagno-Brüder. Nach der Flucht aus dem Elsass waren sie in Kleve auf die neu gegründete Lateinschule des Stifts gegangen, zunächst bei Bernard van Houten, dem Gründungsrektor. Nach dessen baldigem Ableben war, wie es der Teufel wollte, ausgerechnet Conradus Clos zu seinem Nachfolger ernannt worden. Warum auch er hatte Strassburg verlassen müssen, wusste Marco bis heute nicht. Damals glaubte er, einzig um ihn weiter verprügeln zu können. Hätte sein Vater ihn damals nicht gezwungen, durchzuhalten, hätte Marco den Bettel hingeschmissen.

»Für dich bedeutet Rückbesinnung also, ins Kloster zu gehen«, sagte Marco. »Ist das auch auf Clos' Mist gewachsen?«

»Ich mag es nicht, wenn du in dieser abfälligen Art über ihn sprichst«, sagte Pietro. »Clos mag seine Fehler haben, aber er ist sittlich über jeden Zweifel erhaben. Das gilt im Übrigen auch für sein Verhältnis zu dir. Ein kleiner Rat: Suche hin und wieder den Fehler bei dir selbst. Aber, um auf deine Frage zurückzukommen, den Entschluss, dem weltlichen Leben zu entsagen, habe ich nur in Zwiesprache mit dem Herrn getroffen. Auch wenn ich das Vorhaben selbstverständlich mit von Elten und Clos besprochen habe.«

»Also doch!« Marco riss ein Büschel Halme aus. »Gott hat dir einen eigenen Kopf gegeben, Bruderherz, warum benutzt du ihn nicht? Ich verstehe nicht, wie du dich von diesen alten Narren derart beeinflussen lassen kannst.«

»Du tust ja gerade so, als hätten die beiden einen Gewinn davon, mich hinter Klostermauern zu sehen.«

»Sie werden sich davon schon etwas versprechen. Eine Seele dem Herrn zuzuführen, macht nach ihrer Rechnung bestimmt fünf bis sechs Schandtaten der Sorte ›Weibsbilder aufs Hinterteil hauen‹ wett.«

Marco spürte, wie Pietro sich versteifte. Zudem wurde es merklich kühler, was nicht nur an der vorgerückten Stunde lag. Marco spannte einen Grashalm zwischen seine Daumen und ahmte das Zirpen einer Grille nach, ihr Erkennungszeichen aus Kindertagen. Aber das Spiel von einst verfing nicht, Pietros Antwort blieb aus. Also versuchte Marco es noch einmal mit Worten.

»Hättest du den Entschluss auch gefasst, wenn du der Erstgeborene wärst?«, fragte er.

»Ich pflege mich nicht mit müßigen Gedanken zu beschäftigen.«

»Dann frage ich anders. Was hat für dich Vorrang: Gott zu dienen oder das Wohl der Familie?«

»Was bezweckst du mit deiner Frage? Willst du mich in die Enge treiben? Du bist der Erstgeborene, und damit geht die Verantwortung für die Familie auf dich über.«

»Was wäre, wenn ich ausschiede?«

Ohne zur Seite zu sehen, wusste Marco, dass Pietro ihn anblickte.

»Willst du dich drücken?«

»Nein! Aber es könnten Umstände eintreten, die mich daran hindern, meiner Verantwortung gerecht zu werden. Dann müsstest du nachrücken.«

»Könntest du dich etwas verständlicher ausdrücken?«

Marco berichtete von dem Beschluss des Rates, die männliche Bevölkerung auf Beschneidung untersuchen zu lassen. Pietro lauschte nachdenklich.

»Deshalb ist Vater also in Ohnmacht gefallen«, sagte er, nachdem Marco geendet hatte. »Ich dachte schon, meine Nachricht allein habe das bewirkt.«

»Es war ein bisschen viel auf einmal. Erst der Safran, dann ich, dann du.«

»Hör mir bloß auf mit dem Safran. Guck dir meine Hände an.«

»Piss drauf und reibe sie mit Sand ab, dann sind sie in drei Tagen wieder weiß.«

»Wenn du meinst«, sagte Pietro, war mit den Gedanken aber schon woanders. »Nimm es mir nicht übel, Marco, aber mir leuchtet noch nicht ein, wieso deine Lage so bedrohlich sein soll. Gesucht wird ein Jude, der auf Grund seiner Beschneidung überführt werden soll. Du bist zwar beschnitten, aber du bist nicht mosaischen Glaubens, was alle Welt bezeugen kann. An deiner Stelle würde ich den ersten Schritt tun und Distelhuizen und den Richter aufsuchen und den Sachverhalt klären. Mit den Männern kann man doch reden.«

»Sicherlich, das hat der arme Landstreicher, den der Pöbel vor zwei Jahren aufgeknüpft hat, auch gedacht.«

»Wovon redest du?«

»Vom Mord am Krämer van der Bruggen, kannst du dich daran nicht mehr erinnern? Am Tag nach der Tat wurde dieser Herumtreiber dabei erwischt, wie er den Dolch des Ermordeten versilbern wollte. Stein und Bein hat der arme Teufel geschworen, er hätte die Waffe gefunden, aber geglaubt hat ihm niemand. Nachts hat ihn der Pöbel dann unter Mithilfe der Stadtknechte aus dem Verlies geholt und am nächsten Baum aufgehängt. Van der Schuren und Distelhuizen tauchten erst auf, als der Kerl schon steif war. So läuft das hier.«

»Ja, ich erinnere mich wieder. Hat sich später nicht herausgestellt, dass van der Bruggen von seinem Nachbarn erschlagen worden war?«

»Genau so war es. Da haben dann alle betretene Gesichter gemacht, was dem Landstreicher jedoch nichts mehr genützt hat.«

»Ich verstehe, worauf du hinauswillst. Wenn bekannt werden sollte, dass du beschnitten bist, würde niemand mehr danach fragen, ob du Jude bist oder nicht. Nun, dann bleibt dir nur eins, Bruder: Du selbst musst deine Unschuld beweisen.« Pietro rückte von dem Baumstamm ab und setzte sich Marco gegenüber. »Fangen wir damit an, wo du in jener Nacht warst, als Anna ermordet wurde.«

»Lassen wir es dabei, dass ich zu Hause war. Alles andere macht mich nur noch verdächtiger.«

»Wenn ich dir helfen soll, musst du mir die Wahrheit sagen.«

Marco legte den Kopf in den Nacken und sah zum Himmel auf. Mit aberwitzigen Flugbewegungen war ein Schwarm Schwalben auf Insektenjagd. Fern im Osten stand bereits der volle Mond am Himmel.

»Ich war mit Anna verabredet«, sagte er, nachdem er tief durchgeatmet hatte. »Unten bei den Fischerhütten. Aber sie ist nicht gekommen.«

»Woraufhin du sie gesucht hast.«

»Ich bin zur Stechbahn gegangen, weil ich dachte, sie sitzt womöglich mit einem anderen Kerl in der Schäferhütte. Gleich am Anfang der Bahn habe ich jedoch wieder kehrtgemacht.«

»Warum?«

»Weil ich mir plötzlich wie ein streunender Kater vorkam. Die Genugtuung, mich so zu sehen, wollte ich ihr nicht gönnen. Ich bin zurück zu den Fischerhütten und habe dort bis zum Morgengrauen geschlafen.«

»Hat dich unterwegs irgendjemand gesehen?«

Marco schüttelte den Kopf. »Nein.«

»Hast du denn deinerseits jemanden gesehen? Oder ist dir irgendetwas Verdächtiges aufgefallen?«

»Nichts. Rein gar nichts. – Doch, warte. Da war etwas. Nicht wirklich verdächtig, aber eigenartig. Ich habe Flötenklänge gehört. Es hat jemand Flöte gespielt, mitten in der Nacht.«

»Wo hast du das gehört?«

»Als ich am Rand der Stechbahn stand. Aber woher die Melodie kam, konnte ich nicht ausmachen.«

»Was war das für eine Melodie?«

»Ich weiß es nicht, irgend so ein Geträller. Tirili-tirila oder so.«

»Würdest du sie wieder erkennen?«

»Ich denke schon.«

Pietro zog die Brauen hoch. »Trotzdem, wir sollten besser dabei bleiben, dass du deine Kammer seit dem frühen Abend nicht verlassen hast.«

»Meine Rede.« Marco rupfte den Grashalm in Stücke. »Allerdings löst diese Lüge nicht das Problem der Beschneidung.«

»Da hast du leider Recht.« Zum wiederholten Mal kratzte Pietro sich an der rechten Hand.

»Was hast du?«

»Einen Mückenstich oder –« Unvermittelt stöhnte Pietro auf. Gleichzeitig presste er die Hände an die Schläfen, als müsse er seinen Schädel am Zerspringen hindern.

Marco fuhr herum und ging neben seinem Bruder auf die

Knie. Pietros Gesicht war zu einer Fratze verzerrt, als plagten ihn unerträgliche Schmerzen.

»Um Himmels Willen!« Hilflos berührte Marco Pietros Arme. »Sag mir, wie ich dir helfen kann.«

»Lass nur«, sagte Pietro gepresst. »Es ist gleich vorbei.«

Langsam entspannten sich seine Züge, aber erst als die Pein aus seinem Gesicht gewichen war, wagte er, die Hände von den Schläfen zu lösen. Schweiß perlte auf seiner Stirn, und in seinen Augen spiegelte sich Misstrauen, als rechne er mit der Wiederkehr des Schmerzes.

»Meine Güte«, sagte Marco und atmete durch. »Hast du mir einen Schrecken eingejagt. Hast du das öfter?«

»Nein, nur hin und wieder. Es kommt immer völlig überraschend.«

»Hast du Mutter davon erzählt? Vielleicht kennt sie ein Heilmittel.«

»Ich werde sie fragen.« Dann schüttelte Pietro den Kopf, als sei er soeben aus einem Tagtraum erwacht. »Wo waren wir stehen geblieben?«

»Ich weiß es nicht mehr«, sagte Marco. »Doch – dein Mückenstich. Zeig mal her.«

In der Dunkelheit war kaum etwas zu erkennen. Marco fuhr mit dem Finger über die Stelle; sie war aber nicht geschwollen.

»Du wirst dich an einem Dorn gestochen haben«, sagte er und ließ die Hand seines Bruders wieder los. »Da fällt mir ein: Wieso müssen die Hautfetzen unter Annas Nägeln eigentlich von dem Mörder stammen? Vielleicht ist sie ja auf dem Weg zu ihrem Stelldichein von jemandem belästigt worden und hat sich zur Wehr gesetzt.«

»Den Gedanken solltest du lieber für dich behalten.«

»Du hast Recht. Meine einzige Aussicht auf Erfolg besteht darin, dass ich den Mörder finde, bevor ich vor dem Magistrat die Hosen runterlassen muss.«

»Das könnte knapp werden. Die Stadtknechte stehen womöglich schon morgen vor unserer Tür.«

»Eben. Deshalb bin ich auf deine Hilfe angewiesen.«

»Was hast du vor? Hast du irgendeinen Verdacht?«

»Till.«

Pietro hob die Arme. »Vergiss ihn. Du hast sicher gehört, dass die Padres ihn in jener Nacht auf dem Klosterfriedhof erwischt haben. In der Stadt spricht man von nichts anderem. Er kann es nicht gewesen sein.«

»Das glaubst du. Und vielleicht Distelhuizen. Aber ich nicht.«

»Willst du damit andeuten, die Padres hätten gelogen?«

»Natürlich nicht.« Marco gestikulierte mit zusammengelegten Fingerspitzen, eine erblich bedingte Geste. »Aber wann haben sie ihn gestellt? Bei Tagesanbruch. Und wo war er vorher?«

»Mit seinen Saufkumpanen zusammen, deren Namen er nicht nennen will, die aber jeder kennt.«

»Eben. Halunken, die für Till jeden Meineid schwören würden, weil er sie regelmäßig freihält. Durchaus denkbar, dass Till sich für einige Zeit von ihnen abgesetzt hat, um sich mit Anna zu treffen, und später wieder zu ihnen gestoßen ist.«

Pietro wirkte alles andere als überzeugt. »Selbst wenn dem so wäre, bräuchtest du sein Geständnis.«

»Das werde ich mir schon zu besorgen wissen.«

»Willst du es aus ihm herausprügeln?«

»Ich sehe, du denkst mit.«

Pietro winkte ab. »In dem Augenblick gesteht er vielleicht. Später widerruft er jedoch. Das Ganze wird dir mehr schaden als nützen.«

»Trotzdem«, sagte Marco, erhob sich und streckte seinem Bruder die Hand hin. »Irgendwo muss ich anfangen. Was ist nun? Bist du dabei?«

Es dauerte einen Moment, aber dann schlug Pietro ein und ließ sich hochziehen.

»Ich bin dabei, fratello mio«, sagte er. »Wider besseres Wissen.«

*

Als sie den Bongert durch den gemauerten Torbogen verließen, raunte Marco seinem Bruder zu: »Wir werden verfolgt. Geh weiter und tu so, als wäre ich bei dir. Ich schnapp ihn mir.«

»Bist du sicher, dass es nur einer ist?«

»Ich denke schon.«

Während Pietro plaudernd und gestikulierend die von Dungstätten gesäumte Straße entlangschritt, zog Marco seinen Dolch und presste sich neben dem Tor in den Efeu, der die Mauer überwucherte. Es dauerte keine fünf Atemzüge und der durch den tief stehenden Vollmond überlange Schatten eines Menschen fiel durch den Bogen. Ob es sich um einen Zwerg oder einen Riesen handelte, war nicht auszumachen. Vorsichtshalber rechnete Marco mit Letzterem.

Die Person, die schließlich zaghaft durch das Tor trat, war einen ganzen Kopf kürzer als Marco. Das einfache Gewand und der Gugel wiesen sie als Bauer aus. Mit einem Satz war Marco hinter dem Burschen, schlang ihm den Arm um den Hals und setzte ihm die Spitze des Dolches unter den Rippenbogen. Gleichzeitig stieß er einen leisen Pfiff aus; das Zeichen für Pietro. Der kam umgehend zurück.

»Lass sie los«, sagte er. »Es ist Elsa.«

Marco lockerte den Griff, und Elsa entwand sich ihm. Wütend riss sie sich den Gugel vom Kopf und schüttelte ihr Haar.

»Behandelt man so eine Frau?«, fauchte sie.

»Der Habicht, der gackert, darf sich nicht wundern, wenn

er in der Suppe landet«, sagte Marco ungerührt. »Was soll die Verkleidung?«

»In Kleve treibt ein Frauenmörder sein Unwesen«, sagte sie trotzig. »Hast du das vergessen?«

»Und da dachtest du, einem Bäuerlein geht's weniger schnell an den Kragen. Nicht dumm. – Und warum verfolgst du uns?«

»Ich verfolge euch nicht. Ich muss mit dir reden.«

»Du hättest mich nur anzusprechen brauchen. So hast du dich unnötig in Gefahr gebracht. Ich hätte dich niederschlagen können.«

»Ich muss dich allein sprechen.«

»Wenn es um Anna geht, habe ich vor meinem Bruder kein Geheimnis.«

»Trotzdem.«

»Schon gut«, sagte Pietro. »Ich gehe so lange auf die Brücke und sehe nach, ob der Alte Rhein noch in seinem Bett liegt.«

Nachdem er verschwunden war, sagte Marco: »Was soll das? Pietro kannst du vertrauen.«

»Das ist es nicht«, sagte Elsa. »Dein Bruder ist so ... so edel. Seine Tugendhaftigkeit würde mich hemmen. In seiner Gegenwart brächte ich kein Wort heraus.«

»Na, das muss ja was sein. Aber lass uns lieber wieder in den Bongert gehen. Wenn die Tore geschlossen sind, könnten die Stadtknechte auf ihrem Rundgang sein. Im Augenblick wäre es nicht gut, wenn man uns zusammen sähe.«

Im Schutz der Obstbäume zerrte Elsa eine kleine Rolle Pergamente aus dem Kittel und hielt sie Marco wortlos hin.

»Was ist das?«, fragte er.

»Liebesgedichte, zum Teil sehr schmutzige. Ich habe sie in Annas Truhe gefunden.«

Marco nahm die Rolle entgegen, als könne sie zerbröseln. Es handelte sich um ein knappes Dutzend Pergamente, keines größer als eine Dachschindel.

»Weißt du, wer sie verfasst hat?«

»Nein. Aber es ist immer dieselbe Schrift. Unterzeichnet sind sie alle mit zwei ineinander verschlungenen Herzen.«

Marco überflog die Zeilen im fahlen Mondlicht. Da war die Rede von »Wonne und Schmerz«, aber auch von »Liebkosungen der weißen Schenkel und der saftigen Backen«. Ungewollt schoss ihm die Röte ins Gesicht.

»Abstoßend, nicht wahr? So stelle ich mir die Liebe nicht vor. Aber hier.« Elsa blätterte vor, ohne Marco die Rolle aus der Hand zu nehmen, und ihre Stimme begann zu zittern. »Hier, in diesem Gedicht spricht er davon, dass er ihr am liebsten das Herz herausreißen möchte.«

»Kann nicht mehr ohne das Pochen sein, möcht dir dein Herz entreißen, auf dass es ewig sei mein«, murmelte Marco und starrte entgeistert.

»Verstehst du?«, fragte Elsa. »Das muss der Mörder geschrieben haben. Man kann ihn anhand seiner Schrift überführen.«

»Ich weiß nicht ...«

»Was gibt es da nicht zu wissen? Ich werde die Gedichte gleich morgen Früh zu Distelhuizen bringen, oder noch besser zum Richter, und dann –«

»Nein«, sagte Marco und zog die Pergamente weg, als Elsa danach greifen wollte. »Zu keinem von beiden. Sonst weiß es kurz darauf die ganze Stadt.«

»Aber das spielt doch keine Rolle. So kommen wir dem Täter auf die Spur.«

Da Marco nichts entgegnete, fragte sie. »Warum sträubst du dich? Befürchtest du, die Worte könnten Annas Andenken beschmutzen?«

Als er noch immer nichts sagte, fragte sie scharf: »Oder bist du etwa eifersüchtig?«

»Nein«, sagte Marco mit belegter Stimme. »Nein, das ist es nicht. Es ist nur ...

»Was?«

»Es tut mir Leid, Elsa. Ich habe diese Verse verfasst.«

»Wie?«, stieß sie hervor. »Du? Sag, dass das nicht wahr ist.«

»Doch. Das mit dem Herz herausreißen hat jedoch nichts zu bedeuten. Das ist nur übertragen gemeint, verstehst du?«

»Nein«, stammelte Elsa kopfschüttelnd und wich zurück. »Nein. Nein.«

Als ihr die Tränen in die Augen schossen, wandte sie sich um und rannte davon. Und Marco beschlich wie schon vor zwei Tagen das ungute Gefühl, ihr auf Gedeih und Verderb ausgeliefert zu sein.

»Wie konntest du nur behaupten, diesen liederlichen Unsinn geschrieben zu haben?«, fragte Pietro und schlug mit der flachen Hand an die Pergamente, die er in Händen hielt. »Das Mädchen ist im Stande und läuft auf der Stelle zu Distelhuizen und erzählt ihm das.«

»Sie sind die einzige Verbindung zum Täter.«

»Das ist doch gar nicht erwiesen. ›Herz herausreißen‹ meint der Verfasser eindeutig sinnbildlich, so viel solltest selbst du von der Dichtkunst verstehen.«

»Danke für die Belehrung. Aber was wäre, wenn sich herausstellte, Till hätte die Verse geschmiedet? Dann hätte ich ein höchst wirksames Druckmittel in der Hand, um ihn zum Reden zu bringen.«

Pietro schüttelte verständnislos den Kopf. »Für meine Begriffe bist du mit deiner Behauptung ein unnötiges Wagnis eingegangen. Du hättest Elsa vertrauen sollen. So wie sie dir vertraut hat, indem sie dir als Erstem die Verse gezeigt hat.«

»Dein Gejammer bringt uns nicht weiter.« Marco nahm seinem Bruder die Pergamente aus der Hand, rollte sie zusammen und schob sie in den Ärmel seiner Tunika. »Auf, lass uns dem Sohn des Bürgermeisters einen Besuch abstatten.«

»Nicht so eilig«, sagte Pietro, der noch immer rücklings am Brückengeländer lehnte. »Till ist nicht der Einzige, der des Schreibens mächtig ist.«

»Was willst du damit sagen?«

»Kaspar Heeck, der Anna unheimlich war, wie du mir gesagt hast, führt seinem Vater die Bücher. Und auch vom Sohn des Küfers, der Anna ebenfalls nachgestellt haben soll, weiß ich, dass er schreiben kann.«

»Wir können doch nicht die halbe Stadt abklappern. Im Übrigen ist das die Schrift eines Geübten, die traue ich dem Küferbengel nicht zu.«

»Kaspar schreibt täglich. Und das Anwesen der Heecks liegt gleich da vorn. Außerdem ist der Hund taub.«

Unter ihnen floss der Alte Rhein mit der Bedächtigkeit eines Altarms gen Norden. Sein leises Rauschen wurde übertönt vom Schnarchen der Schildwache, die das Tor an der kleinen Brücke bewachen sollte. Mit andächtiger Miene lauschte Marco dem säumigen Posten.

Pietro deutete mit dem Kopf zum Tor. »Erwägst du, die Gelegenheit zu nutzen und zu fliehen?«

»Das wäre verlockend, nicht wahr?« Marcos Lächeln war das eines Kranken, der wusste, dass seine Krankheit ihn überall hin begleiten würde. »Aber ich bleibe. Machst du den Wachposten?«

»Wie früher beim Äpfelklauen.«

Das Heecksche Anwesen lag genau in der Gabelung von Kloster- und Gasthausstraße. Der Zugang zum Hof wurde von einem Tor aus Weidengeflecht versperrt, das nur mit einem um den Pfosten geschlungenen Seil geschlossen war. Sie schlüpften hindurch.

»Ist der Hund wirklich taub?«, raunte Marco.

»Ja, man glaubt es kaum, aber die Heecks halten sich tatsächlich einen tauben Hund«, flüsterte Pietro. »Das ist der Geiz in Vollendung. Das Kontor liegt übrigens gleich rechts neben dem Stall. Wenn du um den Misthaufen herumschleichst, kann der Hund dich nicht einmal riechen.«

»Du kennst dich hier aus, als würdest du regelmäßig zum Essen eingeladen.«

»Zu trocken Brot und Flusswasser, nein danke. Die meisten Leute halten mich für vertrauenswürdig. Sie erzählen mir viel.«

Geduckt schlich Marco die Hauswand entlang, sorgsam darauf achtend, keinen Eimer oder anderes Gerät umzutreten. Erst im Schutz des Misthaufens wagte er, seinen Kopf zu recken. Pfoten und Schnauze des Hundes ragten aus der kleinen Hütte neben dem Stalltor. Im Laufschritt überquerte Marco den Hof und flüchtete in den Nachtschatten des überstehenden Dachs. Geduckt schob er sich unter dem Fenster des Kontors hindurch, dann stand er vor der Tür.

Sie war wie erwartet abgeschlossen. Allerdings hatte sie unter den Jahren und der Witterung gelitten, sodass Marco keine Mühe hatte, den Dolch zwischen Türblatt und Rahmen zu zwängen. Als er die Klinge unter den Riegel gesetzt hatte, benutzte er die Waffe als Hebel und drückte den Riegel hoch. Ein Knirschen, und die Tür schwang auf.

Die Finsternis einer Drachenhöhle empfing ihn, und es dauerte eine Weile, bis seine Augen sich an die bescheidenen Sichtverhältnisse gewöhnt hatten. Der buckelige Boden bestand lediglich aus festgestampftem Lehm, und auch sonst hätte das Kontor in Sachen Bequemlichkeit gut und gerne mit einer Einsiedelei mithalten können. Ein Stehpult, ein Tisch, ein Stuhl und eine Truhe, das war alles. Letztere diente vermutlich zur Aufbewahrung der Bücher und Frachtpapiere; neben der Totengräberei und der kleinen Landwirtschaft zur Eigenversorgung betrieben die Heecks auch noch ein einträgliches Fuhrunternehmen.

Die Truhe war verriegelt, aber durch kein Schloss gesichert. Als Marco den Deckel hob, schlug ihm muffiger Geruch entgegen, als sei das gute Stück seit langem nicht mehr geöffnet worden. Die Staubschicht, die die zusammengerollten, dicht gedrängt stehenden Pergamente bedeckte, verstärkte den Eindruck noch. Marco zog wahllos eines heraus, pustete den ärgsten Staub herunter und trat ans Fenster. Das Mondlicht reichte knapp, um einige Zeilen zu entziffern.

Spitze, kerzengerade Buchstaben, wie mit einem Schnitzmesser bearbeitet, kündeten von Frachtaufträgen nach Nimwegen, Tiel und Antwerpen. Malz, Tuche und Seile unterschiedlicher Stärken waren als Waren aufgelistet. Am Ende einer jeden Zeile war ein Datum notiert. Alle stammten aus Mai und Juni 1339. Da war Kaspar gerade mal sieben gewesen, mithin konnte das nicht seine Schrift sein.

Marco steckte die Rolle zurück und machte noch einige Stichproben, aber alles, was er fand, stammte aus den dreißiger und frühen vierziger Jahren, die neuesten waren von 1345. Kaspar führte seinem Vater die Bücher jedoch sicherlich erst seit zwei, bestenfalls drei Jahren. Irgendwo musste es also neuere Aufzeichnungen geben.

Unter der Schreibfläche des Stehpults entdeckte Marco eine Schublade. Sie klemmte, und er musste heftig rütteln, um sie herausziehen zu können. Der Lärm, den er dabei veranstaltete, ließ ihn den Atem anhalten. Aber da war offenbar niemand, der den Radau gehört hatte. Die Lade beinhaltete einige unbeschriebene Blätter und eine dicke, schweinsledergebundene Schwarte. Marco wuchtete das Buch auf die Schreibfläche, schlug es auf und blätterte, bis er die Seite mit den neuesten Eintragungen gefunden hatte.

Sein Urteil stand gleich fest, aber um sicher zu gehen, trug er das Buch ans Fenster. Den Daten zufolge hatte Pietro Recht, Kaspar schrieb tatsächlich beinahe täglich. Aber alle Regelmäßigkeit half nichts, seine Schrift war die eines Schwachsinnigen. Die Buchstaben kippten nach links und rechts, waren abwechselnd winzig und riesig, mit sinnlosen Kringeln versehen und wanderten in schöner Regelmäßigkeit unter die Hilfslinie. Marco brauchte die Verse gar nicht zum Vergleich heranzuziehen. Die beiden Schriften waren sich so ähnlich wie Schwan und Schwein.

Er packte das Buch wieder weg, schloss die Schublade und öffnete die Tür. Vor der Schwelle stand der taube Köter und knurrte. Im ersten Schreck warf Marco die Tür wieder zu, was den Hund zu bellen veranlasste – da er sein eigenes Bellen nicht hören konnte, zu einem besonders lauten. Marco griff den Stuhl, riss die Tür auf und hielt den Hund damit auf Abstand. In seiner Wut verbiss der struppige Köter sich derart in eines der Stuhlbeine, dass Marco ihn über den Hof zerren musste.

Aus dem Wohn- wie auch aus dem Gesindehaus erschollen plötzlich Rufe. Das fehlte noch, dass ihm einer der Fuhrknechte mit einer Mistgabel auf den Leib rückte. Also überließ Marco dem Hund den Stuhl und gab Fersengeld.

Glücklicherweise war der Köter nicht nur taub, sondern auch begriffsstutzig. Bevor er nach Marcos Wade schnappen konnte, hing der über dem Tor und schwang die Beine hoch. Pietro wartete an der Hausecke, und gemeinsam rannten sie los.

Erst als das einzige Haus in der Grote Straat, das mit der Traufe statt dem Giebel zur Straßenseite stand, in Sicht kam, minderten sie die Geschwindigkeit.

*

Das eindrucksvolle Haus hatte Erasmus van der Schuren vor zwei Jahren auf Drängen seiner Frau Elli bauen lassen, obgleich das alte Haus, das nebenan stand und seitdem vermietet war, sich noch in ausgezeichnetem Zustand befunden hatte. Elli hatte es jedoch nach mehr Bequemlichkeit gedrängt, und da sie als erste Frau am Ort gewisse Ansprüche hatte, war an nichts gespart worden.

So gab es denn nicht nur Scheiben aus Glas – im Gegensatz zu den kaum lichtdurchlässigen Schweinsblasen, die die meisten Klever vor ihre Fensterlöcher gespannt hatten – sowie einen überdachten Gang vom Haus zu dem im Garten gelegenen Abtritt, wodurch die Verrichtung der Notdurft auch bei Regen trockenen Fußes erfolgen konnte. Nein, Elli hatte auch, und das war eine wirkliche Neuerung, in jeder Traufe eine hölzerne Rinne anbringen lassen, die mit einem leichten Gefälle seitwärts das Regenwasser abführte, das dann in Fässern gesammelt wurde. Die Gattin des Bürgermeisters schwor nämlich auf die gesundheitsfördernde Kraft des himmlischen Nass und nahm täglich mehrere Schöpfkellen davon zu sich. Leider hatte diese Anwendung nicht verhindern können, dass sie nur ein knappes halbes Jahr nach Bezug des neuen Heims an plötzlich auftretender Schwindsucht verstorben war.

Ein Verlust, den Erasmus bis heute nicht verwunden hatte, vor allem, da dieser Schicksalsschlag Sohn Till vollends aus der Bahn warf. Von der Mutter maßlos verwöhnt, war Till schon immer ein schwieriger Bursche gewesen, der nur mühsam die Schule und die anschließenden Lehrjahre im väterlichen Handelsunternehmen durchgestanden hatte. Seit ihrem Ableben jedoch trieb er sich nur noch mit Pack herum, soff, zettelte Schlägereien an und geriet ein ums andere Mal in Schwierigkeiten, die ihm nur auf Grund der Stellung seines Vaters nicht zum Verhängnis wurden. Das nächtliche Gelage auf dem Friedhof der Brüderschaft stellte dabei einen neuen Höhepunkt seiner Schandtaten dar.

Marco und Pietro hatten auf der gegenüberliegenden Straßenseite hinter einem Stapel Eschen- und Ulmenholzlatten Schutz gesucht, die vor dem Haus des Rechenmachers lagerten. Esche verwendete der Mann für die Stiele und Zinken, Ulme für die Häupter, da Ulmenholz nicht splittert. Neben seinen Rechen stellte er auch Heugabeln her und war sich in schlechten Zeiten nicht einmal zu schade, Besen zu binden, um über die Runden zu kommen – immerhin hatte er acht Mäuler zu stopfen.

»Weißt du, wo Till seine Kammer hat?«, fragte Pietro leise.

»Nein«, gab Marco ebenso gedämpft zurück. »Ich weiß nur, wie man ins Haus hineinkommt. Till hat damit einmal geprahlt. Zuerst auf den Karnickelstall, dann auf das Dach des Hühnerstalls, von da aus auf den Pferdestall, und dann steht man bereits vor dem Fenster der Magd.«

»Wunderbar. Und was wird die machen, wenn du an ihrem Fenster erscheinst? Sie schreit die Nachbarschaft zusammen.«

»Unsinn. Im ersten Augenblick wird sie mich für Till halten. Und wenn sie mich dann erkennt, wird sie erst recht nichts sagen. Bei den van der Schurens steht nämlich die kleine Rijpen im Dienst.«

»Maria Rijpen? Deine erste große Liebe?«

»Wieso meine? Doch eher deine.«

»Warum sagst du das?«, stotterte Pietro.

Marco schlug seinen Bruder gegen die Schulter. »Weil du jedes Mal, wenn ihr euch begegnet seid, rot geworden bist bis unter die Haarspitzen. Was sie übrigens sehr süß fand, wie sie mir sagte.«

»Ihr habt euch über mich lustig gemacht!«

»Red keinen Unsinn. Wärst du ein bisschen verwegener gewesen, hättest du mit Sicherheit Glück bei ihr gehabt. Sie macht es einem nicht besonders schwer.«

»Dann wäre sie ohnehin nichts für mich gewesen«, sagte Pietro, und in seiner Stimme schwang Trotz mit.

»Aber deine verschmähte Liebe zu ihr ist nicht der Grund, warum du ins Kloster gehst, oder?«

»Hör auf zu frotzeln, ich mag das nicht. Mach lieber, dass du wegkommst.«

»Gehst du nicht mit?«

»Ich bleibe hier und halte die Straße im Auge. Wenn du den Schrei eines Käuzchens hörst, droht Gefahr.«

»Mach ein anderes Tier nach. Im Beffroi nistet ein Käuzchen. Nachher ist es auf Jagd, und ich gehe umsonst in Deckung.«

»Was willst du denn hören?« Im Nachahmen von Tierstimmen war Pietro unschlagbar.

»Wolfsgeheul.«

»Wenn ich das mache, rufen die Wachposten die Bürger zu den Waffen.«

»Das gibt ein Durcheinander, in dem ich wunderbar entkommen kann. Nur du solltest dann machen, dass du wegkommst. Sonst ziehen sie dir das Fell über die Ohren.«

»Danke für den brüderlichen Rat.«

Der Himmel war zweifellos auf ihrer Seite, denn wie gerufen schoben sich dicke Wolken vor den Mond. Marco nutzte die Gunst des Augenblicks, lief über die Straße und flankte über die Gatterhürde, die einzige nicht von Kalksteinmauern eingefasste Stelle des van der Schurenschen Grundstücks. Hinter dem Ziehbrunnen ging er zunächst in Deckung, aber weder Hundegebell noch wütende Rufe meldeten sein Eindringen.

Gebückt eilte er weiter und erklomm über einen Stoß aufgeschichteten Brennholzes das Dach des Kaninchenstalls. Der windschiefe Verhau ächzte und schwankte unter seinem Gewicht, dass die Rammler in heller Aufregung durch ihre Käfige rasten. Wie der Stall Tills Gewicht aushalten konnte, war Marco schleierhaft.

Der weitere Weg entsprach Tills Beschreibung, wobei die

Gebäude zunehmend solider wurden. Entsprechend zügiger betrieb Marco seinen Aufstieg. Auf dem First des Pferdestalls bewegte er sich bereits mit der Sicherheit eines Seiltänzers vorwärts, bis einer der Gäule unvermittelt wieherte, woraufhin er um Haaresbreite abgestürzt wäre. Die Wolken gaben den Mond wieder frei, und ein Blick in den Abgrund belehrte Marco, wie viel Glück er gehabt hatte: Unmittelbar an den Stall schloss sich die Sickergrube an.

Bei den van der Schurens lebten sogar die Dienstboten hochherrschaftlich, denn auch das Fenster von Marias Kammer war aus Glas. Der Einblick blieb Marco allerdings verwehrt, denn die Scheibe war völlig verdreckt. Seit der Hausherrin Tod ging wohl alles drunter und drüber. So war ihm denn doch ein wenig mulmig zu Mute, als er anklopfte.

Sein Ansinnen hatte keinen Erfolg. Er versuchte es erneut, diesmal etwas stärker, jedoch mit dem gleichen Ergebnis. Möglicherweise hielt Maria sich nicht in ihrer Kammer auf.

Das Fenster maß zirka anderthalb mal eine Elle und war in sechs kleine Scheiben unterteilt. Mit dem Heft des Dolches schlug Marco eine der untersten Scheiben ein, langte hindurch und ertastete den Vorreiber. Oben am Rahmen gab es jedoch einen zweiten, sodass erst eine weitere Scheibe zu Bruch gehen musste, ehe Marco das Fenster aufziehen konnte.

Das Bett war zerwühlt, aber kalt. Maria hatte ihre Schlafstatt also schon vor längerer Zeit verlassen. Marco lauschte. Von der anderen Seite des Hauses drang ein nicht einzuordnendes Geräusch zu ihm. Der Verursacher musste Till sein, denn um die Zeit saß der alte van der Schuren noch im Hemele und trank sich die nötige Bettschwere an.

Die Tür zum Stiegenhaus war nur angelehnt. Als Marco sie öffnete, ertönte das Geräusch erneut, und diesmal war es unverkennbar. Ein Stöhnen, das aus der gegenüberliegenden Kammer kam. Genauer gesagt ein zweistimmiges Stöhnen, begleitet vom Ächzen eines Bettgestells. Till versüßte sich also seine Strafe mit Maria. Besser hätte es nicht kommen können, dachte Marco. Solange die beiden beschäftigt waren, konnte er ungestört das Haus durchsuchen.

Seine Hoffnung, dabei auf ein von Till verfasstes Schriftstück zu stoßen, war nicht unberechtigt. Erasmus van der Schuren gehörte zu jener aussterbenden Art von Kaufleuten, die ihre Geschäfte mittels Handschlag und Ehrenwort abwickelten. Den lästigen Pergamentkram, wie er ihn nannte, mied er, wo er nur konnte, obwohl er – anders als der alte Heeck – des Schreibens durchaus mächtig war. Auch hatte er nie ein Kontor eingerichtet, seine Geschäfte betrieb er von der Stube aus.

Andererseits gab es Bestimmungen, die auch Erasmus nicht umgehen konnte. So wurde von ihm als ordentlichem Kaufmann erwartet, dass er seine Abgabenerklärung an den Fürsten schriftlich einreichte. Deren Umfang richtete sich nach dem Geschäftsaufkommen, was bei den van der Schurens beachtlich war. Eine Zeit raubende, lästige und mithin unbeliebte Arbeit, die die Kaufleute gerne ihren Ehefrauen oder Kindern aufhalsten, wie Marco aus eigener leidvoller Erfahrung wusste. Kaum anzunehmen, dass das bei den van der Schurens anders war, zumal man munkelte, Tills Fähigkeiten reichten gerade mal für die Schreibarbeit.

Flackerndes Licht wies Marco den Weg. Im Flur, gleich neben der Haustür, brannte eine Kerze in einer Wandhalterung. Eine nützliche Vorkehrung, damit der Hausherr die Treppe nicht verfehlte, wenn er mit Schlagseite heimkehrte. Für den Augenblick lieh Marco sie sich aus und betrat die Stube.

Beherrscht wurde der Raum von einem gewaltigen Tisch, an dem leicht zehn Personen Platz finden konnten. Der Stuhl mit der höchsten Lehne, zweifellos der des Hausherrn, stand am Kopfende mit dem Rücken zum Kamin. So konnte Erasmus sich winters seine alten Knochen wärmen. Mitten über dem Tisch schwebte ein wagenradgroßer Leuchter, der mit einem Dutzend oder mehr Kerzen bestückt war. Der Boden war bis auf den unmittelbaren Bereich vor dem Kamin mit Dielen ausgelegt, die im Kerzenlicht glänzten, als seien sie erst kürzlich gewachst worden. Teppiche dienten als Wandbehang, und dazwischen hingen zu Marcos Verblüffung eine Laute und eine Viole nebst Bogen. Kopfschüttelnd versuchte er sich Vater oder Sohn beim Musizieren vorzustellen.

Ein halbhoher Schrank, auf dem eine Reihe zinnerner Krüge stand, war das einzige Möbel, das möglicherweise Schriftliches beherbergte. Marco öffnete nacheinander die drei Türen, entdeckte aber nur tönerne Schüsseln, Trinkgefäße, Bratenplatten, Essbretter, Messer, Löffel und zweizinkige Gabeln. Wo auch immer es Unterlagen geben mochte, hier jedenfalls nicht.

Die Küche war hinsichtlich Größe und Ausstattung dem Haus angemessen, in Sachen Reinlichkeit herrschte jedoch erheblicher Handlungsbedarf. Der Herd war verkrustet wie der Boden davor, Töpfe und Pfannen klebten vor Fett, und Abfälle und Unrat türmten sich in den Ecken. Als er den mit Intarsien verzierten Schrank öffnete, wurde ihm beinahe übel. Brot- und Käsestücke waren von einer dicken Schimmelschicht überzogen. Marco musste an seine Mutter denken. Die hätte bei diesem Anblick der Schlag getroffen.

Und noch einmal musste Marco an seine Mutter denken. Sie hatte den Familienschmuck der Montemagnos im Keller versteckt. Und sicherlich besaß auch das van der Schurensche Haus einen. Nur wo war der Zugang?

Marco leuchtete den Boden ab, wobei er allenthalben Wachs verkleckerte. In der Küche gab es keine Luke. Die entdeckte er erst im Flur, nachdem er eine Binsenmatte zur Seite gerollt hatte.

Der Abstieg war steil, und der Keller derart niedrig, dass Marco den Kopf einziehen musste. Zudem war er so vollgestellt, dass er sich kaum drehen und wenden konnte. Wein-

und Bierfässer stapelten sich neben Fässchen mit eingelegten Gurken und saurem Weißkraut. Zwei Säcke Mehl stützten das einzige Regal, das mit Käselaiben, Schmalztöpfen und Eiern voll gestopft war, während von der Decke geräucherte Schinken, getrocknete Würste und ein mausetoter Fasan baumelten. Erasmus hatte Vorräte angelegt, als erwarte er eine Hungersnot. Nur ein Behältnis zur Aufbewahrung von Schriftstücken konnte Marco nirgends entdecken.

Er hatte gerade den Fuß auf die unterste Stufe der Stiege gesetzt, als die Luke mit einem lauten Knall zufiel. Der Luftzug, der dabei entstand, blies die Kerze aus. Die Schwärze einer Neumondnacht umfing ihn, während gleichzeitig im Flur ein Lachen anhob, das in seiner Dreckigkeit jedem Treidelknecht zur Ehre gereicht hätte.

»Vielen Dank dafür, dass du mich vor den Ratsherren bloßgestellt hast«, vernahm Marco Till höhnen. »Jetzt kannst du am eigenen Leib erfahren, wie es ist, eingesperrt zu sein.«

Dann wurde ein Möbel auf die Luke gerückt, Schritte entfernten sich, und schlagartig kehrte eine beängstigende Stille ein.

Marco saß in der Falle.

Das war keine Dunkelheit, an die das Auge sich gewöhnen konnte. Das war die endgültige Finsternis, wie sie sonst wohl nur im Sarg herrschte.

Eigentlich nur zur Bestätigung dessen, was er vermutete, versuchte Marco die Falltür zu öffnen. Sie hob sich gerade mal einen Fingerbreit. Immerhin. Aber eine echte Möglichkeit, die Luke samt dem darauf lastenden Möbel hochzudrücken, würde er nur haben, wenn er seine Kraft besser umsetzen konnte. Dazu und vor allem anderen brauchte er Licht.

Vorsichtig tastete er sich die Wand entlang, bis er an das Regal stieß. Die Bretter waren knochentrocken; der Vorteil eines Felsenkellers, in dem es nie feucht ist. Mit dem Dolch schälte er einige Späne ab und ging auf die Knie, seinen Schatz sorgsam in den Händen bergend. Dann nahm er die einzigen Utensilien aus der Tasche, die er neben Dolch und Trinkhorn stets bei sich trug: Zunder und zwei Feuersteine. Den Schwamm hatte er selbst an Birken und Buchen auf dem Heideberg gesammelt. Zu Hause hatte er ihn dann gekocht und gewalkt, in Salpeterlösung getränkt und getrocknet.

Schon beim zweiten Funkenschlag begann der Zunderbrösel zu glimmen. Marco legte die Holzspäne auf den Schwamm und setzte sie durch gleichmäßiges und ausdauerndes Pusten in Brand. Schließlich loderte ein kleines Flämmchen auf, an dem er die Kerze wieder entzündete.

Das Weinfass war noch randvoll und mithin teuflisch schwer. Da der Hausherr meist auswärts zechte, wurden die häuslichen Vorräte kaum angetastet. Marco rollte das Fass unter die Falltür. Das Aufstellen war Schwerstarbeit. Er quetschte sich den Fuß und fluchte wie ein Flößer. Diese Nacht würde er so schnell nicht vergessen.

Es war, wie Marco gehofft hatte: Als er auf dem Deckel des Fasses hockte, berührten seine Schultern die Tür. Er pumpte seine Lungen voll Luft, atmete aus und stemmte sich gegen die Luke. Diesmal öffnete sie sich eine Handbreit. Weiter jedoch nicht, dann stieß sie gegen einen Widerstand, den er beim besten Willen nicht überwinden konnte. Marco versuchte es noch ein zweites Mal, aber es blieb dabei. Genauso gut hätte er versuchen können, einen Amboss hochzustemmen. Mit seinem Schicksal hadernd stieg er vom Fass und trat dabei in die Kerze. Wieder wurde es Nacht.

Marco wiederholte den Arbeitsgang von vorhin. Nur konnte er die Kerze diesmal nicht so ohne weiteres anzünden, er hatte sie fast zu Brei getreten. Mühselig erwärmte er die einzelnen Klumpen über dem Feuerchen, formte sie und knetete sie um den Docht. Als die Kerze wieder halbwegs ansehnlich war, verglomm der letzte Span.

Leise fluchend begann Marco neue Späne vom Brett zu schnitzen, als plötzlich die Dielen über seinem Kopf knarrten. Dann ertönte ein schauderhaftes Quietschen: Jemand machte sich an dem Möbel zu schaffen, das auf der Luke stand. Entweder wollte Till seinen Vater aus Mitleid wieder freilassen, oder aber er hatte seinen Irrtum erkannt, weil der Alte nach Hause gekommen war. Im ersten Fall hätte Marco die Überraschung auf seiner Seite. Im zweiten würde es für ihn brenzlig werden, denn Till war mit Sicherheit bewaffnet, wenn er überhaupt allein war. Marco tastete sich durch den Keller und duckte sich neben die Stiege.

Knarrend öffnete sich die Falltür, und im flackernden Schein einer Kerze erschien ein Holzschuh auf der obersten Stiegenstufe. Dann ein zweiter, und ein dünnes Stimmchen rief:

»Gnädiger Herr, Ihr könnt herauskommen. Er ist weg.«

Es war Maria, die ihren Dienstherrn befreien wollte. Marco grunzte.

»Gnädiger Herr?«

Jetzt stöhnte Marco, als läge er mit gebrochenen Knochen am Boden. Maria kam die Stufen vollends herunter und leuchtete in alle Ecken. Als sie Marco gewahrte, wollte sie aufkreischen, aber er war schneller. Sie packen, an sich ziehen und ihr den Mund zuhalten, war eins. Vor Schreck ließ sie die Kerze fallen, und zum wiederholten Mal ertrank der Keller in grottenschwarzer Finsternis.

»Wenn du versprichst, nicht zu schreien, lass ich dich los«, sagte Marco.

Da Maria nicht reden konnte, nickte sie. Langsam löste er seine Hand von ihren Lippen. Ihr Atem ging stoßweise.

»Was hast du hier zu suchen?«, japste sie. »Wolltest du Schinken stehlen?«

»Wieso ausgerechnet Schinken?«

»Das ist das Erste, woran ich gedacht hab.«

»Unsinn.«

»Was denn dann?«

»Gar nichts. Wir haben selbst genug zu essen.«

»Aber du bist doch nicht ohne Grund hier.«

»Das ist eine lange Geschichte, die jetzt nichts zur Sache tut. Sag mir lieber, wo Till steckt.«

»Warum sollte ich?«, gab sie zurück.

»Weil ich dich sonst hier unten einsperre.«

»Das würdest du nicht wagen!«

»Willst du es darauf ankommen lassen?«

»Könntest du wirklich so niederträchtig sein? Schließlich habe ich dich befreit.«

»Versehentlich, Maria. Nur versehentlich. Also, raus mit der Sprache: Wo ist Till?«

»Aus dem Haus gegangen, um sich mit seinen Kumpanen zu treffen.«

»Dann sind wir also allein?«

»Im Augenblick, aber der Alte kann jederzeit nach Hause kommen.«

»Lass uns erst einmal aus diesem Loch klettern.«

Oben angekommen verschwand Maria in der Küche und kehrte mit einem brennenden Talglicht zurück. Jetzt erkannte Marco auch, was die Luke versperrt hatte. Der Küchenschrank stand quer im Flur. Er war nur unwesentlich niedriger als der Raum. Als Marco ihn hochgedrückt hatte, war er an die Decke gestoßen. So hätte er sich ewig abmühen können.

»Weißt du, wo die van der Schurens ihre Schriftsachen aufbewahren?«, fragte er.

»Ich wüsste nicht, was dich das anginge.« Auf einmal begriff Maria und guckte verschlagen. »Du hast die Pergamente im Keller gesucht.«

Marco fasste sie am Arm. »Wo sind sie?«

»Aua, lass mich los! Du tust mir weh.«

»Den Teufel werd ich, ich hab nicht viel Zeit. Also?«

»Kein Sterbenswort wirst du von mir erfahren, du hundsgemeiner Einbrecher. Lass mich sofort los, oder ich schreie um Hilfe.«

»Van der Schuren wird dich auf der Stelle hinauswerfen, wenn ich ihm sage, dass du meine Gehilfin bist.«

»Wie?« Maria blieb der Mund offen stehen.

»Kaum war Till aus dem Haus, hast du mich hereingelassen, damit wir gemeinsam unseren verehrten Herrn Bürgermeister bestehlen können.«

»Das ist gelogen!«

»Du wirst das Gegenteil nur schwerlich beweisen können. Nirgendwo gibt es Einbruchsspuren.«

»Bei Gott!« Offenkundig hatte Maria das eingeschlagene Fenster in ihrer Kammer noch nicht entdeckt. »Wie bist du denn ins Haus gekommen?«

»Die Haustür war nur angelehnt.«

»Oh, dieser Hornochse.« Wen sie damit meinte, blieb unklar. »Du willst mich also erpressen?«

»Sag mir, wo die Schriftsachen sind, und du bist mich auf der Stelle los.«

»Sie werden merken, wenn etwas fehlt.«

»Nichts wird fehlen, ich will sie mir nur ansehen.«

»Nur ansehen? Ist das wahr?«

»Ja«, knurrte Marco. »Wenn du noch lange trödelst, kommt einer der beiden zurück, und dann wird es ungemütlich für uns.«

Zweifel spiegelte sich in Marias Augen, aber schließlich gab sie nach. »In der Treppe.«

»In der – wo? Willst du mich narren?«

»Keineswegs. Die untersten vier Stufen lassen sich hochklappen.«

Ein erstklassiges Versteck. Marco hätte die Hohlräume vermutlich nie entdeckt, zu fein und unauffällig waren die Scharniere gearbeitet. Er begann bei der obersten Stufe. Sie enthielt mehrere Kladden mit eingebundenen Pergamenten. Marco schnappte sich die erstbeste. Der Einband wirkte abgegriffen.

»Ist das ausnahmslos Geschäftliches?«, fragte Marco.

»Woher soll ich das wissen?«

»Sag bloß, du hast deine Nase noch nie hier reingesteckt?«

»Das hätte ich schon – wenn ich lesen könnte.«

Die Kladde gab Auskunft über Art und Umfang des im letzten Jahr gehandelten Getreides. Dinkel, Gerste, Hafer, Kleie, Roggen und Weizen; die van der Schurens hatten keine Getreidesorte ausgelassen. Und das in Maltermengen, die Marcos Vater hätten erblassen lassen. Die Montemagnos erwirtschafteten mit allen Geschäften nicht ein Zehntel dessen, was Erasmus allein an seinem Getreidehandel verdiente. Aber das kümmerte Marco im Augenblick wenig. Er begutachtete die Schrift und wurde an diesem Abend zum zweiten Mal enttäuscht – wieder gab es keine Übereinstimmung.

»Wer hat das geschrieben?«, fragte er Maria und hielt ihr die Kladde unter die Nase. »Till oder sein Vater?«

»Ich kann doch nicht lesen.«

»Um das zu wissen, musst du nicht lesen können. Wer führt denn die Bücher?«

Maria starrte auf das Geschriebene, als habe Marco von ihr verlangt, aus einer Schlammpfütze die Zukunft zu lesen. Hilflos zuckte sie die Schultern.

»Mal der, mal der. Meist Till. Ob das jedoch seine Schrift ist, weiß ich nicht. Dazu müsste ich die andere zum Vergleich sehen.«

»Herrje noch mal!« Wütend schlug Marco die Kladde zu.

Dabei rutschte ein kleineres Stück Pergament heraus und glitt zu Boden. Als er es aufhob, war ihm, als trete ihn ein Pferd. »Oh du mein Honigmund«, stand da, sonst nichts. Eindeutig von der Hand geschrieben, die auch die Verse an Anna verfasst hatte. Zu erkennen an den Häkchen, mit denen das »H« verziert war.

»Wer hat das geschrieben?«, fragte Marco. »Denk nach.«
Maria legte ihre Stirn in Falten.
»Nun?«
Sie biss sich auf die Unterlippe. »Ich glaube ...«
»Ja?«
»Das da hat Till geschrieben.«
Marco atmete auf. Maria hatte auf den Honigmund gewiesen. Jetzt hatte er ihn.

In dem Moment flog die Haustür mit einem lauten Knall auf, und die Stimme des betrunkenen van der Schuren dröhnte: »Ja, was geht denn hier vor?«

Maria und Marco fuhren herum und erstarrten. Schwankend und mit einem Gesicht, das die Farbe von Ochsenblut hatte, stolperte der Bürgermeister über die Schwelle. Dabei stocherte er mit seinem Gehstock in der Luft herum, als müsse er sich eines Schwarms Fledermäuse erwehren. Marco war wie gelähmt, unfähig, auch nur einen Finger zu rühren.

»Ja, da soll euch doch ...«, rief van der Schuren und kam auf sie zugetorkelt.

Er war nur noch eine knappe Gehstocklänge entfernt, als der Erdboden ihn plötzlich verschluckte. Es tat einen gewaltigen Rums, und eine Staubwolke stieg aus dem Kellerloch auf. Dann senkte sie sich, und eine geradezu klösterliche Stille kehrte ein.

Marco nahm Maria das Talglicht aus der Hand, trat an den Rand des Abgrunds und leuchtete in sein vormaliges Verlies. Erasmus van der Schuren saß am Fuß der Stiege, das mächtige Haupt gegen das Weinfass gelehnt. Gerade als Marco hinabsteigen wollte, um nachzusehen, ob der Bürgermeisters sich vielleicht das Genick gebrochen habe, begann der mit einem Röcheln, das an fernes Donnergrollen erinnerte, zu schnarchen.

»Dein Herr«, sagte Marco und reichte das Licht zurück.

Erst als er das Haus auf der rückwärtigen Seite verließ, fiel ihm auf, dass er kein Wolfsgeheul vernommen hatte.

*

»Bitte nicht, Vater«, flehte Nehle. »Nicht im Dunkeln. Ich fürchte mich doch so.«

»Gott hast du zu fürchten, und mich und sonst niemanden.« Unbarmherzig zeigte Piet Wannemeker zur Tür. »Nimm die Kanne und geh jetzt endlich.«

»Du darfst die Nehle nicht schicken.« Philipp, Nehles sechs Jahre jüngerer Bruder, hängte sich an des Vaters Arm. »Den Mörder von der Anna haben sie doch noch nicht gefasst. Schick mich, ich geh statt ihrer.«

»Ich bestimme, wer geht!«

Der Schlag traf Philipp aufs Ohr, dass er jaulend zu Boden stürzte. Nehle half ihm auf und führte ihn zu dem Strohlager jenseits des Spinnrades und der Wollkörbe, das sie mit ihm teilte.

»Hör auf, ihn zu schlagen«, sagte sie zu ihrem Vater. »Ich gehe.«

Als sie die Hand ausstreckte, damit er ihr den benötigten Heller gab, sagte er: »Zwerts soll anschreiben.«

»Er wollte das letzte Mal schon nicht mehr anschreiben.«

»Du hast gehört, was ich gesagt habe.« Der Alte hob die Hand. »Und wage es nicht, ohne Bier nach Hause zu kommen.«

Nehle nahm die Kanne und machte, dass sie hinauskam, während Philipp leise weinte.

Die strohgedeckte Kate der Wannemekers lag zusammen mit einem halben Dutzend weiterer außerhalb der Stadtmauer an der Weberstraße, die sich zwischen Heideberger Tor und Kavarinertor erstreckte. Ausnahmslos Lohnweber hausten hier, die alle für Jan van Wissel schufteten. Ihr karges Brot verdienten sie nur, wenn jedes Familienmitglied mitanpackte. Bei den Wannemekers war Philipp für das Kardätschen der Rohwolle zuständig, während Nehle am Spinnrad saß. Piet bediente den an der Wand hängenden Webrahmen. An dem zweiten Spinnrad, das in der Ecke stand und verstaubte, hatte Piets Frau Lisbeth gearbeitet, bis sie im vorletzten Winter an Schwindsucht gestorben war.

War der Alte schon immer unleidlich und jähzornig gewesen, so war er seit Lisbeths Tod unerträglich geworden. Unentwegt predigte er Gottesfurcht, obwohl er selbst keine besaß. Zwar arbeitete er zwei Drittel des Tages, aber genauso lange soff er auch. Folglich reichte das Geld vorne und hinten nicht, oft konnte Nehle nur Küchenabfälle auf den Tisch bringen, die sie zusammengebettelt hatte. Wäre Philipp nicht gewesen, hätte sie den Vater längst verlassen, aber die Mutter hatte ihr auf dem Sterbebett das Versprechen abgenommen, für den Kleinen zu sorgen. Und so ertrug sie stumm ein Martyrium, das schon lange nicht mehr zu ertragen war.

Zu den immer wiederkehrenden Unannehmlichkeiten gehörten die Gänge ins Kirchdorf, um Bier oder – wenn van Wissel gerade mal gezahlt hatte – Wein zu holen. Schickte der Vater sie tagsüber, war es nicht ganz so schlimm, nach Einbruch der Dunkelheit jedoch waren die Stadttore bereits geschlossen. Dann kam Nehle nur am Wächter vorbei, wenn sie ihm schöne Augen machte. Dazu kam seit Annas Ermordung die Angst bei jedem Schatten und jedem Geräusch.

So war es auch heute. Nehle hatte nicht die Abkürzung über das Stechfeld genommen – nicht für tausend Goldstücke hätte sie den Turnierplatz allein betreten –, sondern den Weg über den Hasenberg gewählt. Bedrückend eng standen die Häuser hier zusammen. Zwar schien der Mond und erhellte den Weg, oft aber verschwand er hinter den Wolken, und dann presste Nehle die Bierkanne fest an sich und biss die Zähne aufeinander, damit sie nicht klapperten.

In der Höhe der Böttcherwerkstatt schoss plötzlich laut fauchend eine Katze über die Straße. Nehle stockte der Atem. Kaum war der Schreck überstanden, hörte sie Schritte. Erst entfernt, dann rasch näher kommend. Nehle warf einen Blick über die Schulter, konnte jedoch niemanden entdecken. Dass aber auch keine Menschenseele außer ihr unterwegs war! Endlich kamen ihr zwei Gestalten entgegen. Kaum hatten sie Nehle entdeckt, steuerten sie torkelnd und lallend auf sie zu. Nehle rannte den Rest der Strecke wie ein Pferd, dem man ein brennendes Strohbündel an den Schweif gebunden hat.

In den vergangenen drei Tagen war es ruhig geworden im Hemele. Zwar hatte Zwerts alle Tage hindurch geöffnet, aber die Gäste mieden das Gasthaus am Alten Markt, sei es aus falsch verstandenem Mitgefühl, sei es, weil sie fürchteten, die Stimmung sei verdrießlich. Vielleicht auch, weil sie Anna vermissten. Vor dem Haus saß niemand, und die Gaststube war nur zu einem Drittel besetzt. Nehle schlich gleich durch bis in die Küche.

»Du schlotterst ja am ganzen Leib«, sagte Elsa, als sie die Freundin gewahrte. »Ist dir ein Gespenst begegnet?«

Nehle suchte Halt an Elsas Arm. Ihre Hände waren eiskalt.

»Er ist da draußen«, stammelte sie. »Ich weiß es.«

»Wovon redest du? Meinst du den, der Anna …«

Nehle nickte.

»Hier vor dem Hemele?« Elsa griff nach dem Auslösemesser.

»Wo auch immer. Er wartet auf mich. Ich bin sein nächstes Opfer.«

»Hast du denn jemanden gesehen?«
»Seine Schritte hab ich gehört. Er war gleich hinter mir.«
»Und dann?«
»Bin ich gerannt. Von der Rossmühle bis hier.«
Elsa ließ den Messergriff wieder los. »Vielleicht hatte es gar nichts mit dir zu tun.«
Ich wollte, es wäre so.«
»Willst du Bier holen?«
»Ich hab aber kein Geld.«
»Das macht nichts«, sagte Elsa. »Warte hier.«
Kaum war Nehle allein, säbelte sie ein Stück von dem übrig gebliebenen Braten herunter. Das würde sie Philipp zustecken, wenn sie unter der Decke lagen. Sie selbst leckte sich nur die Finger ab.
Als Elsa zurückkam, ließ sie die Freundin einen Blick in die hölzerne Kanne werfen, bevor sie den Deckel schloss. »Fast voll. Ich schreib's an.«
»Gott möge es dir vergelten. Würde ich ohne Bier heimkommen, würde Vater mich zu Brei schlagen.«
»Habt ihr denn genug zu essen?«
»Es langt.«
»Komm, ich geb dir eine Scheibe Fleisch für dich und den Philipp mit. Du brauchst deinem Vater ja nichts davon zu sagen.«
Nehle wurde rot vor Scham, steckte das Fleisch aber dennoch ein. Eigentlich wäre es nun an der Zeit gewesen, aufzubrechen, aber sie zögerte.
»Hast du noch immer Angst?«, fragte Elsa. »Im Schankraum sitzt der Lars. Bitte ihn doch, dich zu begleiten. Bis zum Heideberger Tor habt ihr den gleichen Weg.«
»Und wenn er es ist?«
»Lars? Du spinnst ja!«
»Jeder kann es sein.«
»Lars sitzt schon den ganzen Abend hier. Die Schritte, die

du gehört hast, können also nicht seine gewesen sein. Wenn da überhaupt welche waren.«

»Was willst du damit sagen? Hältst du mich für übergeschnappt?«

»Wir alle sind zur Zeit sehr angespannt, Nehle. Da bildet man sich schon mal was ein.«

Nehle packte die Kanne an Henkel und Tülle und hielt sie wie einen Schild vor sich. »Ich geh dann jetzt.«

»Ich lass dich hinten raus«, sagte Elsa. »Der Vater muss nicht sehen, dass ich dir Bier gegeben habe.«

Nehle ging, ohne sich noch einmal umzudrehen.

Als sie in den Hasenberg einbog, schoben sich erneut Wolken vor den Mond. Unheimlich wie eine Höhle lag die Gasse vor ihr. Nehle musste allen Mut zusammennehmen, um weiterzugehen. Sie hatte knapp die halbe Gasse geschafft, als sie wieder Schritte hörte. Huschende, eilige Schritte dicht hinter ihr. Und diesmal entdeckte sie etwas, als sie sich umblickte – die Umrisse eines Menschen, der gebückt an den Häuserfronten entlangschlich.

Erneut rannte Nehle, was ihre Beine hergaben. Sie hatte den Durchbruch durch die ehemalige Stadtmauer beinahe erreicht, als ihr plötzlich ein zweiter Mann den Weg verstellte. Sie wollte ausweichen, aber er machte einen Schritt in die gleiche Richtung – und sie prallten zusammen. Nehle stürzte und ließ die Bierkanne fallen. Das Bier lief aus und verströmte sauren Geruch. Noch benommen wurde sie von kräftigen Händen gepackt und auf die Beine gestellt. Genau in dem Augenblick brach der Mond durch die Wolkendecke, und Nehle erkannte, wer ihr da gegenüberstand. Sie riss sich los und jagte davon.

Ricciutello schüttelte den Kopf. Sicherlich, die meisten jungen Mädchen machten einen Bogen um ihn, weil er nicht richtig sprechen konnte, sondern mehr knurrte und grunzte. Zusammen mit der Glatze und der breiten Narbe auf der Stirn war er ihnen natürlich unheimlich. Aber eine Aufgeregtheit wie eben hatte er noch nie erlebt. Das Weibstück hatte sich ja aufgeführt, als sei er der Leibhaftige.

Obwohl er bereits volltrunken war, bückte er sich nach der Bierkanne. Ein, zwei Becher waren noch drin. Die würde er sich auf dem Nachhauseweg gönnen, als kleine Entschädigung für den Zusammenprall.

Nemesos, Juli 1347
Im Dormitorium des Klosters Lamos in den Bergen oberhalb der zypriotischen Hafenstadt herrschte die vorgeschriebene Nachtruhe. Jedoch nur im übertragenen Sinn, denn nicht wenige der Mönche schnarchten zum Gotterbarmen. Aber immerhin schliefen sie – bis auf einen.

Bruder Jean-Batiste lag lang ausgestreckt auf seiner Pritsche, die unmittelbar am Fenster stand, und genoss die hereinströmende frische Nachtluft. Zum letzten Mal, denn noch in dieser Nacht würde er das Kloster, das ihm seit über einem Jahr Heimstatt gewesen war, verlassen. Aber erst, wenn der Wächter ein weiteres Mal unter dem Fenster vorbeigekommen war, und bis dahin dauerte es noch eine Weile.

D'Amiens' Gedanken kehrten zurück zu seiner Flucht aus dem Kerker von Reims. Sie lag nun schon mehr als achtzehn Monate zurück, aber seitdem hatte er keinen Tag versäumt, dem Herrn für diese Fügung zu danken. Einunddreißig Jahre und neun Monate eingesperrt in diesem stinkenden Loch – die Jahre in Paris gar nicht mitgerechnet –, bar jeder Hoffnung, jemals wieder das Tageslicht zu erblicken, und dann diese wunderbare Rettung. Lautlos formten d'Amiens' Lippen ein Dankgebet.

In der ersten Zeit nach seinem Ausbruch hatte der Comte sich ständig beobachtet, ja verfolgt gefühlt. Er schrieb das dem Umstand zu, dass er es nicht mehr gewohnt war, unter Menschen zu sein, dass ihm jeder Blick, jede Geste verschwörerisch, wenn nicht gar feindselig vorkam. Trotzdem, dass ihm nachgesetzt wurde, war nicht auszuschließen. Deshalb hatte er hin und wieder einen Haken geschlagen, um mögliche Verfolger abzuhängen.

So auch in Senlis, wo er die Kapelle auf dem Gelände der ehemaligen Komturei aufgesucht und einer verborgenen Nische Gold und Silber entnommen hatte. Eines jener Geheimverstecke, deren Einrichtung Jakob von Molay nur wenige Wochen vor der Verhaftung der Templer landesweit verfügt hatte, gerade so, als hätte er eine Vorahnung gehabt. Das Versteck enthielt zwar kein Vermögen, bei sparsamem Umgang jedoch sollte es zur Bestreitung von d'Amiens' Ausgaben ausreichen. So brauchte er nicht zu arbeiten, was ihn Zeit gekostet hätte, die er nicht mehr hatte.

Verlassen hatte er die Kapelle durch einen geheimen Gang, der zu den Stallungen führte und dessen Existenz er einer in Leder geschnittenen Nachricht entnommen hatte, die sich ebenfalls in dem Versteck befand. Eine reine Vorsichtsmaßnahme, nur für den Fall, dass ihn jemand beim Betreten des kleinen Gotteshauses gesehen haben sollte. Außerdem war er so ohne Mühen zu einem frischen Pferd gekommen.

Seine weitere Reise hatte ihn über Marseille und Malta nach Zypern zum Kloster von Lamos geführt. Dort musste d'Amiens feststellen, dass der ehemalige Ordenssitz keineswegs wie erhofft verwaist war, sondern dass sich in seinen Mauern die Franziskaner breit gemacht hatten. Schnell war klar, dass in diesem Fall Gewalt zu nichts führen würde; d'Amiens blieb nichts anderes übrig, als dem Konvent beizutreten und das braune Habit mit dem weißen Strick anzulegen.

Zu allem Unglück hatten die Bettelbrüder das Kloster auch noch mehrfach umgebaut, Molays Angaben zum Versteck des Grals waren somit hinfällig geworden. Aus dem einstigen Olivenhain war ein Friedhof mit dazugehöriger Kapelle geworden. D'Amiens befürchtete schon, die Brüder könnten beim Ausschachten der Fundamente oder beim Ausheben eines der Gräber auf den Becher gestoßen sein, aber diese Sorge erwies sich als unbegründet. Umrechnungen und Nachmessungen ergaben, dass das Versteck des Grals zwischen der Kapelle und der ersten Grabreihe lag, mit ungefähr zehn Schritten Abstand zu beiden. Das herauszufinden hatte d'Amiens mehr als ein Jahr gekostet, da er nur mit größter Heimlichkeit hatte vorgehen können. Nun aber war es endlich so weit, die Erfüllung des ersten Teils von Molays Testament stand unmittelbar bevor.

Auch auf Zypern fühlte d'Amiens sich bisweilen beobachtet. Nicht im Kreis der Brüder, sondern nur, wenn er nach Nemesos ging, um dort milde Gaben zu erbitten oder auf dem Markt im Klostergarten gezogenes Gemüse zu verkaufen. Erst vor zwei Wochen hatte er sich aus einem Pulk von Fischern heraus angestarrt gefühlt. Als er zurückgeblickt hatte, entdeckte er zwischen den bekannten Gesichtern einen Mann, der bis auf ein zusätzliches Kopftuch wie die anderen gekleidet war, jedoch durch seine ungewöhnlich helle Haut auffiel. Danach war d'Amiens noch zwei Mal in der Stadt gewesen, der Mann war ihm aber nicht wieder begegnet.

Der Klosterwächter, ein alter Grieche, schlurfte mit seinem Hund unter dem Fenster des Dormitoriums vorbei. Da er ausgesprochen pünktlich war, bedeutete das, es war Mitternacht; das nächste Mal würde der Grieche erst wieder zur Matutin auftauchen. Zeit genug für Bruder Jean-Batiste, den Gral zu bergen und zu verschwinden.

Der Morgen graute bereits, als d'Amiens im Hafen von Nemesos an Bord eines Seglers auf die Überfahrt nach Kreta ging. Dabei war er derart trunken vor Glück, eine der kostbarsten Reliquien der Christenheit in seinem Besitz zu haben, dass er keinen Gedanken an mögliche Verfolger verschwendete. So bemerkte er auch nicht den Mann, der sich auf einigen auf der Mole gestapelten Getreidesäcken ausgestreckt hatte und den seine Kleidung als Fischer auswies.

Ein für die Gegend sehr hellhäutiger Mann, der diesmal kein Kopftuch trug, sodass man sehen konnte, dass ihm ein Ohr fehlte.

*

Paris, September 1347
»Seht Ihr das, de la Chapelle?«, rief Philipp VI. »Wir treiben schon wieder auf!«

Seine Majestät lag in der königlichen Badewanne, einem riesigen hölzernen Ungeheuer auf schmiedeeisernen Füßen, das so schwer war, dass es der vereinten Kraft von zehn Dienern bedurfte, um es zu bewegen – wenn sich kein Wasser darin befand. Im Augenblick war die Wanne voll, wobei die Wassertiefe bestimmt drei Ellen betrug. De la Chapelle stand daneben und beobachtete belustigt, wie Seine Majestät zu ihrem maßlosen Unwillen an der Oberfläche trieb wie ein Baumstamm.

»Gewichte müssen her!«, rief Philipp. »Bringt uns Gewichte!«

Die vier anwesenden Diener rannten wie aufgescheuchte Hühner los und guckten in alle Ecken, ohne zu wissen, wonach genau sie suchen sollten. De la Chapelle hielt sich den Bauch vor Lachen.

»Was gibt es da zu gackern?«, schimpfte der König. »Macht lieber sachdienliche Vorschläge.«

»Sehr wohl, Sire.« De la Chapelle wischte sich die Tränen

aus den Augen und räusperte sich. »Diener – schöpft so lange Wasser aus der Wanne, bis Eure Majestät nur noch eine Handbreit bedeckt ist!«

»Was soll denn dieser Unfug?«, empörte sich Philipp, aber de la Chapelle bedeutete den vieren, das zu tun, was er geheißen hatte. Bottich für Bottich füllte sich mit Badewasser und wurde durch das Fenster entleert. Als der Pegel de la Chapelles Vorstellung entsprach, hob er die Hand.

»Genug! – Wie ist es nunmehr um den Auftrieb Eurer Majestät bestellt?«

Philipp war verblüfft. »Wir liegen auf dem Boden, Auftrieb ist nicht mehr zu spüren. Ihr seid ein Genius, de la Chapelle.«

»Ihr seid wie immer zu gütig, Sire.«

»Ja, das sind wir wirklich. – Was führt Euch eigentlich her? Wir hoffen doch, nur beste Neuigkeiten.«

De la Chapelle setzte die Leidensmiene eines Magenkranken auf. »Ich fürchte nein, Sire.«

Aus dem königlichen Antlitz wich sämtliche Farbe. »Haben wir schon wieder eine Schlacht verloren?«

Seit der Niederlage bei Crécy im Vorjahr war eine erneute Demütigung auf dem Schlachtfeld Philipps beständigster Albtraum.

»Gewissermaßen, Sire. Ich mache es kurz: Calais ist in die Hände der Engländer gefallen.«

»Calais? Ihr meint das Calais am Kanal?« Als de la Chapelle nickte, lachte Philipp auf. »Nein, so was!«

De la Chapelle war verwirrt, und auch die Diener machten besorgte Gesichter. Seine Majestät wurde zunehmend schrulliger.

»Was macht Ihr für ein betrübtes Gesicht, de la Chapelle?«, fragte Philipp. »Das mit Calais ist doch halb so wild. Wir dachten nämlich, die Stadt sei bereits im Besitz des Feindes.«

»Wie?« Langsam wich die Anspannung aus de la Chapelles Zügen. »Eure Majestät dachte, Calais sei bereits …«

»Ja, ja, ja!«, rief der König. »Kopf hoch! Für uns ist das keine Neuigkeit, versteht Ihr? Und schon gar keine schlechte.«

»Und ich dachte …«, sagte de la Chapelle kopfschüttelnd. »Aber sei es drum. Ich hoffe nur, die gute Nachricht, die ich Euch zum Ausgleich für die vermeintlich schlechte mitgebracht habe, ist Euch nicht auch schon bekannt.«

»Eine gute Nachricht? Darauf sind wir stets begierig. Lasst nur hören.«

»Es wäre allerdings vielleicht besser, wenn …« De la Chapelle warf einen Seitenblick auf die Diener.

»Natürlich«, sagte Philipp. »Hinaus mit euch! Wer lauscht, den lassen wir vierteilen oder Schlimmeres.«

Als die vier Diener den Raum verlassen hatten, sagte de la Chapelle mit Verschwörermiene: »Unsere Männer haben die Spur des Comte d'Amiens wieder aufgenommen.«

»D'Amiens? Der, der uns zum Schatz der Templer führen soll?«

De la Chapelle nickte.

»Wo?«

»Auf Zypern. Zumindest war er da. Inzwischen ist er weitergereist.«

Der königliche Berater berichtete die Einzelheiten, wie d'Amiens sich auf der Mittelmeerinsel dem Orden der Franziskaner angeschlossen und dort länger als ein Jahr in einem ihrer Klöster gelebt hatte, eine Anlage, die bis zur Auflösung des Ordens den Templern gehört hatte. Dann erzählte er, wie d'Amiens von einem Tag auf den anderen verschwunden war, nachdem er nachts auf dem Friedhof ein mannstiefes Loch ausgehoben hatte, in das am nächsten Morgen der Abt auf dem Weg zum Abtritt gestürzt war und sich ein Bein gebrochen hatte. Inzwischen war der Comte auf Kreta eingetroffen, wo er sich nach Schiffsverbindungen nach Sizilien erkundigt hatte.

»Zypern, Kreta, Sizilien«, murmelte der König. »Was will

er da? Und wozu hat er dieses Loch ausgehoben? War an der Stelle etwa der Schatz vergraben?«

»Keinesfalls, Sire. Unser Mann, der im Kloster Nachforschungen angestellt hat, meint, der Größe des Lochs nach könne dort lediglich eine Schatulle oder bestenfalls eine kleine Kiste versteckt gewesen sein.«

»Wer ist der Mann? De la Motte?«

»Nein, dieser Pierre de … de … verzeiht, Sire, aber ich kann mir den verflixten Namen nicht merken.«

»Ist ja auch gleich. Weiter!«

»Die Vermutung liegt nahe, dass sich in der Schatulle, oder was auch immer auf dem Klosterfriedhof vergraben war, der genaue Lageplan des Schatzes befunden hat.«

»Lageplan!«, rief Philipp. »Das habt Ihr schon einmal behauptet, nachdem d'Amiens Euch in Senlis durch die Lappen gegangen war.«

»Wir haben seine Fährte aber wieder aufgenommen.«

»Nach anderthalb Jahren und nachdem Ihr die halbe Welt habt absuchen lassen. Wir möchten nicht wissen, was diese Nachforschungen gekostet haben. Ist denn nun sichergestellt, dass d'Amiens Euch auf Kreta oder Sizilien nicht wieder entwischt?«

»Selbstverständlich, Sire. Dieser Pierre de … Ihr wisst schon, wen ich meine, Sire, folgt dem Comte auf dem Seeweg, während de la Motte bereits auf dem Weg nach Sizilien ist, um ihn dort abzufangen.«

»Nicht zu vergessen Ihr, de la Chapelle«, sagte der König und erhob sich aus der Wanne. »Reicht uns das Tuch – nein, das andere – danke. Auch Ihr werdet Euch unverzüglich nach Sizilien begeben, und diesmal haftet Ihr mit Eurem Leben, dass der Kerl Euch nicht wieder auskommt. Haben wir uns klar und unmissverständlich ausgedrückt?«

De la Chapelle bekam derart weiche Knie, dass er sich auf den Wannenrand stützen musste. Sein Kopf brummte bei der fieberhaften Suche nach einem Ausweg. Sizilien, das hätte ihm gerade noch gefehlt. Am Samstag hatte er für vier Hahnenkämpfe gemeldet. »Klar und unmissverständlich, Sire«, stammelte er. »Ich möchte jedoch zu bedenken geben, dass dem Comte d'Amiens in Senlis nur deshalb die Flucht gelingen konnte, weil ich in Unkenntnis solcher Angelegenheiten eine falsche Entscheidung traf. Deshalb könnte meine Anwesenheit in Sizilien unter Umständen genau das Gegenteil dessen bewirken, was Eure Majestät eigentlich bezwecken wollen. Wenn Ihr versteht, was ich meine, Sire.« Dann fiel ihm noch etwas ein. »Außerdem kann ich auch hier mit meinem Leben haften, Sire.«

»Ihr geht leichtfertig mit diesem Gottesgeschenk um, de la Chapelle.«

»Ich habe vollstes Vertrauen in de la Motte und seine Männer.«

»Nun gut«, sagte Philipp und stieg aus der Wanne. »Wir werden unserem Onkel davon berichten. Wir denken, er wird einverstanden sein.«

»Gottfried von Charney?«, fragte de la Chapelle vorsichtig. »Steht Ihr noch immer in Verbindung mit ihm, Sire?«

»Er kommt gelegentlich vorbei, wenn er Zeit hat«, sagte Philipp. »Schön, dass wir ihm endlich mal etwas Erfreuliches mitzuteilen haben. Er war schon sehr erbost, dass wir den Schatz noch nicht aufgetan haben.«

Damit verließ Seine Majestät den Raum.

»Keine Frage«, murmelte de la Chapelle, nachdem die Tür ins Schloss gefallen war. »Frankreich wird von einem Verrückten regiert.«

Kleve, Juni 1350

So üppig das Abendbrot bei den Montemagnos auszufallen pflegte, so karg war das Frühstück. Ein Stück Brot, das in eine Schale Milch getunkt wurde, musste reichen. An diesem Morgen war Marco selbst das zu viel, übernächtigt und gereizt saß er am Küchentisch. Bis zum Morgengrauen hatte er wachgelegen und Pläne geschmiedet, wie er Till beikommen wollte, um sie dann doch wieder zu verwerfen. Plötzlich hob hinter dem Haus Gezeter an.

»Keinen Wein!«, fauchte Sophia Maria. »Du wirst dich gefälligst an die Gesetze halten, Umberto. Denkst du, ich habe Lust, dass man uns in diesen Zeiten wegen deiner krummen Geschäfte aus der Stadt jagt?«

»Madonna! Was glaubst du eigentlich, wovon wir schon seit Monaten leben? Vom Weinhandel und von nichts anderem! An den vermaledeiten Pfandleihen ist derzeit nichts zu verdienen.«

»Versuch nicht, mich für dumm zu verkaufen, Umberto. Das Pfandleihgeschäft läuft wie eh und je. Nur verdient sich das Geld anders leichter, weil die Leute augenblicklich mehr Wein als Wasser saufen.«

»Ecco! Ich wäre ein schlechter Kaufmann, würde ich mich nicht auf die veränderte Lage einstellen.«

»Leise!«, war überraschend Pietro zu vernehmen. »Sibert van Bylant kommt gerade mit einigen Reitern die Straße herauf. Wenn er das hört, verrät er uns beim Grafen.«

»Dieser verdammte Halunke!«

Marco konnte förmlich sehen, wie sein Vater die Faust reckte. Dennoch siegte die Vernunft. Gedämpft setzten die Eltern ihren Streit fort, während Pietro in die Küche kam.

»Guten Morgen, Bruderherz«, sagte er und schlug Marco auf die Schulter. »Nun, wie war's? Bist du fündig geworden?«

»Wo warst du?«, knurrte Marco.

»He, was ist denn das für eine Begrüßung?« Pietro nahm

auf der Bank unter dem Fenster Platz. »Im Gottesdienst war ich. Wo sonst?«

»Ich rede nicht von heute Morgen, sondern von vergangener Nacht. Ich habe den Wolf vermisst.«

»Es tut mir Leid, Marco, aber ich konnte dich nicht warnen. Irgendwann musste ich mein Wasser abschlagen, und ausgerechnet in dem Augenblick kommen van der Schuren und der Rechenmacher Arm in Arm nach Hause, als seien sie die dicksten Freunde. Ich habe noch versucht, wenigstens das Käuzchen zu machen, aber selbst das bekomme ich mit einer Hand nicht hin. Vom Wolf ganz zu schweigen. Kaum hatte ich die Hose zugeschnürt, stand der Rechenmacher auch schon vor mir, das Messer in der Hand, vermutlich hat er mich für einen Dieb gehalten. Da hab ich Reißaus genommen.«

»Und warum warst du nicht zu Hause, als ich kam?«

»Ich habe mich nicht hierher getraut. Ich war nicht sicher, ob er mich nun erkannt hatte oder nicht. Also habe ich es dir gleich getan und in einer der Fischerhütten übernachtet. Von dort aus bin ich zur Frühmesse. – Nun schau nicht so grimmig. Ich kann nichts dafür. Wie ist es denn nun dir ergangen?«

Noch immer brummig und anfangs nur schleppend berichtete Marco, was ihm widerfahren war. Als er kundtat, dass Till der Verfasser der Gedichte war, nickte Pietro anerkennend.

»Dann hast du mit deiner Vermutung richtig gelegen. Ob das jedoch reicht, ihn zu überführen?«

»Es muss reichen«, brauste Marco auf. »Ich habe nämlich nichts anderes als diese verdammten Gedichte.«

»Hm. Auf jeden Fall wird die kleine Zwerts sich freuen.«

Marco plumpste das Brotstück in die Milch. »Wie kommst du jetzt auf Elsa?«

»Sag bloß, du willst ihr das nicht sagen? Wenn jemand ein Recht darauf hat, es als Erste zu erfahren, dann sie.«

»Nicht bevor ich mir Till vorgeknöpft habe.«

»Mach das nicht im Alleingang. Ich hab eben van Bylant

gesehen, also ist auch Graf Johann wieder in der Stadt. Du solltest ihm den Fall vortragen. Er war immer auf unserer Seite, wenn es darauf ankam. Wenn du dich jedoch selbst zum Richter machst, wird er sich kaum vor dich stellen.«

»Ich weiß nicht.«

»Vater wird sicherlich als dein Fürsprecher mit dir kommen.«

»Darum geht es nicht«, sagte Marco unwirsch. »Mein Anliegen kann ich selbst vorbringen.«

»Also geht es um Elsa. Ich verstehe. Du schämst dich, weil du dich ihr gegenüber als der Verfasser dieser Verse ausgegeben hast.«

»Wie würdest du dich dabei fühlen, he?«

Pietro feixte. »Tja, mein Lieber, dann sieh mal zu, wie du das krumme Ding wieder gerade gebogen kriegst.«

»Verbindlichsten Dank«, sagte Marco. »Das einzig Gute daran ist, dass ich diesmal nicht auf deine Hilfe angewiesen bin.«

*

Auf dem Schwanenturm wehte das Banner derer von Kleve, das Zeichen für die Anwesenheit des Grafen. Ein Umstand, den Marco zur Kenntnis nahm, ohne sich etwas davon zu versprechen. Seiner Einschätzung nach war Graf Johann ein Wirrkopf, auf den man, wenn es hart auf hart kam, nur bedingt zählen konnte.

Während er die Große Straße im Schein der Morgensonne hinaufging, nahm er seine Überlegungen wieder auf, in denen er durch das Gekeife seiner Eltern gestört worden war. Till aufzulauern und erst recht ihm ein Geständnis abzupressen, war alles andere als ungefährlich. Nicht nur, dass Till drei Jahre älter und Marco an Körperkraft überlegen war, er war auch nur selten allein anzutreffen. Ständig schwirrte ein halbes

Dutzend Katzbuckler und Speichellecker um ihn herum, die er befehligte wie sein persönliches Heer. Gesindel, das kein Augenblinzeln lang zögern würde, Marco auf Tills Geheiß in Stücke zu hauen.

Eingedenk dieser Gefahr hatte Marco erwogen, Erasmus van der Schuren die Gedichte zu zeigen. Ein Gedanke, den er dann jedoch wieder verworfen hatte, denn im Zweifelsfall würde Erasmus sich vor seinen Sohn stellen, Recht hin oder her. Zudem war Marco sich nicht sicher, wie viel Erinnerung der Bürgermeister an ihre Begegnung vom Vorabend hatte. Und schließlich war da noch Maria, auf deren Unterstützung Marco keinen Heller wetten würde. Nein, ihm blieb nur, Till zu packen und die Wahrheit notfalls aus ihm herauszuprügeln. Wann und wo sich das am besten bewerkstelligen ließ, musste er noch auskundschaften.

Als er das Haus der van der Schurens passierte, kamen ihm plötzlich die Worte seines Bruders in den Sinn, dass Elsa ein Recht darauf habe zu erfahren, dass Till Annas Mörder war. Da er schätzte, dass der Bürgermeister und sein Sohn zu so früher Stunde ohnehin noch in den Federn lagen, beschloss Marco, ausnahmsweise einmal einen von Pietros Ratschlägen zu befolgen.

Er griff sich die erstbeste Rotznase, einen schielenden rothaarigen Gassenjungen, der vermutlich aus der Brut des Rechenmachers stammte. Ihm versprach er ein Stück Honigkuchen, abzuholen bei Maria Sophia, und schickte ihn mit einer Nachricht für Elsa zum Gasthaus der Zwerts. Dann machte er sich auf zum Narrenhäuslein, wo die Hand voll Geisteskranken der Stadt untergebracht waren.

Das Narrenhäuslein lag im Schatten des Bauernturms, im äußersten Süden der Stadt, dort wo die Stiftsfreiheit von der Stadtmauer begrenzt wurde. Eine Gegend, die von den meisten Bürgern gemieden wurde, gelang es doch hin und wieder einem der Irren, auf die Straße zu flüchten. Und vor nichts hatten die Leute mehr Angst als vor dem, was sie nicht verstanden.

Als Marco schon nicht mehr mit Elsas Kommen rechnete, näherte sich eiligen Schritts eine bis zur Unkenntlichkeit vermummte Gestalt. Erst als sie vor ihm stand, nahm sie die Kapuze ab. Elsa war noch immer erschreckend blass, jedoch strahlten ihre Augen wieder mehr Lebendigkeit aus. Marco löste sich aus der Mauernische neben dem Turm. Als er ihren Arm nehmen wollte, wich sie ihm aus.

»Was steht diesmal an?«, fragte Elsa kühl. »Wieder eine Entschuldigung?«

»Eine Erklärung. Anschließend wirst du vieles verstehen. Aber zunächst einmal danke, dass du überhaupt gekommen bist.«

»Ich weiß noch nicht, ob ich gut daran getan habe. Lass hören, was du zu sagen hast.«

Marco räusperte sich. »Ich habe die Gedichte nicht geschrieben, Elsa.«

»Ach, was du nicht sagst? Warum sollte ich dir das glauben?«

»Weil ich inzwischen herausgefunden habe, wer sie verfasst hat.«

»Du kannst mir viel erzählen, Marco di Montemagno. Kannst du deine Behauptungen auch belegen?«

Marco reichte ihr die Pergamente mit den Versen sowie das Pergament, das aus der Kladde gefallen war.

»Hier, sieh selbst. Es handelt sich um dieselbe Schrift.«

Ein Blick genügte Elsa zum Vergleich. »Das beweist gar nichts. Auch die anderen Worte könnten von dir geschrieben sein.«

»Wenn dem so wäre, wäre ich dann jetzt hier?«

»Vielleicht hast du Recht«, sagte Elsa, obwohl ihr noch immer der Zweifel ins Gesicht geschrieben stand. »Woher hast du das?«

Marco berichtete von seinem Eindringen in das Haus des Bürgermeisters, seiner Gefangensetzung, der Befreiung durch Maria und der Entdeckung des Pergaments zwischen den Geschäftspapieren der van der Schurens. Als er sagte, Maria habe die Schrift als die Tills erkannt, blitzte für einen Moment blanke Mordlust in Elsas Augen auf.

»Also doch er. Weiß Distelhuizen es schon?«

»Nein. Ich wollte es zuerst dir sagen.«

»Danke. Ich begleite dich zu ihm, wenn du willst.«

»Das ist zu gefährlich. Ich werde mir den Kerl allein vorknöpfen.«

»Ich spreche von Distelhuizen, Marco. Du willst doch nicht etwa das Recht in deine Hand nehmen?«

»Ohne Tills Geständnis sind die Gedichte wertlos.« Marco hielt die Pergamente hoch und tat, als wolle er sie vom Wind davontragen lassen. »Dass er Anna umgebracht hat, beweisen sie nämlich nicht.«

Elsa maß ihn mit einem langen, ruhigen Blick. »Deine Weigerung, dich Distelhuizen anzuvertrauen, hat jedoch noch einen anderen Grund, oder?«

Marco ärgerte sich, nicht in der Mauernische geblieben zu sein. Da hätte Elsa nicht gesehen, dass er rot wurde.

»Nun ja, weißt du …«

»Ich glaube beinahe«, sagte Elsa, »es hat damit zu tun, dass du beschnitten bist.«

Um Haaresbreite hätte Marco seine Zunge verschluckt. »Bei Gott! – Woher weißt du davon?«

»Von Anna. Ich wusste nur nicht, dass das die Sache ist, die man Beschneidung nennt und die an den Juden vorgenommen wird. Jedenfalls an den männlichen.«

»Ja. Ich meine, so ist es. Das ist der Grund, wollte ich sagen.«

»Aber wie kam es dazu? Du bist doch kein Jude, oder?«

»Und wenn ich einer wäre?«

»Mir wäre das gleich. Nur solltest du dann schleunigst aus

der Stadt verschwinden, denn dann wärest du genau der Mann, den sie suchen.« Elsa schlug die Hand vor den Mund. »Jesus Maria! Jetzt begreife ich erst! Den wahren Mörder zu finden ist für dich eine Sache auf Leben und Tod. Und ich dachte …«

»Ja?«

»Ich dachte, der Grund sei Hahnenstolz. Dass du es nicht ertragen konntest, dass Anna auch mit anderen Männern Liebeleien hatte.«

»Bei mir kommt vieles zusammen, weißt du. Als ein mit Anna ehemalig Verbändelter bin ich der Eifersucht und als Lombarde des Jähzorns verdächtig. Überdies kann ich nicht beweisen, wo ich in der Mordnacht war.«

»Hat nicht dein Bruder bestätigt, dass du zu Hause gewesen bist?«

»Weil er mein Bruder ist, ja.« Marco erzählte ihr, dass er in jener Nacht tatsächlich mit Anna verabredet gewesen war, sie ihn aber versetzt hatte. »So befinde ich mich in der unmöglichen Lage, dass nur das Opfer beweisen könnte, dass ich, der Verdächtige, nicht der Täter bin.«

»Dann war dein Schwur doch kein Meineid.«

»Wovon sprichst du?«

»Von Sonntag, als ich dich vor eurem Haus abgepasst habe.« Zum ersten Mal seit Tagen huschte ein Lächeln über Elsas Gesicht. »Da wolltest du die Hand nicht heben. Dabei hast du Anna bei den Fischbänken wirklich das letzte Mal gesehen.«

»Ja, nur beweisen kann ich es wie gesagt nicht. Und dann bin ich zu allem Überfluss auch noch beschnitten. Das reicht, um mindestens drei Mal am Galgen zu enden.«

Elsa schlug die Augen nieder. Leise sagte sie: »Ich würde schon gerne wissen, warum.«

»Warum ich beschnitten bin?«

Sie blickte wieder auf und nickte.

»Die Haut meines … meines Gliedes war zu eng. Ich konnte kaum Wasser lassen. Da hat sich Ricciutello auf Bitten meines Vaters der Sache angenommen. Als meine Mutter davon erfuhr, ist sie im Nachhinein in Ohnmacht gefallen.«

»Wieso?«

»Weil Ricciutello seine Kenntnisse auf diesem Gebiet einzig und allein durch das Entmannen von Ebern erworben hatte.«

Elsa schlug die Hände vor den Mund.

»Und einiger Ziegenböcke, nicht zu vergessen.« Marco lachte. »Es ist aber noch alles dran, das schwöre ich.« Und diesmal hob er die Hand.

Fern, so fern, als käme es aus einer anderen Stadt, hob Glockenläuten an. Dem Klang nach konnte es sich nur um die Glocke des Magistrats handeln. Dass sie so leise klang, lag am Höhenunterschied und daran, dass der Wind aus Süden kam. Was Elsa und Marco jedoch verwirrte, war die abenteuerliche Geschwindigkeit, in der sie geläutet wurde. Sturm, Sturm, Sturm, als stünden die Sarazenen vor den Toren.

Sie überquerten den Friedhof vorbei an der Stiftskirche, deren Ostchor noch immer im Bau war. Auf dem Alten Markt war das Läuten deutlich lauter zu vernehmen. Aus allen Häusern strömten Menschen und eilten die Kirchstraße hinunter. Unwillkürlich begannen auch Elsa und Marco zu laufen. Zunächst verhalten, dann mit den anderen immer schneller werdend. Das rasende Schlagen der Glocke wirkte wie ein Sog.

Marco sah zu Elsa hin, und sie erwiderte seinen Blick. In ihren Augen las er, dass sie dasselbe dachte wie er.

Was sie erwartete, wusste keiner von ihnen. Aber ihnen schwante Fürchterliches.

Ein Gerücht besagte, es gebe im ganzen Schloss keinen Spiegel, damit den Grafen bei seinem eigenen Anblick nicht der Schlag treffe. In Wirklichkeit gab es selbstverständlich Spiegel, insgesamt zwei, und beide standen in den Gemächern der Gräfin. Das änderte jedoch nichts daran, dass Johann I. ein selten hässlicher Vogel war.

So saß der Kopf mit der niedrigen Stirn, deren geringe Höhe durch eine unglückliche Frisur, einen so genannten Pottschnitt, noch betont wurde, unmittelbar auf den Schultern. Aus diesem Grund konnte der Graf keine Gewänder mit Kragen tragen. Die blassblauen Augen standen handbreit auseinander, die Nase war die eines Schweins, der Mund der eines Frosches. In Folge dauerhaften, krankheitsbedingten Zahnfleischblutens waren die Zähne ständig rötlich verfärbt. Der Rumpf wurde von einem mächtigen Wanst beherrscht, den der Gürtel in zwei Wülste teilte wie die Spur eines Wagenrades einen riesigen Maulwurfshügel. Getragen wurde das Ganze von zwei spindeldürren säbelförmigen Beinchen, deren zerbrechliches Erscheinungsbild der Graf gerne durch eng anliegende Beinlinge unterstrich. An der Seite seiner bildschönen und erlesen gekleideten Gattin wirkte er wie ein Hofnarr.

Die ersten fünfundfünfzig Jahre hatte sich Johanns Leben weitgehend ereignislos im Dienste des Herrn abgespielt. Ohne besonderen Ehrgeiz an den Tag gelegt zu haben, hatte er es dabei zum Dekan und Archediakon in Köln gebracht, während sein älterer Bruder, Dietrich IX., die Grafschaft regiert hatte. Es wäre wohl ewig so weitergegangen, hätte das Schicksal vor drei Jahren nicht Johanns kleine Welt mit einem Doppelschlag auf den Kopf gestellt: Zuerst war unerwartet Graf Dietrich verstorben, ohne einen männlichen Erben zu hinterlassen, und noch in der gleichen Woche war Johann der damals zweiundzwanzigjährigen Mechthild von Geldern begegnet, dem heißesten Feger des Niederrheins.

Gewissermaßen über Nacht wurde er zu einem Mann der

Tat. Zuerst einmal schnappte er seinen drei Nichten das Erbe weg und ließ sich von Kaiser Ludwig mit den Reichslehen und wenige Tage später auch mit den kölnischen Lehen belehnen. Dann hielt er, vom Johannistrieb um den Verstand gebracht, um Mechthilds Hand an, die zum Entsetzen – oder zumindest zur völligen Verblüffung – aller Verwandten und Bekannten einwilligte, und beantragte seine Zurückführung in den Laienstand. Seitdem lebte er mit seiner jungen Frau auf dem Klever Schloss und versuchte vergeblich Nachkommen zu zeugen. Medizi aller Herren Länder, Kräuterkundlerinnen, Wunderheiler und Geisterbeschwörer gingen bei Hof ein und aus, aber keine der verordneten Maßnahmen wollte fruchten. In der Stadt wurde getuschelt, bei Ostwind seien nachts bisweilen die Seufzer der unglücklichen Gräfin zu hören.

Da sein häusliches Leben ihm nicht die gewünschte Befriedigung bescherte, suchte Graf Johann umso nachhaltiger Erfüllung in seinen Amtsgeschäften und darüber hinaus. Das bedeutete, dass er sich ständig in alles und jedes einmischte, ganz gleich, ob es ihn etwas anging oder nicht, und vor allem, ob er etwas davon verstand oder nicht. Der Magistrat und insbesondere Erasmus van der Schuren konnten ein Lied davon singen, wie Johann mit seinen eigenmächtigen Eingriffen Verwirrung stiftete, wenn nicht gar Unheil anrichtete.

Erst unlängst hatte der Graf die Anfertigung neuer Gewänder für die Stadtknechte verfügt, da ihm die bisherige Bekleidung nicht geschmackvoll genug erschienen war. Kaum waren die Stoffe bestellt und die Schneider beauftragt worden, besann er sich, als er erfuhr, was der Spaß kosten sollte, eines Besseren und machte die ganze Angelegenheit wieder rückgängig. Zwischenzeitlich hatten jedoch einige der Knechte ihre alten Gewänder veräußert und standen nun ganz ohne da. In Folge musste seitdem jeder selbst für seine Ausstattung sorgen, wodurch aus der Truppe ein kunterbunter Haufen geworden war.

Auch vor tief gehenden Eingriffen scheute Johann nicht

zurück. Zwar stand ihm das Recht zu, den Richter zu ernennen, aber die acht Schöffen, die zusammen mit dem Richter das Gericht bildeten, wurden eigentlich von den Bürgern gewählt. Durch massive Einschüchterung und Bestechung war es dem Grafen jedoch gelungen, die ihm genehmen Kandidaten durchzusetzen. Damit konnte er sicher sein, fortan die Urteile in seinem Sinn zu beeinflussen.

Abseits von alledem verstand Johann sich als Förderer der Künste. Dabei hatte er einen besonderen Narren an Joseph von Krefeld gefressen, der seit einigen Jahren in Kleve wirkte und allgemein als Wirrkopf galt. So fertigte Joseph, der sich selbst einen Künstler der Tat nannte, seine Skulpturen bevorzugt aus Talg oder Honig, was ihnen stets dann, wenn sie zu nahe an den Ofen gerückt wurden, spätestens jedoch im nächsten Sommer, zum Verhängnis wurde. Sein neuestes Werk war ein Bildnis des Pestheiligen St. Sebastian, das er aus Holz geschnitzt und mit verfilzter Wolle überzogen hatte. Vor diesem überlebensgroßen Gebilde, das im Rittersaal des Schlosses seinen Platz gefunden hatte, warteten an diesem Morgen die Gebrüder van der Schuren, von Elten und Distelhuizen auf den Grafen, der sie als Repräsentanten des Magistrats einbestellt hatte.

»Filz«, sagte Erasmus und berührte erneut den Arm der Statue. »Es ist tatsächlich aus Filz.«

»Lass die Finger davon«, sagte Jakob. »Nachher geht noch was entzwei.«

»Ist das nicht Gotteslästerung?«, fragte von Elten.

»Was?«, fragte Distelhuizen.

»Das Abbild eines Heiligen aus verfilzter Wolle zu fertigen. Wer weiß, was ihm als Nächstes einfällt.«

»Vielleicht macht er ein Karnickel aus Gold«, sagte Erasmus und lachte über seinen eigenen Einfall, bis ihm ein Stich ins Gehirn schmerzlich in Erinnerung rief, dass er an dem Kater seines Lebens litt.

Jakob sah, dass sein Bruder ins Wanken kam, und führte ihn zu einem Stuhl in einer der Fensternischen, bevor der Filzheilige Schaden nehmen konnte. Dann zog er sein Schnupftuch aus dem Ärmel und fächelte Erasmus Luft zu.

»Jetzt haben wir genau das Ungemach, das ich verhindern wollte«, sagte der Richter so leise, dass von Elten und Distelhuizen ihn nicht hören konnten. »Wäre der Graf wie beabsichtigt erst übermorgen zurückgekommen, hätten wir unsere Untersuchung bequem beenden können und den Mörder unter Umständen schon dingfest gemacht.«

»Bei dem Gedanken daran ist mir gar nicht wohl. Besteht denn keine Möglichkeit, diese Untersuchung noch zu verhindern?«

»Wohl kaum. Aber keine Sorge, Erasmus, ich werde persönlich die Leitung übernehmen. Du solltest dir lieber Gedanken darüber machen, wie wir den Grafen daran hindern können, sich einzumischen und damit womöglich wer weiß was heraufzubeschwören.«

»Glaubst du denn, er weiß schon davon?«

»Wovon? Von dem Mord an der Tochter von Zwerts?«

Erasmus nickte.

»Worauf du Gift nehmen kannst. Der Graf hat seine Zuträger überall in der Stadt, sogar im Magistrat. Ich vermute, es ist van Wissel.«

»Der Langweiler?«

»Zum Auskundschaften muss man nicht unterhaltsam sein. Gute Ohren und angeborene Heimtücke sind da wichtiger.«

Erasmus gab seinem Bruder ein Zeichen, sich zu ihm hinunterzubeugen. »Ich habe munkeln hören, der Graf trage sich mit dem Gedanken, die Steuern zu erhöhen.«

»Von wem?«, flüsterte Jakob.

»Kaldewey, der Hausmeister, hat gewisse Andeutungen gemacht. Beschlossen soll aber noch nichts sein.«

»Wenn das stimmt, dann gute Nacht. Dann wird der Graf

von uns verlangen, den Mord noch heute aufzuklären, um für Ruhe in der Bürgerschaft zu sorgen.«

»Entscheidend ist, welche Laune er hat.«

In dem Augenblick schwangen die Flügel der den Rundbögen des Deckengewölbes angepassten Tür auf. Zwei Diener besetzten die Flanken, zwischen ihnen schritt Johann von Kleve nebst Gattin Mechthild hindurch. Ein Blick in des Grafen Gesicht genügte, um den Wartenden klar zu machen, wie es um seinen Gemütszustand bestellt war: entsetzlich.

*

»O Maria«, sang Gotthilf Maria von Elten. »Erfülle meinen Mund, o Maria, mit der Gnade Deiner Milde. Erleuchte meinen Verstand, Du, die Du mit der Gnade Gottes erfüllt worden bist. – Also werden meine Zunge und meine Lippen heiter Dein Lob singen und besonders den Engelsgruß, Du Verkünderin des Heils der Welt, Heil und Schutz aller Menschen. – Habe also die Güte, mich anzunehmen, Deinen kleinen Diener! Ich lobe Dich und sage Dir immer wieder leise: ›Freu Dich, Maria, voll der Gnaden.‹ Amen.«

»Amen«, brummte der Chor.

Wie immer bei Zusammenkünften im Schloss war es Kaplan von Elten erlaubt worden, zunächst ein Marienlob zu beten. An der Stelle mit dem kleinen Diener hatte er gewohnheitsgemäß kurz aufgeblickt, ob einer feixte, aber hier hatten sich alle im Griff. Im Religionsunterricht der Stiftsschule sah das schon anders aus. Da machten die Schüler aus der zweiten Zeile der dritten Strophe schon mal gerne ›Deinen kleinen dicken Diener‹, wofür es Stockhiebe oder, wenn die Weidenrute nicht zur Hand war, Backpfeifen setzte.

Während die schöne Mechthild sich daran machte, ihre Fingernägel mit einem Seidentüchlein blank zu reiben, warteten die Herren darauf, dass Graf Johann das Wort ergriff. Wie man es von anderen Einbestellungen kannte, würde er sich entweder lang über die Beschwerlichkeit seiner Reise auslassen, oder er würde geradewegs und mit bohrenden Fragen auf die anstehenden Schwierigkeiten zu sprechen kommen. In dem Fall hieß das die bisher erfolglose Suche nach dem Mörder der Anna Zwerts. Und sein missmutiger Blick sprach für Letzteres.

Vielleicht wollte er aber auch zuerst seine Einschätzung über das Fortschreiten der Pest geben. In Städten wie Brügge mit ihren weit verzweigten Handelsbeziehungen war die Nachrichtenlage natürlich eine andere als in Kleve. Aber so sehr sie ihn auch anstarrten, er sagte keinen Ton. Außer Erasmus van der Schuren, dessen Hals staubtrocken war und der sich verzweifelt nach etwas Trinkbarem umsah, begannen alle, unruhig auf ihren Stühlen herumzurutschen. Schließlich hielt der Richter es nicht mehr aus.

»Hattet Ihr eine erfolgreiche Reise, Graf Johann?«, fragte er. »Waren Eure Bemühungen zur Vereinheitlichung des Münzwesens von Erfolg gekrönt?«

»Nun ja«, sagte Johann und machte auf einmal einen munteren Eindruck. »Ich habe vieles gelernt. Reisen bildet, wie es so schön heißt. Hahaha.«

Pflichtschuldig nickten die vier, obwohl keiner wusste, was er meinte.

»Das Prägewesen?«, wagte sich Jakob erneut vor. »Schrot und Korn der Münzen?«

»Humbug!«, bellte der Graf. »Ich spreche von Seife.«

Allen außer Erasmus, dem die Zunge am Gaumen klebte, fiel die Kinnlade herunter.

»Was hatten wir in Brügge für schöne Seife, nicht wahr, Liebste?«

»Hmm«, machte die Gräfin, ohne von ihren Nägeln abzulassen.

»Zartblau und nach Lavendel duftend«, fuhr Johann fort.

»Oder rötlich, mit dem Duft von Rosmarin. Ein Genuss, sage ich Euch. Ich habe mich natürlich sofort eingehend über die Herstellung unterrichten lassen. Ein Verfahren, das ich auch hier zu Lande einzuführen gedenke.«

Johann faltete die Hände auf dem Bauch und hob den Blick zur Decke; das war seine Art, sich zu sammeln.

»In Brügge bohren sie zuerst Löcher in den Boden eines Fasses, schütten eine Schicht Kieselsteine hinein und decken Stroh darüber. So wird eine gute Ableitung gewährleistet, versteht Ihr? Als Nächstes wird das Fass mit Hartholzasche gefüllt, auf die man Wasser gießt. Jetzt braucht man nur noch zu warten, bis Flüssigkeit aus den Löchern im Fassboden zu rinnen beginnt. Die fängt man auf und kocht sie so lange, bis sie eine Festigkeit erreicht hat, dass ein frisches Ei auf ihrer Oberfläche schwimmt. Fertig ist die Lauge. So war es doch, Liebste, oder?«

»Ich war nicht dabei.«

»Doch, doch, so war es. Ich bin mir ganz sicher. Als Nächstes braucht es Fett, jede Menge Fett. Am besten Rindertalg, Schaffett tut es indes auch. Das Fett kocht man mit der gleichen Menge Wasser, lässt es auskühlen und hebt es ab. Sechs Becher der Lauge und sieben Kellen voll Fett – oder waren es sieben Becher Lauge und sechs Kellen Fett? Ich weiß es nicht mehr so genau, ist ja auch gleich. Jedenfalls werden Fett und Lauge zusammen drei Stunden lang unter gelegentlichem Umrühren gekocht. Dann werfen die Brügger ein Scheffel Salz hinein und gießen die Lösung in eine mit einem feuchten Tuch ausgelegte Holzschale. Am nächsten Tag ist die Seife hart, und man kann sie in Stücke schneiden. Was sagt Ihr dazu?«

»Ich bin ... beeindruckt.« Jakob räusperte sich. »Ihr erwähntet eingangs Farbe und Duft.«

»Farben und Düfte!« Johann warf die kurzen Ärmchen hoch. »Wie konnte ich euch vergessen! Natürlich, bevor die Masse erstarrt, setzt man Rote-Bete-Saft für den Blauton hinzu, oder, falls man einen roten Ton erzielen möchte, Möhrensaft. Ebenso die Kräuteröle für die Duftnoten. Zitronenmelisse kann man übrigens auch nehmen. Das riecht besonders frisch, nicht wahr, Liebste?«

»Aber ja doch.«

In dem Moment sprang Erasmus auf, riss die Blumen aus der zinnernen Vase, die auf dem Tisch stand, setzte die Vase an die Lippen und soff sie in einem Zug leer. Dann stopfte er die Blumen zurück und ließ sich wieder auf seinen Stuhl fallen.

»Verzeiht«, sagte er und wischte sich mit dem Handrücken über den Mund. »Ich hatte scheußlichen Durst.«

Alle, diesmal Mechthild eingeschlossen, waren starr vor Schreck und Fassungslosigkeit. Dabei hatte der Graf sich noch gar nicht geäußert. Der besann sich kurz und behandelte den Vorfall dann auf die geschicktest mögliche Weise – er überging ihn.

»Wie mir bereits gestern Abend, als ich unweit der Stadt lagerte, zugetragen wurde«, sagte er und stützte den Kopf mit der Hand, indem er den Daumen unters Kinn schob und Zeige- und Mittelfinger an die Wange legte, »hat sich während meiner Abwesenheit ein wahrhaft verabscheuungswürdiges Verbrechen zugetragen. Eine Untat, wie sie Kleve noch nie erlebt hat. – Wer war eigentlich die Ermordete?«

»Hat man Euch ihren Namen nicht mitgeteilt?«, fragte Jakob.

»Doch, doch, allein er sagt mir nichts.«

»Die ermordete Anna war die Tochter des Henrik Zwerts, der die Schankstube ›Im Hemele‹ am Alten Markt betreibt.«

»Ah ja, jetzt dämmert's. Dünnes Bier, glaube ich. Wie dem auch sei, mich verlangt zu wissen, wie weit die Dingfestmachung des Mörders gediehen ist.«

Jakob fasste für den Grafen die bisherigen Ergebnisse zusammen. Als er erwähnte, dass Kaplan von Elten es gewesen war, der den Verdacht hatte, heimlich in der Stadt lebende Juden seien mit großer Wahrscheinlichkeit für das Verbrechen verantwortlich – zumal in der Sakristei durchstochene Hostien gefunden worden waren –, ließ Mechthild zum zweiten Mal von ihren Nägeln ab. Ganz Ohr war sie dann, als der Richter zum Ende seines Berichts auf die geplante Reihenuntersuchung der männlichen Bevölkerung zu sprechen kam.

»Wer soll die Begutachtung denn vornehmen?«, fragte sie.

»Das entscheidet der Magistrat«, würgte Johann ihr Interesse ab. »Warum habt Ihr mit der Untersuchung noch nicht begonnen?«

»Wir wollten just heute Morgen anfangen, als ich jedoch von der Rückkehr Eurer Grafschaft erfuhr, wollte ich nicht beginnen, ohne Euch vorher in Kenntnis gesetzt zu haben. Es wäre schließlich denkbar gewesen, Ihr hättet Einwände gegen die Maßnahme.«

»Das hört sich ja an, als mischte ich mich regelmäßig in Eure Belange. Keineswegs, meine Herren, das ist Ihr Feld, beackert es. Und zwar geschwind, bevor sich ein weiteres Unheil ereignet.«

In dem Augenblick begann für alle unüberhörbar die Stadtglocke zu läuten. Was heißt geläutet, geschlagen wurde sie, dass man Angst um den Klöppel haben musste. Verblüffung stand allen ins Gesicht geschrieben, insbesondere Erasmus, der sich nicht erinnern konnte, eine entsprechende Weisung erteilt zu haben.

»Ja, was geht denn da vor sich?«, fragte der Graf, erhob sich und trat ans Fenster. »Das ist doch kein vorschriftsmäßiges Läuten.«

Die Tür schwang auf, ohne dass ein Klopfen zu hören gewesen wäre, und ein Diener stürzte herein, atemlos und schreckensbleich.

»Verzeiht, Eure gräfliche Hoheit«, keuchte er. »Es ist entsetzlich. Es wurde wieder ein Leichnam eines ermordeten Frauenzimmers gefunden.«

Die noch saßen, sprangen von ihren Sitzen auf.

»Auch mit …?«, fragte der Graf und deutete ein herausgerissenes Herz an.

Der Diener nickte nur.

»Ja, zum Teufel, wo denn?«

»Auf dem Friedhof der Minderen Brüder.«

»Weiß man schon, wer diejenige ist?«

»Sehr wohl, Eure gräfliche Hoheit«, japste der Diener. »Die Tochter eines der Hausweber namens Wannemeker.«

Das Geschehen ähnelte in gespenstischer Weise dem von vor vier Tagen auf der Stechbahn. Wieder hatten sich weit über hundert Menschen versammelt, die Menge wirkte jedoch erdrückender, da sie sich in der Straße vor und hinter dem Mitteltor staute. Jeder schubste und drängelte, so gut er vermochte, um wenigstens einmal nach vorne zu gelangen und einen Blick auf die sterblichen Überreste zu werfen. Kinder heulten, weil sie getreten wurden oder ihnen die Schürzenzipfel der Mütter entglitten; Frauen kreischten, weil ihnen im Gewühl ihre Kopfputze heruntergerissen wurden oder die Kinder abhanden kamen. Einige Männer waren kurz davor, sich auf die Nasen zu hauen, was jedoch daran scheiterte, dass es zum Ausholen zu eng war.

Um wen es sich bei dem Opfer handelte, wurde raunend vom einen zum anderen weitergegeben, und so dauerte es eine Weile, bis die schreckliche Gewissheit bei den weiter hinten Stehenden anlangte. Marco spürte, wie Elsa die Beine versagten, als sie den Namen ihrer Freundin hörte. Er stützte sie und nahm sie in den Arm. Ihr Haar duftete wunderbar. Dass er das in dem Augenblick und unter diesen Umständen wahrnahm, verblüffte ihn. Er schloss die Augen und barg sein Gesicht noch tiefer in ihren Haaren. Selbst die Geräusche schienen auf einmal fern. Ein Augenblick des Entrücktseins, so flüchtig wie ein Windhauch.

Als Distelhuizen mit den Stadtknechten anrückte, kam Bewegung in die Menge. Offenbar hatte der Gerichtsbote angeordnet, rücksichtslos vorzugehen, denn die Knechte knüppelten auf diejenigen ein, die nicht gleich beim ersten Anruf zur Seite sprangen, als gelte es, einen Aufstand niederzuschlagen. Marco musste seine Hände schützend über Elsas Kopf halten, damit sie verschont blieb, was ihm ein geprelltes Handgelenk eintrug. Den höhnisch grinsenden Knecht, der dafür verantwortlich war, merkte er sich.

Allerdings zogen sie auch ihren Vorteil aus dem rüden Vorgehen der Stadtknechte. Indem sie hinter ihnen herliefen, gelangten sie durch die freigeprügelte Schneise nach vorne bis in den Schatten des Mitteltors. Kühl war es hier, und ein Frösteln überfiel sie, was aber auch an dem Anblick lag, der sich ihnen bot.

Auf einem zweirädrigen Handkarren, den die Mönche die Große Straße hinaufgeschoben hatten, lag mit verdrehten Gliedmaßen, was der Mörder und die Tiere von Nehle übrig gelassen hatten: ein ausgeweidetes und blutverschmiertes Bündel, das auf entsetzliche Weise an den zerfetzten Leib Annas erinnerte. Marco spürte, wie Elsa in seinem Arm zusammenzuckte, und ihm selbst war, als greife eine eiskalte Hand nach seinem Herzen.

Der alte Wannemeker kniete neben dem Karren, hob immer wieder die Arme zum Himmel und heulte Rotz und Wasser. Wie echt die Trauer war, wusste keiner, abzusprechen wagte sie ihm jedoch niemand. Der kleine Philipp stand daneben, stumm und unfähig zu begreifen, was geschehen war.

Elsa erinnerte sich ihres eigenen Entsetzens beim Anblick Annas, löste sich von Marco und nahm den Kleinen in den Arm. Philipp brach in Tränen aus, ein Bild, bei dem auch Marco feuchte Augen bekam und das die kalte Wut, die er in sich spürte, noch steigerte.

Distelhuizen sprach mit den beiden Padres, die Nehle hergebracht hatten. Den Gesten nach zu urteilen erklärten sie gerade, wo sie sie gefunden hatten. Wieder trafen der Richter, der Bürgermeister und der Kaplan ein. Die Knechte drängten Marco und die Umstehenden weiter zurück; was blieb, war ein erlesener Zirkel, in dem nur dem alten Wannemeker, Elsa und Philipp Verbleib gewährt wurde.

Nachdem Distelhuizen die Befragung der Mönche beendet hatte, erteilte er Anweisungen. Zwei seiner Leute wurden beauftragt, den Karren zum Beffroi zu schaffen. Piet Wannemeker klammerte sich an eines der Räder und schrie wie am Spieß. Zunächst versuchten die Knechte, seine Finger behutsam zu lösen, als er jedoch noch immer nicht loslassen wollte, verpassten sie ihm ein paar Rippenstöße, der eine mit dem Ellbogen, der andere mit dem Knauf seines Knüppels. Schließlich ließ Piet ab und warf sich in den Dreck. Der Karren rumpelte davon.

Die Leute wollten sich bereits zerstreuen, als Distelhuizen plötzlich im Torhaus verschwand, um nur Wimpernschläge später am Fenster der Ratsstube wieder aufzutauchen. Marco musste aus dem Torbogen treten, um ihn sehen zu können. Distelhuizen stand auf dem Sims, fast so, als wolle er sich hinunterstürzen, und forderte die Menge mit Gesten zum Schweigen auf. Es dauerte eine Weile, schließlich jedoch ebbte das Raunen und Zischen ab.

»Bürger von Kleve«, rief Distelhuizen. »Zum zweiten Mal innerhalb weniger Tage wurde in den Mauern unserer Stadt ein Mord verübt, wie er verabscheuungswürdiger nicht denkbar ist. Erneut wurde eine junge Frau in der Blüte ihrer Jahre ein Opfer eines Unholdes, dessen Entlarvung, Dingfestmachung und Verurteilung nun unser oberstes Ziel ist.«

»Wärt Ihr mal gleich in die Hufe gekommen, dann würde die Nehle noch leben«, rief einer aus der Menge, und die Umstehenden echoten: »Genau! Genau!«

Distelhuizen winkte ab. »Was den Täter betrifft, hegt der Magistrat bereits einen Verdacht. Diesem Verdacht wird ab sofort mit einer groß angelegten Untersuchung der männlichen Bevölkerung nachgegangen, und zwar ausnahmslos.«

»Verdacht ist gut«, lachte der Rufer von vorhin, und ein anderer grölte: »Gilt das auch für deinen Schwanz?«

Dreckiges Gelächter gefolgt von Unmutsrufen war die Folge. Erst als Distelhuizen den Stadtknechten Handzeichen gab, für Ordnung zu sorgen, kehrte wieder Ruhe ein.

»Eine Abordnung des Stadtrates wird deshalb ab heute Mittag von Haus zu Haus gehen und alle männlichen Einwohner in Augenschein nehmen. Begonnen wird im Süden der Stadt. Ihr werdet deshalb aufgefordert, zu Hause zu bleiben und Euch zur Verfügung zu halten. Wer nicht angetroffen wird, wird morgen vorgeführt, notfalls mit Gewalt.«

»Und unsere Arbeit?«, rief einer.

»Die wird für heute ruhen.«

»Die Kühe müssen aber gemolken werden!« – »Was mich das kosten wird!« – »Warum auf die Abordnung warten? Lassen wir doch gleich hier die Hosen runter, dann haben wir es hinter uns!« – »Genau! Wer nichts zu verbergen hat: Hosen runter!« – »Sollte er unter uns sein, knüpfen wir ihn gleich im Torbogen auf!« – »Jawohl, wir wollen ihn hängen sehen!« – »Hängen! Hängen! Hängen!«

Zur Besonnenheit mahnende Worte einiger älterer Bürger gingen in dem Tumult unter, die Menge geriet zunehmend außer Rand und Band. Marco wurde mulmig zu Mute. Sollte sich der Volkszorn weiter aufschaukeln, musste er mit allem rechnen. Er versuchte, sich auf die andere Seite des Tors durchzukämpfen, wo er Elsa zuletzt gesehen hatte, aber das Gewühl war zu dicht. Zurück konnte er jedoch auch nicht, von der Haagschen und der Burgstraße drängten ständig Menschen nach. Er saß in der Falle und konnte nur hoffen, dass ihm keiner die Beinkleider herunterriss.

Plötzlich hob wildes Gekreische an, und die Menge wogte zurück. Marco sah, wie über den Köpfen der Vordersten die Knüppel geschwungen wurden. Erneut geriet die Masse in Bewegung, schob Marco zur Seite und quetschte ihn in einen Hauseingang. Der Druck, der auf seinen Rippen lastete, war unbeschreiblich. Mit dem Rücken gegen die Tür gepresst, versuchte er zu atmen, aber genauso gut hätte er zwischen zwei Mühlsteinen nach Luft schnappen können.

Ihm wurde bereits schwarz vor Augen, als der Mühlstein in seinem Rücken plötzlich verschwand. Mit einer Rolle rückwärts kugelte er in die Stube des Hauses und kam kurz vor der Feuerstelle wieder auf die Beine. Neben der Tür stand eine zahnlose Alte, die er vom Sehen kannte. Weitere Menschen flüchteten vor den nachsetzenden Knechten in den Raum.

»Hinten raus«, rief die Alte und zeigte auf die Tür in der Rückwand. »Sonst knüppeln sie euch zu Mus.«

Marco war der Erste, der in den Hof stürmte. Gackernd und federnlassend stob eine Schar Hühner auseinander. Mit drei Sätzen war Marco an der Flechthürde, flankte hinüber und landete im Schweinetrog des Nachbarn. Eine Sau und ihre Hand voll Ferkel quiekten lautstark, während der Nachbar mit einer Mistforke in der Hand in der Tür erschien. Dadurch zusätzlich angespornt, rappelte Marco sich hoch, setzte in Windeseile über das nächste Gatter und stand auf einmal vor der ehemaligen Stadtmauer. Doppelt mannshoch war sie an dieser Stelle, aber der Mörtel zwischen den Steinen war größtenteils herausgebrochen, sodass der Aufstieg ein Kinderspiel war, obwohl die geprellte Hand schmerzte.

Auf der Mauerkrone lief Marco ein Stück in Richtung Hasenberg, bis er einen Heuhaufen entdeckte, der ihm eine einigermaßen weiche Landung bescherte. Im Zickzack durch etliche Gärten gelangte er zum Kloppberg und lief von da aus zurück zur Großen Straße.

An den Tumult von eben erinnerte nur noch eine Wolke Straßenstaub, die in der Luft hing. Von Elsa sowie von Vater und Sohn Wannemaker war nichts zu sehen. Da sie sich aber im Dunstkreis der Angesehensten der Stadt befunden hatten, nahm Marco an, dass sie unversehrt geblieben waren. Er selbst stapfte rauf zum Mitteltor, wo einer der Knechte damit befasst war, einen Anschlag an der Torhaustür anzubringen. Es war der gleiche grobschlächtige Bursche, dem er sein blau angelaufenes und anschwellendes linkes Handgelenk verdankte.

Marco überlegte gerade, wie er es dem einen Kopf größeren Kerl heimzahlen könnte, als er erstarrte. Der Anschlag, der wiedergab, was Distelhuizen vom Ratsstubenfenster aus verkündet hatte, war von derselben Hand geschrieben wie die Gedichte an Anna. Nicht nur die auffälligen Häkchen am »H«, das gesamte Schriftbild ließ keinen Zweifel zu. Sollte etwa Till den Anschlag geschrieben haben? Ungläubig schüttelte Marco den Kopf.

»Was gibt's zu glotzen?«, schnauzte der Stadtknecht ihn an.

»Wer hat das geschrieben?«, fragte Marco.

»Was geht Euch das an?«

»Wer das geschrieben hat, will ich wissen!«

»Macht, dass Ihr weiterkommt, Freundchen, sonst setzt es was.«

Genug war genug. Marcos aufgestaute Wut entlud sich in einem Faustschlag mitten ins Gesicht des Kerls. Der Stadtbüttel ging auf die Knie. Blut rann aus seiner Nase, dessen Fluss er vergeblich mit den Händen aufzuhalten versuchte. Marco packte ihn an den Haaren.

»Ich frage Euch zum letzten Mal: Wer hat das geschrieben?«
»Bei Gott, das werdet Ihr büßen.«

Marco zog den Kopf des Knechts nach hinten und hielt ihm die Faust vors Gesicht.

»Schon gut, schon gut«, stammelte der und hob abwehrend die Hände. »Der Bürgermeister hat das geschrieben. Das ist sein Vorrecht.«

Marco war, als habe er sich einen Huftritt eingehandelt. Er ließ von dem Büttel ab und ging wie betrunken die Straße hinunter, während der Kerl ihm die wildesten Verwünschungen nachrief. Zum Teufel, es war ohnehin nicht viel gewesen, was er gegen Till in der Hand hatte, und nun hatte er gleich gar nichts mehr. Die dumme Kuh von Maria hatte die Handschriften verwechselt. Waren Marcos Aussichten, seine Unschuld zu beweisen, bisher schon nicht rosig gewesen, so waren sie nunmehr kohlrabenschwarz.

Plötzlich zuckte ihm ein ungeheuerlicher Gedanke durch den Kopf: Wenn der Bürgermeister die Gedichte verfasst hatte, konnte es nicht sein, dass er auch der Mörder war?

※

Schon von weitem erkannte Marco, dass das vor dem elterlichen Haus angeleinte Pferd der Schecke Distelhuizens war. Sofort blieb er stehen, und ein flaues Gefühl machte sich in seinem Magen breit. War der Gerichtsbote seinetwegen gekommen? Führte er die Untersuchung etwa persönlich durch? In dem Augenblick hob Distelhuizen, der mit seinen Eltern und Pietro im Hof stand, den Kopf und sah Marco geradewegs in die Augen. An eine Flucht war nicht mehr zu denken.

Mit weichen Knien ging Marco auf die kleine Versammlung zu. Distelhuizen würdigte ihn jedoch keines weiteren Blickes.

»Wo ist er?«, hörte Marco ihn fragen, als er dazutrat.

»Ich hab ihn heute noch nicht gesehen«, sagte Umberto und hob die Schultern. »Weißt du, wo er steckt?«

Pietro, an den die Frage gerichtet war, schüttelte den Kopf.

»Seht doch in seiner Kammer nach«, sagte Sophia Maria. »Vielleicht schläft er noch.«

»Dio mio, es ist bald Mittag«, rief Umberto. »Ein Knecht hat mit den Hühnern aufzustehen.«

»Vielleicht ist er krank«, sagte Marco und wandte sich dann leise an Pietro. »Was will er denn von Ricciutello?«

»Der Herr Gerichtsbote sucht alle männlichen Gehörlosen der Stadt auf, um sie persönlich über die bevorstehende Untersuchung zu unterrichten. Den Herold können sie ja nicht hören.«

Distelhuizen zeigte sich erbost über das fruchtlose Gerede. »Wo ist denn nun die Kammer?«

»Kommt, ich zeige sie Euch«, sagte Pietro und ging voran. »Ricciutello schläft gleich neben dem Stall.«

Bereits an der Tür war offenkundig, wieso der Knecht noch im Stroh lag. In der Kammer stank es wie in einem Maischebottich. Gedämpft war Ricciutellos Schnarchen zu hören; er hatte sich den Strohsack, der eigentlich als Kissen dienen sollte, übers Gesicht gezogen. Als Pietro den Sack zur Seite nahm, zitterten die Wände.

»Gütiger Himmel«, sagte Distelhuizen. »Der ist ja voll wie ein Ochsentreiber. Hoffentlich versteht er überhaupt, was Ihr ihm sagt.«

»Verstehen tut er gar nichts«, sagte Umberto und stellte die Bierkanne, die neben der Pritsche gestanden und die er umgetreten hatte, zur Seite. »Er ist doch taub. Ich muss ihm Zeichen machen.«

»Ja, ja, schon gut. Weckt ihn erst einmal.«

Die Methode war ebenso wirkungsvoll wie gemein. Umberto klappte dem Knecht die Kinnlade hoch und hielt ihm Mund und Nase zu. Im ersten Augenblick geschah überhaupt nichts. Dann aber bäumte Ricciutello sich auf wie ein bockiger Gaul und schlug mit den Armen um sich. Als er die Augen aufriss, ließ Umberto ihn los.

Es war offensichtlich, dass Ricciutello nicht einschätzen konnte, was hier geschah. Er schien jedoch das Schlimmste anzunehmen, was auch immer das für ihn sein mochte. Unruhig flitzten seine trüben und vom Schlaf verklebten Augen von einem zum anderen. Umberto machte ihm ein Zeichen, sich zu beruhigen.

»Was genau soll ich ihm nun sagen?«, fragte er über die Schulter. Als er keine Antwort erhielt, wandte er sich um. Auch die anderen richteten ihre Blicke auf Distelhuizen, der die beiseite gestellte Bierkanne in die Hand genommen hatte. Angelegentlich betrachtete er den Boden des Gefäßes und fuhr prüfend mit dem Finger darüber.

»Wo habt Ihr die her?« Distelhuizens Frage galt Umberto.

Der nahm die Kanne in die Hand. Es handelte sich um eine gewöhnliche Bierkanne mit einem Klappdeckel, wie sie ein Böttcher anzufertigen pflegte. Umberto hob die Brauen, und Sophia Maria verneinte durch Kopfschütteln.

»Aus meinem Haus stammt sie nicht«, sagte sie.

Umberto befeuchtete seine Lippen und wandte sich wieder Ricciutello zu.

»W-o-h-e-r h-a-s-t d-u d-i-e K-a-n-n-e?«, fragte er stumm, aber mit überdeutlichen Mundbewegungen und zeigte gleichzeitig auf das Behältnis.

Die Antwort ließ auf sich warten. Als Ricciutello schließlich doch reagierte, tat er es auf eine Weise, mit der niemand gerechnet hatte. Ansatzlos sprang er auf, stieß seinen Dienstherren und den Gerichtsboten zur Seite und stürzte hinaus.

»Zum Teufel!«, brüllte Umberto. »Was ist denn in den gefahren?«

»Das will ich Euch sagen«, sagte Distelhuizen, der über den Hocker gestürzt war und bei seiner Länge Mühe hatte, wieder auf die Beine zu kommen. »Das ist die Kanne, die die kleine Nehle vergangene Nacht bei sich hatte. Ich denke, Ihr versteht, was das bedeutet.«

»Woher wollt Ihr das wissen?«, stammelte Umberto fassungslos. »Solche Kannen gibt es in Kleve im Dutzend.«

»Im Boden sind die Buchstaben ›P‹ und ›W‹ eingekerbt – Piet Wannemeker.«

»Das ist ausgemachter Blödsinn«, mischte Sophia Maria sich ein. »Ricciutello tut keiner Fliege –«

»Und warum ist er dann getürmt?« Distelhuizen schob die Montemagnos zur Seite und ging sein Schwert ziehend nach draußen, wo Marco und Pietro warteten. »Wo steckt er?«

»Was wollt Ihr mit dem Schwert?«, fragte Marco. »Dass Ihr die Kanne bei Ricciutello gefunden habt, beweist noch nicht seine Schuld.«

»Komm mir jetzt nicht mit Spitzfindigkeiten, Bursche. Also, wohin ist er geflüchtet?«

Pietro deutete mit dem Kopf zum Stall. »Aber gebt Euch keine Mühe. Er hat das Tor verrammelt.«

Während Distelhuizen auf das Stalltor zustapfte, zischte Marco seinen Bruder mit funkelnden Augen an: »Was soll das? Seit wann wird ein Mitglied der Familie verpfiffen?«

»Welche Aussichten hätte Ricciutello denn, würde er fliehen? Sie würden ihn wie einen tollen Hund jagen und totschlagen. Geht er jedoch freiwillig mit, erhält er Gelegenheit, seine Unschuld zu beweisen.«

»Merda!«, schnauzte Marco. »Ich war eben am Mitteltor, mitten im Pöbel! Ich habe gesehen, wie gierig die Leute darauf waren, irgendwen hängen zu sehen. Jawohl – irgendwen!«

»Genau das meine ich«, sagte Pietro und legte seinem Bruder besänftigend die Hände auf die Schultern. »Solange Ricciutello in Distelhuizens Obhut ist, kann ihm niemand etwas anhaben. Begreifst du das denn nicht?«

Marco begriff sehr wohl, schüttelte aber die Hände seines Bruders dennoch ab. Atemlos vor Zorn ging er zum Brunnen, wo er sich auf den Rand stützte und in die schwarze Tiefe starrte. So heftig und gleichzeitig ohnmächtig war seine Wut, dass ihm die Tränen in die Augen schossen.

»Aufmachen!« Distelhuizen trat mit seinen eisenbewehrten Schuhen gegen das Tor. »Gib auf, Ricciutello, so machst du alles nur schlimmer.« Und dann rief er laut »Scheiße!«, wohl weil ihm einfiel, dass der Angerufene ja taub war.

»Habt Ihr irgendetwas, das man als Ramme verwenden könnte?«, fragte er Umberto. »Einen Baumstamm vielleicht?«

»Sehe ich aus wie ein Waldbesitzer?«

»Gut, dann schickt einen Eurer Söhne zum Bürgermeister. Er soll ihm von mir ausrichten, dass ich ein halbes Dutzend Stadtknechte und eine Ramme benötige. Und zwar umgehend.«

»Santa Madonna, Ihr zerstört mir das ganze Tor!«

»Habt Ihr einen besseren Einfall?«

Umberto hob den Blick zum Himmel, aber der strahlte nur blau, einen guten Rat gab es dort nicht. »Ich könnte ...«

»Ja?«

»Es gäbe da eine Möglichkeit. Man kann vom Heuschober aus in den Stall gelangen. Wenn Ihr wollt ...«

»Und wie ich will«, sagte Distelhuizen und schob sein Schwert zurück in die Scheide. »Wer von Euch geht?«

»Ich rede selbst mit ihm«, sagte Umberto. »Schließlich bin ich sein Herr. Es reicht, wenn einer von euch mir die Leiter hält.«

Während Umberto und Pietro in der Scheune verschwanden, stellte Distelhuizen sich so, dass er gleichzeitig das Scheuneninnere und das Stalltor im Auge hatte. Marco ging zu seiner Mutter und legte beruhigend den Arm um sie. Als Umberto die Leiter hochstieg, bekreuzigte sie sich.

Geraume Zeit verstrich, etwa so lange, wie Marco für gewöhnlich brauchte, um sein Pferd zu striegeln. Distelhuizen trat bereits unruhig von einem Fuß auf den anderen. Auf einmal hörte man, wie der hölzerne Querriegel entfernt wurde. Der eine Flügel des Tors schwang auf, und zögernd, als befinde er sich in sumpfigem Gelände, trat Ricciutello ans Licht, gefolgt von Umberto, der ihm aufmunternd auf die Schulter klopfte. Distelhuizen ging ihnen entgegen, bedeutete dem Knecht, sich umzudrehen, und band ihm die Hände auf den Rücken. Dann führte er ihn vom Hof. Zum Abschied drehte Ricciutello sich um, grinste und zwinkerte.

»Was hast du ihm erzählt?«, fragte Marco misstrauisch. »Er schien ja geradezu begeistert, mitgenommen zu werden.«

»Nichts.« Umberto zuckte die Achseln. »Was soll ich ihm schon erzählt haben?«

»Genau das wollen wir hören«, sagte Sophia Maria und baute sich vor ihm auf, die Hände in die üppigen Hüften gestemmt. »Also, wie hast du ihn zum Mitkommen überredet?«

»Da gab es nichts zu überreden, verdammt. Ricciutello hat einfach eingesehen, dass es besser so ist.«

»Besser für wen?«

»Was wollt ihr eigentlich von mir? Immerhin habe ich verhindert, dass aus unserem Stall Kleinholz gemacht wird. Und außerdem – wurde die Kanne etwa bei mir gefunden?«

»Ricciutello glaubt, Distelhuizen habe ihn lediglich wegen des Diebstahls der Kanne mitgenommen, stimmt's?«, fragte Marco. »Von der Sache mit Nehle weiß er gar nichts. Er weiß überhaupt nicht, dass er eines Mordes verdächtigt wird.«

Umberto wand sich wie ein Aal beim Häuten.

»Trifft das zu?«, fragte Sophia Maria mit einer Stimme, die im Winter geboren war. »Und wage nicht, mich anzulügen.«

Umberto log nicht, er schwieg einfach. Als Sophia Maria sich ihrer Sache sicher war, spie sie ihm vor die Füße und ging ins Haus. Marco ließ sich zu keiner Kränkung hinreißen, verließ aber den Hof, ebenso Pietro.

Kaum war er allein, begann Umberto hemmungslos zu heulen.

Messina, Oktober 1347
Die Sonne war soeben in einem glutroten Inferno hinter den Monti Peloritani versunken, was auf jemanden, der das Schauspiel zum ersten Mal sah, wirkte, als stünden die Berggipfel in Flammen. Einer der letzten heißen Tage des Jahres neigte sich seinem Ende, fürderhin würde es kühler werden, insbesondere in den Nächten.

Noch aber herrschte in der kleinen, schäbigen Kammer, die in einer Seitengasse des Geflügelmarktes lag, eine Hitze wie in einem Backofen. Deswegen saß der Comte d'Amiens auch lediglich mit einem Hüftwickel bekleidet auf seiner selbst gezimmerten Pritsche. Die Mühe hatte er sich gemacht, nachdem er zum zweiten Mal von einem Skorpion gestochen worden war. Das war auch der Grund, weswegen die Pritsche mitten im Raum stand, die Tiere krabbelten nämlich an den Wänden hoch. Einmal am Werk, hatte er gleich unter der Liegefläche ein geräumiges Staufach eingebaut, in dem er das Wertvollste aufbewahrte, das er besaß – einen Becher und acht Rollen eng beschriebenes Pergament.

D'Amiens hatte seine bevorzugte Sitzhaltung eingenommen, mit über Kreuz untergeschlagenen Beinen. Vor ihm ausgerollt lag das neunte Pergament, auf das er einen steilen, schnörkellosen Buchstaben neben den anderen setzte. Zum

Schreiben verwendete er einen Gänsekiel und selbst gefertigte Tinte. Zu ihrer Herstellung hatte er bereits im Frühjahr an den Knospen und jungen Trieben verschiedener Eichenarten die kleinen birnenförmigen Galläpfel gesammelt, die er dann in einer Eisensalzlösung abgekocht hatte. Die so erhaltene Tinte war in hohem Maße lichtbeständig, jedoch wasserlöslich, weswegen d'Amiens seinen Oberkörper aufrecht hielt, als habe er einen Stock verschluckt; so verhinderte er, dass Schweiß auf den Bogen tropfte.

Vor etwas mehr als vier Wochen war er in der sizilianischen Hafenstadt aus Kreta kommend eingetroffen. Die Überfahrt war ausgesprochen stürmisch verlaufen, und zum ersten Mal in seinem Leben war d'Amiens seekrank geworden. Halb tot hatte er sich in Messina an Land geschleppt und mehrere Tage gebraucht, bis er so weit genesen war, sich dem zweiten Teil des Vermächtnisses Jakob von Molays zu widmen. Dabei überraschte ihn, wie leicht ihm das Schreiben von der Hand ging, bis er sich vor Augen hielt, wie viele hundert Male er das Buch in den zurückliegenden Jahrzehnten schon im Geiste geschrieben hatte. Pergamentrolle für Pergamentrolle füllte sich, während er auf ein Schiff wartete, das ihn nach Spanien bringen würde.

Wegen der Hitze spielte sich das Leben in Messina vorzugsweise in den Morgen- und Abendstunden ab, so auch heute. Mit zunehmender Dämmerung stieg der Geräuschpegel im Geflügelmarktviertel, Händler schoben ihre Karren durch die Gassen und priesen lauthals ihre Waren an, Zechbrüder schwärmten in die umliegenden Tavernen aus und verliehen ihrer Vorfreude mit Gesängen Ausdruck, Frauen standen zusammen, um die Neuigkeiten des Tages auszutauschen oder sich anzukeifen, dazwischen erschollen Kinderkreischen und Hundegebell.

Plötzlich ertönte irgendwo, noch fernab, ein Ruf, der schnell wie vom Wind getrieben bis in den letzten Winkel drang. D'Amiens trat ans Fenster und streckte den Kopf hinaus. Was die Menschen vor dem Haus sich zuriefen, verstand er nicht, er hatte Schwierigkeiten mit der ungewöhnlichen Aussprache, die man hier pflegte. Aber einen Begriff hatte er verstanden: »una galera genuesa«. Offenbar war die seit langem erwartete Galeere aus Kaffa am Schwarzen Meer eingetroffen. Dort herrschte Krieg, die Tataren belagerten die Stadt, für jede Neuigkeit war man dankbar.

Der Comte zog seine Aba über, schlüpfte in die Sandalen und verließ das Haus in Richtung Hafen. Was auf der Krim passierte, kümmerte ihn wenig, vielleicht jedoch würde die Galeere weiter nach Spanien segeln, dann wollte er gleich heute eine Anzahlung für die Überfahrt leisten. Sein Weg führte ihn über den Geflügelmarkt, vorbei an den Schlachtbänken und der Badeanstalt. Eine seltsame Unruhe hatte die Menschen erfasst, Gerüchte schwirrten durch die Luft wie aufgescheuchte Insekten, d'Amiens vermochte sich keinen Reim darauf zu machen. Was wollten sie schon wissen, das Schiff hatte doch noch nicht einmal angelegt. Aber als er die Kaimauer betrat, sah auch er, dass etwas nicht stimmte.

Wie ein verwundetes Tier schleppte sich die Galeere in den Hafen. Niemand ruderte, nur das vordere der Lateinersegel war gesetzt, Flaggen waren keine gehisst. Stand sonst beim Einlaufen die halbe Mannschaft an der Reling, sah man heute nur drei, vier Gestalten an Deck.

Rufe schallten vom Kai zum Schiff und wurden erwidert, aber wieder verstand d'Amiens zunächst nicht, worum es ging. Plötzlich schnappte einer ein Wort auf und gab es weiter, ein entsetztes Raunen lief durch die Menge, d'Amiens blickte nur noch in Gesichter starr vor Angst. Hatte da jemand »la peste« gesagt? Wirklich »la peste«?

Der Comte wollte weg, fort vom Kai, aber er war in der Menschenmenge eingekeilt. Wenn es stimmte, dass das Schiff die Pest an Bord hatte, konnte es hier schnell lebensgefährlich werden. Ihm klangen noch die grauenhaften Schilderungen der Brüder in den Ohren, die die Seuche in Antiochia und Aleppo überlebt hatten. Keine drei Tage dauerte es von der Ansteckung bis zum Tod. Nur jeder zweite war seinerzeit davongekommen. Eigentlich müsste man der Galeere verbieten anzulegen, aber weit und breit war niemand, der diese Entscheidung treffen wollte.

Das Schiff machte fest. Kurz darauf bildete sich eine Gasse, und auf einer Bahre wurde einer der Siechen vorbeigetragen. D'Amiens konnte einen kurzen Blick auf ihn erhaschen und zuckte zusammen wie unter einem Peitschenhieb. Nicht jedoch weil der arme Teufel schwarze Flecken im Gesicht und auf den Armen hatte und der Gestank von Fäulnis und Verwesung von ihm ausging.

Der Grund war vielmehr, dass es sich bei dem Mann um den hellhäutigen Fischer von Nemesos handelte. Er musste der Galeere während des Zwischenaufenthaltes in Kreta zugestiegen sein. Keinen Wimpernschlag lang glaubte d'Amiens, dass die Anwesenheit des Mannes auf Sizilien ein Zufall war.

Sich den Ärmel vor Mund und Nase haltend machte er, dass er wegkam. Zurück in seiner Kammer raffte er hastig seine Sachen zusammen und zahlte dem Wirt, was er schuldig war.

Noch am gleichen Abend verließ der Hüter des Heiligen Grals Messina mit einem Fischerboot, das ihn nach Reggio in Kalabrien brachte.

Kleve, Juni 1350
Ein Netz müsste man haben, dachte Marco.

In einer Gumpe im Kermisdahl, keine fünf Fuß vom Ufer, stand ein Schwarm silbrig glänzender Lauben. Auf dem Rost gebraten, mit Salz und Kräutern bestreut, schmeckten sie ausgezeichnet. Man musste sie nicht einmal ausnehmen. Seine Mutter wendete sie jedoch meistens in Ei und Mehl und gab sie dann kurz in siedendes Öl. Marco bevorzugte die erste Art der Zubereitung. Ricciutello auch, und damit war er wieder bei dem, was ihn am meisten beschäftigte.

Für die Montemagnos war der Kahlköpfige mit den toten Ohren nicht einfach ein Knecht – wobei sich die Frage stellte, ob das auch für Umberto noch galt. Bereits länger als vierzig Jahre, seit Marcos Großvater den damals sechsjährigen Knaben in seine Dienste genommen hatte, war er ein Mitglied der Familie. Stets hatte er ihnen die Treue gehalten, selbst in den schwierigsten Zeiten, in denen nicht nur das Brot knapp, sondern die Sippe handfester Verfolgung ausgesetzt gewesen war. Der Gedanke, dass diesem Freund nun womöglich ein Ende am Richtseil drohte, war Marco unerträglich.

Andererseits musste Marco zugeben – ein Gedanke, für den er sich zutiefst schämte –, dass es für ihn gar nicht besser hätte kommen können, verschaffte ihm die Verhaftung Ricciutellos doch erst einmal Zeit. Er war sich sicher, dass der Magistrat jetzt, da ein Verdächtiger im Kerker saß, die geplante Untersuchung der männlichen Bevölkerung abblasen würde. Somit befand er sich nicht mehr in unmittelbarer Gefahr. Trotzdem wollte sich kein Frohmut einstellen. Um sich Luft zu machen, schleuderte er einen Kiesel ins Wasser. Damit verjagte er den Fischschwarm, kam der Antwort auf die Frage, wie er den wahren Mörder finden könnte, jedoch keinen Fingerbreit näher.

»Wartest du auf mich?«, ertönte plötzlich Elsas Stimme.

Marco blickte über die Schulter. »Ich habe dich gar nicht kommen hören.«

Elsa setzte ihren Waschkorb ab und ließ sich neben ihm nieder. Ihr Gesicht war hohlwangig, und ihre Augen sahen verweint aus. Es schien, als habe sie den Verlust Annas noch einmal durchlitten.

»Ich habe mich aber nicht angeschlichen«, sagte Elsa. »Du warst wohl in Gedanken.«

Marco machte eine vage Handbewegung, die aber auch einer Fliege gegolten haben konnte. »Wie geht es dem kleinen Philipp?«

»Er ist bei meiner Mutter. Sie trösten sich gegenseitig.«

»Und der alte Wannemeker?«

»Der hat sich von jedem einen ausgeben lassen und ist dann nach Hause getorkelt. Ein ekelhafter Kerl, der das Mitleid der anderen ausnutzt. – Aber sag, warum sitzt du hier? Ich dachte, du wolltest Till zur Rede stellen. Oder hast du es dir doch anders überlegt?«

»Ich wollte, es wäre so«, sagte Marco und berichtete ihr, was geschehen war, seit sie sich in dem Tumult aus den Augen verloren hatten. Dass nunmehr feststand, dass der Bürgermeister die Gedichte geschrieben hatte, wollte Elsa zunächst nicht glauben.

»Niemals hat Anna sich mit dem alten Ekel eingelassen!«

»Vielleicht war es ja gerade das, was van der Schuren zum Mörder werden ließ – dass er nicht zum Zuge gekommen ist.«

»Und Nehle soll er auch auf dem Gewissen haben?«

»Wann war sie denn bei euch? Saßen der Bürgermeister und der Rechenmacher da noch in der Gaststube?«

»Das weiß ich nicht, ich habe auf die beiden nicht geachtet. Aber als Nehle in die Küche kam, war sie völlig außer sich. Sie sagte, jemand habe sie verfolgt.«

»Konnte sie denjenigen beschreiben?«

»Kein Gedanke. Sie hat nur seine Schritte gehört. Von der Rossmühle bis in den Hemele ist sie gerannt.«

»Mist! So oder so bleibt der Bürgermeister der Hauptverdächtige.«

»Till als Täter wäre ja schon schlimm gewesen, aber nun sein Vater. Wie um alles in der Welt willst du dem denn beikommen?«

»Ich weiß es nicht. Dabei ist das noch nicht alles.« Marco erzählte von Ricciutellos Verhaftung. Aber Elsa reagierte völlig anders, als er erwartet hatte.

»Was ist, wenn er es wirklich war? Wenn er vielleicht sogar beide auf dem Gewissen hat?«

Marco starrte sie an, als hätte sie behauptet, er habe zwei Nasen im Gesicht. »Bist du närrisch?«

»Immerhin wurde bei ihm die Bierkanne gefunden.«

»Das heißt doch überhaupt nichts.«

»Nein? Das sehe ich aber anders.«

»Das hört sich ja an, als sei dir Ricciutello als Täter lieber als unser ehrenwerter Herr Bürgermeister.«

»Du weißt, dass das nicht wahr ist. Aber es bringt auch nichts, die Augen vor den Tatsachen zu verschließen. Wo war Ricciutello denn in der Nacht, als Anna ermordet wurde?«

»Das weiß ich nicht.«

»Vielleicht solltest du dich darum mal kümmern.«

»Einen Dreck werde ich!«, rief Marco und sprang auf. »Das ist doch völlig abwegig!«

»Zumindest ist, was gegen euren Knecht spricht, gewichtiger als das, was du gegen den Bürgermeister in der Hand hast. Das musst du zugeben.«

Marco stapfte ein Stück des Wegs in Richtung Dwarsmauer, die Daumen im Gürtel eingehängt. Natürlich hatte Elsa Recht, das leuchtete ihm ein, auch wenn er Ricciutello nach wie vor für unfähig hielt, die Verbrechen begangen zu haben. Aber wie das Ganze auf Distelhuizen und den Magistrat wirken musste, war offenkundig. Den Knecht konnte nur noch ein Wunder retten. Und auf einmal verstand Marco auch seinen Vater. Der hatte die volle Tragweite der Entdeckung der Kanne bei Ricciutello gleich begriffen und gewusst, dass ihm nur die Wahl zwischen Pest und Lepra blieb. Entweder er rettete den Sohn oder den Knecht, eine dritte Möglichkeit gab es nicht.

Als Marco sich umdrehte, sah er, dass Elsa Gesellschaft bekommen hatte. Hedwig hockte neben ihr, und die beiden jungen Frauen steckten die Köpfe zusammen. Er wollte schon einen Bogen um sie machen, als Elsa ihn heranwinkte. Unschlüssig blieb er neben den Frauen stehen, aber Elsa zog so lange an ihm, bis er sich hinkniete und auf seine Fersen setzte.

»Wiederhol noch mal, was du mir eben gesagt hast«, sagte sie zu Hedwig und klang dabei so aufgeregt, als habe die Freundin ein großes Geheimnis preisgegeben.

Hedwig schien davon wenig angetan. Sie zog einen Flunsch.

»Nun mach schon.«

»Ich will aber nicht, dass van Dornik davon erfährt«, sagte Hedwig. »Sonst ist es aus mit meinem Nebenverdienst.«

»Versprich ihr, dass du van Dornik nichts sagst«, sagte Elsa zu Marco. »Sonst wird das nie was.«

»Ich weiß zwar nicht, worum es geht, aber bitte.« Marco hob die rechte Hand zum Schwur. »Hiermit gelobe ich feierlich –«

»Ach, lasst das doch!«, sagte Hedwig. »Ich bin auch überfallen worden, darum geht es.«

Marcos Mund war schlagartig trocken, als habe er den ganzen Tag über vergessen zu trinken. »Wann? Wo? Von wem?«

»Auf den Tag genau eine Woche, bevor Anna umgebracht wurde. Am Mitteltor.«

»War es nur einer? Oder waren es mehrere?«

»Ein einzelner Kerl war's.«

»Groß? Klein? Jung? Alt? Erzähl alles, woran du dich erinnern kannst.«

»Viel ist nicht zu berichten, es war stockdunkel. Ich weiß nur, dass er einen weiten Umhang anhatte, wie ihn der verstorbene Schäfer immer getragen hat.«

»Und sonst? Hast du sein Gesicht gesehen?«

»Ja. Aber auch wieder nicht.«

»Was soll das heißen? War er vermummt?«

»Er hatte sein Gesicht geschwärzt.«

»Geschwärzt?«

»Ja. Mit Asche eingerieben oder so.«

»Wie groß war er? Hat er dich überragt?«

»Ich glaube ja.«

»Herrje, so etwas weiß man doch!«

Hedwig machte ein beleidigtes Gesicht.

»Marco hat es nicht so gemeint, Hedwig«, sagte Elsa und tätschelte Hedwigs Hand. »Erzähl einfach, was genau geschehen ist.«

Hedwig fuhr sich mit der Zungenspitze über die Lippen, während sie ihre Gedanken ordnete. Marco hielt es vor Ungeduld kaum noch auf den Knien. Elsa, die seine Anspannung bemerkte, ermahnte ihn mit einem Blick, sich zu beherrschen. Endlich war Hedwig so weit.

»Es war ein Freitag, ich hatte mal wieder im Hemele ausgeholfen. – Das ist es, was van Dornik nicht wissen soll. Er nähme es mir übel, erführe er, dass ich nebenbei arbeite. Sicher würde er mir das Geld abnehmen. Dabei ist es doch für den Hausstand, falls ich mal heirate.«

Marco stöhnte auf.

»Du verdirbst es noch«, zischte Elsa.

»Es war schon nach Mitternacht, als ich mich endlich auf den Heimweg machen konnte«, fuhr Hedwig fort. »Eilig hatte ich's, denn mit dem Federvieh muss ich ja schon wieder raus, auch wenn ich weniger Schlaf brauch als andere. Das hat die Mutter – Gott hab sie selig – immer schon gesagt. ›Hedwig‹, hat sie immer gesagt, ›du bist ein –‹«

»Hedwig, bitte!«, sagte Elsa mit besorgtem Blick zu Marco, dem die Mordlust in den Augen loderte. »Schweif nicht ab. Es ist wichtig.«

»Also, wie gesagt, ich war auf dem Heimweg, als ich plötzlich Schritte hinter mir hörte. Ich dachte, da hat vielleicht einer den gleichen Weg, und man könnte zusammen gehen. Ich fürchte mich zwar nicht so schnell, aber manchmal ist es nachts in den Gassen doch unheimlich. – Schon gut, Elsa, schon gut. – Gerade, als ich mich umdrehen will, packt das Mannsbild mich von hinten und dreht mir die Luft ab. Ich, nicht feige, keile aus, woraufhin er loslässt. Ich fahre herum und erschrecke fast zu Tode, sah der Kerl doch aus wie ein Mohr aus dem Orient. Nur die Augen und die Zähne haben geleuchtet. Ich bin noch halb gelähmt vom Schreck, da greift er mir erneut an den Hals. Diesmal hab ich aber richtig zugetreten, dahin, wo es die Mannsbilder am meisten schmerzt. Er ließ von mir ab und humpelte davon.«

»Hast du nicht um Hilfe gerufen?«

»Hilfe brauchte ich da nicht mehr.«

»Hat er während des Überfalls etwas gesagt?«

»Keinen Ton. Nicht mal, als ich ihn in den Unterleib getreten hab. Das war schon merkwürdig.«

»Wie – er hat keinen Schmerzenslaut von sich gegeben?«

»Nein, sag ich doch.«

»Ist dir sonst etwas im Gedächtnis geblieben?«

»Was meinst du?«

Marco musste selbst überlegen, bevor ihm etwas einfiel. »Ein Geruch, zum Beispiel. Manche Leute riechen unverwechselbar. Der Fischhändler, der Lohgerber, was weiß ich, wer noch.«

»Nichts hab ich gerochen. Ich hab doch schon seit Wochen diesen Sommerschnupfen.«

»Der Geruch war auch nur ein Beispiel«, sagte er und setzte, da er so nicht weiterkam, alles auf eine Karte. »War der Angreifer vielleicht unser Bürgermeister?«

»Warum sollte unser Bürgermeister so etwas –«

»Könnte er es gewesen sein?«

Hedwig blies die Backen auf. »Ich bilde mir ein, den hätte ich erkannt, aber … Ausschließen kann ich das nicht.«

»Sonst ist dir nichts aufgefallen? Bitte, denk nach.«

»Das tu ich doch die ganze Zeit«, sagte Hedwig beleidigt. »Aber da war nichts weiter. Soll ich mir etwa was ausdenken, bloß damit du zufrieden bist?«

»Natürlich nicht«, sagte Marco und rang die Hände.

»Augenblick«, sagte Hedwig mit gespitzten Lippen, schüttelte dann aber den Kopf. »Ach nein, das hat nichts zu sagen.«

»Was hat nichts zu sagen?«

»Es ist nur, weil es in der gleichen Nacht war. Es hatte aber nichts mit dem Überfall zu tun.«

»W-a-s w-a-r i-n d-e-r g-l-e-i-c-h-e-n N-a-c-h-t?«

»Auf dem restlichen Weg hat mich ein Lied begleitet«, sagte Hedwig. »Jemand hat Flöte gespielt. Weit weg, aber doch sehr klar. Ich dachte, das Spiel käme von der Stechbahn.«

»Kannst du das Lied summen?«

»Sicher.« Hedwig legte den Kopf schief. »Tü-ti-tü-tü-tü-tü-tiiiii-ti-ti-tü-ti-tü-tü-tü-tüüi-ta-ta … Schön nicht?«

»Ja, das ist es«, sagte Marco und wiederholte die Melodie, um sie nicht wieder zu vergessen.

*

»In van der Schurens Haus hab ich eine Laute und eine Viole gesehen«, sagte Marco.

»Keine Flöte?«, fragte Elsa.

»Keine Flöte.«

Sie waren für einen Moment allein, da Hedwig zwischen

den Haselnusssträuchern verschwunden war, um ihre Notdurft zu verrichten. In ihrer Gegenwart wollte Marco den Bürgermeister nicht noch einmal erwähnen, wer weiß, was sie sich dabei denken würde. Und vor allem, wem sie davon erzählen würde, denn für ihre Redseligkeit war sie bekannt. Dann wäre es nur noch eine Frage der Zeit, bis auch van der Schuren zu Ohren käme, dass Marco ihn verdächtigte.

»Aber du bist sicher, dass es die gleiche Melodie war, die du in der Nacht gehört hast, als Anna ermordet wurde?«

»Ganz sicher. Schade, dass Pietro nicht hier ist. Der braucht ein Lied nur einmal zu hören, schon kann er es nachspielen.«

Hedwig kehrte zurück und setzte sich wieder.

»Weißt du noch«, sagte sie zu Elsa, »wie wir hier geschwommen sind? Das ist noch gar nicht so lange her. Und nun leben schon zwei von uns nicht mehr.«

Elsas Augen weiteten sich wie bei einer plötzlichen Erkenntnis.

»Anna, Nehle, du und ich«, zählte sie mit dem Daumen beginnend bis zum Ringfinger auf. »Dass ich darauf nicht eher gekommen bin. Natürlich! Marco, irgendwer hat uns dabei beobachtet, als wir da vorne bei den Kopfweiden gebadet haben.«

»Stimmt«, sagte Hedwig. »Unsere Gewänder hat er uns gestohlen, als wir im Wasser waren. Als wir sie schließlich wieder gefunden haben, hatte er draufgepisst.«

»Gemach«, sagte Marco. »Wo genau war das?«

»Ein Stück weiter, als du eben warst«, sagte Elsa und zeigte flussaufwärts. »Unmittelbar an der Dwarsmauer. Dort kann man sich an den ins Wasser hängenden Ästen der Weiden festhalten. Vom Weg aus kann man die Stelle nicht einsehen. Brombeerbüsche und ein stark wuchernder Knöterich versperren die Sicht.«

»Trotzdem hat euch jemand entdeckt.«

»Er muss unser Gejauchze gehört haben, als wir uns gegenseitig nassspritzten. Als es in den Büschen raschelte und sie sich bewegten, wussten wir, dass da jemand war. Anna hat ihn angerufen, ziemlich herausfordernd sogar, aber er hat sich nicht zu erkennen gegeben. Zuerst dachten wir, es sei der Rektor der Stiftsschule gewesen.«

Marco war froh, nichts im Mund zu haben, er hätte es glatt sonst wohin gespuckt. »Clos? Conradus Clos?«

»Genau.«

»Wieso ausgerechnet er?«

»Weil er uns bereits ein paar Tage zuvor beim Baden überrascht hatte. Er hatte Hedwigs Gekreisch für die Hilferufe einer Ertrinkenden gehalten und sich durch das Gebüsch gekämpft.«

»Hat er euch belästigt?«

»I wo. Er hat uns nur ermahnt, nicht zu weit rauszuschwimmen, weil es dort Strudel gebe. Das war alles, dann ist er wieder gegangen. Er war sehr freundlich, obwohl er sich sein Wams zerrissen hatte.«

»Der und freundlich.«

»Ich weiß, dass du mit ihm über Kreuz liegst, aber wir können uns nicht über ihn beklagen.«

»Wann genau war das?«

»Keine zwei Wochen, bevor mir der Kerl am Mitteltor aufgelauert hat«, sagte Hedwig. »Noch vor der großen Schwüle.«

»Habt immer ihr vier gebadet? Anna, Nehle und ihr beiden?«

Elsa und Hedwig nickten.

»Dann heißt es jetzt wachsam sein«, sagte Marco. »Ganz besonders für dich, Elsa.«

»Willst du mir Angst machen?«

»Nichts liegt mir ferner. Aber Anna und Nehle sind tot, und auf Hedwig wurde ein Anschlag verübt.«

»Ich weiß noch immer nicht, warum gerade ich mich vorsehen soll.«

»Bist du so blöd, oder willst du nicht begreifen?«, fragte Hedwig und stieß Elsa an die Schulter. »Du bist wahrscheinlich die Nächste, auf die er es abgesehen hat.«

Der Magistrat tagte noch am gleichen Abend. Bis auf Sibert van Bylant, der mit einer Sommergrippe darnieder lag, hatten sich alle eingefunden, so auch Mattes von Donsbrüggen, der wie van Bylant den Grafen nach Brügge begleitet hatte. Er war ein freundlicher, harmloser Hänfling, der zu allem Ja und Amen sagte. Seinen Lebensunterhalt bestritt er von Ersparnissen, die er während einiger Jahre im Orient erwirtschaftet hatte und über deren Umfang es märchenhafteste Mutmaßungen gab. Und noch einer saß wieder an seinem Platz: Diderik van Dornik – ohne Dolch. Allerdings hatte nicht seine Vernunft obsiegt, sondern Neugier und Geltungsbedürfnis waren schlichtweg stärker gewesen als sein Starrsinn.

Kaplan von Elten war verärgert. Nicht so sehr, weil die Brüder van der Schuren ihm – um gleich zur Sache zu kommen – mit ihrer geballten Amtsmacht das übliche Marienlob zu Beginn der Sitzung verweigert hatten. Vielmehr kränkte ihn, dass niemand dies zu bedauern schien, ja, dass er eigentlich rundum nur in zufriedene Gesichter blickte. Der einzige, der ihm Trost spendend zunickte, war Conradus Clos, aber das war schließlich das Mindeste, was man von einem Freund erwarten durfte.

»Was hat denn nun die Befragung dieses italienischen Knechtes ergeben?«, fragte Ritter van Eyl quer über den Tisch und rülpste, dass die vor ihm stehende Kerze erlosch.

»Leitet neuerdings Ihr die Ratssitzungen?«, fuhr ihn Jakob van der Schuren an. »Überdies stinkt Ihr zum Erbarmen. Was habt Ihr bloß getrieben, van Eyl?«

»Nichts Besonderes. Ich hab lediglich mein Kettenhemd geschmiert.«

»Womit?«, fragte van Dornik. »Mit Schweinescheiße?«

»Ich werde Euch gleich Schweinescheiße geben, Ihr Pisspott!«

»Kreuzdonnerwetter!«, brüllte Jakob. »Werdet Ihr diese Unflätigkeiten gefälligst unterlassen? Alle beide! Sonst lasse ich Euch von Distelhuizen hinauswerfen.«

»Zunächst einmal habt Ihr hier so wenig zu sagen wie jeder andere«, wehrte sich van Eyl. »Wenn ich mich recht entsinne, hat nämlich Euer Bruder die letzte Wahl zum Bürgermeister gewonnen.«

Zu diesem sahen nun ausnahmslos alle hin, besonders weil er kein Machtwort sprach. Zu Beginn der Zusammenkunft noch halbwegs munter, hing er nunmehr gekrümmt und mit aschfahlem Gesicht auf seinem Stuhl wie ein Bengel, der entgegen dem Rat seiner Mutter Pflaumen gegessen und Wasser getrunken hatte.

»Was ist los mit dir?«, fragte Jakob.

»Ich weiß auch nicht«, sagte Erasmus. »Mein Magen. Übernimm du den Vorsitz. Ich gehe heim und lege mich ins Bett.«

Während der Ratsdiener Erasmus hinausbegleitete, schnappte Jakob sich den Holzhammer des Vorsitzenden, schlug zweimal auf den Tisch und sagte: »Seht Ihr, van Eyl, so schnell können die Dinge sich ändern. Tut uns allen die Güte und setzt Euch ans Fenster, auf dass das, womit auch immer Ihr Euer Hemd geschmiert habt, uns nicht länger in die Nase sticht.«

Nachdem van Eyl seinen Stuhl versetzt hatte, erteilte der Richter Distelhuizen das Wort. Der erhob sich, hüstelte kurz in seine Faust und gab seinen Bericht ab. Ein wenig Stolz spiegelte sich in seiner Miene, als er schilderte, wie ihm im Alleingang die Festsetzung des mutmaßlichen Mörders gelungen war. Der saß nun mit freundlicher Genehmigung des Grafen im Schlosskerker ein. Zwar verfügte auch der Rat über zwei Arrestzellen, eine im Domus Campane und eine im Untergeschoss des Mitteltors, beide galten jedoch als nicht ausbruchsicher. Im vergangenen Herbst war es dem närrischen Roland, einem stadtbekannten Trinker und Tunichtgut, gelungen, innerhalb von zwei Tagen hintereinander aus beiden Verliesen zu entkommen. Die Eisenstäbe der Zelle im Mitteltor hatte er kurzerhand mit seinen Holzschuhen herausgeschlagen, so mürbe war das Gemäuer. Als er einen Tag später erneut aufgegriffen worden war, steckte man ihn in den Beffroi. Dort sprang er in einer feuchten Ecke der Arrestkammer so lange herum, bis der morsche Bretterboden nachgab und er in die darunter liegende Wachkammer stürzte. Damit war seine Flucht allerdings auch beendet, er brach sich bei dem Sturz beide Beine. Seitdem saßen Eingekerkerte im Schloss ein.

»Hat er gestanden?«, fragte Conradus Clos hastig dazwischen, als Distelhuizen kurz innehielt.

Durch die Frage aus dem Tritt gebracht, wusste der Gerichtsbote nicht gleich zu antworten. Jakob van der Schuren sprang ihm bei.

»Nein, er streitet beide Morde ab.«

»Welche Erklärung hat er denn dafür, dass die Bierkanne sich in seinem Besitz befand?«

»Zuerst hat er angegeben, sich an nichts erinnern zu können, was in jener Nacht geschah, auch nicht daran, wie er in den Besitz der Bierkanne gelangt ist. Später hat er behauptet, die Kanne gefunden zu haben. An dieser Stelle möchte ich darauf hinweisen, dass die Vernehmung dieses Ricciutello, die Distelhuizen und ich gemeinsam durchgeführt haben, sich als äußerst schwierig erwies. Der Mann ist nämlich taub. Und nicht nur das, seine Rede ist nur schwer verständlich. Mit seiner Herrschaft unterhält er sich in einer Art Zeichensprache, die uns jedoch nicht geläufig ist.«

»Dann holt Euch doch einen von diesem Lombardenpack als Übersetzer«, sagte van Dornik.

»Der Gedanke ist uns auch gekommen, van Dornik, was glaubt Ihr wohl? Nur, wer bürgt dafür, dass der Mittler auch wirklich das übersetzt, was wir fragen? Oder anders herum, die Antworten Ricciutellos wahrheitsgemäß wiedergibt?«

»Es ist noch gar nicht so lange her, da wurde auch in dieser Stadt Lügnern die Zunge herausgeschnitten. Vielleicht sollte man diesen leider aus der Mode gekommenen Brauch wieder einführen. Zumindest für diese lombardischen Wucherer.«

»Dass Ihr Euch bei diesen Leuten wegen Eurer Pferdezucht bis über beide Ohren verschuldet habt, ist Eure eigene Sache, van Dornik«, sagte der Richter kühl. »In Zukunft bitte ich doch um sachdienlichere Vorschläge.«

Zornig blickte van Dornik in die Runde, doch von allen Seiten schlug ihm nur hämisches Grinsen entgegen. Also verhielt er sich, wie man es von ihm gewohnt war: Er sprang auf und stürzte aus dem Saal. Als die Tür ins Schloss krachte, rutschte der Schlüssel heraus und landete mit einem glockenhellen »Pling!« auf dem Boden. Distelhuizen betrachtete das als Aufforderung, fortzufahren.

»Zu seinem Aufenthalt in der Nacht von Freitag auf Samstag befragt, der Nacht, in der die Jungfer Zwerts ermordet wurde, konnte Knecht Ricciutello keine klaren Angaben machen. Angeblich hatte er auch da einen gehörigen Rausch, sodass sein Erinnerungsvermögen erhebliche Lücken aufweist. Wir haben ihn natürlich auch auf Kratzspuren untersucht, allerdings ohne Ergebnis. Andererseits hatten der Richter und ich uns darauf verständigt, dass dies nicht unbedingt ein Entlastungsgrund ist; die Jungfer Zwerts könnte an jenem Abend durchaus einer anderen Person, die nicht zwangsweise der Mörder sein muss, die Kratzer zugefügt haben.«

»Habt Ihr nachgesehen, ob er beschnitten ist?«, fragte von Elten.

»Er ist es nicht«, sagte Distelhuizen. »Aber das ist jetzt ohne Bedeutung.«

»Ohne Bedeutung? Ich denke, wir suchen einen heimlich unter uns lebenden Juden!«

»Da irrt Ihr, von Elten«, mischte Jakob van der Schuren sich ein. »Wir suchen einen Frauenmörder.«

»Wollt Ihr damit sagen, Ihr wollt von der Untersuchung der männlichen Bevölkerung auf Beschneidung absehen?«

»Allerdings. Für diese Maßnahme gibt es nach der Verhaftung des Ricciutello keinen Grund mehr.«

»Und was ist mit den durchbohrten Hostien?«

»Unterhalten wir uns hier über zwei heimtückische Morde oder die Beschädigung von Gebäck?«, rief van Eyl dazwischen.

»Gebäck!« Von Elten japste nach Luft. »Habt Ihr das gehört? Ritter van Eyl bezeichnet die Hostien als Gebäck.«

»Sie waren noch nicht geweiht, das habt Ihr doch selbst gesagt.«

»Gemach, die Herren, gemach.« So wie Jakob van der Schuren seine Nase mit dem Zeigefinger bearbeitete, musste sie gewaltig jucken. »Ich denke, sollte Ricciutello der Morde überführt werden, können wir davon ausgehen, dass der Mann ebenso für die Hostienschändung verantwortlich ist. Dann hätte er nämlich mit viel Geschick eine falsche Spur gelegt, auf die wir beinahe hereingefallen wären. Denn noch durchtriebener, als den Verdacht auf einen anderen zu lenken, ist es, ihn auf jemanden zu lenken, den es gar nicht gibt.«

Von Elten widersprach kopfschüttelnd. »Was heißt hier durchtrieben? Wäre dieser Ricciutello wirklich so gerissen, hätte er wohl kaum die Bierkanne mit nach Hause genommen.«

Zustimmendes Gemurmel waberte durch den Raum, aber van der Schuren bat sich mit erhobenen Händen Ruhe aus. »Dieser Schnitzer ist ihm nur unterlaufen, weil er kräftig einen über den Durst getrunken hatte. Sollte die Gerichtsverhandlung entgegen meiner Erwartung mit einem Freispruch enden, können wir noch immer auf Eure Vermutung eines Ritualmordes zurückkommen, von Elten.«

»Pah! Was muss denn noch alles passieren? Wollt Ihr riskieren, dass Seuchen ausbrechen, weil der Jude uns die Brunnen vergiftet?«

»Ihr solltet bei der Wahl Eurer Worte ein wenig vorsichtiger sein, von Elten. Das einzige, was Ihr mit Euren haltlosen Vermutungen erreicht, ist die Bevölkerung zu verunsichern und damit die öffentliche Ordnung zu gefährden.«

»Darf ich Euch daran erinnern, verehrter Richter, was seine gräfliche Hoheit uns mit auf den Weg gaben? Er riet uns, geschwind zu handeln, bevor weiteres Unheil geschieht.«

»Ich weiß selbst, was der Graf gesagt hat. Das war aber noch vor der Verhaftung des Verdächtigen. Jetzt würde er gewiss anders urteilen.«

»Glaubt Ihr das wirklich? Wenn dem so ist, dann lasst doch seine Hoheit die Entscheidung treffen, ob die Untersuchung stattfinden soll oder nicht.«

»Ihr habt es doch immer mit Zitaten, von Elten. Dann erinnert Ihr Euch auch sicher daran, dass der Graf sagte, der Fall sei unser Feld, das wir selbst zu beackern hätten. Und genauso gedenke ich zu verfahren. Im Übrigen, werter Kaplan, kann ich mich des Eindrucks nicht erwehren, dass ihr nur verstimmt seid, weil sich Eure Theorie als unhaltbar erwiesen hat.«

»Nichts ist erwiesen! Gar nichts! Euch liegt nur daran, den Fall schnellstmöglich abzuschließen. Ich werde mich beim

Grafen beschweren, dass Ihr pflichtsäumig seid, jawohl.« Damit stand von Elten auf, was ihn jedoch auch nicht größer machte. »Höchstpersönlich und auf der Stelle.«

»Tut, was Ihr nicht lassen könnt«, sagte der Richter und ließ den Hammer auf die Tischplatte sausen. »Hiermit erkläre ich die Sitzung des Magistrats für beendet.«

*

Zur Dämmerstunde sah man besser als zu jeder anderen Zeit, wo Geld wohnte. Man brauchte nur auf die Fenster zu achten. Waren sie vom Kerzenschein erleuchtet, konnte man sicher sein, dass dort ein van Bylant, ein von Donsbrüggen, ein van Wissel oder einer der anderen Wohlhabenden zu Hause war. Der Rest der Bevölkerung, namentlich die Handwerker und die Lohnschaffenden, verrichteten die letzten Handschläge ihres Tagewerks im Düsteren und verdarben sich die Augen. Mit Ausnahme des Schmieds, dem sein Feuer leuchtete, was ihn deswegen aber nicht zu einem reichen Mann machte.

Elsa und Marco hatten den Umweg durch die Wasserpforte vorbei an einer von van Eyls Rossmühlen gemacht, in der zum Stumpfsinn verdammte Pferde den ganzen Tag im Kreis liefen, und gingen nun langsam die Große Straße hinauf.

»Sollten wir nicht lieber einen Schritt zulegen?«, fragte Marco. »Deine Mutter wird sich sorgen, wo du bleibst.«

»Sie hat doch den kleinen Milchbart zur Gesellschaft. Außerdem muss sie die Schankstube herrichten. Kaum anzunehmen, dass sie Zeit hat, mich zu vermissen.«

»Als Mutter einer Tochter in deinem Alter hätte ich nach den Geschehnissen der letzten Tage keine ruhige Zeit mehr.«

»Nur als Mutter oder auch als Vater?«

»Als Vater würde ich dich nicht allein aus dem Haus lassen. Ich würde dich auf jeden Fall begleiten.«

»Das tust du ja bereits.«

»Nur, dass ich nicht dein Vater bin.«
»Der würde auch kaum meinen Wäschekorb tragen.«
»Na, wenn das alles ist, was ihn und mich unterscheidet.«
»Dummkopf!«

Ein Huhn ohne Kopf flatterte über die Straße, und ein Mann mit einem blutigen Beil lief fluchend hinterher. Weil sie ihm nachblickten, stolperte Marco über ein Schwein, das in den Abfällen auf der Straße wühlte. Der Korb rutschte ihm von der Schulter, er konnte jedoch gerade noch verhindern, dass die Wäsche herausfiel.

»Das hätte noch gefehlt«, sagte Elsa. »Die Arbeit eines ganzen Nachmittags wäre für die Katz gewesen.« Und nach einer Weile: »Glaubst du eigentlich auch, was Hedwig gesagt hat? Dass der Mörder es nunmehr auf mich abgesehen hat?«

»Damit rechnen musst du. Erst recht, wenn der Mörder der gleiche ist, der auf eure Gewänder gepinkelt hat. Wobei ich noch immer nicht begreife, was er damit bezwecken wollte.«

»Vielleicht erträgt er den Anblick nackter Frauen nicht.«

»Was gibt es denn daran nicht zu ertragen?«

»Nun, möglicherweise hält er es für eine Sünde, wenn eine Frau sich unbekleidet zeigt.«

»Das könnte ich nachvollziehen, wäret ihr nackt durch Kleve gelaufen. Aber der Bursche musste sich erst durch dichtes Gestrüpp kämpfen, um euch überhaupt zu gewahren. Wer in dem Fall gesündigt hat, ist doch wohl unstrittig.«

»Es ist auch möglich, dass er krank im Kopf ist, dann denkt er ohnehin nicht wie wir.« Elsa blieb stehen und sah Marco geradewegs in die Augen. »Wenn dem wirklich so ist, dass ich die nächste sein soll, dann könnten wir den Spieß doch auch umdrehen, oder?«

»Was meinst du damit?« Marco nutzte den Halt, um den Korb einen Moment abzusetzen. Dann begriff er, worauf Elsa hinauswollte. »Das kommt überhaupt nicht in Frage! Dir geht es wohl zu gut.«

»Nicht so voreilig, Marco di Montemagno. Ich glaube nicht, dass ich ein besonderes Wagnis einginge, wären Distelhuizen und – sagen wir – ein oder zwei weitere Männer in meiner Nähe.«

»Du vergisst, dass Distelhuizen einen Verdächtigen hat. Er wird den Teufel tun, dir bei deinem Vorhaben Schutz zu gewähren.«

»Dann machen wir es eben allein.«

»Und wer sollen deine Leibwächter sein?«

»Du und dein Bruder.«

Marco schüttelte den Kopf. »Das ist zu gefährlich, Elsa. Sind wir zu nah bei dir, kommt er nicht. Halten wir genügend Abstand, können wir nicht rechtzeitig eingreifen. Dein Leben wäre von Zufällen abhängig.«

»Ich wäre dennoch bereit, den Lockvogel zu machen. Anna zuliebe, und auch Nehle. Und es geht ja auch um dich. Denk an die Untersuchung der Männer, die heute beginnen sollte.«

»Ich bin überzeugt, dass sie nicht stattfinden wird, jetzt, da Ricciutello im Kerker sitzt.«

»Und was wird aus ihm?«

»Ich glaube kaum, dass er damit einverstanden wäre, wenn er wüsste, dass ein junges Mädchen sich für ihn in Lebensgefahr begäbe.« Marco wuchtete den Korb wieder auf die Schulter. »Ich werde mir was anderes einfallen lassen, um ihn herauszuholen.«

Elsa erhob keinen weiteren Einwand, aber Marco spürte, dass sie sich weiter mit ihrem Plan beschäftigte. Er nahm sich vor, sie, sobald sie das elterliche Gasthaus erreicht hatten, schwören zu lassen, nichts zu unternehmen. Denn er traute ihr durchaus zu, mutterseelenallein die Begegnung mit dem Mörder zu suchen.

Als sie das Mitteltor passierten, hörten sie, dass es in der Ratsstube zur Sache ging. Marco erkannte die Stimmen von Ritter van Eyl und Jakob van der Schuren, wenn er auch nicht verstand, worum es ging. Zu gerne hätte er Mäuschen gespielt, aber vor der Tür standen zwei Stadtknechte. Gottlob war nicht der darunter, mit dem er vormittags aneinander geraten war.

Die Schankwirtschaft war schon gut besucht. Sie verabschiedeten sich vor dem Hemele, und Elsa versprach ihm tatsächlich, nichts auf eigene Faust zu unternehmen. Im Weggehen erkannte Marco durch eines der Fenster Till inmitten seiner Saufkumpane, die einen der Ecktische besetzt hatten. Nüchtern war von ihnen keiner mehr.

Auf dem Rückweg, kurz jenseits des Mitteltors, tauchte plötzlich eine bekannte Silhouette vor ihm auf. Ein Mann, den man im Dunkeln wegen seines massigen Umfangs für einen Heuhaufen halten konnte – Erasmus van der Schuren. Zweifellos war der Bürgermeister auf dem Heimweg, wobei er immer wieder stehen blieb, die Hand auf den Magen presste und sich krümmte. Ein ums andere Mal entfuhren ihm dabei donnernde Darmwinde. Keine Frage, der Mann war nicht in bester Verfassung. Und Till war nicht daheim.

Das war die Gelegenheit, auf die Marco gewartet hatte.

Völlig unvermittelt war der Bürgermeister verschwunden. Keine zwanzig Schritte vor Marco hatte er sich befunden, und von jetzt auf gleich war er nicht mehr da, als habe ihn der Erdboden verschluckt. Ins Haus geschlüpft konnte er noch nicht sein, denn Ellis Prachtbau war erst das übernächste. Entweder war van der Schuren mit dem Teufel im Bunde, oder es gab eine ganz einfache Erklärung, auf die Marco im Augenblick nur nicht kam.

Vorsichtig, als wimmele es am Boden von Natterngezücht, setzte Marco einen Fuß vor den nächsten und wäre doch beinahe mit van der Schuren zusammengestoßen, als der plötzlich keine Armlänge vor ihm wieder auf der Straße stand.

»Ihr müsst entschuldigen«, hörte Marco ihn sagen. »Die Macht der Gewohnheit.«

»Nicht doch, nicht doch«, flötete eine Frauenstimme aus der offenen Haustür einen Schritt voraus. »Das kann doch jedem mal passieren. Eine angenehme Ruhe wünsche ich.«

»Danke, möget auch Ihr wohl ruhen.«

Van der Schuren hatte sich im Haus geirrt. Anstatt in sein jetziges Haus war er in sein vormaliges Heim eingetreten. Gottlob drehte er sich nicht um, sondern stapfte weiter, einen weiteren Furz in die Nacht blasend, dass Marco es vorzog, durch den Mund zu atmen.

Erneut verblüffte der Bürgermeister seinen Verfolger. Er schritt an der Vordertür seines Heims vorbei, folgte der weiß getünchten Mauer und betrat seinen Grund und Boden durch die Gatterhürde, die er hinter sich sorgfältig wieder schloss. Dann verschluckte ihn die Dunkelheit zwischen den Obstbäumen.

Marco wartete einen Moment, um sicher zu gehen, dass Erasmus nicht wieder auftauchte. Dann stieg er über die Hürde, gerade noch rechtzeitig, um einer Gruppe von Reitern auszuweichen, die sich im Schein zahlreicher Fackeln die Große Straße hinaufbewegte.

Den Lärmschild aus Hufgetrappel und Schnauben nutzend überquerte Marco den Hof im Laufschritt, bis er den Karnickelstall erreicht hatte. Er lugte um die Ecke. Für einen Moment lockerte die Bewölkung auf, und ein milchiger Mond erhellte den Hof. Von van der Schuren war kein Rockzipfel zu sehen. Ehe die Wolkendecke sich wieder schloss, prägte Marco sich schnell die Lage der Sickergrube ein, um sie sicher umrunden zu können.

Die Hintertür des Hauses war abgesperrt. Marco wollte sich gerade mit dem Dolch am Schloss zu schaffen machen, als ein Stöhnen ihn herumfahren ließ. Van der Schuren war noch gar nicht im Haus, er hockte auf dem Abort. Wieder stöhnte er auf wie ein Ochse, dessen Schlagader der Schlachter auch im zweiten Anlauf verfehlt hat. Dann quietschte die Tür des Abtritthäuschens in ihren Angeln. Marco duckte sich hinter eines der Fässer, in denen noch immer Regenwasser gesammelt wurde, auch wenn niemand mehr damit kurte. Nur schemenhaft konnte er sehen, wie van der Schuren das Häuschen verließ und zur Hintertür schlurfte. Dabei meinte er zu erkennen, dass dem Bürgermeister die Hose in den Kniekehlen hing.

Es dauerte eine kleine Ewigkeit, bis der schwere Mann den Schlüssel gefunden und ins Schloss gefummelt hatte, begleitet von Blähungen und lautem Stöhnen. Dann schleppte er sich ins Haus und zog die Tür hinter sich zu. Marco spitzte die Ohren, aber das Einschnappen des Riegels hörte er nicht.

Und tatsächlich – die Tür war unverschlossen. Marco schlich durch die Küche bis zur Wohnstube. Besondere Mühe, leise zu sein, brauchte er sich nicht zu geben, der Radau, den der Hausherr veranstaltete, übertönte alles. Wahrscheinlich fielen gerade die Nachbarn aus den Betten.

Als Marco die nur angelehnte Zimmertür einen Spalt weit öffnete, stocherte der Bürgermeister gerade im Kamin und legte einen Scheit nach. Dann stieg er aus seiner Hose, legte sich der Länge nach auf den Tisch und faltete die Hände über dem Bauch. Marco traute seinen Augen nicht.

Nicht etwa, weil der Bürgermeister hüftabwärts unbekleidet auf dem Tisch lag, nein, es war eine körperliche Besonderheit, die Marcos Verblüffung hervorrief. Hatte er bisher geglaubt, er sei der einzige Einwohner Kleves, der beschnitten war, wusste er nun, dass es mindestens noch einen gab.

*

Marco trat an den Tisch, auf dem der Bürgermeister wie ein riesiger Braten lag.

»Wer seid Ihr?«, fragte Erasmus van der Schuren erschrocken und versuchte, mit den Händen seine Scham zu bedecken.

»Seid Ihr krank?«

»Wie? Ja, mein Bauch. Er ist ganz hart und heiß. Ich habe das Gefühl, er platzt jeden Moment. Zudem habe ich fürchterliche Blähungen.«

Marco legte seine Hand auf van der Schurens Wanst. Der war so prall wie eine aufgeblasene Schweinsblase und glühte zugleich wie eine fiebrige Stirn.

»Was habt Ihr denn gegessen?«

»Nichts Außergewöhnliches. Ich fürchte, das kommt von dem Blumenwasser, das ich getrunken habe.«

»Ihr trinkt Blumenwasser?«

»Das war eine Ausnahme. Ein Notfall sozusagen.«

»Was waren das für Blumen?«

»Weiß ich nicht«, stöhnte van der Schuren. »Aber die gleichen wachsen neben der Sickergrube.«

Marco nahm eine der Kerzen vom Fensterbrett, entzündete sie am Kaminfeuer und verließ den Raum. Keine zehn Atemzüge später war er wieder da.

»Sonnenwolfsmilch«, sagte er. »Die ist giftig.«

»Bei Gott, ich werde elendig verenden!« Van der Schuren kullerten wahrhaftig Tränen über die Wangen. »Kann man denn gar nichts tun? So holt doch den Bader!«

»Habt Ihr nur das Wasser getrunken?«, fragte Marco.

»Ja, zum Teufel! Glaubt Ihr etwa, ich hätte die Blumen auch noch gefressen?«

»Dann überlebt Ihr die Vergiftung. Ein bisschen Hirschzunge könnte dabei hilfreich sein. Wo ist Maria?«

»Was weiß ich, wo das verdammte Frauenzimmer ist. Die macht doch ohnehin, was sie will.«

Marco ging in Marias Kammer. Die Magd lag zusammengerollt wie eine Katze auf ihrem Bett und schnarchte leise. Marco meinte, den Geruch von ingwergewürztem Wein wahrzunehmen. Sie musste reichlich davon getrunken haben, denn alles Rütteln half nichts. Marco musste ihr zwei Ohrfeigen verpassen, damit sie aufwachte.

»Geh zu meiner Mutter und sag ihr, sie soll Hirschzunge aufkochen, der Bürgermeister hat sich vergiftet«, erklärte Marco ihr, während er die Schlaftrunkene die Treppe hinunterführte. »Das dauert eine Weile. So lange wartest du und bringst die Medizin gleich mit. Verstanden?«

»Hirschzunge ... aufkochen ... vergiftet?«

»Genau das sagst du ihr. Sie weiß dann schon, was zu tun ist.« Als sie an der offenen Stubentür vorbeikamen, machte Maria große Augen. »Was macht der denn auf dem Tisch? Noch dazu ohne Hosen?«

Ohne eine Erklärung abzugeben, schob Marco sie auf die Straße hinaus und ging zurück zu van der Schuren. Der blickte ein wenig entspannter drein, da er wusste, dass Hilfe nahte. Aber nur für einen Augenblick.

»Legt mir doch die Beinlinge über, ich schäme mich sonst«, sagte er, um dann mit misstrauisch verengten Augen fortzufahren: »Ihr habt mir noch immer nicht gesagt, wer Ihr seid, junger Freund. Irgendwie kommt Ihr mir bekannt vor, wenn ich auch nicht weiß, wo ich Euch schon mal begegnet bin.«

Marco hob die zweiteilige Hose auf und legte sie über des Bürgermeisters Unterleib. Dann drehte er einen Stuhl herum und setzte sich rittlings darauf.

»Wer ich bin, ist nicht wichtig«, sagte Marco. »Entscheidend ist, wer Ihr seid.«

»Sagt bloß, Ihr kennt mich nicht?« Erasmus wirkte belustigt. »Ich bin der Bürgermeister und bekannt wie ein bunter Hund.«

»Das ist die Vorderansicht. Die ist mir wohl bekannt. Die Frage ist, wie es dahinter aussieht.«

»Der Sinn Eurer Rede ist mir so verständlich wie die Geheimnisse der Alchimie. Hättet Ihr vielleicht die Güte, Euch ein wenig deutlicher auszudrücken?«

Marco entnahm dem Ärmel seines Gewandes die Pergamente mit den Gedichten und wedelte damit. »Im Nachlass der ermordeten Jungfer Anna Zwerts wurden Liebesgedichte gefunden, zum Teil rechte Schmachtverse. Darf ich Euch eine Kostprobe geben?«

Obwohl van der Schurens Gesicht im Schatten lag, war unverkennbar, dass er kreidebleich wurde. Nervös leckte er seine Lippen. »Seid so gut und holt mir ein wenig Wasser.«

»Ich seh hier keine Vase.«

»Verdammt, mir ist nicht nach Scherzen. Seht Ihr denn nicht, wie ich leide?«

Marco erwog kurz, das Wasser als Druckmittel einzusetzen, um van der Schuren zum Reden zu bringen, entschied sich dann aber dagegen. Der Wassereimer stand in der Küche neben dem Herd, die Schöpfkelle lag auf dem Tisch. Marco füllte sie und trug sie zurück in die Stube. Erasmus hatte sich inzwischen aufgesetzt und hielt ein Messer in der Hand. Kein besonderes, was die Länge anging, aber mit hübsch ziselierter Klinge.

»Ich bin bewaffnet«, sagte er und furzte.

»Macht Euch nicht lächerlich«, entgegnete Marco. »Der Dolch in meinem Gürtel ist dreimal so lang. Legt den Zahnstocher weg und trinkt erst einmal. Ich öffne derweil das Fenster, Euren Blähungen mangelt es nämlich an Wohlgeruch.«

Nach kurzem Zögern gab van der Schuren klein bei und legte das Messer weg. Marco nahm es vorsichtshalber an sich, um es nicht aus Versehen ins Kreuz zu kriegen. Als er die Laden aufdrückte, atmete er erst einmal tief durch. Erasmus trank unterdessen wie ein Kreuzritter, der sich im Ödland verlaufen hat.

»Mehr«, sagte er.

Marco füllte die Kelle erneut, diesmal darauf gefasst, den Bürgermeister bei seiner Rückkehr mit blankem Schwert anzutreffen, aber van der Schuren war wohl zur Vernunft gekommen. Er guckte nicht einmal böse. Als er zu Ende getrunken hatte, nahm Marco ihm die Schöpfkelle ab und setzte sich wieder.

»Jetzt weiß ich auch, wer Ihr seid«, sagte van der Schuren. »Ihr seid der ältere Sohn des Lombarden Umberto di Montemagno, habe ich Recht? Und Ihr wart eine Zeit lang mit der Anna Zwerts befreundet. Mein Bruder erwähnte, dass Ihr zu dem Kreis der Befragten gehört habt.«

»Dann versteht Ihr ja sicher, dass mir daran gelegen ist, den Mord an Anna aufzuklären.«

»Gewiss, das wollen wir doch alle. Eine schreckliche Geschichte, die mich ganz krank macht. Dennoch – warum Ihr deswegen mich aufsucht, mag sich mir nicht recht erschließen.«

Marco hielt ihm erneut die Pergamente unter die Nase. »Habt Ihr die Gedichte schon vergessen? Die schwülstige Minne eines liebestollen alten Mannes für ein Frauenzimmer, das dem Alter nach seine Tochter hätte sein können. Wusste Anna eigentlich, dass Ihr der Verfasser seid, oder habt Ihr Euch ihr nicht zu erkennen gegeben?«

Van der Schuren musterte ihn feindselig, aber Marco hielt seinem Blick stand. Als er schon fürchtete, der Bürgermeister habe klammheimlich ein Schweigegelübde abgelegt, rührte der sich doch noch.

»Wie alt seid Ihr, Montemagno? Habt Ihr schon zwanzig Lenze erlebt? Vielleicht gerade mal, ich schätze Euch nicht älter als meinen Sohn, und der zählt zweiundzwanzig.«

»Neunzehn.«

»Seht Ihr, ich habe einen Blick für Menschen. Ich zähle beinahe fünfundsechzig, mehr als das Dreifache von Euch. Und so viel mehr wiegt auch meine Erfahrung. Angesichts dessen könnt Ihr doch nicht ernsthaft glauben, Ihr könntet mich mit Eurem Geschwätz ins Bockshorn jagen, oder?«

»Ich stochere nicht im Nebel, werter Bürgermeister. Das hier ist Eure Handschrift, wie sich leicht beweisen lässt. Dazu kommt der Vers, dass Ihr der Angebeteten gerne das Herz herausreißen würdet. Und –«

»Das ist Minne!«, rief van der Schuren. »Reinste Minne! Das hat doch nichts mit den Morden zu tun.«

»Ich denke, man würde Euch so manch unangenehme Frage stellen, würde dies Geschreibsel bekannt. Und dann seid Ihr zu allem Überfluss auch noch beschnitten. Das allein hat andere schon den Kopf gekostet.«

»Pah! Glaubt Ihr Narr, mein Bruder gäbe etwas auf Euer Gerede? Euch ist wohl nicht klar, wer in dieser Stadt die Zügel in der Hand hat.«

»O doch«, sagte Marco, erhob sich und stopfte die Pergamente zurück in den Ärmel. »Darüber mache ich mir keine falschen Hoffnungen. Deswegen dachte ich auch weniger an Euren Bruder als an den Grafen.«

Van der Schurens Gesichtszüge gefroren, aber er sagte nichts. Also wandte Marco sich ab und ging zur Tür. Er hatte den Riegel schon in der Hand, als der Bürgermeister sich besann.

»Wartet«, sagte er. »Man kann doch über alles reden.«

»Nicht über Mord.«

»Ich habe niemanden getötet. Schon gar nicht Anna.«

Langsam ging Marco zurück, blieb diesmal aber neben dem Stuhl stehen. »Fangen wir damit an, dass Ihr mir erzählt, wie es dazu kam, dass Ihr diese Verse geschmiedet habt.«

»Könnt Ihr Euch nicht vorstellen, dass mir das unangenehm ist?«

»Doch.«

»Aber Ihr besteht darauf?«

Marco nickte, sagte aber nichts. Seufzend fügte van der Schuren sich.

»Seit Ellis Tod bin ich ein einsamer Mann. Achtzehn Monate ist es her, dass sie von uns ging, und ich habe es noch immer nicht verwunden. Nun ist niemand mehr da, mit dem ich reden kann, mit dem ich meine Sorgen besprechen kann oder auch nur die Nichtigkeiten des Alltags. Till ist da kein Ersatz, der lebt sein eigenes Leben, und das ist auch gut so. Manche Leute werden über so was fromm, aber mir liegt das nicht. Um wenigstens abends nicht allein daheim zu hocken, bin ich regelmäßig in den Hemele gegangen. Der Honoratiorentisch kann kein Eheweib ersetzen, aber besser als die Einsamkeit ist er allemal.«

Er trug das als nüchterne Feststellung vor, einen weh- oder selbstmitleidigen Unterton vernahm Marco nicht.

»Als ich Anna sah, war es Zuneigung auf den ersten Blick. Ich spreche nicht von Liebe, denn die habe ich nur für meine Elli empfunden, aber eine tiefe Zuneigung war es schon, auch wenn sie einseitig war. Sie war immer fröhlich, freundlich, sie hatte immer ein gutes Wort, für mich mehr als für andere – zumindest bildete ich mir das ein. Vielleicht lag es aber auch an den guten Trinkgeldern, die ich ihr dagelassen habe, wahrscheinlich sogar. Jedenfalls hatte ich jemanden, an den ich denken konnte, wenn ich allein war. Jemanden, auf den ich meine brachliegenden Gefühle richten konnte, so närrisch das auch war. Völlig neu eingekleidet habe ich mich, auch wenn ich mich damit zum Gespött der anderen Ratsherren gemacht habe. Ich war ein Jüngling von fünfundsechzig!«

Er lachte kurz unfroh über sich, dann saß er da wie ein Läufer, dem die Luft ausgegangen war.

»Warum habt Ihr die Verse verfasst?«, fragte Marco.

»Weil ich so voller Zuneigung war, und die musste heraus,

sie hätte mich sonst erstickt«, brauste van der Schuren regelrecht auf. »Nie hatte ich vor, sie ihr zu geben, aber eines Tages haben wir uns unterhalten und – ich weiß schon gar nicht mehr, wie wir darauf kamen – jedenfalls sagte sie, ihr habe noch nie ein Mann ein Liebesgedicht gewidmet. Da habe ich ihr, ohne meinen Namen preiszugeben, zukommen lassen, was ich verfasst hatte. Heute ist mir das peinlich – es war zum Teil ein elendes Geseire.«

Beinahe hätte Marco zugestimmt, er konnte sich aber gerade noch zurückhalten. Stattdessen fragte er: »Nach dem Gespräch muss Anna doch gewusst oder zumindest geahnt haben, dass die Verse Eurer Feder entstammten.«

»Ich habe einige Tage verstreichen lassen, bevor ich das erste Gedicht mittels Boten übersendete. Aber dennoch, Ihr könntet natürlich Recht haben. Sie hat sich jedoch nie etwas anmerken lassen, und schon gar nicht hat sie gespottet.«

»Wo wart Ihr in der Nacht, als sie ermordet wurde?«

»Ich …« Van der Schuren schlug die Augen nieder.

»Was ist?«

»In jener Nacht war ich mit ihr verabredet.«

Marco war so baff, dass er sich blindlings setzte. Er hatte Glück, der Stuhl stand noch an derselben Stelle. »Anna und Ihr? Dann muss sie ja doch gewusst haben …«

»Nein, sie wusste nicht, wen sie treffen würde. Wieder bediente ich mich eines Boten, der ihr die Einladung zum Stelldichein überbrachte.«

»Dass sie sich darauf eingelassen hat!«

»Sie war wahrscheinlich begierig zu erfahren, wer der Dichter war.«

»Und was habt Ihr Euch davon versprochen?«

Erasmus warf in einer hilflosen Geste die Arme in die Luft. »Ich weiß es beim besten Willen nicht mehr. Es hatte mich einfach überkommen. Dabei bin ich sonst nicht so … so vorschnell.«

»Ich nehme an, Anna hat nicht schlecht gestaunt, dass Ihr derjenige wart.«

»Sie hat es nie erfahren, denn ich bin nicht hingegangen. Am Rand der Stechbahn hat mich plötzlich der Mut verlassen. Bei Gott, dachte ich, welchen Narren machst du aus dir! Also bin ich schnurstracks nach Hause geeilt, habe mich ins Bett gelegt und mir die Decke über den Kopf gezogen.«

»Sprecht Ihr auch die Wahrheit?«

Erasmus feuchtete Zeige- und Mittelfinger an und hielt sie gespreizt hoch. »Das schwöre ich bei meiner Elli.«

Vorne wurde geklopft. Marco ging zur Tür und öffnete. Maria hatte vor Zorn rote Flecken im Gesicht.

»Da«, sagte sie und drückte ihm eine kleine Amphore in die Hand, nicht größer als eine Birne. »Ich Närrin! Erst auf dem Rückweg ist mir eingefallen, dass irgendwo da draußen ein Frauenmörder lauert. Und da schickst du mich auf die Straße. Der Teufel soll dich holen!«

Damit lief sie die Treppe hinauf. Dass Ricciutello im Kerker saß, hatte ihr offenbar noch niemand mitgeteilt. Marco trug die Medizin zu van der Schuren.

»Nehmt davon dreimal täglich einen Fingerhut voll«, sagte er. »Dann seid Ihr bald wieder auf den Beinen.«

»Ich wusste gar nicht, dass Eure Mutter sich auf Heilkunde versteht. Richtet ihr meinen verbindlichsten Dank aus.«

»Sie rührt die Arzneien nur an. Die Rezepte sind von Ricciutello. Er ist der Kundige.«

Van der Schuren guckte betreten auf die Amphore, als sei sie das letzte Stück Brot, das er einem Bettler weggenommen hatte.

»Er ist so unschuldig, wie Ihr behauptet zu sein«, sagte Marco. »Sorgt für einen gerechten Verlauf des Prozesses, damit er das auch beweisen kann. Das ist der Preis für die Medizin.«

»Heißt das, Ihr glaubt mir?«

»Das kann Euch doch gleich sein.«

»Und die Gedichte?«

Marco nahm sie heraus und warf sie auf den Tisch. Dann machte er auf der Ferse kehrt und ging.

Erst als er in seinem Bett lag, fiel ihm ein, dass er van der Schuren gar nicht gefragt hatte, wieso er beschnitten war.

Er stand auf einem Leiterwagen, angekettet an einen Pfahl, den sie auf dem Wagen befestigt hatten. Blutig waren Kinn und Hals, qualvoll schnitt das rostige Eisen der Halsfessel bei jedem Schaukeln des Fuhrwerks in sein Fleisch. Seine Hand- und Fußgelenke waren wund gescheuert, Arme und Beine völlig gefühllos. Hätte man ihn losgebunden, wäre er auf der Stelle zusammengebrochen.

Bekleidet hatten sie ihn mit einem weißen Gewand, das auf der Vorderseite ein Loch aufwies, durch das sie sein beschnittenes Glied gezogen hatten. Auf das starrten nun alle, die sich links und rechts der Straße drängten, wie auf den Pferdefuß des Teufels. Ein mehrere Hundert Köpfe zählendes grölendes, johlendes, klatschendes und kreischendes Menschenmeer. Ohne Unterlass wurde er von Abfällen, Fäkalien und Steinen getroffen. Wären die Wachen nicht gewesen, der Pöbel hätte ihn vom Wagen gezerrt und zerrissen wie eine Meute wilder Hunde ein waidwundes Reh.

Hin und wieder konnte er einzelne Menschen erkennen in der ansonsten gesichtslosen Masse. Richter van der Schuren und Distelhuizen mit ihren selbstgefälligen Mienen. Kaplan von Elten und Rektor Clos, erst tuschelnd, dann hämisch grinsend. Henrik Zwerts und Piet Wannemeker, jubilie-

rend, weil für sie endlich der Tag der Genugtuung gekommen war.

Aber auch die, die bis zuletzt auf seiner Seite gewesen waren, waren gekommen. Seine Eltern, sein Bruder, Ricciutello – Gott sei Dank, sie hatten ihn freigelassen – und Elsa. Und Anna.

Anna!

Sie war gar nicht tot. Alles war nur ein Irrtum. Gütiger Himmel, Anna lebte!

Aber warum führten sie ihn dann zum Richtplatz? Warum um alles in der Welt wollten sie ihn am Galgen aufknüpfen, wenn Anna doch am Leben war? Vielleicht hatten sie sie nur noch nicht bemerkt. Vielleicht hatte niemand gesehen, dass sie zurückgekehrt war. Er musste ihnen nur sagen, dass sie wieder da war, und alles würde gut werden.

»Seht, da steht sie!«, rief er ihnen zu.

Das heißt, das war, was er ihnen zurufen wollte. Hervor brachte er nur ein Gurgeln, ähnlich den Tönen, die Ricciutello von sich zu geben pflegte. Er versuchte es erneut, schrie, aber was er hervorstieß, blieb selbst ihm unverständlich. Da endlich fiel ihm ein, dass sie ihm die Zunge herausgeschnitten hatten, gleich zu Beginn des Prozesses. Sie hatten ihn seiner Stimme beraubt, damit er nicht die Wahrheit sagen konnte.

Sein Schicksal war besiegelt.

Anna verschwand aus seinem Blickfeld, und im nächsten Moment wusste er schon nicht mehr, wie sie ausgesehen hatte. Dann trübte sich sein Blick. Erst lösten sich alle Umrisse auf, das Bild verschwamm, dann wurde es zunehmend dunkler, schließlich war alles schwarz. Gleichzeitig ebbte der Lärm um ihn herum ab. Die Geräusche entfernten sich, verloren sich immer mehr, bis nur noch Stille herrschte.

Marco war blind und taub.

*

»Marco!«, hörte er eine ihm vertraute Stimme raunen. »Hurtig, erheb dich! Du musst verschwinden.«

Marco schlug die Augen auf, verwirrt, noch halb gefangen in seinem Albtraum. Pietro hatte ihn an den Schultern gepackt und schüttelte ihn.

»Nun mach schon«, sagte er drängend. »Die Garde des Grafen steht vor dem Haus. Sie hat die Untersuchung der männlichen Einwohner übernommen.«

Halb richtete Marco sich auf, halb zog Pietro ihn hoch. Die Schecke mit Kapuze, sein Umhang und die Schnabelschuhe lagen bereit. Dazu Gürtel, Gürteltasche, Dolch und Kurzschwert.

»Wieso? Sie haben doch Ricciutello. Und wieso überhaupt die gräfliche Garde? Was hat die denn damit zu tun?«, fragte Marco verdattert.

»Was weiß ich. Beeilung. Mutter hält sie hin. Du musst dich über die Dächer davonmachen.«

Endlich begriff Marco den Ernst der Lage. Rasch schlüpfte er in seine Kleider und zog sich die Schuhe an, zuerst auf dem einen, dann auf dem anderen Bein hüpfend. Den Dolch steckte er ein, das Schwert ließ er liegen.

»Zu unhandlich«, sagte er, und als sie in Pietros Zimmer am Fenster standen: »Mein Gott, der Morgen graut ja gerade mal.«

»Dein Vorteil. Solange du keine Schindel lostrittst, werden sie dich auf dem Dach nicht bemerken.«

Marco war bereits mit einem Bein durchs Fenster, als er innehielt. »Wenn die Sache hier ausgestanden ist, musst du Elsa benachrichtigen. Sag ihr, ich erwarte sie am Badeplatz.«

»Badeplatz?«

»Sie weiß schon, wo das ist.«

»In Ordnung. Aber nun mach, dass du rauskommst.«

Marco packte die Traufe, setzte den Fuß auf die Fensterlade, stieß sich ab und zog sich hoch. Dann kletterte er über die

Dachschräge zum First, darauf bedacht, nur ja kein Geräusch zu verursachen. Im Schutz des Kamins wagte er einen Blick auf die Straße.

Ein halbes Dutzend Reiter drängte sich vor dem Haus. Marco erkannte Adolf Kaldewey, den gräflichen Hausmeister, und zu seiner Überraschung Kaplan von Elten, den er noch nie im Sattel gesehen hatte. Nie hätte er gedacht, dass es für so kurze Beine überhaupt Steigbügel gab. Die Männer unterhielten sich gedämpft. Dann wurde die Haustür geöffnet, und Marco vernahm, wie seine Mutter die Männer hereinbat. Alle stiegen ab, sogar von Elten, dem einer der Gardisten vom Pferd half.

Kaum war die Truppe im Haus verschwunden – nur ein Mann war zur Bewachung der Pferde zurückgeblieben –, glitt Marco zurück in die Traufe und balancierte auf ihr bis zum Ende des Hauses. Dort stieß er sich kräftig ab und landete mit einem weiten Satz auf dem Scheunendach. Das überquerte er, vorbei an dem Storchennest, das in diesem Jahr unbesetzt war, und stieg in die Kastanie, die die Rückseite der Scheune beschirmte. Der Baum war ihm seit jeher vertraut, selbst in völliger Finsternis hätte er sich in dem Geäst zurechtgefunden. Nur wenige Herzschläge später hatte er festen Boden unter den Füßen.

Der erste Teil seiner Flucht konnte als geglückt bezeichnet werden. Blieb die Frage, wie es nun weitergehen sollte. Die eine Möglichkeit war, über den Hügel hinter dem Anwesen den Weg entlang der Heideberger Mauer zu nehmen. Dabei würde er sich jedoch in den Umkreis von Macellum und Gewandhaus begeben, wo selbst zu dieser frühen Stunde oft genug rege Betriebsamkeit herrschte. Zudem bedeutete diese Richtung einzuschlagen, die Stadt später durchqueren oder sie entlang der Mauer umrunden zu müssen. Ein weiter Weg und viel Gelegenheit, den Weg der Schergen zu kreuzen.

Dagegen wirkte die andere Möglichkeit, nämlich einfach an

Ort und Stelle zu verharren, nur scheinbar wagemutig. Hinter der Scheune würden sie ihn kaum vermuten, und außerdem gab es ein paar Männer mehr zu untersuchen als die drei Montemagnos. Marco war sich sogar sicher, dass sie oder die van Bylants die Ersten waren, die Kaldewey und von Elten sich vorgeknöpft hatten, und dass die Stadt nun von Norden nach Süden durchkämmt werden würde. Im Laufe des Vormittags würde damit der direkte Weg zum Alten Rhein frei werden. Bis dahin galt es, sich in Geduld zu üben.

*

Der Deiwelschitt wuchs so dicht und verschlungen, dass Marco kein Durchkommen sah. Also ging er weiter bis zur Dwarsmauer und an ihr entlang zum Altarm. Dort zog er die Schuhe aus, rollte die Beinlinge hoch und glitt von der Uferböschung in den Kermisdahl. Klar und kühl war das Wasser. Über große runde Kiesel watete er in Richtung des Röhricht, der die Badestelle von dieser Seite abschirmte. Der Grund wurde schlammig, und Marco sank bis zu den Knöcheln ein. Eine Brasse, die sich zwischen den Halmen versteckt hatte, suchte das Weite. Und dann steckte Marco auf einmal fest.

Er war in einen Rasen von Wasserknöterich geraten, der im Schlamm wurzelte. Das war ihm als kleines Kind schon einmal passiert, seinerzeit noch in einem Seitenarm des Rheins bei Strassburg, und damals hätte ihn das Teufelszeug beinahe das Leben gekostet. Wie heute war er mit den Füßen in dem dichten Pflanzengewirr hängen geblieben, hatte dabei das Gleichgewicht verloren und war mit dem Kopf unter Wasser geraten. Befreien hatte er sich nicht können. Im Gegenteil, da er voller Panik gestrampelt hatte, hatte er sich immer mehr in dem Gestrüpp verfangen. Wären sein Vater und Ricciutello nicht gewesen, die in der Nähe geangelt hatten, wäre er ertrunken.

Diesmal, fünfzehn Jahre später, bewahrte er Ruhe. Mit Hilfe des Dolches durchtrennte er die Fußfesseln. Dann schlug er einen Bogen um den Rasen, wobei er in eine Gumpe geriet und bis zu den Achseln versank. Einige wenige Schwimmzüge brachten ihn zu der Weide, an deren Ästen er sich ans Ufer zog.

Der Platz war wirklich geeignet. Er maß ungefähr zehn mal zehn Schritte. Die Büsche und Stauden ringsum bildeten eine regelrechte Mauer. Wie Clos da durchgekommen war, war Marco schleierhaft. Nachdem er Beinlinge, Wams und Umhang zum Trocknen aufgehängt hatte, streckte er sich auf dem stoppeligen Untergrund aus.

Zu gerne hätte er ein paar Minuten gedöst, denn er fühlte sich erschöpft, aber sein Geist wollte nicht zur Ruhe kommen. Wie schon während der letzten Stunden, als er unter der Kastanie gewartet hatte, bis die Luft rein war, kreisten seine Gedanken um die neuerliche Wendung, die der Fall genommen hatte.

Wieso in drei Teufels Namen wurde die Untersuchung durchgeführt, obwohl mit Ricciutello ein Verdächtiger in Haft saß? Wieso zog die gräfliche Garde statt der Stadtknechte von Haus zu Haus? Und was hatte von Elten dabei zu suchen? Fragen, auf die Marco beim besten Willen keine Antwort fand. Eines stand jedenfalls fest, den Zeitgewinn, den ihm Ricciutellos Verhaftung verschafft hatte, gab es nicht mehr. Ganz im Gegenteil, ihm musste noch heute etwas Brauchbares einfallen.

Im Gebüsch zu seiner Linken raschelte es. Wenn es ein Tier war, dann war es ein großes. Marco griff nach seinem Dolch.

»Ich bin's«, hörte er Elsas Stimme.

Zunächst sah er nur einen Wäschekorb, der durch das Gebüsch geschoben wurde. Marco zog den Korb heraus; dahinter tauchte Elsas Kopf auf. Wie eine Schlange wand sie sich zwischen Liguster, Waldrebe und Knöterich hindurch.

»Das ist der einzige Zugang«, sagte sie und klopfte sich den

Schmutz vom Gewand. »Wie bist du hierher gekommen? – Ach, ich sehe schon.«

»Ich häng mir den Umhang um.«

»Nun sei nicht albern, ich hab schon mal einen Mann in Unterkleidern gesehen. Wartest du schon lange?«

»Nicht der Rede wert. Hast du heute wieder Waschtag?«

»Irgendeinen Vorwand brauchte ich, sonst hätte die Mutter mich nicht gehen lassen. Sie hat sich ohnehin gewundert, weil ich mich sonst vor dem Waschen drücke, wo ich nur kann. Da hab ich ihr gesagt, ich will das Wetter ausnutzen, wer weiß, wie es morgen wird.«

Als sie saßen – Elsa auf ihren Fersen, Marco im Schneidersitz –, sagte er: »Was hat Pietro erzählt? Wie ist es gelaufen?«

»Dein Vater und er mussten sich entkleiden, und dann haben Kaldewey und von Elten ihnen zwischen die Beine geguckt. Pietro sagte, es sei entwürdigend gewesen, er sei sich vorgekommen wie ein Stück Vieh bei der Fleischbeschau. Natürlich haben sie auch nach dir gefragt. Deine Mutter hat ihnen erzählt, dass du hin und wieder anderswo übernachten würdest, vermutlich hättest du eine Liebschaft, sie wisse aber nicht, um wen es sich dabei handele. Trotzdem wollten sie deine Kammer sehen und haben auch sonst im Haus herumgestöbert, sind dann aber abgezogen. Jedenfalls sollst du dich noch heute in der Ratsstube im Mitteltor melden und begutachten lassen.«

»Und wenn nicht?«

»Werden sie vermutlich nach dir suchen.« Elsa zeigte auf das jenseitige Ufer. »Dann bleibt dir nur noch, rüberzuschwimmen.«

»So weit sind wir noch nicht. Hat Pietro herausgefunden, wieso von Elten und die Garde die Untersuchung durchführen?«

»Pietro nicht, aber ich; Richter van der Schuren war nämlich heute Morgen im Hemele und hat einen Krug Wein bestellt. Das habe ich noch nie erlebt, dass der schon vormittags trinkt. Deshalb habe ich gelauscht, als er sich mit dem Vater unterhalten hat. Seinen Ärger müsse er runterspülen, sagte er. Habe der verdammte Pfaffe doch den Grafen beschwatzen können, die Untersuchung durchzuführen. Und wie stehe er – van der Schuren – nun da? Wie ein Trottel, der in der eigenen Stadt nichts zu sagen habe.«

»So viel dazu, wer die Zügel in der Hand hält.«

»Wie?«

»Schon gut. Der Richter war also dagegen?«

»Er hält euren Ricciutello für den Mörder. Deshalb hatte er die geplante Untersuchung abgeblasen. Darüber war der Kaplan beleidigt, war das mit den Juden doch seine Idee, und ist zum Grafen gelaufen.«

»Man glaubt manchmal nicht, von welchen Eitelkeiten Gedeih und Verderb abhängen.«

Eine Weile saßen sie nur da, jeder mit seinen eigenen Gedanken beschäftigt. Schließlich fiel Marcos Blick auf Elsas Hände, die in ihrem Schoß ruhten. Lange, schlanke Finger hatte sie, und groß waren die Monde der Nägel. Dann wanderte er ihre Arme hinauf, streifte ihre Brüste, ihren Hals, das Kinngrübchen mit der Narbe, ihre Lippen und traf sich zuletzt mit ihrem Blick. Elsas Augen waren nicht braun, sie waren schwarz. Wie ein See im Moor, dachte er.

»Woran denkst du?«, fragte sie.

»An die Moore, die ich einmal auf einer Reise nach Friesland durchquert habe.«

Elsa runzelte die Stirn. »Wie kommst du denn jetzt darauf?«

»Nur so ein Gedankensprung.« Marco pflückte ein Gänseblümchen und hielt es ihr hin. »Ich wollte dich um etwas bitten.«

Elsa nahm das Blümchen und schnupperte daran. »Hast du es dir anders überlegt?«

»Was?«

»Die Sache mit dem Lockvogel.«

»Du wirst mir langsam unheimlich. Kannst du hellsehen?«

»Ich hab das zweite Gesicht«, sagte sie und schnitt eine Grimasse. »Aber ernsthaft. Siehst du ein, dass das die einzige Möglichkeit ist, die uns bleibt?«

»Wohl ist mir dabei nicht, das kannst du mir glauben.«

»Du vergisst, dass das mein Einfall war. Sollte etwas missglücken, brauchst du dir keine Vorwürfe zu machen.«

»Es würde mich umbringen«, sagte Marco und nahm ihre Hand. »Danke.«

»Ist das alles?«

Der erste Kuss, den er ihr gab, war sehr zart, beinahe schon schüchtern, der zweite eine Spur leidenschaftlicher. Dann brachte Elsa ihre Zunge ins Spiel, worauf Marco willig einging. Als sie zur Seite sanken, konnte eine Eidechse gerade noch vor ihnen Reißaus nehmen.

»Die haben es gut«, sagte Marco.

»Wieso?«

»Die können bei Gefahr ihren Schwanz abwerfen. Ich wollte, das könnte ich auch.«

»Das wäre aber schade«, sagte Elsa.

Rom, September 1348
Fast ein Jahr war seit der Flucht d'Amiens' aus Sizilien vergangen. Via Policastro und Neapel war er im Frühjahr in Rom eingetroffen, inzwischen bar jeder Mittel und gezwungen, Arbeit anzunehmen. Das Geld, das er für die Überfahrt nach

Spanien zurückgelegt hatte, musste er für ein Pferd sowie Waffen und Panzerung einsetzen. Die Reise ohne Reittier hatte sich schnell als zu beschwerlich erwiesen, und das Schwert und die Rüstung waren unabdingbar angesichts der bewaffneten Horden, die in jenen Tagen den Süden Italiens unsicher machten.

Unterwegs war es mehrfach zu Auseinandersetzungen gekommen, die er nahezu ohne Verwundungen überstanden hatte. Fast erstaunte es ihn selbst, in welch ausgezeichneter Verfassung er sich noch immer befand, bei einer Gelegenheit hatte er es mit fünf Wegelagerern gleichzeitig aufgenommen und allen die Köpfe abgeschlagen. Erfolge, die sein Vertrauen in sich derart stärkten, dass er es wagte, sich in Rom als Leibwächter zu verdingen, eine gut bezahlte Tätigkeit, wenn auch nicht ungefährlich.

Sein Arbeitgeber war ein durch Kräuter- und Gewürzhandel reich gewordener Sizilianer namens Camilleri, der zusammen mit seiner sechsköpfigen Familie einen Palazzo an der Via Flaminia bewohnte. Im ganzen Haus duftete es wunderbar nach den auch hier gelagerten Handelswaren, ein nicht zu unterschätzendes Stück Lebensqualität in einer Stadt, in der es in weiten Teilen stank wie auf dem Abtritt. D'Amiens war zunächst eine stickige Kammer unter dem Dach zugeteilt worden, bis er darauf hinwies, dass man ihn als Leibwächter sinnvollerweise in der Nähe des Eingangs unterbringen sollte. Das war umgehend geschehen. Die Kühle des Erdgeschosses bescherte ihm die notwendige geistige Frische, um wenigstens halbe Nächte seine Geschichte fortzuschreiben, tagsüber blieb ihm dafür meist keine Zeit.

Seine Aufgabe bestand vornehmlich darin, Camilleri auf seinen Wegen durch die Stadt zu begleiten, sei es zu Lieferanten oder Kunden oder einfach nur ins Kontor, und ihm dabei Bettler und Straßenräuber vom Hals zu halten, von denen es in Rom nur so wimmelte. Jeder, der mehr als einen Groschen in der Tasche hatte, schwebte in ständiger Lebensgefahr, angeblich waren schon Leute für weniger erschlagen worden. Der Sizilianer war gutmütig, zahlte ordentlich und pünktlich, und da d'Amiens anspruchslos war und Verpflegung und Unterkunft frei hatte, konnte er binnen kurzer Zeit ein nettes Sümmchen zurücklegen. Er rechnete damit, dass die Ersparnisse spätestens zum Jahresende für die Reise nach Spanien reichen würden.

Noch wichtiger für den Comte war jedoch, dass er knapp einen Monat nach seiner Ankunft in der Stadt auf Ordensbrüder gestoßen war. Fünf Männer, alle in seinem Alter, die ein Hospitium mit angeschlossener Taverne in einer Seitenstraße der Via Lata, unweit des Palazzo Doria, betrieben. Natürlich trugen auch sie nicht mehr das klassische Habit, die weiße Kutte mit dem roten Tatzenkreuz, schließlich war der Orden durch Papst Clemens' Verfügung auch in Italien aufgelöst worden. Aber im Gegensatz zu Frankreich hatte man die Brüder hier zu Lande nicht eingekerkert, geschweige denn gefoltert oder umgebracht. Die meisten waren den Johannitern beigetreten, wo man sie allein schon wegen ihres Geldes mit offenen Armen empfangen hatte.

So auch die fünf vom Hospitium, die sich aber dennoch insgeheim zu den Brüdern des Christusordens in Portugal, dem einzig legitimen Nachfolger des Templerordens, bekannten. D'Amiens hatte das gleich anlässlich seiner ersten Einkehr in der Taverne herausgefunden. Bruder Benedetto, dessen Verstand schon dem Alter Tribut zollen musste, hatte sich verplappert. Während die übrigen noch heftig leugneten, legte der Comte seinerseits ein Bekenntnis zum Orden des Tempels ab, woraufhin sie sich in die Arme fielen und d'Amiens begrüßten wie den verlorenen und wieder gefundenen Sohn.

Getrübt wurde das unverhoffte Kennenlernen durch eine schlechte Nachricht, die die Brüder für ihn hatten, als sie seinen Namen erfuhren: D'Amiens wurde gesucht, es war gar eine nicht unbedeutende Belohnung für denjenigen ausgesetzt, der Kunde über seinen Verbleib geben konnte. Allerdings nicht von römischen Stellen, sondern von einem Ausländer mit einem gewaltigen rostroten Schnauzbart, der das Hospitium erst letzte Woche aufgesucht und gefragt hatte, ob einem der Brüder ein gewisser Comte d'Amiens bekannt sei. Da sie nie von ihm gehört hatten, war der Fremde unverrichteter Dinge abgezogen und ward seitdem nicht wieder gesehen. Von anderen Herbergsbetreibern hatten die Brüder erfahren, dass der Ausländer auch dort Erkundigungen eingezogen hatte.

Es war der neunte September, als der Comte wie jeden Morgen die Basilika der Zwölf Apostel aufsuchte, um zu beten, freie Zeit, die Camilleri ihm von Anfang an gewährt hatte, war er doch selbst ein frommer Mann. Die Kirche lag nur unweit des Palazzos, der Weg war mühelos zu Fuß zu bewältigen. Wundervolle Fresken schmückten das Gewölbe, das prächtigste zeigte Jesus und die Jünger am See Genezareth. D'Amiens fand, dass Markus, der dritte von links, ihm ähnlich sah, behielt das aber für sich.

Er war gerade niedergekniet, als die Erde zu beben begann. Ein Blick nach oben zeigte ihm, dass Matthäus und Markus durch einen armbreiten Riss getrennt waren, Putz in der Größe von Fladenbroten regnete herab, dann fielen die ersten Steine. Schwankend wie ein Volltrunkener torkelte der Comte zum Portal, ein Stein streifte seinen Kopf, warm rann Blut seine Schläfe hinab. Er stand noch auf der Treppe, als das Seitenschiff einstürzte. Staub hüllte ihn ein wie Nebel, nahm ihm Sicht und Luft. Sich nur auf seinen Orientierungssinn verlassend begab er sich, um sich von den zusammenbrechenden Gebäuden fern zu halten, in die Straßenmitte. Dort stieß er mit einem Mann zusammen.

Sich gegenseitig an den Oberarmen packend wie zwei Ringkämpfer gaben sie einander Halt auf dem schwankenden

Untergrund. Der Mann hatte in etwa d'Amiens Größe, war aber um einiges jünger und entschieden kräftiger gebaut. Beherrscht wurde sein Gesicht von einem gewaltigen roten Schnäuzer, der den ganzen Mund überwucherte. Und plötzlich überfiel d'Amiens eine unheilvolle Ahnung: Bei Gott, wenn das nicht der Ausländer war, der sich im Hospitium nach ihm erkundigt hatte.

Ob d'Amiens sich durch seinen Gesichtsausdruck verriet, oder ob der andere ihn früher einmal gesehen hatte und daher wieder erkannte, jedenfalls weiteten sich auch die Augen des Schnauzbärtigen bei der Erkenntnis, wem er gegenüberstand. Wild stieß er den Comte von sich, wankte einige Schritte zurück, zog sein Schwert und rief etwas, das d'Amiens nicht verstand. So blieb auch dem Comte nichts weiter, als nach seinem Gehenk zu greifen. Der Griff ging jedoch ins Leere. Er hatte sein Schwert in der Kirche abgelegt, und da lag es noch, begraben unter den Trümmern.

Plötzlich riss das Pflaster unter den Füßen des Schnauzbärtigen auf und ließ ihn in einen gähnenden Abgrund stürzen, so schnell, dass ihm nicht einmal die Zeit blieb, überrascht zu gucken, geschweige denn zu schreien. Dann schloss sich die Spalte, wie sie sich aufgetan hatte; es war, als habe es den Mann nie gegeben. Und im selben Augenblick war alles vorüber.

Von jetzt auf gleich bot die Erde wieder sicheren Stand, der Staub verzog sich, nur die Stadt war nicht mehr die gleiche. Jedes vierte Gebäude lag in Trümmern, die Hälfte der übrigen wies Risse oder Schlimmeres auf. Von überall her ertönten Schreie und Wehklagen. D'Amiens half einer alten Frau auf die Beine, die unweit von ihm gestürzt war, dann eilte er zum Palazzo.

Äußerlich war der prächtige Bau unversehrt, im Inneren aber war vieles zerstört. Ungleich schwerer wog jedoch, dass der Hausherr das Beben nicht überlebt hatte. Eine umstürzende Säule hatte ihn beim Frühstück erschlagen, einem Stück

Lendenbraten, das er – die Freude war ihm wenigstens noch vergönnt gewesen – fast bis auf den letzten Bissen verzehrt hatte. Auch d'Amiens hatte einen herben Verlust zu beklagen: Der Schrank, in dem er die Pergamente aufbewahrt hatte, war von herabgestürzten Deckenteilen zermalmt worden. Die Arbeit eines ganzen Jahres war verloren, er würde die Niederschrift der Geschichte des Ordens von vorne beginnen müssen.

Die Nacht verbrachten d'Amiens und die Überlebenden der Familie in Zelten auf dem freien Feld hinter dem Palazzo, einige leichte Nachbeben raubten ihnen den Schlaf. Das Morgengrauen brachte ein weiteres schweres Beben, diesmal stürzte der Palazzo in sich zusammen, aber nicht nur er. St. Paul war ein einziger Trümmerhaufen, der Lateran büßte seinen Giebel ein, und der berühmte Turm der Milizen stand nur noch zur Hälfte.

D'Amiens deutete das Beben und die wundersame Rettung vor dem Schnauzbärtigen als Zeichen Gottes, seine Reise fortzusetzen. Zwei Tage blieb er noch und half der Witwe Camilleris und den Kindern, eine würdige Unterkunft zu finden. Dann verabschiedete er sich und verließ die Stadt am Morgen des Dreizehnten durch die Porta Aurelia Nuova.

Kleve, Juni 1350
Angetan mit einem weiten, schwarzen Umhang, einem breitkrempigen Strohhut und dem mehr als körperlangen, gekrümmten Stab sah Marco aus wie einer jener Wanderhirten, die sich gelegentlich in der Stadt aufhielten. Die langen Schatten des späten Nachmittags geschickt ausnutzend, bewegte er

sich weitgehend unbemerkt entlang der westlichen Stadtmauer bis zum Rabenturm, trat durch den Schlupf, den man vor acht Jahren in die alte Mauer geschlagen hatte, und stieg hinab zur Stechbahn. Auf dem weiten Feld war er eine Zeit lang gut auszumachen, bis seine Gestalt mit dem Schatten der ehemaligen Schäferhütte verschmolz.

Als Elsa endlich eintraf, hatte die Sonne sich bereits verabschiedet, aber ein Streifen Himmel über dem Horizont stand noch in Flammen und spendete warmes, rötliches Licht.

»In Honig gebackene Zwiebeln«, sagte sie und zeigte auf die erste von drei irdenen Schalen, die sie mitgebracht hatte. »Ein Stück Fischpastete mit Würzkräuterfüllung und überkrusteter Wildschweinrücken mit Weinbeeren. Lass es dir schmecken.«

Marco fächelte sich den Duft des Schweinerückens zu, der noch warm war. »Offenbar denken alle, jede Mahlzeit könnte meine letzte sein. Als ich heute Nachmittag kurz zu Hause war, um mir Ricciutellos Umhang und Hut zu holen, hat meine Mutter mich schon genötigt, mir den Bauch voll zu schlagen. Und jetzt rückst du noch mit Mengen an, an denen ich üblicherweise drei Tage essen würde.«

»Das ist nicht für dich allein, ich habe schließlich auch Hunger. Außerdem dachte ich, dein Bruder sei hier.«

»Zu Hause hab ich ihn nicht angetroffen. Mutter wollte ihm aber ausrichten, dass er hierher kommen soll. Er ist bereits überfällig.«

»Ich habe auch Wein mitgebracht. Willst du?«

»Einen Schluck. Schließlich haben wir noch etwas vor.«

Das Essen war so köstlich, dass sie es schweigend genossen. Ein Drittel ließen sie für Pietro zurück. Wegen der Ameisen deckte Elsa die Schalen wieder ab.

»Schaudert dich nicht, an diesen Platz zurückzukehren?«, fragte Marco.

»Hier bei der Hütte geht es. Aber unmittelbar an die Stelle, wo ich Anna gefunden habe, könnte ich, glaube ich, nicht gehen. Noch nicht.«

»Haben deine Eltern keine Schwierigkeiten gemacht?«

»Einen Abend in der Woche habe ich frei.« Elsa schien froh über die Wendung des Gesprächs. »Und der ist heute. Ich war nur in Sorge, dass meine Mutter mir ansieht, dass ich mich dir hingegeben habe.«

»Woran sollte sie das denn merken?«

»Man sagt, dass Mädchen andere Augen bekommen, wenn sie ihre Unschuld verloren haben.«

»Das ist doch Humbug. Wer hat dir das erzählt?«

»Hedwig. Sie bedient im Übrigen heute Abend bei uns.«

»Auch das noch. Hoffentlich kommt sie uns nicht in die Quere.«

»Ich konnte es nicht verhindern. Was hätte ich meinem Vater denn sagen sollen? Dass er heute ohne Hedwig auskommen muss, weil zwei Lockvögel zu viel sind?«

»Komm, setz dich zu mir.«

Elsa wechselte den Platz und schmiegte sich in Marcos Armbeuge. Wohlige Wärme durchflutete ihn, sammelte sich in seinen Lenden und stiftete seine Hand an, sich vorzutasten. Elsa ergriff die vorwitzige rechte, küsste sie und legte sie auf ihre Brust, hielt sie aber fest.

»Was denkst du, wo sollen wir den Köder auslegen?«, fragte sie. »Anna wurde hier überfallen, Nehle auf dem Friedhof der Brüderschaft und Hedwig am Mitteltor. Drei gänzlich verschiedene Orte. Und doch haben die Überfälle eines gemeinsam: Die Opfer kamen alle aus dem Hemele. Vermutlich ist der Täter ihnen von dort gefolgt.«

»Also beginnen wir am Alten Markt und bewegen uns dann die Kirchstraße hinunter.«

»Ja. Aber erst, wenn Pietro kommt.«

»Und was ist, wenn er nicht kommt?«

»Er muss einfach, allein ist das nicht zu bewältigen. Einer

von uns muss dir vorausgehen, der andere folgt dir in größerem Abstand. Nur so kann es gelingen.«

»Noch ist ja Zeit.« Elsa verschränkte ihre Hand mit Marcos. »Weißt du, was mich die ganze Zeit beschäftigt? Die Frage, was Nehle auf dem Friedhof der Minoriten zu suchen hatte. Der liegt doch gänzlich abseits ihres Heimwegs.«

»Darüber habe ich auch schon nachgedacht. Ich fürchte nur, auch das ist ein Umstand, der Ricciutello zum Nachteil gereicht. Denn sein Heimweg führt dort vorbei.«

»Was ist, wenn heute Nacht niemand über mich herfällt? Spräche das nicht auch gegen ihn?«

»Ich weiß es nicht. Ich weiß bald überhaupt nicht mehr, was ich denken soll. Lassen wir es einfach auf uns zukommen.«

Plötzlich fröstelte Elsa.

»Halt mich ganz fest«, sagte sie. »Dann wird alles gut.«

*

Das Wetter war, wie Marco befürchtet hatte. Wolken zogen auf und sperrten Mond und Sterne aus. Die Sichtweite betrug kaum zwanzig Schritte. Aber das war nicht das einzige Problem: Pietro hatte sie versetzt.

»Sagtest du nicht, man könne sich ganz und gar auf ihn verlassen?«, fragte Elsa, während sie Marcos Gesicht und Hände mit einem Stück Holzkohle schwärzte, das sie von zu Hause mitgebracht hatte.

»Üblicherweise schon. Ihm muss etwas dazwischengekommen sein. Wir lassen die Sache lieber sein.«

»Kommt überhaupt nicht in Frage. Hast du vergessen, dass du dich bereits heute melden solltest? Spätestens morgen früh werden sie nach dir suchen. Uns bleibt nur diese eine Nacht, den Mörder zu stellen.«

»Das Wagnis ist zu groß. Zudem ist fraglich, ob der Kerl überhaupt unterwegs ist.«l

»Wenn nicht, kann mir ja nichts geschehen. Marco, ich würde es nicht ertragen, wenn du eingesperrt würdest. Ich liebe dich doch.«

»Ich liebe dich auch, Elsa.« Marco nahm sie in die Arme. »Eben deshalb will ich nicht, dass du dich dieser Gefahr aussetzt. Selbst mit Pietro wäre es eine Sache auf Messers Schneide geworden, aber ich allein ... Das ist purer Leichtsinn.«

»Dann sind wir eben leichtsinnig. – Hier.«

»Was ist das?«

»Spürst du es nicht?«

»Aua! Ein Messer. Was stichst du mich denn in die Rippen?«

»Ich kann sehr gut damit umgehen. Du vergisst überdies, dass ich weiß, was mich erwartet. Anna, Nehle und Hedwig sind blind in ihr Unglück gerannt.«

Marco betrachtete angelegentlich die Schnäbel seiner Schuhe. Schließlich wurde es Elsa zu bunt.

»Jetzt müsstest du sie eigentlich unter hundert ähnlichen Paaren herausfinden können«, sagte sie.

»Wie?«

»Ich warte auf eine Antwort.«

Marco seufzte. »Wir müssen für dich ein helles Schultertuch besorgen, damit ich dich besser im Auge behalten kann.«

Elsa verschwand in der Hütte und kam mit dem Tuch zurück, mit dem sie die Speisen im Korb abgedeckt hatte. »Hell genug?«

Marco schickte sie zwanzig, dann vierzig, zuletzt sogar sechzig Schritte voraus. Das Dreieck schrumpfte und wurde von einem weißen zu einem grauen, aber es blieb sichtbar.

»Gehen wir«, sagte er. »Ich will am Hemele sein, bevor dein Vater zusperrt.«

*

Die Schankwirtschaft am Alten Markt war so belebt wie das Schlachtfeld bei Worringen am Abend des fünften Juni 1288. Nur noch einige wenige Talglichter flackerten, und außer den ewig Letzten, die mit dem Kopf auf dem Tisch schnarchten, war die Stube leer. Weder von den Zwerts noch von Hedwig war etwas zu sehen. Marco schloss die Vordertür, die er spaltweit geöffnet hatte.

»Hier ist rein gar nichts los«, sagte er. »Gibt's woanders was umsonst?«

»Du vergisst die Untersuchung«, sagte Elsa. »Wer noch nicht begutachtet wurde, wird sich nicht aus dem Haus wagen.«

Marco sammelte eine Hand voll kleiner Steine auf und steckte sie in die Tasche.

»Was willst du damit?«, fragte Elsa.

»Kommt ein Stein geflogen, bleibst du stehen. Kommt wieder einer, gehst du weiter. Wir versuchen das gleich mal.«

»Versuch bitte, daneben zu werfen.«

Marco ging die Kirchstraße hinunter bis zu dem hexenfingerschmalen Haus des Holzschuhmachers, in dem nur die Kinder bis zum zehnten Lebensjahr quer schlafen konnten. Als er sich umdrehte, war von Elsa nur noch ein handtellergroßer heller Fleck zu sehen. Er warf den ersten Stein. Den Aufschlag hörte er nicht, aber Elsa musste ihn vernommen haben, denn sie setzte sich in Bewegung.

»So wird das nichts«, sagte sie, als sie bei ihm war. »Ich kann mich doch nicht auf Steinchenbefehl bewegen, da wird der Mörder gleich wittern, dass es sich um eine Finte handelt.«

»Hast du einen besseren Vorschlag?«

»Ich gehe voraus, und zwar in üblicher Geschwindigkeit, als hätte ich ein bestimmtes Ziel, und du folgst mir mit dem größtmöglichen Abstand und am besten unsichtbar.«

»Dann kann ich dich ja gleich allein laufen lassen.«

»Marco – sonst hat es überhaupt keinen Sinn. Was gibt es da zu lachen?«

»Ich habe mir nur vorgestellt, dass der Kerl uns schon die ganze Zeit beobachtet und sich fragt, was wir hier eigentlich aufführen.«

»Genau, wenn wir noch lange so weitermachen, können wir den Plan vergessen.« Elsa rückte ihre Leinenhaube zurecht und zog das Tuch straffer um die Schultern. »Ich gehe jetzt.«

»Sei vorsichtig.«

Ihr Kuss schmeckte salzig. Während Marco sich noch mit der Zunge über die Lippen fuhr, hatte Elsa sich bereits zwanzig Schritte entfernt. Er wartete, so lange er es verantworten konnte, dann drückte er seinen Strohhut tiefer in die Stirn und folgte ihr.

*

In gleich bleibender Entfernung wippte das graue Dreieck des Schultertuchs auf und ab. Erst die Burgstraße hinunter, dann durchs Mitteltor und weiter talwärts über die Große Straße. Niemand kreuzte ihren Weg, alle Fenster und Laden waren geschlossen, nicht einmal ein Schnarchen oder Husten drang aus einem der Häuser. Kleve wirkte wie ausgestorben.

Während Elsa sich in der Straßenmitte hielt, gleich neben dem Rinnstein, schlich Marco dicht an den Häusern entlang. Dort hieß es Acht geben, allenthalben stand Werkzeug oder Gerümpel herum. So erschrak er nicht schlecht, als er über einen Eimer stolperte. Der Lärm war beachtlich und weckte einen Hund, dessen Kläffen ihn bis zum Haus des Bürgermeisters verfolgte.

Für Marcos Empfinden ging Elsa viel zu schnell. Er musste schließlich nicht nur sie im Auge behalten, sondern auch die Straße hinter sich überwachen. Dazu kam, dass er, um weitgehend unsichtbar zu sein, jede Nische und jeden Mauervorsprung als Deckung nutzte. Dabei erwies sich der Hirtenstab zunehmend als störend. Also steckte er ihn an der Ecke zur nächsten Gasse in einen Holunderbusch, um ihn später wieder abzuholen.

Er musste sich sputen, um Elsas Vorsprung aufzuholen. Weiter ging es in einer Schleife vorbei an der Brückenpforte, die Gasthausstraße entlang und über die Marktstraße hinauf zum Neuen Markt. Marco fühlte sich an die Sägespanjagden erinnert, die sie als Kinder veranstaltet hatten. Einer war mit den Taschen voller Späne vorausgestürmt und hatte eine Fährte gelegt, der die anderen mit zeitlichem Abstand gefolgt waren. Besonderer Beliebtheit hatte sich dabei erfreut, die Spur durch die Werkstatt des Schreiners, des Böttchers oder des Stellmachers zu ziehen, woran die Verfolger regelmäßig verzweifelt waren.

Eine tief fliegende Fledermaus, die ihn nur knapp verfehlte, riss ihn aus seinen Erinnerungen und mahnte ihn, dass die heutige Jagd kein Kinderspiel war. Elsa überquerte den Neuen Markt; Marco schlich außen herum. Wieder verlor er entscheidende Mannslängen. So ging das nicht weiter, sie musste ihre Geschwindigkeit drosseln. Als sie den Platz in Richtung Hasenberg verlassen wollte, warf er einen Stein, jedoch zu kurz. Bis er einen zweiten in der Hand hatte, war sie schon verschwunden. Fluchend hastete er hinter ihr her, zum ersten Mal, ohne auf seine Deckung zu achten.

In Sachen Dunkelheit konnte es der Hasenberg wahrhaftig mit van der Schurens Keller aufnehmen. Auch hier konnte Marco kaum die eigene Nasenspitze sehen, von Elsas Schultertuch ganz zu schweigen. Er verfluchte seine Voreiligkeit, den Hirtenstab zurückgelassen zu haben; hier hätte er ihn gut zum Vortasten gebrauchen können. So stolperte er nahezu blind durch die abfallende Gasse und verließ sich notgedrungen mehr auf seine Ohren als seine Augen.

Ein Hüsteln ließ ihn innehalten. Aus welcher Richtung es gekommen war, konnte er jedoch nicht sagen. Als er es erneut vernahm, fuhr er herum. Diesmal war er sich sicher, dass jemand hinter ihm war, zwanzig, höchstens dreißig Schritte entfernt. Mit ausgestrecktem Arm bewegte er sich lautlos zur Seite, während er mit der anderen Hand den Dolch zückte. Bis zur Hauswand konnten es nur wenige Ellen sein, die Häuser standen hier besonders eng zusammen, manche Giebel berührten sich sogar. Aber statt auf Holz zu stoßen, ertasteten seine Finger ein Gesicht.

Gleich in den ersten Schrecken hinein wusste Marco, dass es Elsa war. Auch sie blieb ruhig, vermutlich hatte sie seine Hand an dem Holzkohlegeruch erkannt. Schützend stellte er sich vor sie. Eine beinahe unmerkliche Luftbewegung verriet das Näherkommen des Verfolgers. Marco hielt die Luft an. Ein einzelner Schweißtropfen löste sich zwischen seinen Schulterblättern und rann sein Rückgrat hinunter.

Und dann war der Verfolger plötzlich da. Er stand direkt vor ihnen. Völlig lautlos hatte er sich genähert. Marco konnte ihn nicht sehen, er hörte ihn nicht atmen, er roch auch nichts, und doch spürte er die Gegenwart des anderen. Die Luft zwischen ihnen vibrierte, als entlade sie sich jeden Augenblick in einem Blitz.

Plötzlich und unerwartet ging der Mann weiter. Nahezu unhörbar, lediglich ein leises Klackern, als er ein Steinchen ins Rollen brachte, verriet ihn. Marco atmete langsam aus und dann so lang und tief ein, als habe er mit einem Hecht um die Wette getaucht.

»War er das?«, hauchte Elsa.

»Ja«, flüsterte Marco mit einer Bestimmtheit, die ihn selbst verblüffte. »Du bleibst hier und rührst dich nicht von der Stelle. Ich bin gleich zurück.«

»Du kannst ihn doch überhaupt nicht sehen!«

»Aber meine Nackenhaare stellen sich auf, wenn ich in seine Nähe komme.«

Bevor Elsa weitere Einwände erheben konnte, drückte Marco ihr seinen Hut in die Hand und ließ sie stehen. Mit äußerster Wachsamkeit und dennoch flink bewegte er sich in die Richtung, in die der andere davongegangen war. Alle seine Sinne waren aufs Äußerste geschärft.

Wieder war es nur ein Gespür, das Marco verharren ließ. Er fühlte sich unbehaglich, als würde er beobachtet, obwohl gerade das unmöglich war. Es sei denn, sein Gegner kam aus der Hölle, was manches andere gleich mit erklärt hätte. Marco war sich sicher, dass der andere stehen geblieben war und sie nur wenige Schritte trennten. Im ersten Augenblick erwog er sogar, ihn einfach anzuspringen, aber die Vorstellung, dabei in ein gezücktes Messer zu laufen, ließ ihn den Gedanken wieder verwerfen.

Jetzt wich der Gegner aus. Geräuschlos wie ein Fisch im Wasser schlug er einen Bogen um Marco. Der folgte der Bewegung und drehte sich auf der Stelle. Es war ein gespenstischer, beinahe lautloser Tanz, der dort zwischen den Häusern am Hasenberg aufgeführt wurde. Die Frage war nur, wer als erster einen Fehler machen würde.

Die Umkreisung wurde schneller. Die Schritte waren kaum zu hören, aber Marco spürte den Luftzug, den der Umhang des anderen verursachte. Sprungbereit federte er in den Knien und spannte seine Muskeln an. Die Entscheidung war nur eine Frage von Wimpernschlägen.

Plötzlich ließ ihn ein Flügelschlag unmittelbar neben seinem Ohr zusammenzucken. Eine verdammte Fledermaus! Marco duckte sich weg und kam aus dem Rhythmus. Der andere sprang weiter und stand unvermittelt hinter ihm. Marco spürte förmlich seinen Atem im Nacken und wollte sich noch zur Seite werfen, doch da ging bereits ein Funkenregen nieder.

Nicht vor seinen Augen, sondern dahinter. Gleichzeitig

wurde ihm kalt, vom Kopf abwärts, als werde er mit Eiswasser übergossen. Als er auf dem Boden aufschlug, meinte er noch, Erde zu riechen. Doch da war er bereits besinnungslos.

Er hatte den Geschmack von Blut und Eisen im Mund. Vorsichtig ließ er die Zunge über die Zähne gleiten. Sie schienen vollzählig zu sein, auch wackelte keiner. Dafür hatte er einen tiefen Riss in der Oberlippe, und im Mundwinkel hing ein Klumpen verkrustetes Blut.

Seine Augenlider waren schwer, als hingen Gewichte an ihnen. Die Augen waren verklebt, das linke war zudem zugeschwollen. Überhaupt hatte er das Gefühl, seine linke Gesichtshälfte sei verrutscht. Als er sie betasten wollte, merkte er, dass er seine Arme nicht bewegen konnte.

Mit einem reinen Willensakt gelang es ihm dann doch, wenigstens sein rechtes Auge zu öffnen. Das Ergebnis war niederschmetternd. Um ihn herum war es stockfinster. Oder er war blind, ein Gedanke, der ihm augenblicklich eine heiße Angstwoge durch den Leib jagte. Ruckartig drehte er den Kopf zur Seite und hätte beinahe geschrien, weil ihm dabei ein glühendes Eisen ins Gehirn fuhr.

Es dauerte lange, bis der Schmerz nachließ. Zurück blieben ein stetes Pochen und eine Übelkeit, die ihn in Wellen durchflutete. Wenn er sich jetzt übergeben musste, würde er an seinem eigenen Erbrochenen ersticken, das wusste er. Keinesfalls hätte er die Kraft zu würgen.

Nach und nach überprüfte er seinen Körper auf Vollständigkeit. Er spürte sein Gesäß, und er spürte seine Beine, obwohl auch die fixiert waren. Nur die Füße konnte er bewegen. Zum wiederholten Male fragte er sich, wo er eigentlich war. Auf der Suche nach einer Antwort schlief er wieder ein.

Ein Fiepen auf der gesichtsabgewandten Seite weckte ihn. Wie lange hatte er geschlafen? Marco hatte jedes Zeitgefühl verloren.

Unendlich langsam drehte er den Kopf, und trotzdem loderte ein Schmerz in seinem Schädel auf, dass er beinahe die Besinnung verlor. Ein schmaler Streifen Tageslicht fiel durch eine vergitterte Schießscharte in der gegenüberliegenden Wand. Bei Gott, er war nicht blind! Vor Dankbarkeit kamen ihm die Tränen. Außerdem war er nicht allein. Unterhalb des Fensterschlitzes zeichnete sich der Umriss eines kauernden Menschen ab. Neben dessen Füßen nagte eine Ratte an einem Stück Brot.

Er wollte den anderen anrufen, aber seine Kiefer klemmten. Als er dann doch einen Ton zwischen den Lippen hervorpresste, klang es wie der Schrei einer Katze, der man auf den Schwanz getreten hatte. Der Laut war erbärmlich und ohne Bedeutung, genügte aber, um die Ratte zu vertreiben. Auch der Mann an der Mauer hätte ihn hören und auf ihn aufmerksam werden müssen, wenn er nicht tot war.

Oder taub.

Und auf einmal wusste Marco, wo er war. Er lag im Kerker, und der Mann war Ricciutello.

*

Das Schlimmste an den Handfesseln war die Kette, die so schwer war, dass Marco nicht vernünftig gestikulieren konnte – für einen Lombarden beinahe so dramatisch, als habe man ihm die Zunge herausgeschnitten. Abgesehen davon wollte Marco sich jedoch nicht beschweren, wenigstens hatten sie ihn nicht an die Wand gekettet. So konnte er sich frei in dem ungefähr zwanzig mal zwanzig Fuß großen Raum bewegen, wenn auch nur kriechend, da er zu schwach war, aufzustehen.

Es gab weder Pritschen noch eine Sitzgelegenheit außer dem felsigen Boden. Die einzigen Gegenstände, die Marco entdeckte, waren ein Eimer Wasser und eine hölzerne Schöpfkelle. Das Wasser schmeckte brackig, trotzdem trank er mit einer Gier, wie er sie bisher nicht gekannt hatte.

Ein Loch im Boden, dicht bei der Außenwand, diente zur Verrichtung der Notdurft. So blieb ihnen wenigstens erspart, in ihren eigenen Ausscheidungen zu liegen. Aber auch so stank es in dem feuchten Gemäuer zum Gotterbarmen. Das kam hauptsächlich von dem Schimmel an den Wänden, dessen Farbe Marco an den Weichkäse erinnerte, den seine Mutter so meisterlich zu fertigen verstand.

Unter lautem Rasseln der Hand- und Fußketten kroch er an Ricciutellos Seite und weckte ihn mit einem Rippenstoß. Auch der Knecht lag in Ketten, was die Umarmung schwierig gestaltete. Aber er sah gut aus, zumindest in Anbetracht der Umstände. Offenbar wurde er nicht geschlagen und bekam ausreichend zu essen. Warum man hingegen ihn so zugerichtet hatte, verstand Marco nicht. So war das auch die erste Frage, die er an Ricciutello richtete. Der hatte Mühe, die Worte von Marcos aufgeplatzten Lippen abzulesen. Schließlich verstand er aber und antwortete mit seinen Lauten.

»Du willst wissen, woran ich mich erinnere?«, fragte Marco, und Ricciutello nickte eifrig. »Ich weiß nicht – doch, warte. Ich war am Kermisdahl und habe in der Sonne gelegen. – Aber nicht allein. Elsa war bei mir. – Dio mio, Elsa! Natürlich! Was ist mit ihr?«

Ricciutello sah ihn fragend an.

»Elsa. Ich war mit ihr unterwegs. Wir wollten dem Mörder eine Falle stellen. Irgendetwas muss dabei missglückt ein.« Marco betastete vorsichtig die Schwellung an seinem Hinterkopf. Sie fühlte sich an wie Fallobst. »Genau weiß ich nicht, was geschehen ist, aber ich habe den Verdacht, dass ich niedergeschlagen wurde.«

Ricciutello nickte zustimmend.

»Das weißt du also? Was weißt du denn sonst noch?«

Aus dem Stakkato von Lauten, das Ricciutello in Verbindung mit seinem großartigen Mienenspiel und einigen Gesten von sich gab, reimte Marco sich Folgendes zusammen: Bei Anbruch des Tages hatte Lars, der Wasserträger, ihn ohnmächtig und mit um die Knöchel schlabbernden Hosen am Hasenberg gefunden. Durch Lars' Rufen aufgescheucht waren die Menschen aus den Häusern gestürzt, hatten gesehen, dass er beschnitten war, und ohne zu zögern auf ihn eingeprügelt. Nur Distelhuizens zeitigem Eintreffen hatte er es zu verdanken, dass der Pöbel ihn nicht aufgeknüpft hatte. Als sie ihn in den Kerker warfen, hatte Ricciutello um frisches Wasser und ein sauberes Tuch gebeten, um Marcos Wunden zu reinigen, aber man hatte es ihm verweigert. Inzwischen war es beinahe Mittag.

»Sagtest du, Lars hat mich mit heruntergezogenen Hosen gefunden?«, fragte Marco, und Ricciutello bestätigte das.

»Das kann nur bedeuten, dass derjenige, der mich niederschlug, mich entkleidet hat. Aber warum? Um mich ans Messer zu liefern? Aber woher, zum Teufel, wusste er, dass ich beschnitten bin?«

Ricciutello begann unter Zuhilfenahme seiner Finger eine Aufzählung. Bei vier war Schluss.

»Anna wusste es auch, und auch Elsa weiß davon«, sagte Marco und raufte sich die Haare. »Verdammt, wenn ich nur wüsste, was aus ihr geworden ist. – Woher weißt du eigentlich so gut Bescheid?«

Die Laute, die er ausstieß, unterstrich Ricciutello mit einer Geste, als schließe er eine Tür mit einem schweren Schlüsselbund ab.

»Einer der Wärter«, sagte Marco, und als Ricciutello sich selbst die Hand gab: »Du hast dich mit ihm angefreundet?«

Der Knecht nickte leicht, dann folgte ein Schwall von Lauten, die Marco nur teilweise zu deuten vermochte. Das Wichtigste begriff er jedoch: Der Wärter war Ricciutellos alter Freund Anselmo, ein gebürtiger Bologneser, der sich in Kleve mit allerlei Hilfsarbeiten durchs Leben schlug. Marco kannte ihn jedoch nicht von Angesicht.

»Meinst du, er wird uns helfen? – Ich verstehe, freilassen kann er uns nicht. Es genügt schon, wenn er herausfindet, was mit Elsa geschehen ist. Und er muss die Eltern und Pietro benachrichtigen. Womöglich wissen sie noch gar nicht, dass ich hier bin.«

In dem Moment wurde die Tür entriegelt und aufgestoßen. Herein trat ein Berg von einem Mann mit einem schwarzen Bart. Ricciutello legte Marco die Hand auf den Unterarm. Marco verstand; der Riese war nicht Anselmo.

»Auf mit Euch, Bursche«, sagte der Wärter. »Der Richter erwartet Euch schon.«

*

Genau genommen erwarteten sie ihn zu dritt. Jakob van der Schuren, Distelhuizen und der Schreiber, ein leberkranker Kerl, den man, wäre er ein Pferd gewesen, als Falben bezeichnet hätte. Für Verhörzwecke war ihnen ein unbenutztes Gemach im ersten Stockwerk des Schlosses überlassen worden. Wandteppiche mit wüsten Jagdszenen erfreuten das Auge und dämpften die Geräusche.

Marco, der noch nie auf dem Schloss gewesen war, war beeindruckt von der Aussicht, die man von hier oben über das Land hatte. Kein Wunder, dachte er, dass man, wenn man mit solch einem Weitblick aufwuchs, gewohnt war, in anderen Maßstäben zu denken.

Der Wärter drückte ihn auf den Schemel vor dem Tisch. Marcos Hoffnung, dass sie ihm vielleicht die Fesseln abnehmen würden, erwies sich als trügerisch. Andererseits, wenn er bedachte, welcher Verbrechen sie ihn verdächtigten, musste er froh sein, nicht auf der Streckbank verhört zu werden. Aber was nicht war, konnte noch werden. Zumindest wenn man van der Schurens Blick zum Maßstab nahm, denn der guckte, als wäre es ihm ein Vergnügen, Marco zu foltern.

»Ihr würdet das Verfahren außerordentlich vereinfachen, würdet Ihr gleich zu Beginn ein umfassendes Geständnis ablegen«, eröffnete der Richter das Verhör, und der Schreiber brachte die Worte seines Herrn mit kratzender Gänsefeder zu Pergament.

»Was soll ich gestehen? Dass ich mir selbst auf den Kopf geschlagen habe?«

»Die Morde an den Jungfern Zwerts und Wannemeker und die Überfälle auf die Jungfern Held und Zwerts«, sagte van der Schuren schneidend.

Mit dem Namen Held konnte Marco zunächst nichts anfangen, bis er sich sagte, dass das wohl Hedwig sein musste, deren Familiennamen er noch nie gehört hatte.

»Ich habe niemanden überfallen, und erst recht habe ich niemanden getötet. Ich möchte, dass das ausdrücklich festgehalten wird.«

»Falls Ihr glaubt, mit Eurer Verstocktheit irgendetwas zu erreichen, dann lasst Euch gesagt sein, dass Ihr Euch damit auf dem Holzweg befindet, Marco di Montemagno. – Was hattet Ihr in der vergangenen Nacht am Hasenberg zu suchen?«

»Wir wollten dem Mörder eine Falle stellen.«

»Wir? Wer ist wir?«

»Elsa Zwerts und ich.« Als Marco gewahrte, dass van der Schuren und Distelhuizen sich einen viel sagenden Blick zuwarfen, fragte er besorgt: »Wo ist sie überhaupt? Wie geht es ihr?«

»Sie ist in Sicherheit«, sagte Distelhuizen. »Die Jungfer hat einen großen Schreck erlitten und ist in einen fiebrigen Schlaf gefallen. In einigen Tagen wird sie wieder genesen sein.«

»Gott sei Dank«, sagte Marco. »Ich fürchtete schon …«

»Ja?«, fragte der Richter.

»Es hätte immerhin sein können, dass der Kerl, der mich niedergeschlagen hat, auch ihr etwas angetan hat.«

»Was versucht Ihr uns weiszumachen, Bursche? Dass Elsa Zwerts sich mit Euch zusammengetan hat, um einen Unbekannten dingfest zu machen?«

»Genau so war es. Sie hatte sich bereit erklärt, den Lockvogel zu machen. Mir war das nicht recht, aber da alle anderen Spuren, die ich verfolgt hatte, im Sand verlaufen waren, habe ich schließlich zugestimmt.«

Van der Schuren straffte die Schultern und guckte noch eine Spur strenger. »Mir ist wahrlich schon manche Dreistigkeit untergekommen, aber was Ihr hier aufführt, ist nun wirklich der Gipfel. Glaubt Ihr ernsthaft, diese offensichtliche Verdrehung der Tatsachen kauft Euch irgendjemand ab?«

»Aber es ist die Wahrheit!«

»Sprecht Ihr mir nicht von Wahrheit!«, rief der Richter und drohte zu jedem Wort mit dem Zeigefinger. »Jetzt werde ich Euch einmal schildern, was sich wirklich zugetragen hat: Mit der gleichen Heimtücke, mit der Ihr bereits zwei Morde begangen und einen weiteren versucht habt, habt Ihr in der vergangenen Nacht der Jungfer Zwerts nach dem Leben getrachtet. Ihr habt ihr aufgelauert und seid über sie hergefallen, aber diesmal hattet Ihr Pech, die junge Frau hat sich nämlich höchst wirkungsvoll zur Wehr gesetzt – indem sie Euch niederschlug. Wollt Ihr das nun endlich zugeben?«

»Wie kommt Ihr auf solchen Unfug? Hat Elsa das behauptet?«

»Ihr habt doch gehört, dass die Jungfer im Fieber liegt. Sie konnte noch nicht befragt werden.«

»Tragt Ihr Eure Annahme vor, wenn sie wieder bei Kräften ist, und sie wird Euch auslachen.«

»Das könnte Euch so passen. – Wie erklärt Ihr Euch eigentlich, dass Ihr wieder erkannt worden seid?«

Marcos Kinnlade klappte runter. »Von wem?«

»Von der Jungfer Held«, sagte van der Schuren und genoss es sichtlich, Marco überrascht zu haben. »Sie hat Euch eindeutig als denjenigen benannt, von dem sie überfallen wurde.«

»Mir hat sie gesagt, sie konnte den Angreifer nicht erkennen, da er sein Gesicht geschwärzt hatte.«

»Eben daran hat sie Euch wieder erkannt. Ihr seid ja jetzt noch kohlrabenschwarz.«

»Das ist doch wohl ein Scherz! Werft Euch einen dunklen Umhang über und reibt Euer Gesicht mit Holzkohle ein, dann wird sie Euch für den Angreifer halten.«

»Langsam beginnt mir Euer unbotmäßiger Ton zu missfallen«, rief van der Schuren. »Mäßigt Euch, oder ich lasse Euch die Knute spüren.« Dann gab er sich wieder gütig: »Nehmen wir einmal an, es hätte sich tatsächlich so zugetragen, wie Ihr behauptet, warum habt Ihr Distelhuizen nicht in Eure Pläne eingeweiht? Dann wäre Eurem Vorhaben gewiss mehr Erfolg beschieden gewesen.«

»Ich wollte nicht unnötig Aufmerksamkeit auf mich lenken, schließlich bin ich beschnitten.«

»Dieser Umstand spielt bei der Betrachtung Eures Falls keine Rolle, da ich von Anfang an nicht an Ritualmorde geglaubt habe. Distelhuizen kann das bestätigen. Zudem ist bekannt, dass Eure Familie christlichen und nicht mosaischen Glaubens ist.«

»Dem Pöbel hat das genügt, um mich aufknüpfen zu wollen.«

»Auch das hätte sich vermeiden lassen, hättet Ihr das Recht nicht in die eigene Hand genommen.«

»Wie Ihr.«

Van der Schurens Gesicht lief rot an. »Was wollt Ihr damit sagen?«

»Obwohl es sich nach Eurer Meinung nicht um Ritualmorde handelte, wurden die männlichen Einwohner Kleves untersucht.«

»Das geschah gegen meinen Willen«, presste der Richter hervor.

»Ich weiß«, sagte Marco. »Ihr habt versucht, die Untersuchung zu verhindern, um Euren Bruder zu schützen. Das nenne ich ebenfalls das Recht in die eigene Hand nehmen.«

Distelhuizen und der gelbliche Schreiber starrten ihren Vorgesetzten von der Seite an. Der wirkte wie versteinert.

Schließlich fragte er tonlos: »Wie habt Ihr davon erfahren?«

»Hat er Euch nicht erzählt, dass ich es war, der seinen Blähbauch kuriert hat?«

»Davon ist mir nichts bekannt.«

»Dann wisst Ihr also auch nicht, dass er Anna Zwerts Liebesgedichte geschrieben hat? In einem heißt es: ›Kann nicht mehr ohne das Pochen sein, möcht dir dein Herz entreißen, auf dass es ewig sei mein.‹«

»Schweigt!«, zischte der Richter. »Euer niederträchtiger Ablenkungsversuch wird Euch nichts nützen.«

»Ich will Euch damit nur beweisen, wie leicht man in Verdacht geraten kann. Selbst wenn man unschuldig ist.«

»Was auf meinen Bruder zutrifft, gilt für Euch noch lange nicht.«

»Warum ist er beschnitten? Er ist doch so wenig Jude wie ich.«

Wären sie allein gewesen, hätte Marco wohl niemals eine Antwort bekommen. Aber den durchdringenden Blicken Distelhuizens und des Schreibers vermochte der Richter sich nicht zu entziehen.

»Erasmus wurde als Knabe von einem Hund im Schritt gebissen«, sagte er unwirsch. »Nur der Heilkunst der alten Antje ist es zu verdanken, dass ihm seine Männlichkeit erhalten blieb. Die Vorhaut konnte aber auch sie nicht retten. – Und welche Erklärung gibt es für Eure Versehrtheit?«

Marco trug den Grund für seine Beschneidung in einem Satz vor und fügte an: »Da Ihr anscheinend wild entschlossen seid, mir die Morde anzulasten, könntet Ihr wenigstens Ricciutello freilassen. Schließlich kann es ja nur einer von uns beiden gewesen sein.«

»Bei ihm wurde die Bierkanne der Wannemekers gefunden«, sagte Distelhuizen.

»So ist es«, sagte van der Schuren. »Wer sagt uns, dass ihr die Morde nicht gemeinschaftlich begangen habt? Solange der Fall nicht aufgeklärt ist, bleibt der Knecht, wo er ist.«

Auf ein Kopfnicken van der Schurens hin packte der Wärter Marco unter den Achseln und stellte ihn auf die Beine.

»Ich hoffe, Euch ist wirklich an einer umfassenden Aufklärung gelegen«, sagte Marco. »Denn noch läuft der Mörder der Mädchen frei herum. Gebe Gott, dass er nicht noch einmal zuschlägt.«

»Was Euch doch zupass kommen müsste, dann spräche nämlich ausnahmsweise einmal etwas zu Euren Gunsten«, sagte der Richter. »Schafft ihn zurück in den Kerker, Wärter.«

*

Gleich beim Betreten des Kerkers merkte Marco, dass etwas vorgefallen sein musste. Ricciutello gebärdete sich aufgeregt wie ein junger Jagdhund. Noch ehe Marco sich hingehockt hatte, begann der Diener zu gestikulieren.

»Langsam, langsam«, sagte Marco und hielt Ricciutellos Hände fest. »Ich verstehe kein Wort.«

Ricciutello atmete tief durch und begann noch einmal von vorne.

»Welche Nacht meinst du?«, hakte Marco nach. »Ich verstehe, die Nacht, in der Nehle ermordet wurde. – Ihr seid zusammengestoßen? Nehle und du? Wo?«

Ricciutello zeigte einen Hügel und machte einen Hasen nach.

»Auf dem Hasenberg? Aber sie wurde doch auf dem Minoritenfriedhof gefunden.«

Achselzucken war alles, was Ricciutello dazu zu sagen hatte.

»Schon gut«, sagte Marco. »Erzähl weiter.«

Die nächsten Gesten waren eindeutig.

»Bei dem Zusammenprall hat Nehle sich erschreckt und die Bierkanne fallen lassen, die du dann mitgenommen hast. Und das alles ist dir erst jetzt wieder eingefallen?«

Ricciutello machte das Zeichen für Trinken und verdrehte die Augen. Den weiteren Lauten und Gebärden entnahm Marco, dass Nehle sich auf der Flucht befunden hatte.

»Du meinst, sie lief vor jemandem davon, als ihr zusammengestoßen seid? – Hast du denjenigen gesehen, der sie verfolgte?«

Marco musste seine Frage wiederholen, da seine Lippenbewegungen noch immer zu undeutlich waren. Diesmal verstand Ricciutello und bestätigte. Dann hielt er sich die Hände vors Gesicht und deutete einen verhüllten Körper an.

»Es war zu dunkel? – Er war vermummt? – Er stand im Schatten! Er stand im Schatten unter einem Schuppendach.«

Jetzt hielt Ricciutello seine Hände hoch und klappte die Daumen weg, dass insgesamt acht Finger übrig blieben.

»Was hat es mit dieser Acht auf sich? Ich weiß nicht, was du meinst.«

Der Diener packte den Daumen seiner Linken und tat, als reiße er ihn ab. Ebenso verfuhr er mit dem Daumen der anderen Hand. Dann hielt er wieder nur die übrigen Finger hoch.

»Keine Daumen? – Du hast nur die Hände des Mannes gesehen, und er hatte keine Daumen, stimmt das?«

Ricciutello nickte wild.

»Bist du dir sicher?«

Als Antwort bekreuzigte Ricciutello sich und hob die Hand zum Schwur.

»Schon gut«, murmelte Marco und schüttelte ungläubig den Kopf.

Ein Paar fette, daumenlose Hände nahm vor seinem geistigen Auge Gestalt an. Hände, mit denen sich ihr Besitzer auf die Brüstung einer Kanzel stützte. Marco wurde schwindlig.

Der einzige Mensch, von dem er wusste, dass er keine Daumen hatte, war Kaplan von Elten.

Im Hemele herrschte Volksfeststimmung. Kein einziger Platz war frei, weder drinnen noch draußen. Im Gegenteil, auch ein weiteres Dutzend Tische und Bänke wäre ohne weiteres zu besetzen gewesen. Ganz Kleve war auf den Beinen und feierte zum zweiten Mal innerhalb von drei Tagen die Dingfestmachung eines Frauenmörders, die sich im Laufe des Tages wie ein Lauffeuer herumgesprochen hatte.

Auch am Honoratiorentisch war man bester Dinge. Zwar fehlte Erasmus van der Schuren, der seine Koliken noch immer nicht ganz überstanden hatte, dafür hatte sich zu aller Erstaunen Jan van Wissel eingefunden. Ausgerechnet er, über den man spottete, er habe sich in der Schänke zuletzt zur Zeit des Normannensturms blicken lassen. Ob er gut daran tat, seine Gewohnheit ausgerechnet an diesem Tag zu ändern, war fraglich, denn er fühlte sich inmitten der lärmenden und schunkelnden Masse sichtlich unwohl. Auch war er kein geübter Trinker; seit mehr als einer Stunde nippte er am selben Bier.

Gerade brachte Henrik Zwerts eine neue Runde.

»Die geht aufs Haus«, sagte er und stellte eine Reihe Krüge auf den Tisch. »Wo der Kerl jetzt gefasst ist, kann ich da endlich meine Anna beerdigen?«

Jakob van der Schuren nickte. »Morgen noch nicht, aber ich denke am Sonntag. Was meint Ihr, von Elten? Ihr müsst die Messe lesen.«

»Jederzeit«, sagte der Kaplan mit Schaum vor dem Mund. »Soll die kleine Wannemeker gleich mit …«

»Sicher.«

Zwerts zog sich erleichtert zurück, und van Wissel ergriff zum ersten Mal an diesem Abend das Wort.

»Es ist wirklich ein Segen, dass der Mörder endlich hinter Schloss und Riegel sitzt«, sagte er. »Man hat sich ja des Nachts schon nicht mehr aus dem Haus getraut.«

»Na, na, na, über Euch wäre er wohl kaum hergefallen«, sagte Ritter van Eyl, der schon beim zehnten Bier war und schielte. »Aber ich versteh Euer Kümmernis, van Wissel. Vor allem, dass die Stadttore so zeitig geschlossen wurden, muss Euch hart angegangen sein.«

»Wie meint Ihr das?«, fragte Rektor Clos, während van Wissel sein Gesicht im Bierkrug versenkte.

»Unser guter van Wissel schleicht doch nachts immer zu den Leineweberweibern«, trompetete van Eyl in einer Lautstärke, dass auf dem Alten Markt jeder, der wollte, mithören konnte. »Bevorzugt zu denen, die im Rückstand sind. Die können die fehlenden Ellen Tuche dann anderweitig abarbeiten.«

Van Wissels Gesicht tauchte krebsrot wieder auf. »Das ist übelste Verleumdung.«

»Der kleinen Wannemeker soll er auch nachgestellt haben.« Van Eyl wandte sich um zum Nebentisch, wo Piet sich mit aufgesetzter Leidensmiene freihalten ließ. »Übrigens mit der Zustimmung ihres Vaters, dieses alten Schweinekopfs.«

Die Beleidigung kam an. Wannemeker sprang auf und baute sich vor van Eyl auf. »Nehmt das zurück, Ihr Hundsfott! Ihr werdet meine arme Nehle nicht besudeln. Auf mit Euch, wenn Ihr den Mut dazu habt!«

Im Sitzen schlug van Eyl dem aufgeschwemmten Leineweber vor die Brust, dass der umkippte und keine Luft mehr bekam. Zwei Mann eilten herbei und hoben Wannemekers Beine an. Der japste zum Gotterbarmen.

»War das nötig?«, fragte van der Schuren.

»Mich widert solches Pack an«, polterte van Eyl. »Der da, der sein eigen Fleisch und Blut für einen Humpen Bier verschachert, und der da, der die Abhängigkeit dieser armen Teufel unbarmherzig ausnutzt. Aber beides eifrige Kirchgänger, nicht wahr, Kaplänchen?«

»Gottes Haus steht jedermann offen«, sagte von Elten. »Selbst solch einem gottverlassenen Kerl, wie Ihr einer seid, van Eyl.«

»Das muss ich mir nicht sagen lassen«, sagte van Wissel verspätet. »Nicht von einem wie Euch, van Eyl, den man schon hinter einer Ziege kniend gesehen hat.«

»Das geht doch gar nicht«, sagte van der Schuren. »Die laufen doch weg.«

»Nicht, wenn man sie mit den Vorderbeinen in Stiefel steckt«, brummte van Eyl. Und dann sagte er: »Ach, Scheiße!«

Mindestens einmal musste jeder der Anwesenden schwer schlucken. Von Elten war der Erste, der Worte fand, obwohl er ein Gesicht machte, als sei er aufgefordert worden, eine Kröte zu küssen.

»Wollt Ihr damit sagen, Ihr habt tatsächlich den Akt mit einer Ziege …?« Von Elten bekreuzigte sich.

»Nun gebt Euch nicht so scheinheilig!«, brüllte van Eyl, dem nun offensichtlich alles einerlei war. »Als ob Ihr unter Eurer Albe nicht an Euch herumspielen würdet!«

»Potztausend!«, rief Rektor Clos erbost. »Van der Schuren, wollt Ihr diesem Pöbler denn nicht Einhalt gebieten?«

»Dies ist zwar keine Ratssitzung«, sagte der Richter. »Dennoch, van Eyl, als Tischältester fordere ich Euch auf, Eure jedweder Grundlage entbehrenden Anfeindungen zurückzunehmen.«

»Ihr könnt mich alle mal.« Van Eyl erhob sich schwankend, warf ein paar Münzen auf den Tisch und torkelte davon. »Und zwar kreuzweise!«

Van Wissel nutzte die Gelegenheit, um sich ebenfalls zu verdrücken, wenn auch in die andere Richtung. Damit waren sie nur noch zu dritt.

»Ich weiß, wie Euch nach diesen Beleidigungen zu Mute sein muss, bester Freund«, sagte Clos zu von Elten. »Am besten, wir wechseln das Thema.«

»Nichts lieber als das«, sagte der Richter. »Clos, dieser Lombarde ist doch Euer Schüler gewesen, wenn ich recht unterrichtet bin. Mich würde interessieren, welchen Eindruck Ihr dabei von ihm gewonnen habt.«

»Marco war ohne Zucht, starrsinnig und aufbrausend. Ich hatte selten einen Schüler, der mir derart viele Schwierigkeiten bereitet hat. – Ihr schaut so zweifelnd. Teilt Ihr meine Einschätzung etwa nicht?«

»So ist es. Auf mich machte er bisher einen – insbesondere für sein Alter – ausgesprochen besonnenen Eindruck. Er wirkte wie ein Täter, der überlegt handelt.«

»Verstellen kann er sich fürwahr, der krumme Hund, wenn es vonnöten ist.«

»Wie man es von einem Lombarden erwartet, wollt Ihr sagen.«

»Nein, gerade das sage ich nicht. Sein Bruder ist nämlich

von ganz anderem Gemüt. Ein aufgeweckter, folgsamer junger Mann mit hervorragenden religiösen Ansätzen.«

»Wahrhaftig«, sagte von Elten. »Er könnte beinahe einer von uns sein.«

»Wie meint Ihr das?«, fragte van der Schuren.

»Nun, ich rechne damit, dass er beizeiten den Wuchergeschäften seines Vaters abschwören und damit Teil unserer christlichen Gemeinschaft werden wird.«

Mit einem Kopfrucken stimmte Clos zu. »Für ihn muss es entsetzlich gewesen sein zu erfahren, dass der Unhold der eigene Bruder ist. Von Elten, wir sollten uns seiner jetzt verstärkt annehmen, denkt Ihr nicht auch?«

»Auf meinen Beistand kann er jederzeit zählen.«

»Auf jeden Fall ist der Verhaftete kein Jude«, sagte van der Schuren. »Da habt Ihr mit Eurer Theorie falsch gelegen, von Elten.«

»Partim partim, verehrter Richter. Beschnitten ist der Lombarde immerhin auch.«

»Eine Versehrtheit, die nichts mit den Morden zu tun hat.«

»Was zählt, ist das Ergebnis, und das ist erfreulich.«

Clos beugte sich über den Tisch und senkte die Stimme. »Wie man hört, hat er noch nicht gestanden. Könnt Ihr das bestätigen?«

Van der Schuren nickte.

»Denkt Ihr nicht, es wäre sinnvoll – nur, um auch die letzten Zweifel auszuräumen –, wenn ein Geständnis vorläge?«

»Sicher.«

»Dann setzt ihm doch zu.« Clos schlug auf den Tisch. »Packt ihn hart an. Das hat früher schon gewirkt.«

»Das klingt ja geradezu, als wolltet Ihr Eure Dienste als Folterknecht anbieten.«

»Wenn es der Gerechtigkeit dient, könnt Ihr immer auf mich zählen, das wisst Ihr. – So, nun wird es aber Zeit für mich. Begleitet Ihr mich, von Elten?«

»Gewiss. Morgen muss ich beim ersten Hahnenschrei aus den Federn.«

»Da seid Ihr nicht allein«, sagte van der Schuren und erhob sich ebenfalls. »Gute Nacht, die Herren.«

»Gute Nacht.«

Clos und von Elten hatten es nur einen Steinwurf weit. Das Schulgebäude befand sich gleich am Anfang der Stiftsfreiheit, quer über den Alten Markt. Im Anbau wohnte der Rektor. Zwei Häuser weiter, ebenfalls über den Friedhof zu erreichen, wohnte von Elten im ersten Stockwerk des Pfarrhauses.

Stille lag über dem Gräberfeld. Zur Rechten ragte die schwarze Silhouette der Stiftskirche wie ein Felsmassiv in den Nachthimmel. Ein Windhauch fuhr durch das Laub der jungen Kastanien, die zwischen den Gräbern gepflanzt worden waren.

»Richtiggehend unheimlich«, scherzte Clos, als sie sich die Hände reichten und sich eine angenehme Ruhe wünschten. »Fehlt nur noch der Schrei eines Käuzchens.«

Der blieb zwar aus, aber von Elten schauderte auch so. Er hatte als Kind zu viele gruselige Geschichten gehört, als dass er nachts unbefangen über einen Friedhof hätte gehen können. Gott sei Dank waren es keine hundert Schritte, die er allein gehen musste.

Das Knacken eines trockenen Zweiges unter seinem Fuß bescherte ihm fast einen Herzstillstand. Als er sich wieder gefangen hatte, schob sich vor ihm eine Kugel über den Weg. Ein Igel. Von Elten machte, dass er weiterkam.

Endlich stand er vor der Haustür. Er zog den Schlüssel aus der Tasche und war nahe daran, über sich selbst zu lachen, als sich aus dem Nichts eine Hand auf seine Schulter legte. Justus, der Nachtwächter, konnte es nicht sein, der konnte sich, angewiesen auf eine Krücke, nicht lautlos bewegen. Mit butterweichen Beinen drehte von Elten sich um, darauf gefasst, dem Leibhaftigen ins Angesicht zu blicken. Vor ihm stand ein

Mann, den er irgendwo schon einmal gesehen hatte, er kam jedoch nicht auf den Namen.

»Was wollt Ihr?«, fragte der Kaplan betont barsch.

»Der Gefangene will beichten.«

»Das hat doch wohl Zeit bis morgen.«

»Nein«, sagte Anselmo und packte den Kaplan am Überrock. »Jetzt gleich.«

*

»Heilige Maria, Mutter Gottes, gebenedeit bist du unter den Frauen, und gebenedeit ist die Frucht deines Leibes!«, murmelte von Elten und ließ ein weiteres Dutzend Perlen des Rosenkranzes durch seine Finger gleiten.

Kalt und feucht war es in dem grottenfinsteren Gewölbe, durch das Anselmo ihn führte. Die Stufen waren glitschig, mehrmals war er bereits ausgeglitten, und die Orientierung hatte er schon lange verloren. Dazu verbreitete die rußende Fackel, die der Wärter trug, einen Gestank, der ihm den Atem nahm. Zum wiederholten Mal fragte von Elten sich bang, worauf er sich da eingelassen hatte.

Zunächst hatte er sich gesträubt, war dann aber angesichts der Beharrlichkeit und des selbstsicheren Auftretens des Wärters unsicher geworden, ob nicht womöglich der Graf seine Zustimmung zu der nächtlichen Beichte erteilt hatte. In dem Fall wäre natürlich der Wunsch Befehl, und so hatte er sich gefügt. Erneut knickte der Gang ab, diesmal nach links. Dann wieder nach rechts, noch einmal nach rechts, und zu guter Letzt wieder nach links. Das Labyrinth des Minotaurus konnte kein größeres Rätsel aufgeben.

Völlig unerwartet blieb Anselmo stehen, sodass von Elten ihm in die Hacken trat. Schlüssel klapperten, eine Tür wurde aufgesperrt, dann drückte Anselmo dem Kaplan auch schon die Fackel in die Hand und schob ihn in die Zelle. Kaum hatte er die Schwelle überschritten, fiel die Tür ins Schloss, und der Riegel wurde vorgelegt.

»Was sperrt Ihr denn ab?«, rief von Elten.

»Vorschrift«, drang es dumpf durch die Tür. »Aber keine Sorge, sobald Ihr klopft, öffne ich.«

Im flackernden Schein zeichneten sich zwei Gestalten ab, die ihre Augen mit den Händen gegen das Licht abschirmten. Von Elten machte einen zögerlichen Schritt auf sie zu, als habe man ihn gewarnt, die Leute seien bissig.

»Hier bin ich«, stotterte er. »Ihr wollt Euer Gewissen erleichtern, sagte man mir.«

»Tretet näher«, sagte Marco. »Die Fackel könnt Ihr in die Ecke stellen.«

Die Fackel fiel um. Von Eltens zweiter Versuch endete ebenfalls so, nur dass der Kaplan sich diesmal zusätzlich noch die Finger verbrannte. Also ließ er die Fackel liegen. Zu den Gefangenen hielt er nach wie vor Abstand.

»Wollt Ihr Euch nicht setzen?«, fragte Marco.

»Kommt Ihr zu mir«, sagte von Elten. »Der andere braucht nicht zu hören, was Ihr zu beichten habt.«

»Er ist taub.«

»Richtig, ich erinnere mich. Trotzdem, kommt her.«

Marco stand auf und blieb auf Armeslänge vor von Elten stehen. Der nestelte an seinem Überrock.

Als alles saß, fragte er: »Seid Ihr nicht auch der Meinung, wir sollten gleich den Richter hinzuziehen? Dann braucht Ihr alles nur einmal zu erzählen, da Ihr doch nun endlich ein Geständnis ablegen wollt.«

»Welches Geständnis?«

»Nun, welches Geständnis wohl? Die Morde an den Jungfrauen natürlich. Weswegen habt Ihr mich denn sonst rufen lassen?«

»Deswegen jedenfalls nicht. Ich habe keine der beiden Frauen ermordet.«

»Was in aller Heiligen Namen wollt Ihr dann beichten? Ihr wollt mich doch nicht etwa zum Narren halten?«

»Das würde ich mir nie erlauben, Hochwürden. In gewisser Weise habt Ihr sogar recht geraten, ich möchte tatsächlich einen Mord gestehen. Allerdings einen, den ich noch nicht begangen habe.«

Von Elten glotzte wie ein Schaf. »Wie soll ich denn das verstehen? Erwartet Ihr etwa, dass ich Euch Absolution für eine Sünde erteile, die Ihr erst noch zu begehen gedenkt? Ihr müsst verrückt sein! – Wärter!«

»Nicht doch«, sagte Marco und verstellte von Elten den Weg. »Wollt Ihr denn gar nicht wissen, wer mein Opfer sein wird?«

»Die Fantastereien eines Übergeschnappten interessieren mich nicht.«

»Das Opfer ist ein Priester.«

Von Eltens Kinnlade sackte noch tiefer. »Ihr wollt einen Mann Gottes töten? Seid Ihr des Wahnsinns? Wer um alles in der Welt soll das sein?«

»Er befindet sich in diesem Raum.«

Von Elten sah sich tatsächlich um. Aber außer den Gefangenen, ihm selbst und den Schattenspielen an der Wand war da niemand. Erst als er Marco wieder in die Augen blickte, begriff er.

»Bei Gott, Ihr seid ja völlig übergeschnappt«, stammelte er und wich zurück. »Ihr habt mich in eine Falle gelockt. – Wärter! Wärter!!« Marco keinen Moment aus den Augen lassend, machte er erst ein paar Schritte zur Seite und flitzte dann zur Tür. Mit den Fäusten hämmerte er gegen das Holz und brüllte dazu aus Leibeskräften: »Macht auf! Er will mir ans Leben!«

Die Fußkette über den Boden schleifend, schlurfte Marco ihm hinterher. Als von Elten sein Näherkommen bemerkte, steigerte er sein Hämmern zu einem wilden Trommeln, handelte sich damit jedoch lediglich blutige Knöchel ein. Schluchzend rief er um Hilfe, schrie, man möge ihn retten, aber die Tür blieb für ihn geschlossen wie dereinst vermutlich auch die Pforte zum Himmel. Marco legte ihm schwer eine Hand auf die Schulter. Eine Berührung, unter der der Kaplan schlagartig verstummte.

»Hier hört Euch niemand«, sagte Marco. »Nicht Gott, nicht der Teufel und schon gar kein Mensch. Also lasst das Geschrei und spart Euch den Atem für Euer Geständnis.«

Von Elten fuhr herum und lachte irre.

»Geständnis? Ich? Weswegen, verdammt? Ihr seid doch der Mörder.«

»Dass ich kein Mörder bin, wisst Ihr besser als jeder andere, Hochwürden. Ihr seid nämlich in der Nacht, in der Nehle ermordet wurde, gesehen worden.«

»Das muss eine Verwechslung sein.«

Marco packte von Eltens Hände und bog die Handflächen nach oben.

»Diese Hände sind einmalig. Oder kennt Ihr sonst jemanden, der keine Daumen hat?«

Von Elten starrte auf seine Hände, als falle ihm das Fehlen der Gliedmaßen zum ersten Mal auf. Dann riss er sich mit einem Ruck los und ging auf Abstand.

»Ich warne Euch, solltet Ihr Euch an mir vergreifen, wird Euch das den Kopf kosten.«

»Eure Drohung ängstigt mich wie der Anblick einer Raupe«, sagte Marco und rasselte mit der Kette. »Es geht um meinen Kopf, ich habe ohnehin nichts mehr zu verlieren.«

»Bei Gott, Ihr werdet in der Hölle schmoren, denn ich habe mit dem Tod der Frauen nichts zu schaffen.«

»Sagt mir die Wahrheit, dann schone ich Euch – vielleicht.«

»Welche Wahrheit? Ich kann nichts gestehen, was ich nicht getan habe.«

»Was hattet Ihr in jener Nacht auf dem Hasenberg zu suchen?«

Von Elten leckte seine Lippen und fasste sich an den Hals, brachte aber keinen Ton heraus.

»Redet, verdammt!«

»Ich ... ich ...«

»Was?«

»Ich ...«

»Woher wusstet Ihr, dass ich beschnitten bin?« Marco schlug mit der Kette dicht neben von Eltens Kopf gegen die Wand, dass die Funken flogen und kleine Steinsplitter wie Geschosse durch die Luft sausten. »Sperrt endlich Euer Maul auf!«

»Das wusste ich doch gar nicht«, wimmerte der Kaplan.

»Die Vermutung, dass der Täter beschnitten ist, ist auf Eurem Mist gewachsen.«

»Ja, aber das hatte nichts mit Euch zu tun. Ich dachte, der Täter sei ein Jude. Auch wegen der Hostien.«

»Zurück zur ersten Frage: Was hattet Ihr in der bewussten Nacht auf dem Hasenberg zu suchen?«

»Bei Gott, was wollt Ihr denn hören?«

»Die Wahrheit!«, brüllte Marco und drosch erneut die Kette an die Wand. Diesmal verfehlte sie von Eltens Kopf nur um Haaresbreite. »Die Wahrheit, habt Ihr das verstanden?«

»Die Wahrheit, die Wahrheit. Manchmal ist die Wahrheit weit schlimmer als die Lüge, wisst Ihr das nicht?«

»Kommt mir jetzt nicht mit irgendwelchen Besenbinderweisheiten, sonst prügele ich sie aus Euch heraus.«

»Das könntet Ihr fraglos.« Von Elten gelang es, ein wenig Trotz in seine Worte zu legen. »Ob Ihr allerdings mit dem, was Ihr erführet, etwas anfangen könntet, ist sehr zweifelhaft.«

»Das lasst mal meine Sorge sein.« Marco verkürzte den Abstand zwischen ihnen um einen weiteren Schritt. »Vielleicht rette ich ja so meinen Hals.«

Das erneute Schwingen der Kette veranlasste von Elten, abwehrend die Arme zu heben.

»Wie Ihr wollt. Aber ich habe Euch gewarnt.« Wieder schnellte seine Zunge über die Lippen. »Ich bin in jener Nacht einer gewissen Person gefolgt.«

»Wem?«

»Wie sich später herausstellte, dem Mörder Nehles.« Wie aus dem Nichts kullerte eine Träne über von Eltens Wange.

»Also doch.« Triumph funkelte in Marcos Augen. »Dann wisst Ihr also, dass ich unschuldig bin?«

»Ja.«

»Wer ist es?«

Von Elten schluchzte auf.

»Wer?«

»Euer Bruder.«

Der Schlag kam ansatzlos und traf von Elten in den Magen. Marco konnte riechen, was der Kaplan zu Abend gegessen hatte. Fisch und geröstete Zwiebeln.

»Ihr Dreckschwein!« Marco richtete den zusammengeklappten Geistlichen wieder auf. »Wenn Ihr glaubt, mich auf diese Weise außer Gefecht setzen zu können, dann habt Ihr Euch –«

»Bei Gott, es ist die Wahrheit!«, schrie der Kaplan. »Die Wahrheit, die Wahrheit, die Wahrheit! Und die wolltet Ihr die ganze Zeit hören, oder nicht?«

Marco ließ die Faust, die er erhoben hatte, wieder sinken. Dann packte er von Elten am Überrock und zog ihn so dicht zu sich heran, dass er jedes einzelne Äderchen in dessen gelblichen Augäpfeln erkennen konnte. Minutenlang standen sie sich unbeweglich gegenüber, bis Marco von Elten regelrecht von sich schleuderte. Der Geistliche flog gegen die Wand und sank zu Boden.

»Alles will ich wissen«, sagte Marco. »Jede Einzelheit. Habt Ihr das verstanden?«

»Jawohl«, jammerte von Elten. »Fragt, was immer Ihr wollt.«

Der Morgen graute bereits, als Marco seine letzte Frage stellte. Auch die beantwortete der Kaplan ohne Umschweife.

»Er wird es wieder tun«, war Marcos trostlose Feststellung, »und nichts und niemand kann ihn aufhalten.«

»Das muss nicht sein«, sagte von Elten. »Es gibt eine Möglichkeit, das zu verhindern.«

»Und welche?«

»Ich könnte es für Euch bewerkstelligen, wenn Ihr mir vertraut. Und selbstverständlich müsstet Ihr Euren Teil dazu beitragen.«

»Ich verstehe.«

»Vertraut Ihr mir?«

Ohne zu antworten stand Marco auf, ging zur Tür und gab Anselmo das vereinbarte Klopfzeichen. Auf der Schwelle hielt von Elten noch einmal inne. Er schwankte vor Müdigkeit wie ein Betrunkener.

»Kann ich noch irgendetwas für Euch tun?«

»Geht.«

Ricciutello, der die Unterhaltung der beiden größtenteils verschlafen hatte, sah fragend auf, aber Marco winkte ab und streckte sich auf dem Boden aus. Die ersten Sonnenstrahlen fanden bereits ihren Weg zwischen den Gitterstäben hindurch, als er endlich in einen unruhigen Schlaf fiel.

Paris, Februar 1349
Klirrende Kälte lag über der Stadt und der gesamten Ile de France. Wie eine geschlagene Armee schleppte sich der Trauerzug noch vor Sonnenaufgang durch die Porte St. Victor.

Acht jeweils zu Pärchen angespannte Rappen zogen den eigens angefertigten Wagen, auf dem sich unter dem riesigen Leichentuch die sterblichen Überreste wie ein Gebirge abzeichneten.

Den Tross der Trauernden führte Seine Majestät Philipp VI. höchstpersönlich an. Mit Achtungsabstand folgten dahinter einige entfernte Verwandte, der Klerus und der Hofstaat, an dessen Spitze Leibberater de la Chapelle schritt. Selbstredend hatte de la Chapelle Seiner Majestät angeboten, an ihrer Seite zu gehen, um sie bei Bedarf stützen zu können, aber das hatte Philipp abgelehnt. Im Nachhinein war de la Chapelle froh darüber, konnte man weiter hinten doch eher mal einen Finger in die Nase stecken, um die gefrorenen Härchen aufzutauen.

Die Strecke, die zurückzulegen war, kam de la Chapelle endlos vor. Bereits jetzt waren seine Füße taub vor Kälte, dabei hatten sie noch nicht einmal die Stelle erreicht, wo Beauregard seine letzte Ruhe finden sollte, und zurück mussten sie nach der Beisetzung schließlich auch wieder. Blieb nur zu hoffen, dass sich für den Rückweg eine Mitfahrgelegenheit finden ließe.

Endlich war die kleine Anhöhe mit dem Birkenwäldchen zu sehen, und der Zug kam zum Stehen. De la Chapelle drängte nach vorne, da ihm hinten die Sicht verstellt war. Die Grube, die zwischen den Bäumen ausgehoben worden war, maß gut und gerne drei auf drei Mannslängen bei vielleicht anderthalb Mannslängen Tiefe. Eine unvorstellbare Schinderei bei dem gefrorenen Boden; zwei Arbeiter waren dabei an Entkräftung gestorben.

Das Leichentuch wurde entfernt, und Philipp schluchzte laut auf. Auch wenn de la Chapelle nicht eine Spur von Trauer empfand, so musste er doch zugeben, dass Beauregard ein schöner Hengst gewesen war. Ein Schimmel weiß wie Milch, ohne den geringsten Makel. Die armlange Mähne war kunstvoll geflochten worden, ebenso der Schweif.

Kardinal Lusigard löste sich aus der Menge und sprach ein paar mitfühlende Worte. Dem Wunsch des Königs, einen Psalm zu lesen und ein Gebet zu sprechen, hatte er sich widersetzt, obgleich er damit riskierte, dass die notwendigen Ausbesserungsarbeiten an Notre-Dame weiter aufgeschoben wurden. »Nicht für ein Pferd«, hatte er gesagt, »auch nicht für das Erste im Reich«, und hatte de la Chapelle damit Respekt abgenötigt.

Der Wagen wurde so lange hin und her gefahren, bis er genau am Grubenrand stand. Dann wurden Seile um den Pferdekörper geschlungen. Ein Dutzend Männer packte an und zog mit vereinten Kräften, während noch einmal annähernd die gleiche Zahl von der anderen Seite schob. Langsam setzte der Pferdekörper sich in Bewegung, rutschte über den Rand der Ladefläche und stürzte in die Grube. Einen Augenblick waren alle bass erstaunt, dann lief ein Raunen durch die Menge. Der Schimmel war auf dem Rücken gelandet, alle vier Beine ragten in den Himmel. Mit einem Satz sprang der König in die Grube.

»Er ist steif!«, hörte man ihn brüllen, auch wenn niemand ihn sah. »Er ist gefroren! Vermaledeites Stallburschenpack! Wir hatten doch befohlen, dass in Beauregards Stall Tag und Nacht ein Feuer zu brennen habe!«

Hilfreiche Hände streckten sich Seiner Majestät entgegen und halfen ihr aus der Grube. Kaum war Philipp wieder aufgetaucht, brüllte er: »Köpfen werden wir sie! Jeden Einzelnen!«, woraufhin die Menge zurückwich, als sei sie gemeint. Dann verdrehte er die Augen und verlor die Besinnung. Das geschah in dieser Woche bereits zum dritten Mal.

De la Chapelle befahl, den König auf den Wagen zu heben, auf dem kurz zuvor noch dessen Pferd gelegen hatte, und nahm selbst neben dem Kutscher Platz. Nun hatte er seine Mitfahrgelegenheit.

*

»Sind wir schon wieder umgekippt?«, fragte Philipp.

Noch immer besinnungslos hatten ihn die Diener in sein Schlafgemach getragen und aufs Bett gelegt. De la Chapelle blieb bei ihm, bis er die Augen aufschlug. Wie auch die vorangegangenen Male wirkte der König seltsam entrückt, als kehre er nur unwillig aus einer anderen Welt zurück.

»So ist es, Sire«, sagte de la Chapelle, der am Fußende des Bettes stand. »Bei der missglückten Beisetzung Beauregards. Vermögt Ihr Euch zu erinnern?«

Philipp blinzelte, als blende ihn die Sonne. Dabei war der Himmel verhangen, in dem Gemach war es entsprechend düster. Zum Lesen hätte man eine Kerze gebraucht.

»Bruchstückhaft.« Der König runzelte die Stirn. »Beauregard war steif gefroren. Wir haben uns über die Stallburschen aufgeregt, war es nicht so?«

»In der Tat, Sire. Dabei meinten die Burschen es nur gut. Im Warmen hätte sich der Bauch des Hengstes gebläht, möglicherweise wäre er sogar geplatzt.«

»Ja, ja, schon gut. Wie kommen nur diese Ohnmachtsanfälle zu Stande? Habt Ihr dafür eine Erklärung, de la Chapelle?«

»Es geschieht immer, wenn Ihr Euch aufregt, Sire. Dann schwinden Euch die Sinne.«

»Früher konnten wir uns aufregen, wie wir wollten, konnten brüllen und toben, und nichts ist passiert. Heute jedoch – ein kleiner Wutanfall, und schon liegen wir da. Dazu ständig dieser Druck im Kopf, als platze er jeden Augenblick.«

»Ihr steht im sechsundfünfzigsten Lebensjahr, Sire, wie auch ich. Da kann so etwas schon einmal vorkommen.«

»Widerfährt Euch das auch?«

»Nein, Sire, mich zwickt es dafür an anderen Stellen.«

»Aber nicht mehr an der linken Hand«, lachte der König.

»Nein, Sire, die habt Ihr mir ja vorsorglich abhacken lassen.«

»Beschwert Euch nicht, de la Chapelle, Ihr hattet mit Eurem Leben gehaftet, dass Euch dieser Comte d'Amiens nicht wieder entwischt. Ihr solltet dankbar sein, dass ich nicht auf Eurem Kopf bestanden, sondern mich mit einer Hand zufriedengegeben habe.«

»Eure Gnade beschämt mich noch immer, Sire.«

»Übrigens – habt Ihr Neuigkeiten von de la Motte? Hat er diesen vermaledeiten Templer endlich aufgestöbert?«

De la Chapelle verzog das Gesicht, als leide er an Verstopfung. »Keine Neuigkeiten sind ja in gewisser Weise auch Neuigkeiten. Ich habe Euch bisher nur nichts davon gesagt, weil ich unter allen Umständen vermeiden wollte, dass Ihr Euch erneut aufregt, Sire.«

»Schon gut, lasst hören.«

»Sind Eure Majestät sich sicher, dass –«

»Verdammt, nun spuckt schon aus, was auch immer es sei!«

Mit einem Hüsteln brachte de la Chapelle seine Stimmbänder in Form. »De la Motte ist verschollen. Schon seit langem bleiben die vereinbarten monatlichen Berichte aus. Es steht zu befürchten, dass ihm etwas zugestoßen ist.«

»Von wo hat er sich zuletzt gemeldet?«

»Aus Rom. Die Nachricht stammte von Ende August, hier traf sie vier Wochen später ein. In der Ewigen Stadt soll es Anfang September ein schweres Erdbeben gegeben haben. Zudem wütet in Italien die Pest, wie Ihr wisst, Sire. Dieser Pierre de Sowieso, unser Einohr, ist ihr ja als einer der Ersten zum Opfer gefallen.«

»Dass de la Motte d'Amiens aber auch auf Sizilien verpasst hat!«

»Um ganze zwei Tage«, sagte de la Chapelle und betrachtete seinen Armstumpf. »Eine Tragödie.«

»Was unternehmt Ihr weiter in dieser Sache?«

»Ich habe bereits in den ersten Tagen des Jahres Emissäre in alle größeren Städte entsandt und sie dort Belohnungen für Hinweise auf d'Amiens ausloben lassen. Falls ihm nicht auch etwas zugestoßen ist, wird das über kurz oder lang Früchte tragen.«

Philipp zog die Mundwinkel nach unten. Sein Missfallen war unübersehbar. »Wir haben Euren Plan von Anfang an für eine Weingeistidee gehalten. Der Kerl führt Euch doch an der Nase herum. Wenn es diesen Schatz überhaupt gibt.«

De la Chapelle hatte angesichts dieses gänzlich unerwarteten Sinneswandels das Gefühl, als trete ihn ein Pferd. »Ihr zweifelt an der Existenz des Templerschatzes, Sire?«

»Ihr etwa nicht?«

Der Leibberater hob die Schultern. »Was sagt denn Euer Onkel Gottfried von Charney dazu, dass Ihr die Suche aufgeben wollt?«

»Der war schon ewig nicht mehr da, ich vermute, dass er gar nicht mehr lebt«, sagte Philipp. »Trotzdem. Solltet Ihr jemals wieder von d'Amiens hören, wollen wir, dass Ihr persönlich zu ihm reist, ihn verhaftet und herschafft. Das ist jetzt eine Sache der Ehre. Wir werden uns doch nicht von so einem vorführen lassen.«

»Selbstverständlich, Sire, so sehe ich das auch. Eine Sache der Ehre. Ich hoffe nur, Ihr werdet mich, wenn es so weit ist, auch entbehren können.«

»Wir werden Eure Abwesenheit nicht einmal bemerken.«

De la Chapelle klappte die Kinnlade runter. »Pardon, Sire? Wie darf ich das verstehen?«

»Wir werden Paris verlassen und uns nach Nogent-le-Roi zurückziehen«, sagte Philipp leichthin, als verkünde er, ausnahmsweise außerhalb des Palastes zu speisen. »Die frische Luft und die Ruhe werden unserem Befinden zuträglich sein. Die Diener sind bereits angewiesen zu packen.«

De la Chapelle war wie vor den Kopf geschlagen. »Aber Sire! Was soll aus mir werden?«

»Kümmert Euch um meinen Sohn, diesen Pupser«, sagte Philipp. »Bringt ihm Manieren und das Einmaleins der Staatsgeschäfte bei, damit habt Ihr genug zu tun. So, und nun lasst uns allein, wir möchten ein wenig ruhen.«

De la Chapelle wollte noch etwas sagen, aber der König schloss kurzerhand die Augen. Bald darauf zeigten tiefe und gleichmäßige Atemzüge an, dass er schlief. De la Chapelle blieb nichts anderes übrig, als sich zurückzuziehen.

Als er im Flur stand, brach er in Tränen aus.

Kleve, Juni 1350
Als Elsa aufwachte, fühlte sie sich erfrischt, als habe sie sich nach einem langen heißen Tag mit kühlem Brunnenwasser übergossen. Sie hatte während der Nacht geschwitzt, und die leichte Brise, die der beginnende Tag durch die Dachluke trieb, ließ sie nun frösteln.

Als sie zur Seite blickte, erschrak sie. Neben ihrer Schlafstatt saß eine zusammengesunkene Gestalt, die nur aus einer verfilzten, grauweißen Mähne zu bestehen schien; von ihrem Gesicht war nichts zu sehen. Das musste die alte Vettel aus dem Nachbarhaus sein, die nur die Rote genannt wurde, weil sie als junge Frau rote Haare gehabt hatte, und die früher, als die Mädchen noch zu klein gewesen waren, in der Schankstube geholfen hatte. Noch heute war sie im Viertel als Hebamme gefragt oder eben als Nachtwache am Krankenlager.

Sie schien gespürt zu haben, dass Elsa aufgewacht war, und setzte sich aufrecht.

»Lange mach ich das nimmer«, nuschelte sie zahnlos und streckte den Rücken. »Mein Kreuz wird immer ärger. – Wie geht's, Kindchen? Hast dich fein gesund geschlafen?«

»Welchen Tag haben wir?«, fragte Elsa.

»Den Tag willst du wissen?« Die Rote lachte, was jedoch eher einem Husten gleichkam. »So ist die Jugend. Immer will sie den Tag wissen. Dass ihr es immer so eilig habt, ihr Kinderchen. Das Ende kommt noch früh genug. Aber lass mich nachdenken.« Mit Hilfe ihrer Finger, deren Nägel so lang wie Hühnerkrallen waren, zählte sie ab. »Demnach hätten wir heute den Samstag, Kindchen.«

Elsa setzte sich auf. »Bist du sicher? Dann hätte ich ja den ganzen Freitag ... Oh, mein Gott!«

»Was hast du?« Die Rote legte Elsa die Hand auf die Stirn. »Das Fieber ist weg, gelobt sei der Herr.«

»Wo ist Marco? Was haben sie mit ihm gemacht?«

»Erinnerst du dich doch? Ach, und wir hatten schon gehofft, du hättest alles vergessen. Hättest dir damit einen Gefallen getan, Kindchen, glaub mir. Zu viel mit sich rumschleppen hat –«

Elsa stieß die Hand der Alten weg und schwang die Beine über die Pritschenkante. Ein leichter Schwindel überfiel sie, der aber gleich wieder verflog.

»Am Hasenberg waren wir unterwegs, in stockfinsterer Nacht. Marco ist dem anderen nachgeschlichen, und dann ... und dann ... Hilf mir doch! Du musst doch wissen, was danach passiert ist. Wie habt ihr mich gefunden?«

»Ach, Kindchen!«, seufzte die Rote. »Sei froh, dass du es überstanden hast und dem Scheusal ausgekommen bist. Hast es aber auch herausgefordert. Nachts allein durch die Gassen zu laufen. Tut man doch nicht, als so junges Ding. Wenn ich alte Schindmähre –«

»Rote, bitte!« Elsa griff nach den Händen der Alten. Die fleckige Haut fühlte sich an wie Pergament. »Was ist aus Marco geworden?«

»In den Kerker hat man ihn geworfen, und aufknüpfen wird man den Bengel, wie er es verdient hat, jawohl.«

Diesmal war das krächzende Bellen der Alten wirklich ein Husten. Elsa hatte das Gefühl, als beginne sich die Kammer zu drehen. »Wieso ihn? Was ist denn aus dem anderen geworden?« Plötzlich tauchte ein rußgeschwärztes Gesicht vor ihrem geistigen Auge auf. »Auf einmal stand er vor mir, jetzt weiß ich es wieder. Geräusche hatte ich gehört, wie von einem Kampf. Dann stürzte einer zu Boden, und Schritte kamen näher. Ich dachte, es sei Marco, und dann war es der andere. Seine Augen haben geleuchtet wie glühende Kohlen. Es war entsetzlich. In dem Augenblick müssen mir die Sinne geschwunden sein. – O Rote, sie haben den Falschen ergriffen! Marco ist unschuldig!«

»Kindchen, was redest du da? Verwirrst mich ja völlig.«

»Begreifst du denn nicht?« Elsa packte die Alte an den Schultern und schüttelte sie, dass ihr fast die Augen aus dem Kopf traten. »Marco und ich waren unterwegs, um dem Mörder von Anna und der Nehle eine Falle zu stellen, und anstatt dass wir ihn erwischt haben, hat er den Marco niedergeschlagen. Und nun sitzt Marco im Kerker, und alle denken, er sei der Mörder, wo er zu allem Überfluss doch auch noch ... Oh, Herr im Himmel!«

»Kindchen!« Die Rote nahm Elsa in die Arme, die völlig haltlos zu schluchzen begann. »Du und der Lombarde? Ja, was bedeutet das denn?«

»Ihm darf nichts geschehen, ich liebe ihn doch so!«

»Ach, verdrehte Welt«, murmelte die Alte, während sie Elsa über den Kopf strich.

*

»Das sind die rot geweintesten Augen, seit Maria Magdalena um Jesus trauerte«, sagte Umberto di Montemagno mit einem Blick auf seine Frau, die am Herd stand, während er mit Pietro am Küchentisch saß.

Vor ihnen stand das unberührte Frühstück, das wie immer aus Milch und altbackenem Brot bestand. Die Katzen strichen ihnen schon in der Hoffnung um die Beine, dass die Schälchen beizeiten hinuntergestellt würden.

»Als ob du mit deinen verquollenen Augen besser aussähest«, sagte Pietro. »Nur heulst du nicht in unserem Beisein, sondern wahrscheinlich heimlich, im Kontor.«

Sophia Maria trug eine Pfanne mit sechs in Schmalz gebratenen Eiern auf.

»Ihr müsst etwas essen«, schniefte sie. »Schon gestern habt ihr keinen Bissen zu euch genommen. Ihr fallt noch vom Fleisch.«

»Du isst doch selbst nichts«, sagte Pietro vorwurfsvoll, worauf seiner Mutter zum wiederholten Mal an diesem Morgen die Tränen in die Augen schossen.

Umberto legte beruhigend seine Hand auf ihre. »Nun setz dich erst einmal, Weib.«

»Ach, nimm deine Finger weg, du zitterst ja.« Sophia Maria ließ sich auf die Bank fallen und schnäuzte geräuschvoll in ihre Schürze.

Umberto streckte seine Hände aus. Sein Zustand hätte jeden Tattergreis beschämt.

»Denkst du, die Sache geht mir nicht an die Nieren?«

»Was dir an die Nieren geht, ist der Wein. Das denke ich nicht nur, das weiß ich.« Sophia Maria wies mit dem Daumen über die Schulter und wandte sich an ihren Zweitgeborenen. »Deswegen sitzt er den ganzen Tag im Kontor, um sich einen Krug nach dem anderen auf die Nase zu gießen. Von wegen heimlich heulen. Derweil zermartern wir uns hier den Kopf, wie wir Marco beistehen können.«

Wild aufstöhnend warf Umberto sich in die Brust, fasste in den Ausschnitt seines Leinenhemdes und riss es bis zum Bauchnabel auf. Ein Teppich grauer Löckchen ähnlich dem Fell eines alt gewordenen Persianerschafs kam zum Vorschein.

»Ich war es!«, rief er voll Pathos. »Ich war es, der gestern versucht hat, gegen alle Widerstände zu Marco vorzudringen. Habt ihr das etwa vergessen?«

»Wie könnten wir. An den Reinfall werde ich mich wohl bis ans Ende meiner Tage erinnern. Mit solch einem Mundwerk« – Sophia Maria zeigte mit weit auseinander gehaltenen Händen, wie groß es ihrer Meinung nach gewesen war – »losgezogen und sooo kleinlaut« – diesmal reichten Daumen und Zeigefinger als Begrenzung – »zurückgekehrt. Der Herr, der den Grafen bei Bedarf um den kleinen Finger wickeln kann. Pah! Heute werden wir die Sache selbst in die Hände nehmen und diesen Anselmo um Hilfe bitten, nicht wahr, mio piccolo angelo? – Was hast du da?«

Pietro entwand seine Hand dem Zugriff der Mutter, als sie seinen Handrücken begutachten wollte.

»Ein Mückenstich vermutlich«, sagte er und kratzte sich.

»Hoffentlich kein Flohbiss. – Du gehst am besten gleich nach dem Frühstück zu Anselmo und bittest ihn her. Gemeinsam mit ihm werden wir einen Weg finden, wie wir zu deinem Bruder Verbindung aufnehmen können.«

»Ich weiß nicht ...«

»Was gibt es da nicht zu wissen, he?«, fragte Umberto. »Du hast doch gehört, was deine Mutter gesagt hat.«

Pietro blickte ernst vom einen zum anderen, und als er schließlich sprach, tat er es mit Bedacht.

»Ist euch eigentlich noch nie der Gedanke gekommen, dass Marco entgegen all unseren Hoffnungen ... schuldig sein könnte? Können wir das wirklich ausschließen?«

»Bist du übergeschnappt?«, entfuhr es Sophia Maria.

»Mutter! Nichts wünsche ich mir mehr, als dass ich mich irre, aber es gibt Anhaltspunkte, die kaum einen anderen Schluss zulassen.«

»Wovon redest du? Was weißt du, was wir nicht wissen?«

Pietro faltete die Hände, als suche er Kraft im Gebet.

»Die Nacht, in der Anna ermordet wurde«, sagte er. »Ich habe später falsches Zeugnis abgelegt. Marco war entgegen meiner Angaben nämlich nicht die ganze Nacht in seiner Kammer.«

»Ja und?«, fragte Sophia Maria.

»Angeblich hat er in einer der Fischerhütten übernachtet.«

»Das gleiche hast du von der Nacht behauptet, in der Nehle Wannemeker ermordet wurde. Halte ich dich deswegen für verdächtig?«

»Und wo war Marco in jener Nacht?«

»Das solltest du am besten wissen, ihr wart doch zusammen unterwegs.«

»Wir haben uns kurz nach Mitternacht verloren.«

»Nach Hause gekommen ist er im Morgengrauen.«

»Die Stunden dazwischen sind genau die, in denen Nehle zu Tode gekommen ist. Und nun die Geschichte mit Elsa. Und wieder ist Marco –«

»Was bist du?«, fauchte Umberto dazwischen. »Marcos Ankläger vor Gericht oder sein Bruder? Was glaubst du eigentlich, wie unsere Familie durch die Jahrhunderte hindurch überlebt hat, he? Indem jeder bedingungslos für den anderen eingestanden ist. Das war so, und das wird auch jetzt so sein. Deshalb verbiete ich dir, weiterhin Verdächtigungen gegen deinen Bruder zu verbreiten.«

»Vater, du kannst mich nicht zur Lüge zwingen.«

Umberto kniff ein Auge zu, was ihm ein unvermutet gefährliches Aussehen verlieh. »Was willst du damit sagen?«

Pietro krallte die Fingernägel seiner Rechten derart in den linken Unterarm, dass bereits das Zusehen schmerzte. »Auch wenn Marco mein Bruder ist, ich kann keinen Mörder decken. Ich würde Gottes Gebot mit den Füßen treten.«

»Als du den Richter bezüglich Marcos Aufenthalt belogen hast, hast du auch gegen Gottes Gebot verstoßen.«

»Aber da hielt ich Marco noch für unschuldig!«

»Pietro!«, rief Sophia Maria. »Du wurdest aus dem gleichen Leib geboren wie Marco. Stellst du dich nun gegen ihn, wirst du nicht nur ihn töten, sondern auch einen Teil von dir selbst.«

»Mein Maßstab muss sein, was ich vor Gott verantworten kann.«

»Vor Gott verantworten!«, höhnte Umberto. »Solche hehren Worte führt einer im Mund, der dabei ist, seinen eigenen Bruder ans Messer zu liefern! Eine gottlose Tat ist wohl kaum vorstellbar.«

»Erzähl du mir nichts über Gottlosigkeit, du Wucherer, einer von denen, die Jesus zusammen mit den Spielern aus dem Tempel des Herrn geworfen hat!«

Umberto schnellte in die Höhe und beugte sich weit über den Tisch. Die Ohrfeige fegte Pietro vom Hocker. Sophia Maria schlug die Hände vor den Mund.

»Hinaus mit dir!«, brüllte Umberto. »Hinaus aus meinem Haus, du Kain!«

Wortlos, lediglich seiner Mutter einen kurzen Blick zuwerfend, machte Pietro, dass er auf die Beine kam, und verließ die Küche. Als die Haustür ins Schloss fiel, stammelte Sophia Maria: »Das ist das Ende.«

Umberto sagte gar nichts und ging ins Kontor. Dort schlug er sich die Faust ins Gesicht, dass seine Nase brach.

Selbst bei strahlendem Sonnenschein wurde es in dem Zimmer nicht richtig hell, das Fenster war einfach zu klein. Einmal hatte von Elten leichtsinnigerweise sein Haupt hinausgestreckt, weil er dachte, jemand hätte an die Haustür geklopft. Als er den Kopf wieder einziehen wollte, war der unerklärlicherweise größer als zuvor, und er war stecken geblieben. Endlos lange hatte er um Hilfe gerufen, bis schließlich ein zufällig vorbeikommender Kanoniker auf ihn aufmerksam geworden war und ihn mit Hauruck befreit hatte. Ein Beistand, den von Elten mit zerschrammten Ohrmuscheln büßte.

Dennoch liebte der Kaplan die schummrige Stube, die er liebevoll »mein Marienzimmer« nannte. Alle vier Wände waren dicht an dicht mit Mariendarstellungen behängt, teils mit, teils ohne Kind. Mal war die Mutter Gottes auf Holz gemalt, mal auf Stein oder Leder, es gab jedoch auch Schnitzereien aus Holz und Bein, kleine Steinmetzarbeiten und Figürchen aus gebranntem Ton. Oft stand von Elten andächtig in der Zimmermitte und seufzte: »Ach, wären doch alle Frauen wie Maria!«, um sogleich mit finsterer Miene anzuschließen: »Aber nein, wie Eva sind sie! Eva mit der Schlange!«

Besonders stolz war von Elten außerdem auf seine Reliquiensammlung, die er in einer kleinen Truhe sorgfältig unter Verschluss hielt. Die meisten Sammelstücke, überwiegend Asche, Gebeinstücke und Kleiderfetzen, stammten von männlichen Heiligen. Aber es fand sich auch das eine oder andere Stück, das einer Frau zugeschrieben wurde, so zum Beispiel ein Eckzahn der Hildegard von Bingen. Und – gesondert aufbewahrt in einer winzigen Schatulle – eine blonde Locke, die vom Haupt der Mutter Gottes stammte. In dem Glauben hatte von Elten sie zumindest für teures Geld von einem fahrenden Reliquienhändler erworben, bis Rektor Clos ihn darauf aufmerksam gemacht hatte, dass Maria wie nahezu alle Frauen im damaligen Galiläa schwarzhaarig gewesen war. Die Locke wegzuwerfen hatte von Elten jedoch nicht übers Herz gebracht, er holte sie aber auch nicht mehr jeden Abend heraus, um in ihrer Gegenwart zu singen.

Bewacht wurde der Schatz von einem Stieglitz, der sein Dasein in einem viel zu kleinen Käfig fristete, der gleich neben dem Fenster von der Decke baumelte. Von Elten hatte den Finkenvogel vor zwei Jahren flügellahm auf einem Spaziergang entdeckt, mitgenommen und gesund gepflegt. Den Käfig hatte er ihm eigenhändig aus kleinen Eschenholzzweigen gebaut.

Es gab aber noch einen zweiten Grund, weshalb von Elten das Marienzimmer schätzte. Von dem zu klein geratenen Fenster aus hatte er einen unverstellten Blick auf die Ostseite der Stiftskirche und konnte so den Fortschritt der Arbeiten am Ostchor des Gotteshauses verfolgen. Später würden die Türme errichtet werden, nach und nach würde man so die alte Kirche ausbauen. Dabei empfand er das Hämmern der Steinmetze im Gegensatz zu vielen anderen – allen voran Rektor Clos, den der Lärm angeblich bei seinen so genannten Gesinnungsübungen, auf die von Elten sich keinen rechten Reim machen konnte, störte – als Musik. Geradezu fasziniert war er zudem von der Behändigkeit, mit der sich die Arbeiter auf dem wackeligen Gerüst bewegten. Sicher, hin und wieder stürzte einer ab, aber dann sagte von Elten sich, wo gehobelt wird, fallen Späne, schlug das Kreuz und machte sich auf, dem armen Teufel die letzte Ölung zu erteilen.

An diesem Morgen stand die Sonne bereits am Himmel, als von Elten im Nachthemd und noch bettwarm sein Lieblingszimmer betrat, in der Hand einen Becher Milch, den er auf dem Fensterbrett abstellte. Mit zwei Fingern fischte er den Rahm und eine tote Fliege aus dem Becher und stopfte beides dem namenlosen Stieglitz in den Fressnapf, der heute einen merkwürdig starren Blick hatte. Selbst als von Elten an den Käfig klopfte, rührte das Tier sich nicht. Schließlich zwängte er einen Finger zwischen den Zweigen hindurch und stupste den Vogel an. Das Tier war steif. »So ist das Leben«, murmelte der Geistliche, nahm den Käfig mit einem Seufzer vom Haken und warf ihn samt Inhalt aus dem Fenster. Nach dem

Reinfall würde er sich ohnehin keinen Vogel mehr anschaffen. Dann stützte er sich auf die Fensterbank, blickte auf die Baustelle und schlürfte seine Milch.

Gerade mal sechs Stunden war es her, dass er heimgekehrt und in sein Bett gekrochen war. Zerschlagen hatte er sich gefühlt und gleichzeitig so aufgedreht, dass er trotz aller Erschöpfung nicht in den Schlaf fand. Die Gedanken wirbelten in seinem Kopf wie Schneegestöber, keinen einzigen vermochte er zu fassen. Später war er doch eingenickt, aber nur, um nach wenigen wirren Traumfetzen senkrecht im Bett zu sitzen. Aber diese Augenblicke vermeintlichen Schlafs hatten ihm gereicht, um ihm aufzuzeigen, wie die Lösung des Problems aussehen könnte.

Jetzt, als er am Fenster stand, erinnerte er sich daran. Erneut durchströmte ihn das warme Glücksgefühl, als ihm klar wurde, dass er auf diese Art gleich zwei Seelen auf einmal retten konnte. Ergriffen reckte er die Arme zum Himmel und stieß dabei seinen Milchbecher aus dem Fenster. Vor dem Haus sagte jemand: »Aua!«

Von Elten widerstand der Versuchung, aus dem Fenster zu gucken, und lief stattdessen eilig zur Tür. Auf dem Absatz stand Adolf Kaldewey, milchbekleckert und mit den Scherben des Bechers in der Hand. Von Elten zog sein Schnupftuch aus dem Ärmel und versuchte Kaldeweys Harnisch abzutupfen.

»Lasst das doch, Euer Hochwürden!«, sagte der Hausmeister des Grafen unwirsch. »Hier, nehmt lieber die Scherben an Euch, bevor jemand hineintritt.«

»Wollt Ihr nicht hereinkommen?«

»Keine Zeit, ich muss weiter. Ich habe Euch nur Mitteilung zu machen, dass der Graf den Prozess gegen den Frauenmörder Marco di Montemagno bereits auf morgen Vormittag angesetzt hat. So kann die Hinrichtung noch am gleichen Tag, spätestens jedoch am Montag stattfinden. Noch Fragen?«

Von Elten schüttelte verdattert den Kopf. Dann fiel ihm doch eine ein. »Weiß Richter van der Schuren schon Bescheid?«

»Von ihm komme ich gerade. Er trifft bereits alle Vorbereitungen.«

»Und was wird aus der Beerdigung?«

Kaldewey guckte verständnislos. »Natürlich erst nach der Hinrichtung, was dachtet Ihr denn?«

»Natürlich.«

Die unerwartete Einmischung des Grafen bedeutete, dass er keine Zeit mehr zu verlieren hatte. Umgehend musste er mit Pietro sprechen. Flink eilte er die Treppen hinauf in seine Kammer und kleidete sich an. Nachdem er sich zuletzt seinen breitkrempigen Strohhut in die Stirn gedrückt hatte, blickte er noch einmal aus dem Fenster des Marienzimmers. Dann setzte er seinen Hut wieder ab.

Die hoch gewachsene schlanke Gestalt, die quer über den Friedhof auf von Eltens Haus zukam, war Pietro di Montemagno.

*

»Verzeiht die Störung, ehrwürdiger Vater.«

»Nicht doch, nicht doch, tritt ein, mein Sohn. Geh schon vor in die Stube, du kennst ja den Weg. Darf ich dir einen Becher Milch bringen?«

»Nein danke, sehr liebenswürdig.«

Pietro stand noch unschlüssig herum und fragte sich, ob er sich ohne Aufforderung setzen sollte, als von Elten schon wieder auftauchte.

»Setz dich, mein Sohn.« Der Kaplan wies auf einen der beiden Stühle, die unter dem Fenster standen und auf denen er spätnachmittags, die letzten Sonnenstrahlen nutzend, in der Heiligen Schrift zu lesen pflegte. »Was führt dich zu mir? –

Du brauchst nichts zu sagen, Pietro, ich sehe es schon. Die Verzweiflung darüber, dass ausgerechnet dein Bruder derjenige sein soll, der diese Untaten begangen hat, steht dir ins Gesicht geschrieben.«

Pietros Augen spiegelten Unglauben. »Hegt Ihr Zweifel an seiner Schuld, ehrwürdiger Vater?«

Von Elten hob die Schultern bis zu den Ohren. »Er ist noch nicht verurteilt, also … Andererseits fügt sich eins zum anderen, und dem kann auch ich mich nicht verschließen, wenn du verstehst, was ich meine.«

»Dass er beschnitten ist, hat nichts zu sagen.«

»Das weiß ich, mein Sohn.«

Von Elten nahm einen kräftigen Schluck Milch und handelte sich damit einen Oberlippenbart ein, der ihn glatt fünfzig Jahre jünger machte, sein Gegenüber hatte allerdings keinen Blick dafür.

»Ich brauche Euren Rat, ehrwürdiger Vater«, sagte Pietro und umklammerte mit beiden Händen die Tischkante. »In eben dieser Angelegenheit, die Ihr bereits angesprochen habt.«

»Sicher, dafür bin ich ja da, das habe ich dir gesagt.«

»Ich befinde mich in Gewissensnöten, weil ich schwanke, wem ich mehr schulde, meiner Familie oder Gott. – Nein, das ist eigentlich nicht die Frage, denn ich bin mir durchaus bewusst, dass meine Schuld gegen Gott die weitaus größere ist. Die Frage ist vielmehr, wie es sich in Fällen verhält, in denen beide Verpflichtungen sich gewissermaßen überschneiden, in denen sie sogar unvereinbar sind. Versteht Ihr, was ich meine?«

»Durchaus, mein Sohn. Fahr nur fort.«

»Um es ganz deutlich zu machen: Meine Eltern verlangen von mir, meinen Bruder zu besuchen, ihm beizustehen, eben meinen brüderlichen Verpflichtungen nachzukommen, aber in mir sträubt sich alles dagegen.«

»Warum? Weil du ihn für schuldig hältst?«

»Wer sagt Euch das?«

»Deine Verzweiflung.«

Pietro barg sein Gesicht in den Händen. »Dieser Widerspruch zerreißt mich noch!«

Von Elten erhob sich, ging um den Tisch und legte Pietro die Hände auf die Schultern. »Ob du mit deiner Vermutung Recht hast, wirst du nur herausfinden, wenn du deinem Bruder einen Besuch abstattest. Nutze euer Zwiegespräch und blicke in sein Herz, mein Sohn, und Gott wird dir die Augen öffnen.«

»Meint Ihr wirklich?«

»Aber ja doch.« Von Elten kehrte zurück auf seinen Platz. »Überdies hat er auch als Sünder Anspruch auf deinen Beistand. Bei der Gelegenheit kannst du ihm überdies mitteilen, dass du bereits in der kommenden Woche als Novize in den Orden der Minoriten eintreten wirst. Wenn ich Marco richtig einschätze, wird ihm das ein Trost sein.«

»So bald schon? Ich dachte –«

»Ich habe mit Abt Ansgar bereits alle anstehenden Fragen besprochen. Die Brüder erwarten dich mit offenen Armen. Was gibt es da zu zögern?«

»Es kommt so überraschend. Vor allem, wenn ich an meine Eltern denke, ehrwürdiger Vater. Sie würden womöglich beide Söhne auf einmal verlieren.«

»In diesen Zeiten, in denen anderenorts der Schwarze Tod ganze Familien, ja Gemeinden dahinrafft, dürfen deine Eltern sich mehr als glücklich schätzen, euch auf diese Art und Weise zu verlieren. Dich im Kreise liebender und fürsorglicher Brüder zu wissen, und deinen Bruder ... nun ja ...«

»Er wird in der Hölle enden, nicht wahr?«

»Wenn er bereut, wer weiß, vielleicht ...«

»Vielleicht?«

»Vielleicht.«

Ein lautstarkes Klopfen unterbrach die beiden. Auf von Eltens Aufforderung trat Rektor Conradus Clos ein, ergriff Pietros Hände und machte ein Gesicht, als wolle er ihm sein Beileid aussprechen. Ein ruckartiges Nicken mit geschlossenen Augen beendete diesen Akt, dann wandte er sich an von Elten.

»Als ich unter dem Fenster vorbeiging, konnte ich nicht umhin, Zeuge eurer Unterredung zu werden.« Er räusperte sich. »Dabei kam mir zu Ohren, dass Pietro beabsichtigt, beziehungsweise dass Ihr ihm dazu geraten habt, werter Freund, seinen Bruder im Schlosskerker aufzusuchen. Ein Vorschlag, der mir ... äh ... befremdlich anmutet, wie ich sagen muss.«

»So?«, fragte der Kaplan. »Warum?«

»Nun ... äh ... ich fürchte, die Seele unseres jungen Freundes könnte Schaden nehmen. Nicht wieder gutzumachenden Schaden sogar.«

Eine Weile musterte von Elten seinen Freund, wie er da stand, kopfruckend und mit tanzendem Adamsapfel. Dann sagte er: »Lass uns bitte allein, Pietro, sei so gut. Du kannst in der Kirche auf mich warten.«

Kaum hatte der junge Montemagno den Raum verlassen, zischte Clos: »Wisst Ihr eigentlich, was Ihr da tut?«

»Das weiß ich sehr wohl«, sagte von Elten kalt. »Die Frage ist nur, ob Ihr Gleiches auch von Euch sagen könnt.«

Wann er vor den Tränen, die er wegen Anna vergossen hatte, zuletzt geweint hatte, wusste Marco nicht mehr. Entweder war es, als Baldur, sein Hund, gestorben war, oder beim Tode des Großvaters. Beide hatten das Zeitliche gesegnet, als er ungefähr zehn Jahre alt gewesen war, er wusste aber nicht mehr, wer zuerst. Dunkel meinte er sich zu erinnern, der Großvater habe ihn nach Baldurs Tod getröstet, aber er konnte sich auch irren. Eines stand immerhin fest: Die letzten Male hatte er Tränen angesichts des Todes vergossen.

Diesmal weinte er aus Trostlosigkeit. Still und heimlich, zusammengerollt in der anderen Ecke der Zelle, wo er hoffte, Ricciutello bekäme davon nichts mit. Ob der Knecht seinen Kummer wirklich nicht bemerkte, war zweifelhaft, jedenfalls war er rücksichtsvoll genug, so zu tun.

Sein eigenes Schicksal war besiegelt, das stand seit von Eltens Besuch fest. Aber nicht nur für ihn waren die Würfel gefallen, auch für seinen Bruder, der daran gehindert werden musste, weiteres Unheil anzurichten. Und somit waren auch die Eltern betroffen, denen auf einen Schlag beide Söhne genommen werden würden.

Hinzu kam Elsa, die noch nicht einmal ahnte, welche Rolle sie demnächst zu spielen hatte. Hatte Marco bisher befürchtet, sie könnte womöglich nicht zu seinen Gunsten aussagen, so durfte sie dies nun unter keinen Umständen mehr tun. Es durften keinerlei Zweifel an seiner Täterschaft aufkommen, nur so hatte Pietro eine Chance.

Und plötzlich, aus dem Nichts, waren sie wieder da, die Zweifel an dem, was Kaplan von Elten erzählt hatte. Vor allem seine Behauptung, Pietro habe sich während der Tat in einem Zustand »geistiger Umnachtung« befunden, brachte Marco ins Grübeln. Geistige Umnachtung, das war für Marco etwas Vergleichbares wie Irrsinn, aber hatte Pietro dafür je Anzeichen erkennen lassen?

Marco rief sich das Gespräch noch einmal in Erinnerung. Begonnen hatte der Kaplan seine Schilderung damit, wie er Pietro gefolgt und Zeuge der Ermordung und Verstümmelung Nehles geworden war. Auf Marcos Frage, warum er nicht eingeschritten sei und den Mord verhindert habe, hatte der Geistliche geantwortet, alles sei so schnell gegangen; bevor er überhaupt begriffen habe, was vor sich ging, sei es bereits wieder vorbei gewesen. Allerdings habe er sich Pietro in den Weg gestellt, als dieser den Friedhof der Minderen Brüder verlassen wollte, und ihn gefragt, was er hier zu suchen habe. Pietro habe ihn aber überhaupt nicht wahrgenommen, sondern regelrecht durch ihn hindurchgesehen.

Von Eltens Aussagen hatten glaubwürdig geklungen, aber waren sie ihm nicht eine Spur zu glatt über die Lippen gekommen? Wie ein Mime hatte er gewirkt, der eine hundertfach geprobte Rolle zum Besten gab. Und er, Marco, hatte sich davon blenden lassen. Zornig schlug er sich mit der flachen Hand gegen die Stirn. Was war er für ein Narr gewesen!

Oder doch nicht? Welchen Grund hätte von Elten gehabt, ihn zu belügen? Um von seiner eigenen Täterschaft abzulenken? Marco tat sich schwer mit der Vorstellung, dass der kleine, dicke Kaplan derjenige sein sollte, der ihn in der Nacht am Hasenberg überwältigt hatte. Aber sollte das tatsächlich sein eigener Bruder gewesen sein? Oder hatte von Elten gelogen, um einen Dritten, Marco noch Unbekannten zu decken? Wer jedoch könnte das sein? Till? Der Bürgermeister? Wenn Marco ehrlich zu sich selbst war, musste er zugeben, dass er beide, Sohn wie Vater van der Schuren, nicht mehr verdächtigte. Nein, alles sprach dafür, dass von Elten die Wahrheit gesagt hatte, so bitter sie auch war.

Dennoch wollten Marcos Zweifel nicht schwinden. Er konnte sich nicht erklären, warum sein Bruder die Mädchen ermordet haben sollte, dazu noch auf derart teuflische Weise. Pietro, der Sanftmütige, der sich schon schwer tat, ein Huhn zu schlachten. Unvorstellbar, dass er die Leiber der Ermordeten aufgeschlitzt und die noch zuckenden Herzen herausgerissen haben sollte. Niemals! Und doch musste es so und nicht anders gewesen sein. Aber warum, was war der Beweggrund?

Was hatten die Mädchen ihm getan, dass er über sie hergefallen war? Oder wusste er womöglich gar nicht, was er getan hatte, weil er zum Zeitpunkt der Tat nicht bei sich gewesen war?

Fragen, auf die Marco trotz allen Grübelns keine Antwort fand. Eine Liebschaft hatte Pietro nie gehabt. Bisher hatte Marco diesem Umstand keine Bedeutung beigemessen, aber auf einmal schien es wichtig zu sein. Warum eigentlich nicht? Pietro sah gut aus, Pietro war liebenswürdig, und schüchtern war er auch nicht. Einmal hatte er geäußert, Marco erinnerte sich jetzt genau, das sei nichts für ihn, diese Leichtlebigkeit, und als Marco gefragt hatte, wieso, hatte er geantwortet, so oberflächlich könne das Miteinander von Mann und Frau von Gott nicht gewollt sein. Damals war Marco nicht weiter darauf eingegangen. Heute ärgerte er sich darüber, diese Gelegenheit vertan zu haben, vielleicht war das der Schlüssel zu mancherlei, wenn nicht sogar zum Beweggrund.

Dennoch, gänzlich schlüssig war Pietros Täterschaft nicht. Auch wenn sich ein Beweggrund finden ließe, auch wenn er die Gelegenheit dazu gehabt hatte – Marco wusste in der Tat nicht, wo Pietro sich zum Zeitpunkt der vier Überfälle aufgehalten hatte –, ein Glied in der vermeintlichen Beweiskette wollte nicht zu Pietro passen: die unglaubliche Kaltblütigkeit des Täters.

Mochte Marco seinen Bruder auch weniger gut kennen, als er bislang geglaubt hatte, so vertraut waren sie doch zumindest, dass er wusste, dass Pietro es niemals fertig brächte, einen Mord zu begehen und ihn nur Stunden später an den Ort der Tat zu begleiten und dort den Erschütterten, ja den Anteilnehmenden zu mimen. Nein, mochte er auch eine dunkle Seite haben, die Marco unbekannt war, in diesem Fall hätte er ihm irgendeine Regung angemerkt.

Marco merkte, dass er sich gedanklich im Kreis drehte. Zum Teufel mit all diesen Überlegungen! Es gab nur eine

Möglichkeit, die Wahrheit herauszufinden: Er musste Pietro von Eltens Behauptungen ins Gesicht sagen. Aber dazu musste ihn sein Bruder erst einmal besuchen.

Wie er da lag, furchtsam und klein, flehte er stumm zu Gott, das möge bald sein.

*

Zum Mittagessen, das aus einer klumpigen Mehlsuppe bestand, gab es etliche Arme voll Stroh. »Als Unterlage, damit ihr mir nicht den Stickfluss kriegt«, hatte Anselmo gesagt. Marco war dankbar dafür, Ricciutello jedoch war wütend, was Marco so deutete, dass der Knecht sich darüber ärgerte, dass erst die Herrschaft im Kerker landen musste, bevor auch an sein Wohl gedacht wurde. Nach dem Essen holte Anselmo seinen Freund wie gewöhnlich aus der Zelle, um mit ihm in der Wachstube zu würfeln.

Kaum war er allein, schlich Marco zum einzigen Fenster des Verlieses, der vergitterten Schießscharte, die aus einer Zeit stammte, als der Raum noch anderen Zwecken gedient haben musste. Maß der Ausschnitt auf der Innenseite gut zwei mal zwei Ellen, so verjüngte er sich auf dem Weg durch die anderthalb mannslang dicke Mauer auf weniger als die Hälfte. Etwa auf halber Strecke waren drei Eisenstangen eingelassen. Würde nur eine einzige entfernt, würde der Platz ausreichen, um sich hindurchzuzwängen. Das hatte Marco bereits gestern herausgefunden. Dabei hatte er auch bemerkt, dass die mittlere Stange locker saß; da hatte jemand vor ihm den gleichen Einfall gehabt.

Der Aufstieg zum Sims, das oberhalb seines Kopfes lag, war nur über die in die Wand eingelassenen Halterungen der Eisenringe möglich, an denen die Gefangenen angekettet wurden. Eine an sich leichte Übung, die jedoch, lag man in Hand- und Fußketten, zu einem kleinen Abenteuer wurde. Dreimal rutschte Marco ab und schrammte sich die Unterarme auf, bis er es endlich geschafft hatte. Dann zog er sich an die Eisenstangen heran, hakte sich mit dem Ellbogen ein, um nicht aus der Nische zu rutschen, und begann die mittlere Stange ruckartig auf und ab zu schieben. Zwei Fingerbreit Spiel hatte sie bereits. Das schien viel, konnte aber auch wenig sein, denn Marco wusste nicht, wie weit sie ins Gemäuer eingelassen war.

Eigentlich war es unsinnig, was er da trieb, denn in Ketten würde er nicht weit kommen. Aber die Arbeit half gegen das Grübeln, und außerdem wollte er vorbereitet sein, falls Pietro nicht käme. Denn dann würde er ihn aufsuchen müssen.

Marco verlor jegliches Zeitgefühl, während er in der Nische kauerte und schuftete. Zweieinhalb, beinahe drei Fingerbreit ließ sich die Stange schon bewegen, als mit einem Mal die Zellentür aufgeschlossen wurde. Marco stieß sich ab und ließ sich ohne Rücksicht auf geprellte Knochen auf den Boden fallen.

Der Staub, den er bei seinem Sturz aufgewirbelt hatte, hing noch in der Luft, als ein Mann in einem dunkelbraunen Umhang die Zelle betrat. Da sein Gesicht im Schatten lag, konnte Marco ihn erst erkennen, als er in den Lichtschein des Fensters trat.

Es war Pietro.

*

»Fratello mio!«

Sie umarmten und küssten sich, wobei Marco das Gefühl hatte, dass Pietro seltsam steif und kühl war, während ihm selbst die Tränen kamen. Zudem meinte er etwas Lauerndes im Blick des Jüngeren entdeckt zu haben, mochte sich aber auch täuschen, war sein eigener doch getrübt.

»Wie geht es den Eltern? Wie haben sie es aufgenommen? Grämt Mama sich sehr? Hast du Elsa gesehen? Hast du sie gesprochen? Was redet man draußen? – Mein Gott, nun lass dir doch nicht alles aus der Nase ziehen!«

»Wenn du mich zu Wort kommen ließest, könnte ich deine Fragen beantworten.« Pietro blickte sich um und bemerkte den Schimmel an den Wänden. »So schlimm habe ich es mir ehrlich gesagt nicht vorgestellt.«

»Was hast du erwartet? Wandteppiche? Diwane?«

»Natürlich nicht. Aber etwas mehr Sauberkeit.«

»Schick Mama her, hier kann sie sich austoben. Nun sag schon, wie es den beiden geht.«

»Sie lassen dich grüßen«, sagte Pietro, um dann den Kopf zu schütteln. »Nein, ich will ehrlich sein: Sie wissen gar nicht, dass ich hier bin.«

»Wieso? Waren sie dagegen?«

»Nein, wo denkst du hin! Vater hat gestern versucht, dich zu besuchen, ist aber bereits beim gräflichen Hausmeister Kaldewey abgeblitzt. Seitdem bedrängt Mama mich, sie hierhin zu begleiten.«

»Und warum hast du sie nicht mitgebracht?«

Pietro blickte sich erneut um, als habe er beim ersten Mal einige Fresken übersehen.

»Kann man sich hier nicht setzen?«, fragte er.

»Du wirst dich mit dem Boden begnügen müssen.«

Als sie einander auf dem Stroh gegenübersaßen, wiederholte Marco seine erste Frage.

»Ach, weißt du«, sagte Pietro, »Mama weint viel. Da dachte ich, ich sehe erst einmal, wie es dir geht und wie es hier ist. Du weißt, wie schnell sie sich aufregt. Und wenn sie dich in deinem Zustand …«

»Was meinst du?«

»Hat man dir nicht gesagt, wie du aussiehst?«

»Je nach Lichteinfall kann ich mich im Wassereimer spiegeln. Beim ersten Mal dachte ich, da sitzt ein Fremder im Eimer.«

»Als ob eine Horde Knechte mit Dreschflegeln über dich hergefallen wäre.«

»So ähnlich muss es auch gewesen sein.«

»Hast du keine Schmerzen?«

»Die seelischen überwiegen. Könnt ihr Mama nicht trösten?«

»Wir versuchen es, aber du kennst sie ja. Sie kann sich in solche Dinge hineinsteigern.«

Das Gespräch kam ins Stocken. So bald hatte Marco eigentlich nicht damit gerechnet, wenn er sich auch bewusst war, dass die bedrückende Umgebung ihren Teil dazu beitrug.

»Du wirkst, als müsstest du einen Besuch am Totenbett abstatten. Habt ihr mich etwa schon aufgegeben?«

Beim dem Wort »Totenbett« machte Pietro ein erschrockenes Gesicht. »Aber nein! Vater hat bereits erwogen, dich mit Waffengewalt zu befreien.«

»Das soll er mal schön bleiben lassen. Was hast du dir denn überlegt?«

»Wie meinst du das?«

»Na, welchen Plan hast du, mir zu helfen? Oder willst du den Dingen ihren Lauf lassen?«

Pietro ergriff einen Strohhalm, pustete durch und knickte ihn, völlig sinnlos.

»Was ist mit dir?«, fuhr Marco ihn an. »Wozu bist du hier? Mach mir gefälligst Hoffnung!«

»Worauf?«, schnauzte Pietro zurück. »Ja, du hast Recht, wir haben dich aufgegeben! Als ob du das nicht wüsstest. Zumindest ich. Deine Sache steht nämlich gänzlich aussichtslos, verstehst du? Mama macht sich natürlich Hoffnungen, und auch Vater hat Flausen im Kopf. Ich hingegen sehe den Tatsachen ins Auge. – Tut mir Leid, aber so ist es nun einmal.«

Nach seinem Ausbruch wagte Pietro eine ganze Weile

nicht, Marco ins Gesicht zu blicken. Dann sagte er, noch immer mit gesenktem Kopf: »Entschuldige, dass ich so offen bin. Das ist nicht sehr einfühlsam.«

»Schon gut«, sagte Marco. »Du bist schließlich kein Seelsorger, nur mein Bruder. Kaplan von Elten war übrigens hier.«

Jetzt endlich hob Pietro den Blick. »Was wollte er?«

»Ich hatte ihn rufen lassen. Ich brauchte Beistand. Sonst war ja niemand da.«

»Konnte er dir ... Trost spenden?«

»Er hat mir Trost gespendet, er hat mir Mut gemacht, mehr noch, er hat mir sogar Hoffnung gemacht.«

»Hoffnung worauf?«

»Auf Freilassung.«

»Wie konnte er nur?«, fragte Pietro aufgebracht. »Es ist nicht redlich, einem Verzweifelten falsche Hoffnungen zu machen. Außerdem hat er noch eben mir gegenüber so getan, als ...«

»Ja?«

»Ich hatte nicht den Eindruck, als sei er von deiner Unschuld überzeugt.«

»Und wie steht es diesbezüglich mit meinem eigenen Bruder?«

Pietro suchte nach der Mitte zwischen Ja und Nein. »Noch ist nichts bewiesen. Wer weiß, was der Prozess ergibt.«

»Das klingt wie die Auskunft über das Wetter von einem, der nicht aus dem Fenster geguckt hat.«

»Was erwartest du? Du machst es einem mehr als schwer, an deine Unschuld zu glauben.«

»Von Elten hatte damit keine Schwierigkeit, was immer er dir auch gesagt haben mag. Er hegt die Hoffnung, dem wahren Mörder könne noch rechtzeitig das Gewissen schlagen. Dass er sich zu erkennen geben und gestehen könnte. – Du guckst, als sei dir ein Balken auf den Kopf gefallen.«

»Bei Gott, dann muss er dich wirklich für unschuldig halten!« Pietro schüttelte den Kopf in Fassungslosigkeit. »Hat er begründet, wieso?«

»Er kennt den wahren Mörder. – Mach den Mund zu, ich kann dein Zäpfchen sehen. Da staunst du, was?«

»Wer ... Wer ist es?«

»Das wollte er mir nicht sagen, obwohl ich ihn bedrängt habe. Er hat mir nur die Umstände geschildert, wie er ihm auf die Spur kam. Er muss ihn schon länger verdächtigt haben, denn er ist ihm in der Nacht, in der Nehle ermordet wurde, gefolgt. Das war die Nacht, in der ich bei van der Schuren eingebrochen bin, während du Wache standest, erinnerst du dich?«

»Selbstverständlich. Hat er die Bluttat mit eigenen Augen gesehen?«

»Ja. Er war Augenzeuge, wie der Mörder Nehle erschlug, ihren Leichnam auf den Minoritenfriedhof schleppte und ihr das Herz herausschnitt.«

»Grundgütiger! Eben war ich noch bei ihm, aber davon hat er mir keinen Ton gesagt, im Gegenteil, ich hatte den Eindruck, er ... aber unwichtig.« Pietro gebärdete sich aufgekratzt, als sei ihm gerade klar geworden, dass die letzten Tage nur ein böser Traum gewesen waren. »Von Elten muss umgehend zu Distelhuizen oder Richter van der Schuren gehen und eine Aussage machen. Zu deinen Gunsten. Am besten noch heute. Marco, das ist deine Rettung!«

Marco schüttelte langsam den Kopf. »Nein, das kann er nicht.«

»Wieso nicht?«

»Auch das hat er mir nicht gesagt. Aber möglicherweise hat der Mörder ihm seine Untaten später gebeichtet.«

»Nein!« Pietro jaulte förmlich auf. »Nein, nicht das Sakrament der Beichte!«

»In diesem Fall könnte ich nur darauf hoffen, dass dem Mörder selbst sein Gewissen schlägt. Aber da ist noch eine andere Möglichkeit. Von Elten sprach davon, der Mörder habe einen Eindruck gemacht, als sei er nicht bei sich, als sei er entrückt gewesen; er sprach sogar von geistiger Umnachtung.«

»Er meint einen Irren?«

»Nein. Er kennt diesen Menschen sonst als geistig gesund.«

»Was wollte er denn dann damit sagen? Der Mörder habe seine Taten in einem Rauschzustand begangen?«

»Eher das Gegenteil. Raserei war dem Mörder nicht anzumerken, er muss völlig ruhig und – ich sagte es bereits – entrückt gewesen sein.«

»Das gibt es doch nicht.«

»Am Tag nach der Tat soll der Mörder große Betroffenheit gezeigt haben. Entweder ist er ein Meister der Verstellung, oder aber er ist sich seiner Täterschaft tatsächlich nicht bewusst.« Marco seufzte. »Es ist, wie du bereits gesagt hast: So oder so steht die Sache völlig aussichtslos.«

»Gütiger Vater im Himmel, das ist doch nicht gerecht!«, rief Pietro, reckte die Hände hoch, um sich dann vor Verzweiflung die Haare zu raufen. »Da läuft ein Mörder frei herum und wird vielleicht sogar weiter morden, während mein Bruder am Galgen – oh, ich darf gar nicht daran denken. Und auch ich habe an deiner Unschuld gezweifelt, Marco, verzeih, bitte verzeih mir!«

Pietro warf sich Marco hemmungslos schluchzend zu Füßen, und der strich dem kleinen Bruder übers Haar, wie er es getan hatte, als sie auf der Flucht aus Strassburg hinten im Wagen lagen und Pietro heulte, weil er dachte, der Pöbel werde ihn bei lebendigem Leibe verbrennen.

Marco liefen die Tränen über die Wangen, und er hob den Kopf und betete stumm, aber voller Dankbarkeit zum Herrn, was, Gott wusste es am besten, nur alle Jubeljahre einmal vorkam.

Er war dankbar, weil er sich nun völlig sicher war, dass Pietro nicht Annas und Nehles Mörder war, denn die Trauer seines Bruders war echt, daran konnte kein Zweifel bestehen. Und verrückt war er auch nicht, dafür gab es kein Anzeichen. Sie hatten sich gegenseitig verdächtigt, das musste man sich vorstellen! Später, wenn sie alt und grau waren, würden sie darüber lachen. Dankbar war er aber auch, weil Elsa, seine geliebte Elsa, nun nicht gegen ihn aussagen musste, weil er jetzt ohne Rücksicht nehmen zu müssen fliehen konnte, weil sein Leben – halleluja – nicht in diesem elenden Loch enden würde. Während die Tränen heiß auf seine Unterarme tropften, sich zu Rinnsalen sammelten und durch den Schmutz fraßen, platzte er schier vor Glück, so, als habe ihm Distelhuizen soeben den Freispruch der Schöffen übermittelt. Am liebsten hätte er gelacht, bis ihm einfiel, dass Pietro aus Kummer weinte. Liebe Güte, er musste ihn aufmuntern!

»Weißt du, woran ich die ganze Zeit denken muss?«, sagte Pietro in diesem Augenblick. »Dass ausgerechnet die Mädchen überfallen oder ermordet wurden, die immer zusammen im Kermisdahl gebadet haben.«

Marcos Hand zuckte zurück, als habe ein Hund nach ihr geschnappt.

»Man könnte glatt meinen, da bestehe ein Zusammenhang, findest du nicht auch?«, fuhr Pietro fort, der noch immer vor Marcos Füßen lag. »Als habe der Mörder sie dort beobachtet, Missfallen an ihrem Tun gefunden und sie dafür bestraft.«

»Am Kermisdahl?«, fragte Marco mit zitternder Stimme. »Welche Stelle meinst du?«

»Dieser Badeplatz, der zugewuchert und von außen nicht einzusehen ist. Man muss durch das Gestrüpp kriechen, um dorthin zu gelangen. Du selbst hast mir doch davon erzählt.«

»So, habe ich das?«

»Ja sicher, woher sollte ich sonst davon wissen? Ich denke, wenn wir bei der Suche nach dem Täter dort ansetzten, wenn wir herausfänden, wer die Mädchen beobachtet hat, könnten wir dem Mörder auf die Schliche kommen. Was denkst du?«

Das ist nicht mehr nötig, dachte Marco und strich Pietro von Neuem übers Haupt. Ich habe ihn soeben gefunden.

Strassburg, Juli 1349
Wenn Rom ein Schwein war, dann war Strassburg eine Katze. Eine derart saubere Stadt hatte d'Amiens noch nie zu Gesicht bekommen. Überall begegneten ihm Kolonnen von Zwangsverpflichteten, die im Auftrag des Magistrats mit Reisigbesen umherzogen. Jede Straße, jeder Platz wurde gefegt, als seien dafür Preise ausgelobt worden. Unrat musste zu öffentlichen Sammelstellen gebracht werden, wo er umgehend verbrannt wurde. Wer seinen Dreck dennoch auf die Straße warf, landete am Pranger und bei Wiederholung im Kerker. In jeder Gasse sah er Frauen, die ihre Hauseingänge mit Essigwasser schrubbten, während die Männer die Abfälle aus den Höfen karrten.

Dieses Verhalten war den Einwohnern Strassburgs keineswegs in die Wiege gelegt worden, das sah man ihren angeödeten Gesichtern an; diese gründliche Reinlichkeit war vielmehr im Rat der Stadt erdacht worden und stellte eine von zahlreichen Maßnahmen zur Abwehr der Pest dar. Zusätzlich zu den Reinigungsarbeiten war die Hälfte der Stadttore geschlossen worden, und die anderen wurden strengstens bewacht, auf dass nur Gesunde in die Stadt hineinkamen. Tiere, die verdächtig erschienen, wurden ausgesondert und geschlachtet, denn man hatte gehört, dass zumindest Schweine und Hunde auf rätselhafte Art und Weise die Seuche verbreiten konnten. Des Weiteren war den Bürgern empfohlen worden, nur Wasser zu trinken, das vorher gekocht worden war; ein Mönch, der dem Magistrat als Berater diente, hatte damit angeblich sein Kloster in den Vogesen gerettet.

Maßnahmen, die d'Amiens beeindruckten und ihm, und nicht nur ihm, ein Gefühl von Sicherheit gaben. Die Strassburger ließen sich nicht wie die Lämmer zur Schlachtbank führen, sondern traten der drohenden Gefahr mit aller Entschlossenheit entgegen. Und die Ergebnisse gaben den Verantwortlichen zunächst Recht: Während der Schwarze Tod im ganzen Elsass bereits reiche Ernte hielt, war innerhalb der Stadtmauern noch kein einziger Krankheitsfall bekannt geworden. Dafür war der Dialekt der Strassburger zum Fürchten. D'Amiens hatte ständig das Gefühl, mit Betrunkenen zu sprechen, aber dieses Lallen war ihre Art, sich zu verständigen. Dass sie trotzdem soffen, war etwas anderes.

Von besonderer Pracht war das Münster. Vor allem das Langhaus mit seinem verglasten Triforium und den riesigen Obergadenfenstern faszinierte d'Amiens. Er hatte noch nie Glasflächen von solchen Ausmaßen gesehen, eigentlich hatte er gedacht, so etwas sei unmöglich zu fertigen. Das sagte er auch dem Probst, der ihn herumführte, und da wurde der Mann vor Stolz tatsächlich rot. Nun fehle nur noch der Turm, erklärte der Kirchenmann, aber den könne man erst in Angriff nehmen, wenn wieder Geld angespart wäre. D'Amiens verstand den Wink und ließ ein paar Münzen in den Opferstock fallen, woraufhin der Probst aufglühte wie nach einem Satz Ohrfeigen.

Bereits seit vier Monaten weilte d'Amiens in Strassburg, und erst jetzt hatte sich die Gelegenheit ergeben, das Münster eingehend zu besichtigen. Die Stadt gefiel ihm, vor allem das Gassengewirr entlang der Ill, wo er zwischen Fischmarkt und Thomaskirche eine Herberge gefunden hatte.

So anheimelnd Strassburg auch war, seit d'Amiens die Alpen überquert hatte, trauerte er dem Süden nach. Seinen alten Knochen fehlte die Wärme – das Frühjahr und der bisherige Sommer waren überwiegend verregnet gewesen –, und da er nicht gerne Fleisch aß, vermisste er das mediterrane Angebot an frischem Obst und Gemüse. Saure Äpfel, harte Birnen und holzige Rüben bot der Markt im Überfluss, d'Amiens aber sehnte sich nach Feigen, Granatäpfeln, Trauben und Melanzanas. In seiner Not hatte er angefangen, getrocknete Weintrauben zu essen, so genannte Rosinen, die ähnlich schmeckten wie Korinthen und die gleiche verdauungsfördernde Wirkung wie diese hatten.

Der Weg zur iberischen Halbinsel durch Frankreich war ihm derzeit versperrt. Nicht nur, weil er damit rechnete, dass er in seiner Heimat nach wie vor gesucht wurde – obwohl er seit Rom nichts mehr von einem Verfolger gehört hatte –, sondern auch, weil überall westlich des Rheins die Pest wütete. Im Süden, in Marseille, hatte sie begonnen, sie zog nun einer plündernden Armee gleich durch das Land und hinterließ eine Spur der Verwüstung. D'Amiens fragte sich, ob die Opfer überhaupt noch in Tausenden zu zählen waren. Ihn jedenfalls drängte die Seuche immer weiter nach Norden, inzwischen erwog er, von den Niederlanden aus ein Schiff zu nehmen.

Den größten Teil seiner Zeit verbrachte er mit der erneuten Niederschrift der Ordensgeschichte und der wahren Gründe, die zum Ende der Templer geführt hatten. Fünfundzwanzig Pergamente hatte er inzwischen beschrieben, die er zusammengerollt in einem hölzernen köcherartigen Behältnis aufbewahrte, das ein Böttcher nach seinen Vorgaben gefertigt hatte. Alles, was die Anklage den Brüdern seinerzeit vorgeworfen hatte, hatte sie sich aus den Fingern gesogen. Ketzerei, die Verleugnung Christi, das Bespucken des Kreuzes und der Schwur, sich einander hinzugeben, all das war nur vorgeschoben gewesen; in Wirklichkeit ging es einzig und allein um Geld. Dauerhaft in Geldnot, wie Philipp der Schöne war, hatte er der Versuchung nicht widerstehen können, sich die Besitztümer des Ordens anzueignen.

Es war ein bereits zweifach erprobtes und bewährtes Vorgehen, Philipp hatte schon 1291 die lombardischen Bankiers und 1305 die Juden unter dem Vorwurf der Ketzerei einsperren lassen. Beide Gruppen durften sich gegen Zahlung höchster Lösegelder freikaufen, eine Möglichkeit, die er den Templern nicht gewährte. Zu mächtig und einflussreich war der Orden, zu sehr hätte Philipp seine Rache fürchten müssen.

Lange konnte Philipp der Schöne sich jedoch nicht an seinem niederträchtigen Vorgehen freuen. Von Jakob von Molay im März 1314 vom Scheiterhaufen aus verflucht, brach der König von Frankreich sich noch im Dezember des gleichen Jahres bei einem Reitunfall den Hals. Papst Clemens V., den Molay ebenfalls mit einem Fluch belegt hatte, war bereits im April an der Ruhr gestorben – im Übrigen am gleichen Tag wie Esquieu de Floyran, jener aus dem Orden ausgeschlossene Ritter, der mit seinen Verunglimpfungen die Ermittlungen erst in Gang gebracht hatte und während des Prozesses als Kronzeuge der Anklage aufgetreten war. Ihn hatte man mit durchgeschnittener Kehle in seinem Bett gefunden. Immer wenn d'Amiens daran dachte, musste er schmunzeln. Es gab also doch so etwas wie eine ausgleichende Gerechtigkeit, der sich niemand, wirklich niemand entziehen konnte.

In Strassburg hatte er angefangen, über die Verhöre und Folterungen zu schreiben, und dabei das Erlebte erneut durchlitten. Mehr als vierzig Jahre waren seitdem vergangen, und noch immer konnte er den magensauren Atem Wilhelm von Nogarets, des obersten Anklägers, riechen, der sich beim Verhör so dicht vor ihm aufgebaut hatte, dass ihre Nasenspitzen sich berührten. Noch immer hatte er Wilhelm von Plaisians – Nogarets Alter Ego – durchaus angenehme Stimme im

Ohr, mit der er ihm riet zu gestehen, um dem zarten Zwangsmittel der Folterung, wie er sich ausdrückte, zu entgehen. Aber d'Amiens hatte nichts zugegeben, zu stark hatte er sich gefühlt.

Und dann spürte er plötzlich die Schmerzen, die die so genannten spanischen Stiefel verursacht hatten. Feuchtes Pergament, das ihm die Folterknechte eng um Füße und Unterschenkel gewickelt hatten, um ihn dann in die Nähe eines Feuers zu setzen, wo das Pergament trocknete und sich zusammenzog. Nie hätte er geglaubt, dass etwas, das so harmlos klang, solch unbeschreibliche Qualen verursachen konnte. Auch spürte und roch er wieder und wieder, wie sie ihm schwefelgetränkte Späne unter die Nägel trieben und anzündeten. Als die Späne abgebrannt waren, hatten sie ihm, was von den Nägeln übrig geblieben war, mit Schmiedezangen herausgerissen. Aber selbst da hatte er noch kein Geständnis abgelegt.

Erst als sie ihn mit der französischen Mütze folterten, einem Eisenring, der um den Schädel gelegt und zusammengeschraubt wurde, war er zusammengebrochen. Halb wahnsinnig vor Schmerzen gestand er alles, was Nogaret und Plaisians hören wollten. Sodomie, Ketzerei, Götzenkult, einfach alles. Hätten sie von ihm das Geständnis verlangt, dass er den Herrn ans Kreuz genagelt hatte, auch das hätte er zugegeben. Natürlich hatte er auch Abel erschlagen. Und nicht die Schlange, sondern er hatte Eva den Apfel angedreht. Er war das eigentliche Unglück der Welt.

In der Nacht vom sechsten auf den siebten Juli stand d'Amiens lange am Fenster seiner Kammer. Von fern hörte er den Singsang der Geißler, die durch die Stadt zogen. Überall traf man auf diese halb nackten Burschen. Erst gestern hatten sie St. Thomas besudelt, weil sie sich derart gepeitscht hatten, dass ihr Blut mehr als mannshoch an die Wände gespritzt war.

Schnuppernd zog der Comte Luft ein. Konnte man sie jetzt

schon riechen, die Magna mortalis? Noch war kein einziger Einwohner an der Pest gestorben, aber d'Amiens spürte ihr Nahen wie ein aufziehendes Gewitter. Als der Morgen graute, verließ er die Stadt.

Tags darauf wurde das erste Pestopfer Strassburgs beklagt.

Kleve, Juni 1350
Ricciutello lag bewegungslos auf dem Bauch, nicht einmal zu atmen schien er. Die Arme hatte er leicht angewinkelt vorgestreckt, und seine offenen Hände verharrten regungslos links und rechts des Lochs, in das sie ihre Notdurft zu verrichten pflegten. Auf der anderen Seite des Lochs, vielleicht zwei Handbreit vom Rand, lag ein daumennagelgroßes Stück Hartkäse, der Rest eines Kanten, den Anselmo ihnen zugesteckt hatte.

So ging das nun schon über eine Stunde. Die Zeit las Marco an der Strecke ab, die das helle Rechteck Sonnenlicht auf der dem Fenster gegenüberliegenden Wand zurückgelegt hatte, in dem Fall ein Klafter. Langsam kamen ihm Zweifel, ob Ricciutellos Plan aufgehen würde, aber er wollte kein Spielverderber sein. Solange der Stumme durchhielt, wollte auch er Geduld bewahren.

Da, jetzt streckte sie ihre Nase vor. Schnuppernd sog sie den Duft des Käses ein, eine Verlockung für ihresgleichen. Aber auch den Menschen roch sie, jetzt war nur die Frage, welcher Trieb stärker war, die Gier oder die Angst. Fressen oder fliehen machte in diesem Fall den Unterschied zwischen Leben und Tod aus.

Nun streckte sie den Kopf ganz heraus, der immerhin die Größe eines Stierhoden hatte, also handelte es sich um ein älteres, erfahrenes Tier, was den Reiz für Ricciutello erhöhte; Marco sah es am Glanz in seinen Augen. Und noch etwas sah er, was auf einen Schlag alles zunichte machen konnte: einen dicken Tropfen Schweiß, der Ricciutellos Nasenrücken hinunterrollte und sich an die Spitze hängte.

Marco beobachtete, wie die Ratte die Pfoten auf den Rand stellte, und gleichzeitig bemerkte er, wie der Tropfen anschwoll, gespeist von unzähligen winzigen Perlen, die auf Ricciutellos Stirn traten, sich nach kurzer Verweildauer lösten und ihren Weg durch die tiefe Kerbe zwischen seinen Brauen in Richtung Nase nahmen.

Mittlerweile schnupperte die Ratte nicht mehr im Kreis, sondern nur noch in eine Richtung – zum Käse. Offenbar hatte sie sich entschieden, war bereit, das Wagnis einzugehen. Fraglich war nur der Zeitpunkt, sprungbereit wirkte sie noch nicht.

Und dann geschah alles in den Bruchteilen von Wimpernschlägen. Der Tropfen wurde überschwer, fiel, aber im gleichen Augenblick schoss auch die Ratte aus dem Loch. Ricciutellos Hände schnappten zu wie Fangeisen, die Ratte quiekte, und dann schlug er auch schon seine Zähne in ihr Genick und zerbiss es. Ein Geräusch, das Marco an das Knacken einer rohen Karotte erinnerte. Das war Ricciutellos Art, so hatte er es immer schon gemacht, und immer schon hatte Marco es abstoßend gefunden, aber Ricciutello war der Jäger, also war das seine Sache.

Ricciutello hatte darauf gewettet, dass die Ratte sich nicht einmal das Käsestück würde schnappen können, Marco hatte dagegen gesetzt. Nun schuldete er dem Knecht eine Kanne Bier. Blieb die Frage, ob er sie ihm noch in diesem Leben ausgeben konnte.

Die Tür wurde aufgeschlossen, Anselmo steckte den Kopf

herein und machte Ricciutello Zeichen, er solle zum Würfeln kommen. Das war neu, dass sie nun auch nachmittags spielten, aber Ricciutello hatte nichts dagegen, denn über ein Übermaß an Zerstreuung konnten sie sich nun wirklich nicht beklagen. Diesmal jedoch wurde auch Marco bedacht.

Kaum hatte der Knecht die Zelle verlassen, trat Elsa ein.

*

Er küsste ihre Stirn, ihre Brauen, ihre Lider. Er zupfte mit den Lippen an ihren Wimpern. Er küsste ihre Nase, ihre Wangen, ihr Kinn. Er koste ihre Ohren, ihren Hals, ihren Nacken. Er roch ihr Haar, ihre Haut. Er trank die Tränen, die ihr übers Gesicht liefen, obwohl sie vor Glück strahlte.

Sie berührte jede Schramme, jeden Schorf, jeden Bluterguss mit einer Zärtlichkeit, die einen Windhauch zum Rohling stempelte. Sie zog die Umrisse seines Gesichtes mit den Fingerspitzen nach. Sie küsste die Stellen, an denen die Eisen seine Handgelenke wund gescheuert hatten. Sie küsste seine Hände, seine Fingerkuppen. Sie küsste seine Lippen, und er erwiderte den Kuss.

Unendlich behutsam umschlangen sie einander, als hielte jeder den anderen für zerbrechlich. Lange verharrten sie so, lauschten schweigend ihren Herzschlägen, als hätten sie alle Zeit dieser Welt. Bis schließlich einer den Mut aufbrachte, diesen Zauber zu zerstören. Es war Elsa. Der Sonnenlichtfleck hatte ein weiteres halbes Klafter zurückgelegt.

»Was haben sie dir nur angetan?«, fragte sie.

»Halb so wild«, sagte Marco, aber sein Grinsen geriet ihm schief. »Immerhin hast du mich noch erkannt. Geht es dir besser? Distelhuizen sagte, du wärst in einen Fieberschlaf gefallen.«

»Das war der Schreck, als der Unbekannte plötzlich vor mir stand, weißt du.«

»Hast du ihn erkannt?«

»Nein. Eigentlich habe ich nur seine Augen gesehen. Sie haben geleuchtet wie Hundeaugen im Mondlicht.«

»Und du bist sicher, dass du wieder wohlauf bist?«

»Aber ja doch. Nun wird alles gut.«

Nach einem erneuten Kuss setzten sie sich, und Elsa sprudelte los.

»Ich musste mich aus dem Haus schleichen, Distelhuizen lässt es bewachen. Vermutlich hat er Angst, es könnte einen weiteren Anschlag auf mich geben. Wenn er wüsste, dass ich zu deiner Entlastung aussagen werde, würde er sich das bestimmt noch mal überlegen. Ich bin dann als Erstes zu deinen Eltern gelaufen, weil ich mir dachte, wenn jemand Neuigkeiten von dir hat, dann sie.«

Marco schluckte. »Hast du ihnen gesagt, dass du zu meinen Gunsten sprechen willst?«

»Ich war drauf und dran, habe es dann jedoch sein lassen. Sie schienen auch so einigermaßen gefasst, und ich wollte erst mit dir sprechen, um nichts falsch zu machen. Gleich nachher gehe ich zu Richter van der Schuren und kläre alles auf. Vielleicht bist du heute Abend schon frei. – Was ist los mit dir? Du scheinst dich gar nicht zu freuen.«

Marco sah ihr in die Augen, und an der unendlichen Traurigkeit, die sich in seinem Blick spiegelte, erkannte Elsa, dass ihr eine bittere Erkenntnis bevorstand.

»Ich weiß nicht, wie ich es dir sagen soll«, begann Marco.

»Sag es offen«, flüsterte sie.

»Gut. Du musst vor Gericht aussagen, ich hätte dich überfallen, und ich werde mich schuldig bekennen und die Morde gestehen.«

Elsa guckte, als habe er sie geschlagen. »Was redest du da? Mit so etwas macht man keinen Scherz. – Bei Gott, das ist kein Scherz! Marco, das wäre dein Todesurteil. Warum? Sieh mich an, Marco. Sag mir, warum?«

»Den Grund kann ich dir nicht nennen.«

Elsa entriss ihm ihre Hand, als habe er sie widerrechtlich an sich genommen. »Du glaubst doch nicht, dass du damit durchkommst! Du kannst doch nicht allen Ernstes von mir verlangen, dich an den Galgen zu bringen, ohne mir wenigstens den Grund für diesen Aberwitz zu nennen. O nein, Marco, so nicht.«

»Elsa, bitte! Glaube mir, ich habe gute Gründe, dich nicht einzuweihen. Dieses Wissen könnte dich in Gefahr bringen.«

»Pah, Gefahr! Das schiebst du doch nur vor. Ich glaube vielmehr, du fürchtest, ich würde mich mit deiner Begründung nicht zufrieden geben, weil sie für mich nicht stichhaltig ist. Ist es nicht so?«

»Ich habe Verständnis dafür, dass du nichts Falsches aussagen willst. Dann sag gar nichts. Mein Geständnis wird zur Verurteilung genügen.«

»Wie großmütig! Der Herr hat Verständnis dafür, dass ich ihm nicht helfen will, sich den Strick um den Hals zu legen. – Was bildest du dir eigentlich ein? Glaubst du, ich habe Kopf und Kragen riskiert, um zwei Tage später zu erfahren, dass alles nur eine Laune war?«

»Ich habe diese Entscheidung weder leichtfertig noch aus einer Laune heraus getroffen.«

»Weswegen dann? Aus Todessehnsucht?«

»Nun treib mich doch nicht so in die Enge.«

»Und ob. Ich habe mein Leben eingesetzt, um deine Unschuld zu beweisen. Damit habe ich mir, verdammt noch mal, das Recht erworben zu erfahren, warum der Mann, den ich liebe, auf einmal sterben will.«

»Ich habe dich nicht gezwungen, den Lockvogel zu machen.«

Elsa lachte ein bitteres Lachen, das nahe daran war, nach Verachtung zu klingen. »Selbst wenn du sagst, ich hätte mich ja nicht in dich zu verlieben brauchen, ich werde nicht aufgeben. Ich will wissen, was hier gespielt wird.« Plötzlich wurden ihre Augen ganz schmal. »Du deckst jemanden, ist es das? Du weißt, wer der Mörder meiner Schwester ist, entlarvst ihn aber nicht, sondern willst statt seiner sterben. Bei Gott, das ist der Grund. Sag mir, dass ich Recht habe, sag es mir!«

Marco schwieg. Ein Schweigen, das in seinem Schädel wie ein dumpfer Kopfschmerz bohrte. Ein Schweigen, das mehr sagte als alle Worte.

»Wer ist es?«, fragte Elsa. »Kenne ich ihn? – Natürlich, es kann nur einer sein! Es ist Pietro, nicht wahr? – Ja, er ist es. Für keinen anderen würdest du in den Tod gehen.«

»Elsa, ich flehe dich an, vergiss es. Vergiss, was du soeben erkannt hast.«

»Das kann ich nicht. Ich werde ihm begegnen, immer wieder. Jedes Mal, wenn ich ihn sehe, werde ich denken, da geht der Mörder, der nicht nur meine Schwester auf dem Gewissen hat, sondern auch den Mann, den ich geliebt habe.«

»Er wird dir nicht mehr begegnen. Noch am Wochenende wird er den Franziskanern beitreten und für immer hinter Klostermauern verschwinden. Von Elten steht dafür, dass er das auch einhält.«

»Dann weiß der Kaplan es also auch.«

»Ja, sonst aber niemand. Und dabei muss es auch bleiben.«

Elsa stieß ein irres Lachen aus. »Natürlich, selbstverständlich. Dir hacken die Krähen die Augen aus, ich ende im Narrenhäuslein und dein Bruder im Kloster. Und von Elten lacht sich ins Fäustchen. Wieder zwei Sünder bekehrt. Dich durch deinen Sühnetod und deinen Bruder, indem er sein Leben dem Herrn weiht. So macht man Geschäfte. Halleluja!«

Dann kamen ihr die Tränen. Sie weinte leise, aber lang anhaltend. Marco war versucht, sie in den Arm zu nehmen, aber sie würde lernen müssen, allein damit fertig zu werden. Der Kloß, den Marco im Hals hatte, war größer als eine Faust.

»Erklär es mir«, sagte sie, als sie keine Tränen mehr hatte.

»Erklär mir, warum er das getan hat. Erklär mir, warum du an seiner statt büßen willst. Ich verstehe es nämlich nicht.«

»Ganz einfach, Pietro ist mein Bruder. Ich kann mich nicht hinstellen und ihn beschuldigen. Das ist unmöglich.«

»Aber er ist ein Scheusal, er hat getötet, unschuldige Menschen, meine Schwester, Nehle.«

»Das weiß er nicht.«

»Wie bitte?«

»Pietro weiß nicht, dass er ein Mörder ist. Er ist krank. Er weiß nichts von alledem.«

»Er macht dir etwas vor. Marco, er benutzt dich. Er weiß, dass du ihn niemals verraten würdest. Damit rechnet er.«

»Nein, glaub mir doch. Ich habe ihn vorhin auf die Probe gestellt. Er hat ein reines Gewissen. Würde er bestraft, wüsste er überhaupt nicht, wofür.«

»Dann ist er verrückt.«

»Ja, so etwas in der Art. Als habe er zwei Seelen, die nichts voneinander wissen.«

»Hat es früher schon einmal Anzeichen für diese ... Krankheit gegeben?«

Marco verneinte. »Pietro hat ab und an unerklärliche Kopfschmerzen, aber ich bezweifle, dass sie etwas damit zu tun haben.«

Unruhig irrten Elsas Augen hin und her; fieberhaft suchte sie nach einem Ausweg. »Wie hast du überhaupt erfahren, dass Pietro der Mörder ist? Wenn er von seinen Verbrechen nichts weiß, kann er dir kein Geständnis gemacht haben.«

»Von Elten hat gesehen, wie Pietro Nehle umgebracht hat. Dabei hatte er den Eindruck, als sei Pietro nicht bei sich gewesen. Er sagte, mein Bruder habe regelrecht durch ihn hindurchgesehen.«

»Von Elten?«, rief Elsa. »Bist du denn von allen guten Geistern verlassen? Wie kannst du diesem Menschen nur Glauben schenken?«

»Bitte, Elsa! Denkst du, ich hätte nicht meine Zweifel gehabt? Aber inzwischen bin ich zu der Überzeugung gelangt, dass der Kaplan die Wahrheit gesprochen hat. Seine Vorstellungskraft reicht nicht aus, um sich das auszudenken, was er mir geschildert hat.«

»Ich will genau wissen, was von Elten gesagt hat, Marco. Jedes Wort.«

Marco war sein Unwillen anzusehen, sich noch einmal mit der Tat auseinander zu setzen, aber gleichzeitig wusste er, dass er es Elsa schuldig war.

»Von Elten ist meinem Bruder in jener Nacht gefolgt, von der Sakristeikirche bis zum Hasenberg«, sagte er. »Dabei ist er von Ricciutello gesehen worden, also ist diese Angabe unzweifelhaft.«

»Wieso ist er ihm nachgegangen? Einfach so? Er muss doch einen Verdacht gehabt haben.«

»Den hatte er, wie er sagte, gleich nach Annas Ermordung. Während des gemeinsamen Bibelstudiums muss Pietro sich mehrfach ausgesprochen abfällig über die Schamlosigkeit der Frauen ausgelassen haben, angeblich hat er sogar Drohungen ausgestoßen. Von Elten hat das zunächst als Übereifer angesehen und der Sache keine weitere Bedeutung beigemessen.«

»Gegen wen haben Pietros Drohungen sich gerichtet? Gegen Anna und Nehle?«

»Namen soll mein Bruder nicht genannt haben.«

»Was ist mit den Dirnen, die sich am Neuen Markt herumtreiben? Erzürnt deren Treiben ihn nicht?«

»Von Elten sagte, vornehmlich seien Pietro die ›Scheinheiligen‹ ein Dorn im Auge. Die vorgeblich Anständigen, die heimlich ihrer Verderbtheit frönen.«

»Und das glaubst du?«

»Zuerst habe ich es geglaubt, dann wieder nicht – zeitweise wusste ich überhaupt nichts mehr ... Zuletzt war ich von der Unschuld meines Bruders überzeugt und dachte, von Elten hätte mich belogen, auch wenn mir dafür kein Beweggrund einfallen wollte. Dann jedoch hat Pietro sich verraten. Er kennt euren Badeplatz am Kermisdahl und behauptet, ich hätte ihm davon erzählt. Ich habe ihm gegenüber die Stelle aber nur einmal kurz erwähnt, ohne von euch zu erzählen.«

»Du glaubst also, er war derjenige, der auf unsere Kleider ...«

Marco nickte. »Ich nehme an, dass Clos ihm von eurem Badevergnügen erzählt hat. Der hatte ja den Zugang entdeckt und nimmt gelegentlich an den Bibelstunden bei von Elten teil.«

Plötzlich saß Elsa kerzengerade. »Und wenn Pietro gestehen würde??«

»Wie kann er etwas gestehen, von dem er nichts weiß?«

Elsa fiel regelrecht in sich zusammen. Eine Weile kauerten sie einander gegenüber, stumm vor Verzweiflung und Hoffnungslosigkeit.

»Du musst fliehen«, sagte Elsa, aber es klang matt. »Ich werde dich befreien, ich werde mir etwas ausdenken.«

Marco kroch an ihre Seite und nahm sie in den Arm.

»Ich habe eine Vereinbarung mit von Elten getroffen. Er sorgt dafür, dass Pietro kein Unheil mehr anrichten kann, im Gegenzug bekenne ich mich schuldig. Du hast schon Recht, so kann er sich zwei Seelen gutschreiben lassen.«

»Ich habe nichts vereinbart, mit niemandem«, murmelte Elsa.

»Was sagst du?«

»Nichts«, sagte sie. »Nichts.«

Als Elsa nach dem Besuch bei Marco, den sie sich bei Anselmo mit dem Versprechen auf einen Krug besten Weines erkauft hatte, nach Hause kam, traf sie ihren Vater und Distelhuizen, beide dem Zusammenbruch nahe, in der Gaststube an. Zuerst setzte es zwei saftige Ohrfeigen, dann hielt ihr der Vater, der seltsamerweise hinkte, eine Standpauke, bis er heiser war. Mitgrund für seinen Zorn war der Zustand ihrer Mutter, die, als Elsas Verschwinden bemerkt worden war, einen Zusammenbruch erlitten hatte. Nun lag sie im Bett, Tante Clothilde betete für sie, und die Rote flößte ihr einen Tee ein, nach dem bereits das ganze Haus stank. Der andere Grund war, dass der umgehend benachrichtigte Gerichtsbote bereits den Prozess in Ermangelung der wichtigsten Zeugin scheitern sah. Im Gegensatz zu Zwerts hatte Distelhuizen wenigstens den säumigen Wachposten, an dem er seine Wut auslassen konnte, während dem Schankwirt nichts anderes blieb, als den Hund zu treten. Der dachte jedoch gar nicht daran, als Prügelknabe herzuhalten, setzte sich zur Wehr und biss seinen Herrn in die Wade, weswegen dieser jetzt hinkte.

Das Ansinnen der beiden, sie solle die Nacht unter Bewachung in der Ratsstube verbringen, wies Elsa zurück. Als die Männer darauf bestanden, sagte sie, dann werde sie morgen eben schweigen. Mit dieser Möglichkeit hatte wohl niemand gerechnet, denn beide wurden schreckensbleich. Als sie dann auch noch sibyllinisch fragte, woher die beiden eigentlich wissen wollten, dass sie im Sinne der Anklage aussagen würde, schließlich sei sie bisher nicht einmal befragt worden, war es um die Beherrschung der beiden geschehen. Zwerts machte Distelhuizen die heftigsten Vorwürfe, während der sich damit rauszureden versuchte, Schuld habe der Graf, der den Prozess holterdiepolter für den nächsten Tag angesetzt habe, ohne auf die Vorbereitungen Rücksicht zu nehmen. Eine Befragung an Ort und Stelle lehnte Elsa ab. Sie sagte, die Herren sollten sich überraschen lassen, aber vielleicht sei ihre Aussage ja auch überflüssig, denn noch bestehe ja die Möglichkeit, dass der Angeklagte gestehe. Dann zog sie sich zurück. Auf der Treppe verlor sie ihre mühsam aufrecht erhaltene Fassung und brach in Tränen aus.

*

Dass der Prozess bereits am nächsten Tag bei Sonnenaufgang beginnen würde, hatte Marco erst gegen Mitternacht erfahren. Ununterbrochen kreisten seine Gedanken um das Schauspiel, das er aufzuführen gedachte, aber auch der schmerzhaft schroffe Abschied Elsas kam ihm immer wieder in den Sinn. Von ihrer letzten Begegnung während seines irdischen Daseins hatte er sich mehr erwartet, dann wiederum sagte er sich, es sei vielleicht besser so. Entsprechend zerschlagen fühlte er sich, als er im Morgengrauen von Distelhuizen und einem halben Dutzend Gardisten abgeholt und zur Verhandlung geführt wurde.

Die Verhandlung fand – aus Sicherheitsgründen, wie ihm Distelhuizen mitteilte – im inneren Schlosshof statt. Eine Anordnung, die der Graf höchstpersönlich getroffen hatte, sehr zum Missfallen von Jakob van der Schuren, der dies als schweren Eingriff in die Unabhängigkeit der Rechtspflege und damit in die Vorrechte der Stadt wertete. Da er aber als Richter von der Ernennung durch den Fürsten abhängig war, hatte er sich zähneknirschend gefügt. Zumal er zugeben musste, dass der Schlosshof sich gegen den Pöbel entschieden besser sichern ließ als die Ratsstube im Mitteltor, in der das Gericht sonst tagte.

Nach Marcos Schätzung mochte der innere Schlosshof in seiner größten Ausdehnung siebzig mal sechzig Rheinische Fuß messen, wobei von der Fläche der Teil abzuziehen war, den der schräg verlaufende Trakt mit dem Schwanenturm verschlang. Kühl und düster war es in dem Geviert, das mehr ein

Dreieck war, und durch die hohen Gebäude ringsum bedrückend wie in einer Schlucht. Außerdem hallten jeder Tritt und jedes Husten mehrfach wider.

Die Bank für den Richter und die sieben Schöffen war im Norden des Hofs aufgebaut, unter den Kolonnaden. Der neunte Stuhl war für Distelhuizen, das kleine Stehpult etwas abseits für den Schreiber. Unter freiem Himmel drängten sich die beiden Kläger und der Beklagte mit ihren Anhängen, streng nach Zugehörigkeit getrennt. Die Öffentlichkeit hatte man ausgesperrt: Das Falltor war nicht nur heruntergelassen worden, sondern auch noch mit Tüchern verhängt, sodass das Volk nicht einmal spinxen konnte. Der Ärger der Klever war gewaltig und äußerte sich in unflätigem Gegröle.

Für Marco war es das erste Wiedersehen mit seinen Eltern seit seiner Verhaftung vor zwei Tagen. Als sie sich umarmen wollten, traten Gardisten dazwischen, die auch jedes Gespräch unterbanden. So blieb ihnen nur die Zwiesprache per Mienenspiel und Gesten. Sein Vater, dessen Nase für Marco überraschend schief stand, reckte den Daumen. Überhaupt wirkten seine Eltern grenzenlos zuversichtlich, was Marco im Herzen wehtat. Der Schreck, den er ihnen gleich bereiten würde, würde sie schwer treffen.

※

In der Erwartung, dass ihr die schrecklichste Nacht ihres Lebens bevorstünde, hatte Elsa sich in Annas Kammer zur Ruhe gelegt. Die Laken und Decken rochen noch immer nach der großen Schwester, und das war beinahe, als sei sie noch da, um die Kleine in den Arm zu nehmen und zu trösten, wenn die Albträume kamen. Die jedoch blieben aus, denn Elsa fand nicht in den Schlaf. Mit offenen Augen lag sie da, starrte in die Dunkelheit und fühlte sich leer, wie ausgehöhlt, unfähig zu denken oder zu empfinden. Weder ängstigte sie der Schrecken, der hinter ihr lag, noch der, der sie erwartete. Sie atmete und ihr Herz schlug, beides wie üblich. Als der Morgen graute, war sie nur überrascht, wo die Stunden geblieben waren.

Sie verließ ihr Lager und ging zum Giebel, wo sie die kleine Lade entriegelte und aufstieß. Kühl und würzig war die Luft, die hereinströmte. In der Nacht hatte es geregnet. Der Himmel im Osten war strahlend blau, und für einen Augenblick vergaß sie alles und träumte, es würde ein schöner Tag werden. Als sie nach unten blickte, war sie mit einem Schlag wieder in der Wirklichkeit: Auf dem Alten Markt wimmelte es von Menschen wie sonst nur, wenn die Gaukler in der Stadt waren. Obwohl bekannt gegeben worden war, dass die Verhandlung unter Ausschluss der Bevölkerung stattfinden würde, strömte ganz Kleve zum Schloss, vielleicht ließe sich ja doch ein Blick auf das Untier erhaschen.

Elsa wollte ihre hohe Warte schon verlassen, als ihr mitten auf dem Platz drei Männer auffielen, die sich nicht bewegten, sondern die Köpfe zusammensteckten. Kein Zweifel, das waren Kaplan von Elten, Rektor Clos und – Pietro. Heiß stieg ihr das Blut in den Kopf. Du wirst ihn nicht mehr sehen, hatte Marco gesagt, vielleicht. Zu voreilig, denn da stand er geradewegs vor ihrer Nase, der wahre Mörder, der von seinen Taten angeblich nichts wusste. Scharf sog Elsa Luft ein und hielt sie an. Das Herz schlug ihr bis zum Hals, und für einen Moment war sie versucht, auf die Straße zu laufen, Pietro zu packen und allen Vorübergehenden zuzuschreien: »Seht ihn euch an, das ist er, der Mörder meiner Schwester!« Dann aber schloss sie die Augen, dachte an Marco und seine eindringliche Bitte, das Schicksal anzunehmen, und langsam, sehr langsam ließ sie die Atemluft entweichen.

Als sie die Augen wieder öffnete, entfernte Clos sich gerade, nur von Elten und Pietro standen noch beieinander. Geradezu verschwörerisch blickte der Kaplan um sich, griff dann in seine Rocktasche und zog einen Gegenstand heraus, den er Pietro so unauffällig wie möglich zusteckte. Niemand der Vorübergehenden bemerkte den Vorgang, Elsa jedoch sah, was da in Pietros Tasche verschwand.

Es war eindeutig ein Schlüssel.

*

Als Kläger waren Henrik Zwerts und Gattin Margarethe angetreten sowie Piet Wannemeker. Der Schankwirt wirkte gefasst, er sammelte sich offenbar für den Vortrag seiner Klage, während seine Frau Marco aus blutunterlaufenen Augen hasserfüllt anstarrte. Elsa konnte er nirgendwo entdecken, anscheinend hatte sie seinem Wunsch entsprochen und war nicht erschienen.

Wannemeker gefiel sich in der Rolle des kaum zu bändigenden Kettenhundes. Immer wieder machte er einige Schritte in Richtung Marco, schüttelte die erhobene Faust und stieß üble Verwünschungen aus, was seine Begleiter mit Schulterklopfen belohnten.

Erasmus van der Schuren war erschienen, mit einem scharlachroten Umhang und einem mit Federn geschmückten Hut aufgedonnert wie ein Pfingstochse und offenbar geheilt von seinem Blähbauch. An seiner Seite stand Till, dem Marco gerne ein paar aufs Maul gegeben hätte.

Ritter van Eyl war da, wie gewohnt im Kettenhemd, und – unbegreiflicherweise ausgerechnet an seiner Seite – Diderik van Dornik, sich ständig umblickend, ob jemand »Pisspott« rief. Ebenso standen Jan van Wissel, Benedikt van Bylant, Julius Heeck und Mattes von Donsbrüggen nebst Anhängen herum, allesamt Sippen, die einen oder mehrere der Schöffen stellten.

Aus den Reihen der Handwerker erkannte Marco den Schwertfeger, den Kessler und den Häfner. Warum ausgerechnet sie Zutritt erhalten hatten, war ihm ein Rätsel, vielleicht waren sie einfach an der Reihe.

Kaplan von Elten und Rektor Clos durften natürlich auch nicht fehlen. Sie standen etwas abseits im Dunkel der Kolonnaden. Marco hätte sie nicht entdeckt, wäre von Elten nicht kurz aus dem Schatten getreten, um ihm Zeichen zu machen. Verschränkte Hände und ein Kopfnicken mit geschlossenen Augen, das sollte wohl bedeuten, alles verläuft wie vereinbart. Erst in diesem Augenblick vermisste Marco seinen Bruder, war gleichzeitig aber auch dankbar, dass er fehlte. Vielleicht hatte von Elten ja das gemeint.

Auf einen Fanfarenstoß zogen Richter van der Schuren, angetan mit Mantel und Stab, und die Schöffen, die auf ein Jahr in ihr Amt gewählt worden waren, ein und setzten sich. Alle hatten Körbe mit Essbarem dabei, offenbar rechneten sie mit einer längeren Veranstaltung. Danach suchten der Gerichtsbote und der Schreiber ihre Plätze auf.

Der Prozess konnte beginnen.

Im Nachhinein war Elsa sich sicher, hätte von Elten den Schlüssel offen überreicht, hätte sie keinerlei Verdacht geschöpft, so aber argwöhnte sie, dass hier etwas nicht stimmte, erst recht, da Pietro an dem Vorgang beteiligt war.

In einer ersten Regung wollte sie umgehend Pietros Verfolgung aufnehmen, dann jedoch fiel ihr ein, dass das Haus bewacht wurde, vier Mann vorne, vier Mann hinten. Diesmal würde sie sich nicht einfach davonmachen können, indem sie aus einem der Fenster kletterte, nun musste ihr etwas Besseres einfallen. Also blieb sie zunächst einmal, wo sie war und folgte Pietro mit den Augen. Er schlenderte im Zickzack auf das Tor der Stiftsfreiheit zu, durchschritt den Bogen und ging scheinbar ziellos über den Friedhof. Elsa verlor ihn aus den Augen, die Kastanien nahmen ihr die Sicht. Dann tauchte er plötzlich wieder auf, wenn auch an anderer Stelle als erwartet, nämlich an der Tür zur Sakristei. Pietro nahm den Schlüssel, schloss auf und verschwand im Inneren.

Was hatte Pietro in der Sakristei verloren, noch dazu mit von Eltens Billigung? In eben jener Sakristei, in der die Hostien durchbohrt worden waren? Ein Verdacht, den Elsa schon einmal gehegt hatte, stieg erneut in ihr hoch, diesmal mit ungeheuerlicher Wucht: War es denkbar, dass Marco das Opfer einer heimtückischen Verschwörung war, die von Elten gemeinsam mit Pietro eingefädelt hatte? Dass Pietro womöglich gar nicht so unwissend war, wie Marco glaubte? Und wo waren eigentlich die Herzen von Anna und Nehle geblieben? Sie konnten sich schließlich nicht in Luft aufgelöst haben.

Gesetzt den Fall, Pietro war wirklich verrückt, dann waren ihm die Herzen sicher kostbar, sonst hätte er sie nicht herausgeschnitten. Daher war es denkbar, dass er sie in einer Art Schrein aufbewahrte, möglicherweise hatte er sogar einen Altar für sie gebaut. Ein kalter Schauer lief Elsa über den Rücken. Einen ähnlichen Fall hatte es schon einmal gegeben, sie erinnerte sich, drüben in Krahnenburg. Da hatte ein geisteskranker Mörder seinen Opfern die Augen ausgestochen und sich abends bei Kerzenlicht mit ihnen unterhalten. Ein gutes Dutzend hatten sie bei ihm gefunden, als sie ihn schließlich fassten, sogar die Augen eines Blinden. Das seien die einzigen gewesen, mit denen man nicht reden konnte, hatte der Irre gesagt.

Vielleicht würde Pietro sich wieder erinnern, was er verbrochen hatte, wenn man ihm die herausgeschnittenen Innereien vor Augen hielt. Elsa schnipste mit den Fingern. Genau, das war es, sie musste die Herzen finden, unbedingt! Dass sie nicht schon eher daran gedacht hatte. Gleichzeitig grauste es ihr bei dem Gedanken. Wie sah ein Menschenherz überhaupt aus? Die einzigen Herzen, die sie kannte, waren Hühner- und Hasenherzen. Und wer wusste schon, in welchem Zustand sie waren, Anna war immerhin vor mehr als einer Woche ermordet worden. Womöglich voller Maden, wie der Kalbskopf, den sie einmal als Kind gefunden hatte.

Wie auch immer; eines stand fest: Sie würde nicht untätig sein und zusehen, wie die Dinge ihren unseligen Lauf nahmen. Aber dafür musste sie zunächst einmal ihren Wächtern entkommen.

Und sie wusste auch schon, wie.

*

Van der Schuren verlangte von den Schöffen zunächst den Nüchternheitsbeweis, und so trat jeder Einzelne vor ihn hin und hauchte ihn an. Ein Akt, der etwas Demütigendes hatte, aber keiner der Schöffen weigerte sich. Auch Marco und Henrik Zwerts mussten vortreten, was Marco in seinem Fall für gänzlich abwegig hielt, denn wie zum Teufel sollte er im Kerker an Wein gekommen sein. Piet Wannemeker dagegen blieb die Prüfung erspart, seine Trunkenheit war offensichtlich. Zuzüglich zum sofortigen Ausschluss vom Prozess wurde er zu einer Geldstrafe verdonnert, weil er gegen einen der Pfeiler sein Wasser gelassen hatte.

Mit fester Stimme, laut und deutlich, hielt Zwerts nun seine Anklagerede. Angeklagt wurde jedoch erst einmal niemand, da er zunächst aus Annas Leben berichtete: dass sie in jungen Jahren schwächlich und häufig krank gewesen war, ein stilles und in sich gekehrtes Kind, das sich erst im Laufe der Zeit zu einer gesunden und arbeitsamen jungen Frau entwickelt hatte. Allseits wurde gegähnt, das wollte nun wirklich niemand hören, zumal Zwerts über Gebühr schönfärbte und Anna als Madonna zeichnete. Seiner Gattin allerdings schien es zu behagen, vielleicht hatten sie es so abgesprochen, denn sie nickte mit geschlossenen Augen. Marco war angewidert.

Van der Schuren verspürte wohl keine Abscheu, ihm lief jedoch die Zeit davon. Freundlich, aber nachdrücklich mahnte er den Schankwirt, nun endlich auf den Punkt zu kommen. Das tat Zwerts dann auch, wobei er zunehmend lauter wurde und letztendlich Marco ins Gesicht schrie, dass er seine Tochter auf unmenschliche Weise ermordet habe. Die Worte hallten zwischen den Gemäuern nach, die Anklage war zwei- bis dreimal, je nach Standort sogar viermal zu hören. Es folgte ein langes Schweigen.

Plötzlich entstand Unruhe in den Reihen der Gardisten, bis schließlich Hausmeister Kaldewey zu Distelhuizen eilte und ihm etwas ins Ohr flüsterte, woraufhin der mit hochrotem Kopf hinter den Richter trat und seinerseits in gleichsam heimlichtuerischer Weise Meldung erstattete. »Potztausend, dann fangt sie wieder ein!«, war van der Schuren zu vernehmen. Distelhuizen war noch damit beschäftigt, seine Leute einzuteilen, als der Richter dem jungen Lombarden das Wort erteilte.

»Ich bekenne mich schuldig«, sagte Marco laut und deutlich in die allgemeine Unruhe hinein. »Schuldig der Morde an Anna Zwerts und Nehle Wannemeker.«

Schneller und erfolgreicher hatte noch nie jemand für Ruhe gesorgt.

*

Als Elsa zur Seite blickte, musste sie zugeben, dass ihre Mutter Recht hatte: Mädchen hatten auf Dächern nichts zu suchen. Margarethe Zwerts pflegte das damit zu begründen, Frauen hätten von Natur aus einen geringeren Gleichgewichtssinn als Männer. Ob das immer stimmte, wusste Elsa nicht, ihr Gleichgewichtssinn war jedenfalls so geartet, dass er sie unaufhörlich in die Tiefe zog. Da half nur, nicht runterzusehen.

Rittlings auf dem First sitzend hüpfte sie voran, als reite sie einen bockigen Gaul. Keine angenehme Art der Fortbewegung, zumal sie nur durch die Nase atmen konnte, da sie mit den Zähnen das Bündel hielt, das sie geschnürt hatte. Noch drei, noch zwei, noch ein Hüpfer, und sie hatte den Schornstein erreicht. Flugs löste sie den Knoten des Bündels, nahm das Stroh heraus, das von Annas Bettstatt stammte, und stopfte es in den Kamin. Nass war es nicht, was besser gewesen wäre, aber immerhin ein wenig feucht von den Ausdünstungen der Nacht. Als der letzte Halm verschwunden war, faltete sie das Laken, in dem sie das Stroh befördert hatte, legte es über den Schlot, spannte und verknotete es. Bald würde das Erdgeschoss voller Qualm stehen.

Der Rückweg war um einiges einfacher, nur der Einstieg durch das Loch in der Dachschräge geriet noch einmal zur Mutprobe. Als auch die bestanden war, verschloss Elsa die Öffnung wieder mit den Schindeln, die sie auf dem Hinweg herausgenommen hatte, und machte, dass sie die Stiege hinunterkam. Bereits im ersten Stock roch sie den Rauch. Das Schultertuch vor Mund und Nase gepresst bewältigte sie die letzten Stufen. Im Erdgeschoss betrug die Sichtweite schon keine fünf Fuß mehr, aber Elsa hätte sich auch mit geschlossenen Augen zurechtgefunden. In Windeseile fegte sie durch alle Räume, riss Fenster und Türen auf und schrie: »Feuer! Feuer!«

Hustende Stadtknechte stürmten herein und brüllten sich gegenseitig an, das Mädchen müsse gerettet werden, koste es, was es wolle, nur fand keiner die Treppe. Als der vierte über die Schwelle stolperte, wusste Elsa, dass sie freie Bahn hatte, und schlüpfte hinaus. Im Laufen schlang sie sich das Tuch um den Kopf und verschwand in der Ravenstege. Das war zwar die falsche Richtung, wichtiger war jedoch im Augenblick, erst einmal Vorsprung zu gewinnen.

»Eine milde Gabe!«, rief ein Bettler ihr nach, über dessen ausgestreckte Beine sie beinahe gestolpert wäre. In der Folge hielt sie sich etwas mehr in der Straßenmitte, lief die Haagsche Straße hinauf bis zum Stadttor und dann über die Neue Straße zurück zur Kirche, der sie sich nun von der anderen Seite näherte. Verwaist standen die Gerüste da, alle Arbeiter waren zum Schloss geeilt, um bei dem Spektakel dabei zu sein.

Elsa umrundete den im Bau befindlichen Ostchor und das Kapitelhaus. Aus dem Hemele quollen dicke Rauchwolken, als stünde er wirklich in Flammen, jetzt sogar aus dem Giebelfenster. Vorsichtig drückte sie die Klinke der Sakristeitür, hinter der Pietro verschwunden war. Die Tür war abgeschlossen. Elsa lief weiter zum Westwerk.

Schaurig knarrte das Portal in den Angeln, und Elsa hatte das Gefühl, als fahre ihr der Sensenmann mit seinem knochigen Finger das Rückgrat entlang. Dunkel war es im Inneren, nur wenige Kerzen brannten um den Altar herum und beleuchteten das Gerüst im Hintergrund, das bis hoch zum Triforium reichte. Dazu war es kühl und so still, als halte die Welt den Atem an. Elsa mochte die Messen, insbesondere an den Festtagen, aber mutterseelenallein unter dem Gewölbe schauderte sie. Langsam schritt sie das Mittelschiff entlang und blickte links wie rechts zwischen das Gestühl, darauf gefasst, Pietro könnte sich dort irgendwo verborgen haben. Die Pfeiler zu beiden Seiten waren mit Epitaphen gespickt, irgendwo dazwischen eines, das ihr Vater seinem verstorbenen Bruder gestiftet hatte.

Vor dem Chorgitter wandte sie sich nach links und schritt unter der Kanzel hindurch auf die Sakristei zu. Schon aus der Entfernung sah sie, dass die Tür nur angelehnt war. Kerzenlicht flackerte in dem Raum, und Elsa meinte, ein Summen zu hören. Zuerst sagte ihr die Tonfolge nichts, aber dann, plötzlich, schlug ihr die Erkenntnis wie Eisregen ins Gesicht: Es war die gleiche Melodie, die Hedwig am Ufer des Kermisdahl gesummt hatte. Das war das Lied, das auf geheimnisvolle Weise mit den Verbrechen zu tun hatte, wenn auch noch niemand wusste, auf welche.

Da! Hatte sich nicht gerade die Tür bewegt? Elsa stockte der Atem, aber sie ging weiter. Was auch immer sich hinter der Tür verbergen mochte, sie war gewillt, es herauszufinden. Vor der Schwelle zögerte sie einen Augenblick, dann – obwohl ihr die Furcht die Kehle zuschnürte – stieß sie die Tür weit auf.

Der Raum war leer.

*

Offene Münder und große Augen allenthalben. Selbst der Pöbel vor dem Tor verstummte, die Nachricht war bereits nach draußen gedrungen. Dann lief ein Raunen durch die Menge, und Distelhuizen pfiff seine Leute zurück, die gerade abrücken wollten. Mit einem Aufschrei wurde Sophia Maria ohnmächtig und stürzte so schnell zu Boden, dass niemand sie auffangen konnte.; dumpf schlug ihr Kopf aufs Pflaster. Umberto ging in die Knie, nahm sie auf die Arme und streckte sie Marco anklagend entgegen, als wollte er sagen: Sieh, was du angerichtet hast, fast hättest du deine Mutter auf dem Gewissen.

»Seid Ihr Euch sicher?«, fragte van der Schuren, nachdem er sich ausgiebig geräuspert hatte. »Ihr wisst, was Ihr einmal vor Gericht erklärt habt, könnt Ihr nicht mehr widerrufen.«

»Das ist mir bekannt.«

»Ihr bleibt also bei Eurem Geständnis?«

»Ja.«

»Schreiber – haltet das fest. Und woher rührt Euer plötzlicher Sinneswandel?«

»Ich bin in mich gegangen und dabei zu der Einsicht gelangt, dass dies der bessere Weg ist.«

»Einzelheiten zu den Taten –«

»Möchte ich mit Rücksicht auf die Angehörigen der Opfer nicht preisgeben. Ihr habt mein Geständnis, das sollte Euch genügen.«

Van der Schuren und die Schöffen steckten die Köpfe zusammen. So überraschend das Geständnis des Angeklagten auch war, besondere Einwände gegen diese Entwicklung hatte niemand. Die Fresskörbe würde man auf dem Heimweg leeren. Also rückte van der Schuren ein wenig ab, damit die Schöffen ungestört ihr Urteil finden konnten. Dazu bedurfte es nur weniger Herzschläge, dann nahm der Richter die Verkündung vor.

»Der Angeklagte, Marco di Montemagno, wird des Mordes an den Jungfrauen Anna Zwerts und Nehle Wannemeker für schuldig befunden und zum Tode durch den Strang verurteilt. Das Urteil wird morgen Früh, am Montag, zur Prim auf dem Neuen Markt zu Kleve vollstreckt. Der Gerechtigkeit ist somit Genüge getan.«

Den Blick seines Vaters meidend ließ Marco sich abführen, während Distelhuizen Zwerts meldete, der Hemele stehe in Flammen.

Köln, Juni 1350

Es geschah kurz vor Köln, unweit eines Dorfes namens Lülsdorf, am hellen Nachmittag: Plötzlich verstellten d'Amiens drei Reiter den Weg. Ob sie aus dem Wäldchen gekommen waren, das sich am Rhein entlangzog, oder ob sie sich hinter der windschiefen Kate verborgen hatten, die am Wegesrand stand, wusste er nicht, für ihn war es, als seien sie geradewegs dem Morast des Weges entstiegen. Er musste für einen Moment im Sattel eingenickt sein. Als er sein Pferd wenden wollte, sah er, dass ihm drei weitere Berittene den Rückweg abschnitten. Er war in die Falle gegangen.

Der Anführer der Bande, ein hoch gewachsener, grinsender Kerl mittleren Alters, zog den Hut und stellte sich mit einer knappen Verbeugung als Walter von den Tafelfreuden vor, zweifellos ein erdachter Name. D'Amiens vermutete, dass er das mehr aus Spott tat, als dass ihm an Höflichkeit gelegen war. Eine Einschätzung, die ihm die dreisten Mienen der übrigen, Bauernpack der schlimmsten Sorte, bestätigten.

Es folgte eine wortreiche Schilderung der beschwerlichen Lebensumstände; Klagen über die Kargheit des Bodens und der daraus folgenden Knappheit des Brotes verbunden mit den ewig steigenden Forderungen des Lehnsherrn. Gejammer, das vielleicht hätte anrühren können, wäre es nicht durch einen höhnischen Gesichtsausdruck begleitet worden. Dann kam, was kommen musste, Walter forderte Wegezoll. D'Amiens erkundigte sich nach der Höhe, der genannte Betrag erschien ihm annehmbar. Dennoch versuchte er zu handeln, zu eiliges Eingehen auf die Forderung hätte die Halunken auf den Gedanken bringen können, dass bei ihm mehr zu holen sei.

Schließlich gab der Comte mit einem Seufzer, der ein schweres Herz vortäuschen sollte, nach und zahlte die eingangs geforderte Summe, Nachlass gewährte Walter nicht. Die Münzen wechselten den Besitzer, und d'Amiens dachte schon, das sei es gewesen, als die Strauchdiebe plötzlich rege Neugier für seine Packtaschen entwickelten. Auf ihre Frage, was sich darin befinde, sagte d'Amiens, nichts, womit sie etwas anfangen könnten, und da wollten sie es erst recht wissen.

Er begann, sich über die Zeitverschwendung zu ärgern. Wieso hatte er sich überhaupt auf dieses Geplänkel eingelassen? Er kannte diese Sorte von Halunken und wusste, dass sie nie den Hals voll bekamen. Hätte er ihnen gleich gesagt, sie sollten sich zum Teufel scheren, wäre die Sache schon längst ausgefochten, so oder so.

Die Ausrüstung der Wegelagerer war allenfalls durchschnittlich, sie verließen sich ganz auf ihre Überzahl. Allein der Anführer trug ein Kettenhemd, zwei weitere vertrauten auf Lederpanzer, der Rest war gänzlich ungeschützt. Keiner war mit Pfeil und Bogen oder einer Schleuder bewaffnet, alle trugen Schwerter, und nur einer führte eine Lanze, eine unangenehme Waffe auf der Halbdistanz. Ihn im Auge behaltend griff d'Amiens an.

Die Sache ließ sich für ihn überraschend gut an, der Lanzenreiter verspielte seinen Reichweitenvorteil, weil er sein Pferd nicht im Griff hatte. Während der Kerl Mühe hatte, überhaupt im Sattel zu bleiben, kreuzten d'Amiens und Walter die Klingen. Dabei erwies sich der Strauchdieb wahrhaft meisterlich. Er wehrte nicht nur geschickt die Attacke des Comte ab, sondern verletzte ihn bei seiner stürmischen Gegenwehr sogar am Oberschenkel, nicht schwer, jedoch schmerzhaft.

Dafür war der Dritte im Bunde ein Stümper vor dem Herrn. Gegen ihn kämpfte d'Amiens mit links, nur mit dem kürzeren, leichten Schwert. Aber das reichte, um dem Halunken gleich mit dem zweiten Streich den Arm abzuschlagen und ihm anschließend – als er seiner Gliedmaße fassungslos hinterherblickte – den Kopf von den Schultern zu hauen.

Inzwischen waren auch die übrigen drei Wegelagerer an der Stelle des Hauens und Stechens eingetroffen, vermochten d'Amiens aber nicht zu umzingeln, da der Weg zu schmal war, zudem drehte der Comte seinen Schimmel pausenlos auf der Hinterhand. Allein um seine Flanke anzugreifen, mussten sie in den Graben, der wegen der Regenfälle der letzten Tage knietief voll Wasser stand, und das wurde einem nach dem anderen zum Verhängnis. Zwei starben, der dritte lebte noch, hatte aber alle Hände voll zu tun, seine hervorquellenden Därme zu bändigen, nachdem der Comte ihm den Wanst aufgeschlitzt hatte. Auch d'Amiens jedoch musste bei dem Gemetzel allerlei einstecken, unter anderem eine tiefe Fleischwunde am linken Arm, die ihn zwang, das Kurzschwert fallen zu lassen.

Mit nunmehr freiem Rücken konnte er sich ganz auf den selbst im Kampf grinsenden Walter konzentrieren. D'Amiens erzielte Treffer um Treffer und war sich seiner Sache schon sicher, als plötzlich sein Pferd einknickte. Im Eifer des Gefechts hatte er den Lanzenreiter völlig außer Acht gelassen. Der war aus dem Sattel gesprungen und hatte seine Waffe tief in die Flanke des Schecken gerammt. Das Pferd war verloren, d'Amiens gab ihm ein letztes Mal die Sporen und ritt den Kerl nieder. Dann brach der Schecke zusammen, und d'Amiens landete im Dreck.

Sofort war Walter mit seinem Gaul über ihm und versuchte ihn unter die Hufe zu nehmen, aber d'Amiens wälzte sich zur Seite und rutschte in den Graben. Dort wollte er umgehend wieder auf die Beine, aber der Schlamm war tief und zäh. Im nächsten Moment stürzte Walter auf ihn wie ein Adler auf seine Beute.

Es war aussichtslos, er würde ersaufen wie eine Ratte, das war d'Amiens klar. Der Wegelagerer kniete auf seinem Bauch und drückte seinen Kopf unter Wasser. Hilflos durchwühlten seine Hände den modrigen Grund nach irgendetwas, ein Stein, ein Ast, und auf einmal hatte d'Amiens einen Strick in der Hand. Blind tastete er nach Walters Kopf und schlang ihn ihm um den Hals.

Energisch zog er die Schlinge zu, setzte ein, was ihm an Kraft verblieben war, erzielte aber keine Wirkung. D'Amiens wusste, seine Atemluft würde nur noch für wenige Herzschläge reichen, dann würde er den Mund aufreißen, seine Lungen würden voll laufen, und dann würde er –

Sein Hals wurde losgelassen, und er spürte, wie Walter seine Handgelenke umfasste, um den Zug zu verringern. Für einen Moment gab d'Amiens nach, jedoch nur so lange, bis er den Kopf hochgerissen und seine Lungen voll Luft gepumpt hatte. Dann zog er wieder mit aller Kraft.

Er schnürte Walter noch den Hals ab, als der schon längst tot war. Erst als seine Hände taub wurden, ließ er los, und erst da sah er auch, dass der Strick gar kein Strick war. Er hatte Walter mit dem Darm seines noch immer lebenden Spießgesellen erdrosselt. Zum Dank bereitete er dem Mann ein gnädiges Ende.

Dann lud er sein Gepäck auf einen der Räubergäule, stieg in den Sattel und ritt davon, mitten hinein in ein schwarzes Loch.

*

»Wo bin ich?«, fragte d'Amiens.

»In guten Händen«, sagte der Alte, der am Fußende der Pritsche stand. »Ihr seid im Haus der Lazarusbrüderschaft zu Köln.«

»Bei Gott, bin ich aussätzig?«

»Nicht doch, nicht doch, die Zeiten sind vorbei, da wir unsere Pflege auf Aussätzige beschränkt haben. Um unser Haus auszulasten, nehmen wir schon länger auch gewöhnliche Kranke auf.« Bei dem Wort »gewöhnliche« winkte er mit den Zeigefingern. »Ihr wurdet uns von den Johannitern überstellt, ihr Hospiz ist überlastet.«

»Was versteht Ihr unter auslasten?«

»Leere Betten kosten Geld, wir sind bemüht, sie zu belegen, daher haben wir auch dieses Abkommen mit den Brüdern vom Orden des heiligen Johannes vom Spital zu Jerusalem abgeschlossen.«

»Ah ja.« Dass Krankenpflege in Köln derart merkantil betrieben wurde, war d'Amiens neu. »Ihr sagtet, die Johanniter hätten mich zu Euch gebracht? Aber wie bin ich zu ihnen gekommen? Mir fehlt jede Erinnerung daran.«

»Man hat Euch auf der anderen Seite des Stroms gefunden, bewusstlos im Sattel Eures Pferdes sitzend, übersät von Wunden. Ein wahres Wunder, dass Ihr bei dem enormen Blutverlust überlebt habt. Ihr solltet dem Herrn auf Knien danken.«

»Am heftigsten schmerzt mein Bauch.«

D'Amiens machte Anstalten, sich aufzusetzen, was den Alten veranlasste, an seine Seite zu eilen und ihn umgehend zurück aufs Lager zu drücken.

»Keinesfalls dürft Ihr Euch setzen, hört Ihr, keinesfalls. Eure Bauchdecke ist verletzt, und kaum ein Teil des menschlichen Körpers heilt schlechter. Mit jeder Bewegung reißt die Wunde wieder auf.«

»Wie konnte das geschehen?«

»So wie Ihr insgesamt ausseht, seid Ihr Räubern in die Hände gefallen. Außerhalb der Stadt treibt sich allerlei Gesindel herum. Vermögt Ihr Euch nicht zu erinnern?«

»Dumpf.« Plötzlich überfiel d'Amiens ein schrecklicher Verdacht. Beinahe hätte er erneut versucht, in die Senkrechte zu kommen. »Wo sind meine Habseligkeiten? Mein Gepäck? Ich hatte auch Waffen und einige Münzen. Und wo ist das Pferd?«

Der Alte schloss die Augen und machte eine Geste, als wolle er das aufgewühlte Meer besänftigen. »Habt keine Angst, für alles ist gesorgt. Der Braune steht in unseren Stallungen, Euer Hab und Gut lagert in unserer Schatzkammer. Und die Schriftrollen, die Ihr mitgeführt habt, haben wir in unsere Bibliothek verbracht, dort herrscht die rechte Luft zu ihrer Aufbewahrung.«

»Der Herr wird es Euch vergelten.«

»Ihr aber auch. Wir berechnen einen Tagessatz in Abhängigkeit von den Vermögensverhältnissen des Kranken, Mittellose pflegen wir natürlich unentgeltlich. Zu denen zählt Ihr jedoch nicht. Wundert Euch also nicht, wenn Euch bei der Entlassung weniger Geld ausgehändigt wird, als Ihr in Eurem Besitz wähntet. – Ach so, Euren Namen brauche ich noch, für unser Hausbuch.«

Der Comte machte seine Angaben, dann fragte er: »Was denkt Ihr, wie lange ich hier bleiben muss?«

Der Alte verzog abschätzend den Mund und wackelte mit der Hand. »Schwer zu sagen. Geht mal davon aus, dass wir die Himmelfahrt der Mutter Gottes noch zusammen feiern werden. Wir gestalten den Tag immer ganz nett. Singend und uns an den Schultern fassend ziehen wir in einer langen Reihe durch alle Krankenstuben. Ihr werdet sehen, das wird Euch gefallen. So, jetzt müsst Ihr aber schlafen. Euer Körper muss sich erholen.«

Das fand d'Amiens auch. Er schloss die Augen, und eine unendliche Kette hopsender Lazarusbrüder tauchte vor seinem geistigen Auge auf. Beim Versuch, sie zu zählen, schlief er ein.

*

D'Amiens wachte auf, weil er gefesselt wurde. Ein entsetzlich nach Bratfett stinkender Mensch band seine Handgelenke zusammen, während ein anderer die Fesseln an seinen Füßen überprüfte.

»Der kommt uns nicht mehr aus«, sagte der am Fußende.

Die beiden Männer traten zurück, und der Schein einer Kerze, die der betagte Lazarusbruder in den Händen hielt, beleuchtete ihre Gesichter. Der nach Bratfett stinkende sah aus wie ein Spitzbube, während der andere durchaus liebenswürdige Züge hatte.

»Ihr habt mir verschwiegen, dass Ihr gesucht werdet«, sagte der Lazarusbruder und klang beleidigt.

»Wer sucht mich?«, fragte d'Amiens.

»Diese beiden Herren. Sie haben eine Vollmacht des Königs.«

»Welches Königs?«

»Des französischen, was aber nichts zur Sache tut«, sagte der mit dem liebenswürdigen Gesicht. Jetzt sah d'Amiens auch, dass dem Mann die linke Hand fehlte. »Gestattet Ihr, dass ich mich vorstelle, Comte d'Amiens? Henri de la Chapelle, Bevollmächtigter Seiner Majestät, König Philipp des Sechsten. Ehrlich gesagt habe ich nicht mehr damit gerechnet, Eurer noch habhaft zu werden. Ich wähnte Euch ein Opfer der Pest, irgendwo namenlos verscharrt.«

D'Amiens tat, als sei der Bevollmächtigte Luft, und fragte den Lazarusbruder: »Wie viel Judaslohn habt Ihr eingestrichen? Ich hoffe, es hat sich für Euch gelohnt.«

»Judaslohn? Wovon redet Ihr?«

»Die Belohnung, die auf meinen Kopf ausgesetzt ist. Sagt bloß, die hat man Euch vorenthalten?«

De la Chapelle hob beschwichtigend die Rechte. »Keine Aufregung, dazu wären wir noch gekommen.«

»Das will ich aber auch hoffen«, sagte der Lazarusbruder und klang schon wieder beleidigt. »Unsere Bruderschaft ist arm, wir sind auf jeden Heller angewiesen. Wie viel ist es denn?«

»Ihr werdet Euch nicht beklagen können. Kann der Gefangene über Nacht hier bleiben? Ich kann ihn schlecht mit in meine Herberge nehmen.« Er zeigte auf den Stinkenden. »Karl wird ihn bewachen.«

»Sicher. Aber das kostet zusätzlich.«

»Daran soll es nicht scheitern.« De la Chapelle wandte sich an d'Amiens. »Wir sehen uns morgen Früh, verehrter Comte. Und kommt mir nicht auf törichte Gedanken. Im Messerwerfen ist Karl ein Meister. Auf hundert Schritte halbiert er eine Fliege.«

Wie um die Aussage zu unterstreichen, zog Karl sein Messer und spielte damit herum, dann verließen alle drei den Raum. Kurz darauf wurde ein Schemel oder Hocker vor die Tür geschoben, und jemand nahm schnaufend Platz.

Welch eine Laune des Schicksals!, dachte d'Amiens und stieß ein bitteres Lachen aus. Ausgerechnet jetzt, da er seine Aufgabe so gut wie erfüllt hatte – die Geschichte des Ordens hatte er auf siebenundvierzig Rollen Pergament niedergeschrieben, lediglich ein Nachwort wollte er noch verfassen –, da er auf dem Weg in die Niederlande war, um sich dort einzuschiffen, nachdem er unzählige Gefahren heil überstanden hatte, wurde er abgefangen. Das durfte doch alles nicht wahr sein!

Verzweifelt zermarterte er sein Gehirn und suchte nach einem Ausweg, aber was ihm auch einfiel, erwies sich als undurchführbar. Er war ja nicht nur an Armen und Beinen gefesselt, de la Chapelle hatte ihn zusätzlich an seine Bettstatt binden lassen, und die Lederriemen saßen stramm, nicht einmal ein Kaltblut hätte sie zu zerreißen vermocht. D'Amiens konnte nur noch auf ein Wunder hoffen.

Als der Morgen graute, spürte der Comte, dass es eingetreten war.

*

»Ihr solltet Euch von mir fern halten«, sagte d'Amiens zu de la Chapelle und Karl, als sie die Kammer betraten. »Ich habe die Pest.«

Beide prallten zurück, als seien sie gegen eine unsichtbare Wand gelaufen. Der Bevollmächtigte fing sich jedoch schnell wieder und setzte ein nachsichtiges Lächeln auf.

»Nicht schlecht, der Einfall«, sagte er. »Vermutlich hätte ich an Eurer Stelle den gleichen Versuch unternommen. Karl wird

Euch jetzt losbinden, Comte. Danach werden die Brüder Euch einen straffen Bauchverband anlegen, damit Ihr reiten könnt. Wir wollen doch, dass Ihr Paris unversehrt erreicht.«

»Das war kein Versuch.«

»Übertreibt es nicht.«

»Fasst in meine Achselhöhlen, dort könnt Ihr die Schwellungen ertasten.«

De la Chapelles Gesichtszüge geronnen. Dann stieß er Karl an. »Sieh nach.«

Karl schlug das Betttuch zurück und schob eine Hand unter d'Amiens' linken Arm. Als er den Knoten berührte, verzog der Comte vor Schmerzen das Gesicht.

»Nun?«, fragte de la Chapelle.

Karl nickte.

»Hol den Alten. Er soll d'Amiens untersuchen.«

Als Karl die Tür hinter sich zugezogen hatte, fragte d'Amiens: »Woher wusstet Ihr, dass ich auf dem Weg nach Köln war?«

»Nicht nur die Lazarusbrüder sind begierig auf eine Belohnung, auch der Probst des Strassburger Münsters konnte das Geld gut gebrauchen. Ich meinerseits bin neugierig zu erfahren, woher Ihr von dem ausgelobten Betrag wisst?«

»Davon erfuhr ich bereits vor langer Zeit in Rom.«

»Seid Ihr dort etwa de la Motte begegnet? Im August siebenundvierzig?«

»Das war in etwa die Zeit, in der ich dort war. Ein Mensch namens de la Motte ist mir allerdings unbekannt.«

De la Chapelle beschrieb den Ritter. D'Amiens nickte.

»Er ist bei dem großen Erdbeben umgekommen«, sagte er.

»Dachte ich es mir doch. Noch ein Opfer.« De la Chapelle hob den Armstumpf. »Das geht im Übrigen auch auf Eure Rechnung.«

»Wie kann ich für den Verlust Eurer Hand verantwortlich sein, wenn wir uns noch nie begegnet sind?«

»Das braucht Ihr nicht zu verstehen«, sagte de la Chapelle bitter. »Aber Ihr solltet begreifen, dass ich Euch, da ich Eurer jetzt endlich habhaft geworden bin, nicht wieder auskommen lassen werde. Das schwöre ich bei Gott!«

»Was wollt Ihr tun? Wollt Ihr einen Pestkranken mit Euch schleppen? In nicht einmal einer Woche wäret Ihr selbst tot.«

»Ich werde mich zu schützen wissen.«

»Macht Euch nicht lächerlich. Außerdem, so vermute ich, sollt Ihr mich bestimmt lebend abliefern. Ist dem nicht so?«

An de la Chapelles vor Zorn anschwellenden Schläfenadern sah der Comte, dass er Recht hatte.

»Seit fast fünf Jahren bin ich Euch auf der Spur, d'Amiens, und jetzt, da ich Euch endlich gefasst habe, soll ich Euch gleich wieder verlieren? O nein!« De la Chapelle zog den Dolch. »Diese Genugtuung werde ich Euch nicht gönnen!«

»Untersteht Euch!«, rief der betagte Lazarusbruder und trat über die Schwelle. Hinter ihm drängte ein halbes Dutzend weiterer Brüder in den Raum. »Wie könnt Ihr es wagen, einen Kranken in unserem Haus zu bedrohen?«

»Ich will, dass Ihr den Kerl untersucht!«, schrie de la Chapelle. »Ich bin mir sicher, er spielt uns seine Krankheit nur vor!«

»Im Namen des Lazarus von Bethanien, steckt Eure Waffe weg!«

»Erst, wenn Ihr ihn untersucht habt!«

Die Mönche umringten den Gesandten und eine Rangelei hob an. Plötzlich sagte einer von ihnen: »Ach, du liebe Güte!«

Die Brüder traten zurück, bekreuzigten sich und gaben den Blick frei auf Henri de la Chapelle, den Bevollmächtigten Seiner Majestät des Königs von Frankreich, der auf die Knie sank, den eigenen Dolch bis zum Heft in der Brust steckend.

*

Dass seine Zeit auf Erden abgelaufen war, war d'Amiens bewusst. Wo er sich angesteckt hatte, wusste er nicht, vielleicht sogar hier im Haus der Brüderschaft, im benachbarten Saal pflegte man die Todgeweihten. Höchstens vier Tage würden ihm noch vergönnt sein, davon bestenfalls zwei bei leidlichem Wohlbefinden. Wollte er seinen Auftrag noch erfüllen, für die Überstellung der Pergamente und des Grals zu sorgen, musste er schnell handeln. Aber dazu musste ihm erst einfallen, wessen Hilfe er sich bedienen könnte.

Seinen ersten Gedanken, die Lazarusbrüder zu bitten, verwarf er schnell wieder, keiner von ihnen schien ihm hinreichend vertrauenswürdig. Außerdem, warum sollten sie ihm helfen? Viel Geld konnte er ihnen nicht bieten, und verpflichtet waren sie ihm nicht. Genau das aber war es: D'Amiens musste jemanden finden, der dem Orden etwas schuldete, nur so konnte er denjenigen in die Pflicht nehmen.

Den halben Vormittag grübelte er bereits, wer dafür in Frage kommen könnte. Immer wieder ging er in Gedanken die Namen der Schuldner durch, die sich einst Geld bei den Templern geliehen hatten. D'Amiens selbst hatte als Molays Sekretär die Bücher geführt, die Namen und Beträge hatte er noch immer im Gedächtnis, als sei es gestern gewesen, aber so weit er sich erinnerte, war keiner aus Köln darunter gewesen. Und selbst wenn, blieb fraglich, ob der Schuldner noch lebte.

Plötzlich schoss ihm ein Name durch den Kopf: der Graf von Kleve. Ein Darlehen aus dem Jahr 1305 über tausend Goldstücke. Nie zurückgezahlt, an wen auch, der Orden war zwei Jahre später liquidiert worden. Diese Schuld würde d'Amiens nun bei dem Geschlecht einfordern. Nicht in Münzen, aber er würde verlangen, dass der herrschende Graf, wie auch immer er heißen mochte, die Pergamente und den Gral nach Tomar brachte.

Wo Kleve lag, wusste d'Amiens auch: rheinabwärts, etwa

einen strammen Tagesritt von Köln entfernt. Das müsste selbst für ihn, in seinem angeschlagenen Zustand, zu bewältigen sein. Den Versuch war es allemal wert.

Kleve, Juni 1350
Marco war allein. Gleich nach seiner Rückführung in den Kerker war Ricciutello entlassen worden. Er hatte sich gesträubt, insbesondere als er erfahren hatte, dass Marco die Morde gestanden hatte und zum Tode verurteilt worden war; die Gardisten hatten Gewalt anwenden müssen, um ihn hinauszuschaffen.

Die Riegel waren noch nicht wieder vorgelegt, als zwei Ratten aus dem Loch gekrochen kamen. Anscheinend wussten sie genau, dass Marco als Rattenjäger ein Versager war. Ein paarmal schlug er erfolglos nach ihnen, dann gab er auf und beobachtete, wie sie sich quiekend um einen Kanten altes Brot balgten. Gleichzeitig wartete er darauf, dass sein bisheriges Leben noch einmal vor seinem geistigen Auge vorüberzöge; er hatte gehört, dem sei so, wenn man wusste, dass das Ende bevorsteht. Aber nichts dergleichen geschah. Vielleicht war es dafür noch zu früh, es hatte gerade mal angefangen zu dämmern, die ganze Nacht lag noch vor ihm.

Angst vor dem Tod hatte er nicht, nur das Sterben an sich machte ihm Sorgen. Wenn der Strick richtig geknotet war, brach das Genick, sobald der Schemel weggetreten wurde. Dann zuckte man noch einmal kurz, aber das merkte man angeblich schon nicht mehr. Wenn jedoch der Henker ein Stümper war und die Schlinge falsch legte, wurde man stranguliert, und das stellte Marco sich qualvoll vor. Das waren die Gehenkten mit den blau angelaufenen Gesichtern, denen die Zunge dick geschwollen aus dem Mund hing.

Marcos trübsinnige Überlegungen wurden von Gezeter unterbrochen, das vor der Kerkertür anhob. Dann wurde mit verschiedenen Schlüsseln im Schloss herumgestochert, bis endlich der passende gefunden war. Die Tür flog auf, und Sophia Maria stürmte herein, erregt fuchtelnd und sich in Schimpftiraden ergehend, die selbst einem volltrunkenen neapolitanischen Seemann die Schamesröte ins Gesicht getrieben hätten. Der Empfänger ihres unbeschreiblichen Wortschwalls war Anselmo, den Marco mit hochrotem Kopf und in der Körperhaltung eines geprügelten Hundes im Hintergrund entdeckte. Als die Tür ins Schloss fiel, fragte Marco: »Was ist los?«

Sophia Maria winkte ab, stellte den Weidenkorb, den sie bei sich führte, auf den Boden und sagte: »Marco, mein Engel, komm zu mir und lass dich umarmen!«

Kaum hatten sie sich umfasst, schob sie ihren Sohn auch schon wieder von sich. »Mein Gott, wie du stinkst. Könnt ihr euch hier nirgendwo waschen? Hast du schon die Krätze?«

»Nein, das ist Schorf, aber der juckt auch. Was macht dein Kopf?«

»Zuerst habe ich doppelt gesehen, aber im Nachhinein muss ich sagen, der Schlag hat mir gut getan. Nie habe ich klarer gedacht als zur Stunde.« Sie fasste ihn derb am Ohrläppchen. »Wie konntest du mir das nur antun? Du wirktest so überzeugend. Einen Augenblick lang habe ich wirklich geglaubt, du hättest die Mädchen umgebracht.«

»Aber nun hältst du mich wieder für unschuldig?«

»Ich weiß, dass du es nicht getan hast.« Sophia Maria seufzte und schlug die Augen nieder. »Und ich habe eine Vermutung, wer der wahre Täter ist.«

»Was glaubst du denn?«

Sophia Maria sah wieder auf. Ihre Augen glänzten wie nasse Kohlestücke. »Du hast die Schuld auf dich genommen, um deinen Bruder zu schützen. Habe ich Recht?« Und als Marco nicht gleich antwortete, setzte sie hinzu: »Sag mir die Wahrheit. Ich muss es wissen.«

Marco wollte sich abwenden, aber sie hielt ihn am Arm zurück. Dass er ihrem Blick auswich, konnte sie jedoch nicht verhindern.

»Stell dir vor, der Gedanke kam mir zeitgleich mit deinem Vater. Während ich aus dem Haus gestürzt bin, kam er aus dem Kontor gelaufen. Mitten auf dem Hof sind wir uns in die Arme gefallen und haben es uns gesagt. Gelacht haben wir und geweint. Alles ging durcheinander.« Sie atmete tief durch. »Es ist schwer, einen Sohn zu verlieren, wenn er schuldig ist, Marco, aber noch schwerer wiegt der Verlust, wenn er unschuldig ist. Also – sieh mich an.«

Marco tat, was seine Mutter ihn geheißen hatte, antwortete aber nur mittelbar. »Wie bist du ... wie seid ihr darauf gekommen?«

»Eigentlich war es sehr einfach. Ernsthaft an deine Schuld geglaubt habe ich ohnehin nie. Ich kenne dich schließlich besser, als du dich selbst. Dass du die Morde gestanden hast, konnte nur einen Grund haben: Du schützt jemanden, den du mehr liebst als dein Leben. Die Frage, wer das sein könnte, war schnell beantwortet. – Aber eins musst du mir erklären, Marco: Wie kommst du darauf, dass dein Bruder der Mörder sein sollte?«

»Er selbst hat mich darauf gebracht.« Marco berichtete ihr, was Kaplan von Elten beobachtet hatte, und wie Pietro sich verraten hatte. Sophia Maria traten die Tränen in die Augen. Als sie schließlich sprach, begriff Marco, dass es Tränen ohnmächtiger Wut waren.

»Ausgerechnet von Elten wird Augenzeuge!«, schnaubte sie. »Schon immer hatte mein armer Pietro seine Schwierigkeiten mit dem anderen Geschlecht, nie hat er den Mädchen hinterhergesehen, nie hat er von einer Liebschaft erzählt. Zeitweilig hatte ich sogar den Verdacht, er könnte ... na, du weißt schon. Aber wahrhaftig um den Verstand gebracht hat ihn erst dieser kurzbeinige Hurensohn von einem Kaplan mit seinem Geschwätz von der gottgewollten Heiligkeit des Weibes. Für ihn sind alle Frauen außer Maria Huren, weil sie nicht unbefleckt empfangen können. Dabei soll mir keiner erzählen, dass die Mutter Gottes dazu in der Lage war, denn wo es donnert, hat es vorher geblitzt, das war schon immer so. Aber diese Unsaat ist bei deinem Bruder auf fruchtbaren Boden gefallen, ist gekeimt und aufgegangen ... und hat ihn zum Mörder werden lassen. Ausgerechnet mein kleiner ...«

Sophia Maria griff sich an ihre Brust und begann zu schwanken. Marco stützte sie, führte sie zur Wand und half ihr, auf dem Boden Platz zu nehmen. Japsend rang sie nach Luft.

»Das ist nur die Aufregung, mein Sohn, keine Sorge, nur die Aufregung. Alles ein bisschen viel für einen Tag.«

Marco reichte ihr eine Schöpfkelle Wasser, an der sie nippte. Langsam gewann sie wieder Farbe. Ohne ein Wort zu sagen, bedeutete sie ihm, sich an ihrer Seite niederzulassen. Das tat er und neigte seinen Kopf zu ihr.

»Hast du bei deinem Bruder jemals Anzeichen von Irrsinn bemerkt?«, fragte sie leise. »Oder glaubst du, dass er, als er die beiden Morde beging, vom ...«, Sophia Maria schielte schnell nach beiden Seiten und bekreuzigte sich, »Teufel besessen war?«

Marco schüttelte den Kopf. »Ich habe Pietro nie geistesabwesender erlebt, als es jeder von uns gelegentlich ist. Und ob er besessen war? Ich habe keine Erklärung dafür, wie er in diesen befremdlichen Zustand geraten konnte, in dem von Elten ihn erlebt hat. Offenbar empfindet Pietro dann nicht einmal Schmerzen. Hedwig, eines der Mädchen, sagte das. Sie hat ihn in den Unterleib getreten, als er sie überfallen hat.«

Sophia Maria machte große Augen. »Diese Hedwig weiß also auch, dass Pietro –«

»Nein, nein. Sie hat ihn nicht erkannt. – Wie geht es ihm überhaupt?«

»Ich habe nicht die geringste Ahnung. Seit er uns im Unfrieden verlassen hat, ist er nicht mehr nach Hause gekommen. Das heißt – heute Morgen stand die Tür zur Speisekammer offen. Pietro muss in der Nacht da gewesen sein und sich Verpflegung geholt haben. Ich nehme an, er schläft in einer der Fischerhütten.«

»Hoffentlich macht er keinen weiteren … Blödsinn.«

Sophia Maria schlug die Hand vor den Mund. »Meinst du, er könnte noch einmal …«

»Ich weiß es nicht. Je eher er dem Orden der Minderen Brüder beitritt, desto besser. Von Elten hat mir versprochen, sich darum zu kümmern.«

»Glaubst du denn, er ist bei den Brüdern in guten Händen?«

»Ich denke ja. Sie werden dafür sorgen, dass er das Kloster nie wieder verlässt.«

»Hoffen wir, dass er dort seinen Frieden findet.« Sophia Marias Blick verlor sich irgendwo in der Zelle. Nach einer Weile straffte sie sich, tätschelte Marcos Bein und sagte bemüht fröhlich: »Wirf mal einen Blick in den Korb.«

Als Erstes förderte Marco eine Kerze zu Tage.

»Zünde sie an, ich hab auch Zunder und Feuersteine mitgebracht. Sonst siehst du nicht, was ich sonst noch dabei habe.«

Sie hatte Recht, Marco vermochte das Schwarze unter den Nägeln nicht mehr zu erkennen, das untrügliche Zeichen für den Einbruch der Nacht. Als die Kerze ihren zuckenden Schein an die Wand warf, grub er weiter.

»Hmmm«, machte er und schnalzte mit der Zunge, »eine gebratene Gans und ein Schlauch Wein. Eine Henkersmahlzeit, für die so mancher Hungerleider sich gerne aufknüpfen ließe. Hast du dich deswegen mit Anselmo gestritten? Wollte er eine Keule Wegezoll? Die hättest du ihm ruhig geben können, die ganze Gans kann ich ohnehin nicht essen, sonst reißt der Strick.«

»Von wegen Keule, er hatte ganz anderes Fleisch im Sinn. Aber so sind die Bologneser, dabei sind sie nicht einmal in der Lage, eine vernünftige Hackfleischsoße zu machen.«

Marco, der gerade zubeißen wollte, hielt inne. »Anselmo wollte sich an dir vergreifen?«

Sophia Marias Entrüstung schwenkte auf ein neues Ziel um. »Du sagst das in einem Ton, als sei es unvorstellbar, dass ein Mann bei meinem Anblick die Beherrschung verliert. So schäbig sehe ich ja nun noch nicht aus. Erst neulich hat der Bäcker hinter mir hergepfiffen.«

»Der blinde oder der –«

»Pass auf, was du sagst!«

»Wenn ich dir jetzt sage, dass es so nicht gemeint war, glaubst du mir ohnehin nicht. Also, worum ging es?«

»Ich habe es gewissermaßen herausgefordert«, sagte sie. »Ich habe in ein Brot eine Eisenfeile eingebacken, und die hat Anselmo gefunden, als er den Laib brach. Deshalb bestand er darauf, mich zu durchsuchen, und langte mir an die Brust, wofür ich ihm eine runtergehauen habe. Danach war er so durcheinander, dass er nicht einmal mehr den richtigen Schlüssel gefunden hat.«

»Was machst du bloß für Sachen. Du bringst dich selbst noch in Schwierigkeiten.«

»Das Beste an der Gans ist die Füllung.«

»Nun lenk nicht ab.«

»Schneid sie auf.«

»Ich habe kein Messer.«

»Dann reiß sie auseinander! Sonst fresst ihr Männer doch auch wie die Schweine.«

Das war leichter gesagt als getan, denn das Hinterteil des Vogels war zugenäht, damit die Füllung nicht herausfiel. Als das Innenleben schließlich sichtbar wurde, wusste Marco zunächst nicht, was das sein sollte.

»Das ist eine Strickleiter«, sagte Sophia Maria. »Fast fünfundzwanzig Ellen lang. Es war eine rechte Mühe, sie da reinzustopfen, das kannst du mir glauben.«

Marco schüttelte den Kopf in einer Mischung aus Unglauben und Begeisterung. »Du bist wahrhaft kaltblütig.«

»Ich möchte nicht zwei Söhne gleichzeitig verlieren, Marco«, sagte Sophia Maria ernst. Dann gab sie sich wieder heiter. »Deswegen hab ich so ein Getue um das Brot gemacht. Ich dachte, wenn ich ihn ein Teil finden lasse, übersieht er vielleicht die anderen Sachen.«

Es dauerte einen Augenblick, bis die Mehrzahl bei Marco ankam. »S-a-c-h-e-n?«

»Sollte der Wein rostig schmecken, hat das seine Richtigkeit.«

Marco walkte den Ziegenlederschlauch durch, vermochte aber nichts zu ertasten.

»Ein Steinpickel«, sagte Sophia Maria. »Leider ohne Griff, sonst hätte er nicht durch den Hals gepasst. Aber du kannst das Tuch drumwickeln, das tut's auch.«

»Cara mama, lass dich umarmen!«

Marco fand, dass es an der Zeit war, etwas mehr Freude zu zeigen. Er wollte seiner Mutter nicht die Hoffnung nehmen, ihm könne die Flucht gelingen, sie ahnte ja nicht, dass er mit von Elten eine Vereinbarung getroffen hatte, die es ihm nicht erlaubte, sich davonzumachen. Denn dass der Kaplan keinen Wimpernschlag zögern würde, Pietro ans Messer zu liefern, falls Marco die Abmachung nicht einhielt, stand außer Zweifel. Wenigstens diese eine Nacht sollte Sophia Maria glauben, dass er, Marco, irgendwann zu ihr zurückkehren könnte. Schlimm genug, wenn sie morgen das Gegenteil erfahren würde.

»Vater hat alles Weitere vorbereitet. Drüben, an der Weggabelung nach Kellen, bei der großen Eiche, wird er die ganze Nacht mit einem gesattelten Pferd, sauberen Kleidern, Verpflegung, deinen Waffen und einem Beutel Gold auf dich warten. Am besten reitest du zunächst zu Onkel Angelo nach Aachen. Alles Weitere wird sich finden. Gott steh dir bei, mein Sohn. Und hüte dich vor der Pest.«

»Was wird aus euch?«

»Wir kommen schon zurecht. Dein Vater ist mutig, und ich bin schlau, manchmal ist es auch umgekehrt. Außerdem haben wir Ricciutello. Der ist als Kindesersatz zwar ungeeignet, aber er ist treu.« Nun kamen ihr doch die Tränen. »Hilf mir auf, ich muss jetzt gehen, bevor ich vollends die Beherrschung verliere. Und vergiss nicht: Die Eiche am Abzweig nach Kellen. Alles Gute, mein Engel.«

Marco übernahm das Klopfen. Anselmo öffnete, wobei er vermied, Mutter oder Sohn anzusehen. Sophia Maria war bereits über die Schwelle, als sie noch einmal kehrt machte und Marco in die Arme schloss. Dann riss sie sich los und stürmte schluchzend davon.

Wenn es je einen Tag gegeben hatte, an dem Marco bewusst wurde, dass seine Jugend unwiderruflich vorbei war, dann diesen.

Buchweizensuppe hatte Onkel Josef zu Mittag gekocht, die sie schweigend in der Werkstatt löffelten. Elsa hatte dem Töpfer angeboten, ihm in der Küche zur Hand zu gehen, aber das hatte er abgelehnt. Nun saß er wieder an seiner Scheibe. Während ein weiterer Krug unter seinen nassen Händen Form annahm, bezog Elsa erneut ihren Posten am Fenster. Irgendwann musste Pietro ja vorbeikommen.

Nachdem sie ihn in der Sakristei nicht angetroffen hatte, hatte sie den Aufstieg zu dem behelfsmäßigen Glockenturm gewagt. Kaum war sie oben gewesen, ächzte das Portal. Als sie über das Geländer in die Tiefe blickte, sah sie Pietro mit raumgreifenden Schritten davoneilen. Er konnte nur in der Krypta gewesen sein, alle anderen Möglichkeiten hatte sie untersucht. Wo der Zugang zur Grabkammer lag, wusste sie allerdings nicht.

Ihm nachzulaufen war ausgeschlossen gewesen, denn er ging über den Alten Markt, vorbei am Hemele. Dort konnte Elsa sich im Augenblick keinesfalls blicken lassen, auch wenn der Rauch erheblich nachgelassen hatte. Gewiss war der Kaminbrand entdeckt und gelöscht worden, was jedoch mit Sicherheit noch nicht verraucht war, war die Wut ihres Vaters.

Als sie die Kirche verlassen hatte, kehrten gerade die Bauhandwerker vom Schloss zurück. Sie fragte den Erstbesten nach dem Urteil und erfuhr es. Mit Tod durch den Strang hatte sie gerechnet, dass aber die Hinrichtung schon am nächsten Morgen zur ersten Stunde stattfinden sollte, ließ sie zusammenfahren. Zu Marcos Rettung blieb ihr nicht einmal mehr ein Tag.

Dann war ihr Josef, der Töpfer, eingefallen, ein Nennonkel, dessen Frau und Tochter vor zehn Jahren an den Blattern gestorben waren. Früher waren die Familien eng befreundet gewesen, nach dem Ableben der beiden war die Verbindung jedoch eingeschlafen, weil Margarethe Zwerts meinte, Elsas Anblick würde Josef zu sehr an seinen Verlust erinnern; angeblich hatten die Mädchen sich ähnlich gesehen.

Als sie knapp zehn war, hatte Elsa angefangen, Onkel Josef allein zu besuchen. Viel geredet wurde nicht, denn Josef war wortkarg, sodass Elsa ihm hauptsächlich bei der Arbeit zusah oder auf dem Esel ritt, dessen Aufgabe es war, die Rührstange der Mischgrube hinter dem Haus anzutreiben. Später durfte sie sich auch an der einen oder anderen Arbeit versuchen. So lernte sie, wie man Ton mischte, wie man ihn schlug und wie man töpferte, wobei ihr das Ausrichten des Tonklumpens auf der Scheibe die größten Schwierigkeiten bereitete.

Dass sie ihn heute aufgesucht hatte, weil seine Werkstatt an der Ecke Große Straße und Kavarinerstraße lag und somit ein hervorragender Beobachtungsposten war, hatte sie ihm nicht gesagt. Vermutlich wäre es ihm ohnehin gleich gewesen, denn wie er sagte, war er froh, mal wieder ein anderes Lebewesen als sich selbst schnaufen zu hören, war ihm doch letzte Woche der Esel verendet.

Der Schatten der Werkstatt reichte schon bis auf die andere Straßenseite, als Sophia Maria mit einem Weidenkorb am Arm unter dem Fenster vorbeilief. Nur wenig später ritt Umberto auf dem Braunen mit der weißen Blesse die Straße entlang, dem Pferd, das sonst Marco benutzte. Im Gegensatz zu seiner Frau wandte er sich jedoch nicht stadteinwärts, sondern lenkte das Pferd nach links, in Richtung Brückentor. Noch während Elsa versuchte, sich darauf einen Reim zu machen, torkelte Ricciutello um die Ecke, einen Stecken über der Schulter, an den er sein Bündel geknotet hatte. Offensichtlich hatte er nach seiner Freilassung erst einmal gründlich gebechert. Und plötzlich hatte Elsa eine Idee.

Hastig verabschiedete sie sich von Josef, lief dem kahlköpfigen Knecht hinterher und hakte sich bei ihm ein. Der war bass erstaunt, ließ es sich aber gefallen. Ein Unterfangen, das Elsa schon nach wenigen Schritten bereute, denn Ricciutello stank zum Gotterbarmen. Nicht nur nach Wein und saurem Atem, sondern nach allem, wonach ein Mensch so riecht, der seit Tagen keinen nassen Lappen benutzt hat. Glücklicherweise hatten sie es nicht weit. Als Ricciutello das Tor zum Hof entriegelte, fragte Elsa ihn, ob Pietro zu Hause sei, und falls nicht, ob sie auf ihn warten dürfe.

Der Knecht verstand sie erst im zweiten Anlauf und zeigte dann auf eine Glocke, die an der Rückseite des Hauses befestigt war. Elsa läutete, aber niemand erschien. Als sie sich umdrehte, war Ricciutello verschwunden. Nur wenige Atemzüge später vernahm sie ohrenbetäubendes Schnarchen aus der Richtung des Stalls. Daraufhin versuchte sie ihr Glück an der Hintertür; sie war nicht verriegelt.

Im Inneren des Hauses war es im Gegensatz zu draußen erfrischend kühl. Der Duft von Gänsebraten hing in der Luft, von dem Braten selbst war jedoch nichts zu sehen. Peinlich sauber war die Küche, sogar in den Ecken rund um den Herd. Nicht einmal in den Kerben der Tischplatte fanden sich Krümel.

Der Wohnraum nebenan war so ganz anders eingerichtet, als Elsa das von zu Hause oder aus anderen Häusern kannte. Es gab keine Sitzmöbel, dafür jedoch Matten und Kissen auf dem Boden und einen Tisch mit auffällig kurzen Beinen. Offenbar machten die Montemagnos es sich gerne im Liegen gemütlich. So ähnlich hatte sie sich immer die Einrichtung bei den Orientalen vorgestellt.

Die Wände zierten Teppiche; der einzige Schrank war voll gestopft mit silbernem Geschirr, das ein kleines Vermögen gekostet haben musste. Die danebenstehende Truhe war leer, sie mochte zur Aufbewahrung der Kissen dienen.

Dass sie, was sie suchte, nicht in der Küche und im Wohnraum finden würde, war Elsa klar. Wenn überhaupt mochten sich die Herzen in Pietros Kammer befinden, obwohl sie auch das bezweifelte. Trotzdem wollte sie sich vergewissern. Sie hatte jedoch noch nicht ihre Hand auf das Treppengeländer gelegt, als plötzlich die Haustür aufgeschlossen wurde.

Der Schreck, der ihr in die Glieder fuhr, war gewaltig, dennoch reagierte sie schnell und besonnen. Auf Zehenspitzen huschte sie zurück zur Truhe, hob den Deckel und stieg hinein. Kaum hatte sie den Deckel zugeklappt, betraten mehrere Menschen den Raum.

»Hier sind wir ungestört«, hörte sie Pietro sagen. »Setz dich. Darf ich dir einen Becher Wein anbieten?«

»Ach, warum nicht?«, kam die gezierte Antwort.

Beinahe hätte Elsa aufgeschrien. Die zweite Person war Hedwig. Gütiger Himmel, was hatte Pietro mit ihr vor? Wollte er im Haus seiner Eltern vollenden, was ihm damals am Mitteltor nicht gelungen war?

»Du hast dich ja gar nicht gesetzt«, sagte Pietro, als er zurückkam.

»Habt ihr keine Stühle?«

»In diesem Raum sitzen wir auf Kissen. Wir können aber auch in die Küche gehen. Dort stehen ein Tisch und Bänke.«

»Nein, nein, schon gut. Es ist nur ungewohnt.«

Es tat einen Plumps – Hedwig saß. Pietro ließ sich geräuschlos nieder.

»Zum Wohle.«

»Zum Wohle.«

Beim Trinken verhielt es sich ähnlich, Hedwig schlürfte, während von Pietro nichts zu hören war. Die Becher wurden abgesetzt. »Was ist das?«, fragte Hedwig.

»Mandelbrot, eine Spezialität aus unserer Heimat. Greif ruhig zu.«

Es knackte vernehmlich, es musste sich demnach um ein etwas härteres Gebäck handeln.

»Köstlich«, sagte Hedwig mit vollem Mund. »Aber du hast mich doch nicht hierher geführt, um mir Gebäck anzubieten.«

»Ich muss dir eine Frage stellen, und ich hoffe, du bist bereit, sie mir zu beantworten.«

»Wenn's nichts Unanständiges ist.«

»Ihr habt doch des Öfteren im Kermisdahl gebadet, du, Anna, Elsa und Nehle.«

»Woher weißt du das?«

»Elsa hat es meinem Bruder erzählt, und von ihm weiß ich es. Ich habe mir die Stelle vorhin angesehen. Sie liegt völlig geschützt und ist nur von jemandem einzusehen, der durch das Gebüsch kriecht.«

»Deswegen haben wir sie ja ausgewählt. Woanders hast du in kürzester Zeit mehr Mannsleute am Ufer rumschwirren als Fliegen auf einem frischen Kuhfladen.«

»Damit sind wir dort, worauf ich hinauswollte. Ich möchte wissen, ob euch an der Badestelle jemals Männer aufgefallen sind, die versucht haben, euch zu beobachten.«

»Wozu willst du das wissen?«

»Das kann ich dir im Augenblick nicht sagen. Also, war da wer?«

»Zwei«, sagte Hedwig. »Aber nur einer hat sich zu erkennen gegeben.«

»Kanntest du ihn?«

»Sicher, es war der Rektor der Stiftsschule.«

»Etwa Rektor Clos?«

»Gibt's denn noch einen?«

»Bist du sicher?«

»Ich mag ja dämlich sein, aber blind bin ich nicht.«

Es folgte ein längeres Schweigen, nur hin und wieder von einem Knacken unterbrochen, wenn Hedwig sich ein Stück Mandelbrot in den Mund schob.

»Und wer war der andere?«, fragte Pietro schließlich.

»Ich hab doch schon gesagt, er hat sich nicht gezeigt. Nur auf unsere Wäsche hat er sich erleichtert, das Schwein.«

»Er hat was – ahhhhh!«

Pietros Schrei war so markerschütternd, dass Elsa unwillkürlich ihren Kopf hochriss und gegen den Deckel knallte. Hoffentlich hatte das niemand gehört.

»Mein Gott, was hast du?«, rief Hedwig.

»Oh, mein Schädel! Er zerspringt!«

»Kann ich irgendwas für dich tun? Ein nasses Tuch vielleicht?«

»Ohhhhh! Ich werde wahnsinnig! Diese Schmerzen bringen mich um!«

Elsa hielt es nicht länger aus. Vorsichtig drückte sie den Deckel fingerbreit hoch und linste hinaus. Gerade verschwand Hedwig aus dem Blickfeld, vermutlich, um das Tuch zu holen. Pietro saß im Schneidersitz vor dem Tischchen und presste seine Handballen gegen die Schläfen. Sein Gesicht war schmerzverzerrt, als habe man ihn mit siedendem Öl übergossen. Speichel lief ihm aus dem Mund.

»Herr im Himmel, so hilf mir doch!«

Jetzt sank Pietro zur Seite und vergrub seinen Kopf in den Kissen. Sein Stöhnen war nur noch gedämpft zu vernehmen. In dem Moment tauchte Hedwig mit einem tropfnassen Leinentuch wieder auf. Sie hockte sich neben Pietro, drehte ihn auf den Rücken und legte ihm das Tuch auf die Stirn. Nun klagte er nicht mehr und hatte die Augen geschlossen. Nur seine Brust hob und senkte sich so heftig, als habe er einen anstrengenden Lauf hinter sich gebracht.

Mit der Zeit wurden seine Atemzüge gleichmäßiger, er schien eingeschlafen zu sein. Hedwig zuckte die Achseln, ergriff ihren Schilfkorb und wandte sich zum Gehen. Nach zwei Schritten machte sie jedoch auf der Ferse kehrt und kippte den Inhalt des silbernen Schälchens, das auf dem Tisch stand, in ihren Korb. Nun verließ sie das Haus wirklich. Als sie unter dem Fenster vorbeischritt, hörte Elsa, wie sie ein weiteres Stück Brot zerbiss.

*

Die Durchsuchung von Pietros und Marcos Kammern erwies sich als so erfolglos wie angenommen. Auch in die übrigen Räume warf Elsa einen kurzen Blick. Da Neugier und erst recht Schnüffeln nicht ihrem Wesen entsprach, empfand sie bei ihrem Tun Scham, als beobachte sie ein Paar beim Liebesspiel. Gleichzeitig war sie erleichtert, die Herzen nicht gefunden zu haben, obwohl ihr bewusst war, dass sie das nicht weiterbrachte.

In Marcos Kammer setzte sie sich auf sein Bett. Sie streckte sich aus und versuchte sich vorzustellen, wie er hier geschlafen hatte, aber sie vermochte es nicht. Stattdessen hatte sie wieder und wieder Pietros schmerzverzerrte Züge vor Augen. Die Qualen, die er gelitten hatte, mussten entsetzlich gewesen sein. War das der Zustand, in dem er über Anna und Nehle hergefallen war? Erst schauderte Elsa bei dem Gedanken, dann verwarf sie ihn rasch, schließlich hatte Pietro Hedwig kein Haar gekrümmt. Das mussten die Kopfschmerzen sein, von denen Marco erzählt hatte. Dennoch war das Ganze unheimlich gewesen.

Als sie die Augen wieder öffnete, war es fast dunkel. Heiß fuhr ihr der Schreck in die Glieder, sie war eingeschlafen und hatte wertvolle Zeit verloren. Hastig erhob sie sich und eilte zur Treppe. Hier war es noch dämmrig, die Sonne konnte also noch nicht lange untergegangen sein. Auf halber Treppenhöhe hielt sie inne, denn wieder war ein Stöhnen zu vernehmen. Diesmal jedoch nicht gequält, sondern eher so, als recke und strecke sich jemand, der in unbequemer Haltung geschlafen hatte. Nur Augenblicke später kam Pietro aus dem Wohnraum und ging an der Treppe vorbei in die Küche. Elsa schlug das Herz bis zum Hals. Hätte er den Kopf gehoben, hätte er sie unweigerlich entdeckt.

Ein Windhauch fuhr ihr unter das Gewand, Pietro hatte die rückwärtige Tür geöffnet. Geräuschlos wie ein Mäuschen schlich Elsa die restlichen Stufen hinunter und spähte in die Küche. Pietro hatte das Haus verlassen, und bevor Elsa sich fragen konnte, warum, hörte sie ihn auch schon prusten. Von der Hintertür aus sah sie, dass er einen Eimer Wasser aus dem

Brunnen gezogen hatte, in den er wiederholt seinen Kopf steckte. Dann strich er seine Haare zurück, fuhr sich mit den Ärmeln über die Augen und verließ den Hof. Elsa wartete, bis sie den Riegel des Hoftors einschnappen hörte, dann folgte sie ihm.

Pietro schritt kräftig aus wie ein unternehmungslustiger junger Mann, der mit Freunden zum Zechen verabredet war. Dass er ein Ziel hatte, war zweifellos, auch wenn es sich dabei gewiss nicht um ein Wirtshaus handelte, denn wie Elsa von Marco wusste, verabscheute Pietro das Trinken. Noch waren viele Menschen auf der Straße, die Elsa hinreichend Deckung boten. Aber selbst wenn sie Pietro in offenem Gelände verfolgt hätte, bemerkt hätte er sie kaum, denn er drehte sich kein einziges Mal um.

Sein Weg führte ihn die Große und die Kirchstraße hinauf bis zum Alten Markt. Elsa schlang ihr Tuch um den Kopf, krümmte den Rücken und gab sich so den Anschein einer alten Frau. Zudem hielt sie sich dicht bei den Häusern auf der Ostseite des Marktes, der dem Hemele gegenüberliegenden. Kein väterlicher oder mütterlicher Ruf schallte über den Platz.

Pietro betrat den Friedhof der Stiftsfreiheit, und Elsa dachte schon, er wolle wieder zur Kirche, als er an dem Gotteshaus vorbeischritt und auf das Heim des Kaplans zusteuerte. Nach zweimaligem Klopfen wurde die Haustür spaltweit geöffnet, und wenn Elsa Pietros Gesten richtig deutete, lieferte er sich mit jemandem im Haus einen heftigen Wortwechsel. Ob es sich dabei um von Elten handelte, konnte sie von ihrem Posten hinter einer Grabtafel nicht erkennen. Nach und nach erlahmten Pietros Bewegungen, und kurz darauf schloss sich die Tür.

Als sei er bei einer Verabredung versetzt worden, stand Pietro nun herum und trat von einem Bein aufs andere. Dann bückte er sich, hob einen Stein auf und schleuderte ihn ziellos in die Dunkelheit. Das wiederholte sich zweimal, dann hielt er plötzlich inne, als sei ihm eine Idee gekommen. Er straffte die Schultern, stemmte die Hände in die Seiten und senkte den Kopf, als wäge er Für und Wider eines Gedankens ab. Als Elsa schon nicht mehr glaubte, dass er noch zu einem Ergebnis kommen würde, setzte er sich auf einmal in ihre Richtung in Bewegung. Sie ging hinter der steinernen Tafel ganz tief in die Hocke, schlang die Arme um die Beine und hielt die Luft an. Pietro schritt vorüber, ohne sie zu bemerken.

Sein Ziel war das Haus des Rektors, das gleichsam die Verlängerung des Schulgebäudes bildete. Wie Elsa wusste, verfügte das Haus über eine Glocke, aber Pietro hämmerte gegen die Tür, allerdings vergebens. Dann trat er einige Schritte zurück, blickte hoch zum ersten Stock und rief etwas, das sie nicht verstehen konnte, aber auch das ohne Erfolg. Clos war entweder abwesend, oder er wollte nicht gestört werden.

Ohne sich an die vorgegebenen Wege zu halten, ging Pietro geradewegs auf die Kirche zu, seiner Körperhaltung nach mit einem gerüttelt Maß Wut im Bauch. Er zog an der Tür zur Sakristei, aber sie war abgesperrt. Gebückt folgte Elsa ihm und hörte mehr als dass sie es sah, wie er die Kirche durch das Portal betrat. Bevor der schwere Flügel zufallen konnte, fegte sie heran und schob sich gerade noch durch.

Elsa hatte die Kirche nur Wimpernschläge nach Pietro betreten, und doch war er verschwunden, gerade so, als habe er sich in Luft aufgelöst. An den Lichtverhältnissen lag es diesmal nicht, im ganzen Schiff brannten noch die Kerzen der Abendmesse, der Kustos hatte noch nicht seine Runde gemacht.

Die Krypta. Während Elsa noch im Schutz des Eingangs wartete, ob Pietro nicht doch plötzlich hinter einer der Säulen auftauchte, kam ihr wieder die Grabkammer in den Sinn, in der Dietrich IX., der ewig gichtkranke Vorgänger des jetzigen Grafen, beigesetzt war. Gab es einen geeigneteren Ort zur Aufbewahrung der Herzen als die Krypta, die außer dem Kaplan nie jemand betrat? Und selbst der stieg nur einmal im Jahr zu Allerheiligen hinab.

Vom Kirchenbau verstand Elsa in etwa so viel wie von Alchimie, aber dass die Krypta üblicherweise unter dem Altar lag, wusste sie doch. Also musste dort auch irgendwo der Zugang sein. Sie hatte das Chorgitter beinahe erreicht, als sie plötzlich ein Summen vernahm. Im ersten Moment dachte sie, es handele sich um eine Biene oder gar eine Hornisse, die sich in die Kirche verirrt hatte, aber dann glich das Summen eher einer Melodie, wie sie kein Tier erzeugen konnte. Gebannt hielt sie inne, horchte nach links und rechts, aber woher das Geräusch kam, war nicht auszumachen. Dazu war das Summen zu leise, überdies warfen es die Wände irreführend zurück. Für ein Lied war die Tonfolge jedoch zu simpel, das Ganze klang eher nach einem Singsang, mit dem man ein Kind in den Schlaf wiegt.

Plötzlich meinte Elsa die Worte »Dann geh jetzt!« verstanden zu haben; sie waren eindeutig aus dem Beichtstuhl gekommen. Der Beichtstuhl! Er befand sich gleich neben dem Zugang zur Sakristei. In ihm konnte Pietro sich verborgen halten, dazu hatte er eben genug Vorsprung gehabt. Ebenso mochte er dort am Vormittag gesteckt haben, denn auch da hatte Elsa den Stuhl einfach übersehen.

Holz knarrte, dann schlug eine Tür. Siedend heiß fiel Elsa ein, dass es zwischen Sakristei und Beichtstuhl eine Verbindung gab, durch die der Kaplan ungesehen ein- und aussteigen konnte. Und durch die entwischte nun Pietro! Im selben Augenblick sagte sie sich, dass das nicht sein konnte, denn dann hätte er den Stuhl ja auch durch die Sakristei betreten müssen, und das hatte er nicht getan.

Während sie noch wie gelähmt dastand, wurde plötzlich der Vorhang des Beichtstuhls zurückgezogen, und Pietro trat heraus.

*

Sie standen sich auf Armeslänge gegenüber und blickten einander geradewegs in die Augen. Elsa lächelte verlegen und wollte gerade zu einem Gruß ansetzen, als sie merkte, dass Pietro sie nicht wahrnahm. Er sah sie an, aber seine Augen waren seltsam starr, es war, als blicke er durch sie hindurch.

Jäh wandte er sich ab und schritt davon. Sein Gang wirkte ungelenk, wie der eines Menschen, der zu lange gesessen hatte. Dazu ruderte er mit den Armen, als wate er durch Wasser. Was sich da vor Elsas Augen abspielte, musste die schwarze Seite von Pietros Seele sein. Der Zustand, in dem er zum Mörder geworden war. Sie war gleichermaßen erschrocken wie fasziniert. Beinahe hätte sie versäumt, ihm nachzugehen.

Vom Westportal ging Pietro geradeaus durch zur Haagschen Straße und diese bergab in Richtung Stechbahn. Mit jedem Schritt wurde sein Gang runder, unverändert starr blieb jedoch seine Kopfhaltung.

Wie Elsa befürchtet hatte, bog er tatsächlich hinter van Eyls Haus auf das Turniergelände ein. Auf der Bahn war es bereits bedrückend finster, der Mond spendete heute nicht mehr Licht als ein Schälchen Milch. Die Furcht grub ihre kalten Klauen in Elsas Herz, aber es half alles nichts, wenn sie das Monströse entlarven und Marco retten wollte, musste sie Pietro folgen. Insbesondere jetzt, wo er das Wesen gewechselt hatte. Außerdem hatte sie ja ihr Messer. Das zog sie vorsichtshalber und umklammerte den Griff so heftig, dass ihre Knöchel trotz der Dunkelheit hell schimmerten.

Die Stechbahn war inzwischen gemäht worden, was das Vorankommen ungemein erleichterte, auch wenn Elsa die harten Stümpfe mancher Stängel schmerzlich durch ihre lederbesohlten Strümpfe spürte. Pietro, der auf Grund des weißen Kragens seines Gewandes ganz gut im Auge zu behalten war, strebte geradewegs der Schäferhütte zu. Elsa dachte schon, sie sei sein Ziel, als er unvermittelt einen Haken schlug und auf den Rabenturm zuhielt. Die Terrassen erklomm er in einer Geschwindigkeit, die ihr unglaublich erschien. Sie hatte noch nicht einmal die erste bewältigt, da verschwand er schon im Durchlass der alten Mauer.

Als sie die Stelle endlich erreichte, prasselten Steinchen vom Rabenturm herab. Elsa legte den Kopf in den Nacken und nahm einige Schritte Abstand von dem Gemäuer, da tauchte Pietros Gesicht auch schon über der Brüstung des Wehrgangs auf. Er musste die Stufen der Wendeltreppe förmlich hinaufgeflogen sein. Sie sah ihn ganz deutlich, der milchige Mond stand genau über dem Turm. Was hatte er da oben nur zu suchen? Befand sich etwa dort das Versteck der Herzen? Anna hatte er ja ganz in der Nähe getötet.

Während Elsa sich noch fragte, ob sie das Wagnis eingehen und Pietro nachsteigen sollte, kletterte er zu ihrer Verblüffung auf die Brüstung. Dort blieb er stehen und breitete die Arme aus wie Flügel. Sein hüftlanger Umhang flatterte im Wind. Der Vergleich mit einer Fledermaus drängte sich auf, insbesondere zu dieser Stunde. Dann ging er in die Knie und stieß sich ab, und erst da begriff Elsa, welchen Geschehens sie Zeugin wurde.

Ihr »Nein!« blieb ihr im Halse stecken, denn Pietro stürzte geradewegs auf sie zu. Völlig lautlos, ohne ein Wort, ohne Schrei, als sei er bereits tot. Im letzten Moment rettete sie sich mit einem Satz zur Seite. Der Aufprall seines Körpers war nicht lauter als der eines Hafersacks, der vom Scheunenboden fällt.

Als Pietro mit verdrehten Gliedmaßen vor ihr lag, empfand sie nichts, kein Mitleid, aber auch keine Genugtuung. Sein Tod bewegte ihr Gemüt nicht stärker als der eines Unbekannten. Und doch änderte sein Selbstmord alles.

Elsa raffte ihr Gewand und lief los.

Üppig die Brüste, die sein Gesicht streiften, prall das Gesäß, das er umfasste, heiß die Lenden, die sich gegen seine pressten – einen solchen Wachtraum hatte Anselmo schon lange nicht mehr gehabt. Die Wonnespenderin war gesichtslos, aber wem er die Anregung zu seinen wollüstigen Fantasien zu verdanken hatte, wusste er wohl. In dem Augenblick sagte jemand seinen Namen.

Anselmo riss die Augen auf. Grottenfinster war es in seiner Kate, aber noch schwärzer war der Umriss, der sich neben seiner Pritsche abzeichnete.

»Anselmo, werdet wach!«, sagte die weibliche Stimme erneut. »Ich bin es, Elsa.«

»Merda sacra! Wie bist du hereingekommen?«

»Das Schloss an Eurer Tür ist ein Witz.«

»Wie lange stehst du hier schon herum?«

»Ich bin gerade erst eingetreten. Und ich hab nichts gehört.«

»Was hast du nicht gehört?«

»Eben nichts. Seid Ihr jetzt ansprechbar?«

Gott sei Dank, dachte Anselmo, hatte er nicht das Leinentuch zurückgeschlagen, sondern war zugedeckt geblieben. Aber auch so reichte die Scham, die er empfand, um ihm die Glut ins Gesicht zu treiben.

»Ich brauche dringend Eure Hilfe, Anselmo«, sagte Elsa. »Ihr müsst mich zum Grafen bringen, und zwar sofort.«

»Ach, ist das alles? Ich dachte schon, ich sollte dir den Mond vom Himmel holen. Weißt du eigentlich, wie spät es ist?«

»Ich weiß nur, wenn Ihr noch lange trödelt, wird es zu spät sein. Graf Johann muss Marco begnadigen.«

»Mädchen, das Schicksal, das deinem Liebsten widerfahren ist, hat dir offenbar den Verstand geraubt«, sagte Anselmo, setzte sich aber wenigstens auf. »Der Graf hat noch nie jemanden begnadigt.«

»Aber er hat die Macht dazu, und diesmal wird er sie nutzen. Ich werde nämlich eine Aussage zu Marcos Gunsten machen. Wenn Graf Johann hört, was ich zu sagen habe, wird er gar nicht anders können.«

»Deine Treue zu diesem unseligen Menschen in Ehren, ragazza valorosa, aber ich habe mit meinen eigenen Ohren vernommen, wie er sämtliche Untaten, derer er bezichtigt wurde, gestanden hat.«

»Das hat er nur getan, um seinen Bruder zu schützen, der der eigentliche Mörder ist! Doch Pietro hat sich gerade vor meinen Augen vom Rabenturm in den Tod gestürzt, also bedarf es keiner Rücksichtnahme mehr.«

»Sacra Madonna! Zünde das Talglicht dort an, damit ich sehen kann, ob du die Wahrheit sprichst oder mich alten Mann zum Narren halten willst.«

Es dauerte einen Moment, bis Elsa alle Zutaten ertastet hatte. Als die Flamme gleichmäßig brannte, studierte Anselmo Elsas Antlitz mit einer Gründlichkeit, als erhalte er für jeden entdeckten Leberfleck ein Goldstück.

»Beim Zeus, ich glaube dir! Nur wie soll ich dir helfen? Ich fürchte, du überschätzt meine Möglichkeiten. Dass ich dich während meines Dienstes in den Kerker eingelassen habe, nun ja, das war eine Sache. Aber der Graf ...« Anselmo rollte mit den Augen.

»Schleust mich wenigstens an den Wachen vorbei. Dann schaffe ich es auch bis zum Fürsten.«

»Er wird im Bett liegen und schlafen und ausgesprochen ungehalten sein. Ich warne dich, das Ganze kann nach hinten losgehen. Der Graf gilt als launisch und unberechenbar.«

»Macht Euch um mich keine Sorgen, Anselmo. Was ist nun, erweist Ihr mir diesen Dienst?«

Anselmo zuckte ergeben mit den Achseln. Dabei entdeckte er das Messer in Elsas Hand. »Was hast du damit vor?«

Elsa ließ es im Ärmel verschwinden. »Das war nur für den

Fall, dass Ihr Euch geweigert hättet. Beeilt Euch, ich warte draußen.«

*

»Nun schuldest du mir bereits zwei Krüge Wein«, sagte Anselmo, während sie in die Gewölbe des Schlosses hinabstiegen.

»Die könnt Ihr Euch morgen im Gasthaus abholen«, sagte Elsa. »Ist dies nicht der Weg zum Kerker?«

»Allerdings.«

»Habt Ihr mich falsch verstanden? Ich muss zum Grafen!«

»Ganz ruhig, mia piccola, ganz ruhig. Ich bin der Kerkermeister. Und wohin kann ein Kerkermeister gehen, ohne übermäßig aufzufallen? Richtig, zum Kerker. – Was ohnehin ein Scherz ist, wenn er dort nächtens, außerhalb seines Dienstes und noch dazu in Begleitung einer jungen Frau auftaucht, aber was soll's. – Von den Verliesen führt ein zweiter Gang geradewegs hinauf in den Schlosshof. Den nimmst du.«

»Allein?«

»Ja. Ich werde dir beschreiben, wo du abbiegen musst. Mehr kann ich nicht für dich tun.« Anselmo blieb stehen und drehte sich zu Elsa um. »Und denk um Himmels willen daran, dass du dem Grafen, sollte er dich fragen, wie du an den Wachen vorbeigekommen bist, erzählst, du wärst über die Mauer geklettert oder von mir aus vom Himmel gefallen. Mich jedenfalls erwähnst du mit keinem Wort, sonst geht es mir an den Kragen. Schwörst du das?«

Elsa feuchtete Zeige- und Mittelfinger an und hielt sie gespreizt hoch. »Bei allem, was mir heilig ist! Und das Schlafgemach des Grafen? Wisst Ihr, wo das liegt?«

Anselmo hob die Arme, wobei er mit der Fackel gegen die niedrige Decke stieß, dass die Funken nur so flogen. Viel fehlte nicht, und sie wäre erloschen. Einige der glühenden Punkte sengten Elsas Haare an und verursachten dabei einen Gestank, der ans Säuebrennen erinnerte. Bereits hinter dem nächsten Knick lag Marcos Zelle.

»Willst du ihn sehen?«, fragte Anselmo. »Wenigstens für einen Augenblick?«

»Nichts lieber als das, aber die Zeit drängt. Sagt Ihr ihm, was mit seinem Bruder geschehen ist.«

»Bei Gott, das wird ihm das Herz brechen!«

»Vielleicht auch nicht. Tut mir den Gefallen.«

»Wie du meinst, ragazza.«

Mit einem Stöckchen zeichnete Anselmo in den Staub, welchen Weg Elsa einzuschlagen hatte. Dann entzündete er eine zweite Fackel, die er ihr überließ. Als Dankeschön drückte sie ihm einen Kuss auf die stoppelige Wange.

»Verrücktes Ding«, murmelte Anselmo kopfschüttelnd und blickte ihr nach, wie sie in dem angegebenen Gang verschwand.

*

Elsas Furcht vor Ratten, Mäusen und Spinnen war nicht übermäßig ausgeprägt, und das war gut so. Obschon sie die meiste Zeit gebückt ging, hingen ihr Spinnweben ins Gesicht. Schließlich benutzte sie die Fackel wie ein Schwert, um sich durch das Dickicht zu schlagen.

Eine weitere Schwierigkeit war die zunehmend knapper werdende Luft, die das Atmen immer schwerer machte und die Flamme immer schwächer brennen ließ. Dazu hatte Elsa jede Einschätzung für die zurückgelegte Entfernung verloren. So wähnte sie sich seit Ewigkeiten unterwegs, dabei hätte die Zeit nicht einmal gereicht, einen Zander zu schuppen.

Endlich erreichte sie die Treppe, von der Anselmo gesprochen hatte, wenn sie sich in dem kümmerlichen Restlicht auch mehr als steile Rampe erwies, da die einzelnen Stufen unter dem angehäuften Dreck kaum noch auszumachen waren. Entsprechend mühselig gestaltete sich der Aufstieg, immer wieder musste Elsa im Spinnengewirr an den Felswänden nach Halt suchen, um nicht abzurutschen. Zehn mühselige Schritte weiter stieß sie an ein Gitter.

Das hatte Anselmo nicht erwähnt. Entweder hatte sie sich verlaufen, oder das Gitter war erst kürzlich angebracht worden. Eigentlich war es aber einerlei, woran es nun lag, jedenfalls saß sie fest. Voller Zorn und Verzweiflung rüttelte Elsa an den Stäben, und da kam ihr das ganze Gitter entgegen.

Sich immer wieder rückwärts überschlagend stürzte sie die Treppe hinunter, das Gitter hinterher. Schützend nahm sie die Arme über den Kopf, während sie mit den Beinen immer wieder gegen die Wände schlug. Schier unendlich währte der Sturz, dann prallte Elsa plötzlich mit dem Rücken gegen eine Wand, dass ihr die Luft wegblieb. Unmittelbar neben ihr schlug mit einem Höllengetöse das Gitter ein, kippte um und begrub sie unter sich.

Sie hatte den Fuß der Treppe erreicht.

*

Staub drang ihr in die Augen und raubte ihr zusätzlich zu dem Schlag ins Kreuz den Atem. Als er sich langsam legte und es trotzdem finster blieb, wusste sie, dass die Fackel verloschen war. Und da lief ihr auch schon die erste Ratte über den Körper. Erschrocken versuchte sie auf die Beine zu kommen, aber das Gitter lag auf ihr wie ein totes Pferd.

Jetzt kroch ihr etwas durchs Gesicht, das sie energisch wegwischte, und dann wurde sie in die Wade gezwickt. Ein weiterer Nager prüfte, ob sie zum Fressen taugte! O nein, sagte Elsa sich, jeder Tod, aber nicht dieser. Mit aller Kraft, zu der sie fähig war, stemmte sie sich gegen das Gitter, strengte sich an, dass ihr schier der Schädel barst, aber die Wegsperre rührte sich keine Handbreit.

Kleine Pfoten trippelten über ihre Brüste, gleichzeitig streifte etwas Pelziges ihre Unterarme. Elsa schlug in alle Richtungen, und für einen Augenblick hatte sie tatsächlich Ruhe. Dann jedoch waren sie wieder da, schnupperten an ihr, huschten über sie hinweg und krabbelten an ihren Armen entlang. Bei Gott, ein Vieh war unter ihr Gewand geschlüpft!

Das Bild, wie sie Anna gefunden hatte, erschien vor Elsas innerem Auge und schürte ihre Panik. Sie strampelte, sie schrie, sie schlug um sich, jedoch nunmehr ohne Erfolg. Wieder krochen ihr Spinnen und Nager über Arme und Beine.

Elsa wand sich, krümmte sich, zuckte wie eine vom Veitstanz Besessene, aber das alles half ihr nicht, die Viecher würden sie bei lebendigem Leib auffressen, und das war der Unterschied zu Anna, denn Anna war tot gewesen, als sie über sie hergefallen waren, sie aber war lebendig und wollte nicht so elendig zu Grunde gehen ...

Plötzlich blitzte Licht auf, Schritte und Männerstimmen waren zu vernehmen. Das Gitter wurde entfernt, kräftige Hände packten Elsa, stellten sie auf die Beine und klopften sie ab. Und während eine tiefe Stimme: »Na, na, Mädchen, ganz ruhig!«, sagte, schwanden ihr die Sinne.

*

Ingwergewürzten Wein verabscheute Elsa eigentlich, aber in dieser Nacht kam er ihr vor wie Nektar. Dies war nun schon der dritte Becher, und langsam ließ das Kribbeln und Krabbeln an ihrem ganzen Körper nach, das ohnehin nur noch Einbildung war. Ihr gegenüber saß Adolf Kaldewey und musterte sie mit einer Mischung aus väterlicher Fürsorge und ministerialer Strenge.

»Das sind Dummheiten, die ein böses Ende nehmen können«, sagte er und strich sich über den Schnurrbart, »und die ich eigentlich nur von übermütigen Burschen, nicht aber von Frauenzimmern gewöhnt bin. Was hat es mit dieser Geschichte auf sich? Wie bist du in den Verbindungsgang gekommen? Und wie überhaupt auf das Schlossgelände?«

»Ich bin über die Mauer gestiegen«, sagte Elsa, die mittlerweile das Gefühl plagte, der Boden der Wachstube schwanke.

»Ohne Hilfe?«

»Eine Freundin hat mir geholfen.«

»Eine Freundin, so, so.« Erneut glättete der gräfliche Hausmeister seinen Oberlippenbart. »Und die hat dich auch in den Gang geschleust, wie?«

»Sie hat die Mauer gar nicht überstiegen, sie hat mir nur die Räuberleiter gemacht. Einmal drüben habe ich so lange gewartet, bis der Gardist seinen Posten verlassen hat, um sein Wasser abzuschlagen. Da bin ich in den Gang geschlüpft.«

»Wenn das stimmt, fress ich einen Besen oder besser gleich zwei. Zäumen wir die Geschichte mal von der anderen Seite auf: Welchem Zweck sollte das Ganze dienen?«

»Ich muss umgehend Graf Johann sprechen, in einer Angelegenheit auf Leben und Tod.«

»Seine Durchlaucht, soso.« Zur Abwechslung zwirbelte Kaldewey seine buschigen Brauen. »Darf man erfahren, um welche Angelegenheit es sich dabei handelt?«

Elsa stellte den Becher zur Seite, denn der unruhige Dielenboden und die Hitzewellen, die sie durchliefen, hatten nur einen Grund: Sie war betrunken. Fehlte nur noch, dass sie zu lallen begann, dann würde Kaldewey sie gleich einsperren. Zudem war ihr bewusst, dass ihr nur die volle Wahrheit weiterhelfen würde.

Sich auf Wortwahl und Aussprache besinnend erzählte sie die Geschichte von Anfang an. Mochte das auch Zeit kosten, hier war sie sinnvoll eingesetzt. So berichtete sie von ihrer Rolle als Lockvogel, und wie es kommen konnte, dass Marco niedergeschlagen auf dem Hasenberg aufgefunden wurde. Dann davon, wie Marco herausfand, dass sein eigener Bruder der Mörder war und wie er sich mit seinem Geständnis schützend vor ihn stellte. Und zuletzt, wie sie Pietro vor wenigen Stunden nachgeschlichen war und mitansehen musste, wie er sich das Leben nahm.

Kaldewey hörte zu, ohne sie ein einziges Mal zu unterbrechen. Mitgefühl meinte Elsa in seinen Zügen zu lesen, Mitgefühl und die Bereitschaft ihr zu helfen. Innerlich jubilierte sie bereits. Wenn sie es geschafft hatte, Kaldewey, der als harter Hund galt, für sich einzunehmen, dann müsste es doch mit dem Teufel zugehen, wenn ihr das nicht auch mit diesem Strohkopf von Grafen gelingen würde.

»Eine Tragödie«, seufzte Kaldewey, nachdem sie ihre Schilderung beendet hatte. »Wahrhaft eine Tragödie.«

»Dann bringt Ihr mich also zu seiner Durchlaucht?«

»Glaube mir, Mädchen, nichts täte ich lieber, aber es steht nicht in meiner Macht, dich zu ihm zu führen. Und das ist die eigentliche Tragödie.«

Elsa hielt sich an der Tischkante fest, denn erneut begann der Raum zu kreisen, diesmal hatte es jedoch nichts mit dem Wein zu tun. »Wie ... Wie meint Ihr das?«

»Ganz einfach«, sagte Kaldewey. »Graf Johann hat Kleve gestern Abend verlassen.«

»Woher kam er?«

Marco legte Anselmo die Hände auf die Schultern. Seit seiner Verurteilung lag er nicht mehr in Ketten – eine Vergünstigung, die ihm sein Geständnis eingebracht hatte –, daher wogen sie leichter als sonst, und dennoch ging der Wärter in die Knie.

»Aus der Kirche. Genauer gesagt aus dem Beichtstuhl. Von dem Augenblick an war er wohl völlig verändert, obgleich er vorher wie immer wirkte. Irgendetwas muss im Beichtstuhl mit Eurem Bruder geschehen sein. Elsa sagte, er habe sie überhaupt nicht wahrgenommen.«

»Dieses Schwein!« Marco wandte sich ab und lief eine Runde im Kreis. Obwohl er den Namen des Kaplans nicht aussprach, wusste Anselmo, wer gemeint war. »Wir hatten eine klare Abmachung: mein Leben gegen das meines Bruders. Und dafür war er verantwortlich! Stattdessen hat er ihn ... verhext oder was weiß ich.«

Anselmo wies mit dem Daumen über die Schulter. »Sie ist jetzt auf dem Weg zum Grafen, um Eure Begnadigung zu erbitten.«

»Wie? Bei Gott, haltet sie auf! Sie wird sich um Kopf und Kragen bringen.«

»Dazu ist es zu spät. Wenn sie sich nicht verlaufen hat, steht sie bereits im Gemach seiner Durchlaucht.«

»Ihr hättet sie nicht gehen lassen dürfen!«

»Es hätte schon eines ganzen Heeres bedurft, um sie aufzuhalten. Sie kann sehr überzeugend sein.«

Der Gedanke an Elsa zauberte ein Lächeln auf Marcos Gesicht. Dann fiel sein Blick auf den Weidenkorb, den seine Mutter ihm gebracht hatte.

»Wie spät ist es?«, fragte er. »Ist Mitternacht schon vorbei?«

»Längst. Deswegen war sie ja auch so in Eile.«

»Dann lasst mich jetzt allein.« Marco schob Anselmo zur Tür. »Ich muss das erst verarbeiten.«

»Selbstverständlich.«

Der Steinpickel aus dem Ziegenlederschlauch stellte ihn

vor keinerlei Schwierigkeiten. Er schüttete den Wein weg, schob den Schlauch zurück, und schon tauchte die Spitze des Pickels auf. Den fehlenden Griff ersetzte er durch das Leinentuch, mit dem die gebratene Gans abgedeckt war und das er um den eisernen Vierkantstab wickelte. So ließ es sich arbeiten. Eilig kletterte er in die Fensternische und machte sich ans Werk.

Er hatte keine Zeit zu verlieren.

*

Den Frohsinn, den Kaldewey ihr nahe gelegt hatte, weil er sie ohne Bestrafung laufen ließ, vermochte Elsa nicht zu empfinden. Ihretwegen hätte er sie ruhig einsperren können; seit sie wusste, dass keinerlei Aussicht auf Begnadigung bestand, war ihr alles gleich. Eigentlich wünschte sie sich nur noch, sie wäre tot. Tot wie Anna und Nehle es schon waren, und tot, wie Marco es im Morgengrauen sein würde.

Ohne eigentliches Ziel ging sie die Posterne hinunter zum Kermisdahl. Hier unten war es frisch, als habe der Herbst bereits Einzug gehalten. Nebel stand über dem Altarm. In Ufernähe betrug die Sichtweite keine zehn Schritte. Gebeugt wie eine alte Frau ging Elsa an den Bleichgestellen vorbei und betrat den Waschfrauensteg. Das Holz war feucht und seifig. Ein unbedachter Schritt, und man glitt aus, fiel ins Wasser und ertrank.

Ganz am Ende des Stegs ging Elsa auf die Knie, legte die Hände in den Schoß und ließ den Kopf hängen. Leise gluckste das Wasser um die Pfosten. Nebelfetzen wehten vorbei wie der zerrissene Schleier der Fee aus dem Zauberwald.

Zauberwald hieß das Reich, in dem die Geschichten spielten, die Anna und sie sich, als sie noch klein waren, immer ausgedacht hatten. Damals hatten sie noch eine Kammer geteilt, und vor dem Einschlafen durfte jede sich eine Figur aussuchen, die sie in der Geschichte spielen wollte. Anna hatte stets die Hexe oder den Merlin gewählt, Elsa zumeist die Fee oder die Königstochter. Manchmal aber auch den Hellas, den Lohengrin.

Der Lohengrin.

Jener furchtlose Ritter, der einst in einem Nachen, der von einem weißen Schwan gezogen wurde, den Fluss heraufgekommen war. Retter und Beschützer der Beatrix, wie sie der Legende nach hieß, oder der Elsa, wie sie hier genannt wurde. Ihre Namensvetterin, die, hilflos und in aussichtsloser Lage, inbrünstig zu Gott gebetet hatte und erhört worden war.

Wie von selbst falteten sich Elsas Hände, und sie hob den Kopf zum Himmel.

*

Marco hielt erschrocken inne: Hatte da ein Vogel gezwitschert? War es schon so spät? Er kniff die Augen zusammen. Tatsächlich, wo der Horizont liegen musste, ging das Schwarz der Nacht bereits in ein tiefes Blau über. Die Zeit lief ihm davon. Fluchend hackte er mit dem Pickel auf das Gemäuer am Fuß der mittleren Stange ein.

Die Arbeit gestaltete sich bedeutend schwieriger, als er erwartet hatte. Schon nach kurzer Zeit war sein linker Arm, mit dem er sich gegen das Abrutschen sicherte, taub. Gleichzeitig hatte sich in der Fläche der rechten Hand trotz des Tuches eine taubeneigroße Wasserblase gebildet, die wenig später aufplatzte. Zudem war die Stange erheblich länger als vermutet. Zwei Handbreit tief hatte er den Stein schon ausgemeißelt, und noch war kein Ende abzusehen.

Ohne seine Arbeit zu unterbrechen, versuchte Marco, die ihm verbleibende Zeit zu berechnen. Die Sanduhr im Kontor seines Vaters maß genau vier Stunden, das hieß, man musste sie von Sonnenaufgang zu Sonnenaufgang sechsmal umdrehen.

Marco schätzte die Zeit bis Sonnenaufgang auf eine Viertel Montemagnosche Sanduhr, und von da bis zum Läuten der Prim durch die Minderen Brüder auf eine halbe, machte insgesamt drei Stunden. Abzüglich einer Stunde, die sie ihn früher holen würden, um ihn rechtzeitig zum Neuen Markt zu schaffen. Es blieb ihm also eine halbe Sanduhrfüllung oder zwei Stunden, um sein Leben zu retten.

»Das müsste doch mit dem Teufel zugehen, wenn das nicht reicht«, murmelte er.

Nur Augenblicke später brach der Pickel ab.

*

Pferdeschnauben unterbrach Elsas Gebet. Es war vom anderen Ufer gekommen. Inzwischen war es so hell, dass man hätte hinübersehen können, wäre der Nebel nicht gewesen. Erneut schnaubte ein Pferd, begleitet von Hufscharren.

Einem Augenblick der Stille folgte ein antreibender Befehl. Deutlich war zu vernehmen, wie das Tier ins Wasser getrieben wurde. Während der Reiter sein Pferd mit Zungenschnalzen lenkte, rollten kleine Wellen an das westliche Ufer. Wer auch immer den Altarm überquerte, er kam geradewegs auf Elsa zu. Vorsichtshalber stand sie auf und verließ den Steg.

Nach und nach lösten sich die Umrisse eines Pferdekopfes und eines menschlichen Oberkörpers aus dem Dunst, der Rest war unter Wasser. Das Tier trug eine dunkle Kapuze mit Löchern für Augen und Ohren, wie sie bei Turnieren verwendet wurde, der Reiter steckte in einem Harnisch. Eine Furcht einflößende, kriegerische Erscheinung, die Elsa zurückweichen ließ, bis sie gegen eines der Bleichgestelle stieß.

Mit einem lauten Ruf trieb der Ritter sein Ross die Böschung hoch. An Land wirkten Mann und Pferd noch bedrohlicher, denn das Pferd war der größte Rappe, den Elsa je gesehen hatte, wie ihr auch der Reiter überdurchschnittlich groß erschien. Dabei war er ein alter Mann, wie sie jetzt erkannte, sicherlich jenseits der sechzig, mit schulterlangem eisengrauem Haar und von hagerer, geradezu ausgezehrter Gestalt. Schließlich entdeckte er Elsa. Im Schritt ritt er auf sie zu und zügelte das Pferd so spät, dass sie schon dachte, er wolle sie niederreiten. Aus der Nähe sah der Reiter noch elender aus. Mühsam hob er die Hand zum Gruß – und stürzte aus dem Sattel.

Elsa eilte auf ihn zu, aber er bedeutete ihr, Abstand zu wahren.

»Ihr braucht Hilfe«, sagte sie.

»Ich weiß«, sagte der Ritter mit einer Aussprache, wie Elsa sie noch nie gehört hatte. »Aber andere, als Ihr denkt.«

Der Rappe tänzelte auf einen leisen Befehl seitwärts, bis er über dem Gestürzten stand. Als das Pferd die richtige Position eingenommen hatte, ergriff der Mann mit beiden Händen den Steigbügel und zog sich mühsam an ihm hoch.

»Jean-Batiste de Verne, Comte d'Amiens«, presste er mühsam hervor und machte, obwohl er seinen Helm am Gürtel befestigt hatte, eine Handbewegung, als öffne er sein Visier.

»Elsa«, sagte Elsa, und weil sie fand, dass das ein bisschen dürftig klang, ergänzte sie: »Zwerts. Elsa Zwerts.«

»Am besten bindet Ihr Euch Euer Schultertuch vor Mund und Nase«, sagte der Comte. »Das hilft bisweilen.«

Elsa verstand nicht. »Wobei hilft das?«

»Beim Überleben. Ihr müsst jede Berührung mit den Kranken meiden, und Ihr dürft nicht dieselbe Luft atmen wie sie, das scheint das Geheimnis zu sein. Merkt Euch das.«

»Verzeiht, aber wovon sprecht Ihr?«

»Von der Magna mortalis. Oder, wie ihr ihn nennt, vom Schwarzen Tod.«

Eine erste Regung riet Elsa zur Flucht, aber mit dem gleichen Herzschlag spürte sie, dass ihr das nicht nur nichts nützen würde, sondern sie auch um eine einmalige Gelegenheit brächte, wenngleich sie noch nicht wusste, wie diese aussah. Also blieb sie und tat, was der Ritter gesagt hatte.

»Seid Ihr ihm begegnet?«, fragte sie leise, obwohl sie da schon wusste, dass der Comte ihm zu nahe gekommen war.

»Seit drei Jahren bin ich vor ihm auf der Flucht. Aber letztendlich vergebens. Morgen, spätestens übermorgen werde ich meinen Grabgesang anstimmen.«

»Großer Gott!« Nun wich Elsa doch zurück, aber nur einen Schritt. »Wie ... Wie spürt man diese Krankheit?«

»Seht Ihr diesen Fleck? Und diesen?« Der Comte zeigte auf zwei winzige schwarze Punkte in seinem Gesicht. »Bereits morgen werden sie so groß sein wie mein Daumennagel. Dazu kommen schmerzende Knoten unter den Achseln und an den Leisten, die zur Größe von Hühnereiern anschwellen, bevor sie platzen und Blut und Eiter aus ihnen quillt. Dann wird mich ein Geruch von Fäulnis, Tod und Verdammnis umwehen.« Er schnupperte an seinem Unterarm. »Ich kann ihn schon riechen.«

»In Kleve ist noch niemand krank«, sagte Elsa und bereute ihre Worte, noch ehe sie verklungen waren.

Die unausgesprochene Bitte, umzukehren, vernahm d'Amiens sehr wohl, er runzelte jedoch die Stirn, als suche er nach den richtigen Worten, um zu erklären, warum er ihr nicht entsprechen könne. Dann entspannten sich seine Züge.

»Ist das dort oben das Schloss?«, fragte er.

»Ja.«

»Ich muss den Grafen sprechen. Habt Ihr die Güte und weist mir den Weg?«

»Graf Johann hat die Stadt verlassen.«

Die Nachricht traf den Comte sichtlich. Er wurde blass und musste sich am Sattel festhalten.

»Für längere Zeit?«

»Ich weiß es nicht, aber es steht zu vermuten.«

»Bei Gott, dann ist alles verloren. Meine ganze Hoffnung habe ich in ihn gesetzt.« Er stieß ein Lachen voll bitterem Hohn aus. »Da hätte ich auch bei den Lazarusbrüdern bleiben und dort auf das Ende warten können, statt mich noch einmal im Sattel zu schinden.«

»Kann ich Euch vielleicht helfen?« Elsas Frage kam sehr zaghaft. Deswegen und wegen des umgebundenen Tuchs verstand der Comte sie nicht.

»Wie?«

»Ich fragte, ob ich Euch helfen könne.«

Die Augen des Comte weiteten sich, und dann brüllte er los, dass die Erde erzitterte. Lachend bog er sich, bis ihm die Tränen übers Gesicht liefen. Gleichzeitig hielt er sich den Leib und krümmte sich. Elsa schwankte zwischen Verunsicherung und kalter Wut. So jäh der Heiterkeitsausbruch eingesetzt hatte, so unvermittelt war er auch wieder vorbei.

»Bei allen Heiligen, warum eigentlich nicht«, japste d'Amiens und schlug sich auf den Schenkel. »Welche Wahl bleibt mir denn in meiner Lage? Muss ich nicht nach jedem Strohhalm greifen, der sich mir bietet? Ausgerechnet ein Frauenzimmer! Aber vielleicht ist es ja Gottes Fügung, dass gerade Ihr mir als Erste über den Weg gelaufen seid. Nur über eins müsst Ihr Euch im Klaren sein, kleines Fräulein, was ich von Euch verlangen werde, ist nichts Geringes. Doch dafür ist auch der Lohn gewaltig: Euch wird es zu danken sein, dass die mit Füßen getretene Ehre von Hunderten tapferer, unschuldig gemeuchelter Männer wieder hergestellt wird und dass die wenigen Überlebenden neuen Mut und neue Kraft zur Fortführung des göttlichen Werkes schöpfen werden.«

»Was genau muss ich tun?«

Der Comte klopfte auf seine Satteltaschen. »Darin befindet sich ein Schatz von unermesslichem Wert. Den werdet Ihr nach Tomar bringen.«

Elsa nickte, aber das hätte sie auch getan, wenn der Comte von ihr verlangt hätte, zur Sonne zu fliegen.

»Wo liegt Tomar?«

»In Portugal.«

»Und wo liegt Portugal?«

»Im Südwesten. Jenseits von Frankreich und Spanien.«

»Das hört sich nach einer längeren Reise an.«

Der Comte räusperte sich. »Ich hoffe doch, Ihr habt jemanden, der Euch begleiten kann?«

»Das hoffe ich auch.« Elsa deutete auf das Schwert, das er am Gürtel trug. »Versteht Ihr damit umzugehen?«

»Wollt Ihr mich beleidigen?«

»Nichts liegt mir ferner. Ich wollte nur wissen, ob Ihr es notfalls auch mit mehreren Männern aufnehmen könnt.«

»Heute mit einem Dutzend, morgen noch mit einem, übermorgen mit niemandem mehr. Warum fragt Ihr danach?«

»Weil nichts umsonst ist«, sagte Elsa.

*

Während die Sonne begann, von Osten her die Nacht anzuknabbern, war es in von Eltens Schlafgemach dank der dichten Vorhänge noch stockdunkel. Dennoch wusste der Kaplan, welche Stunde es geschlagen hatte, seine innere Uhr ging außergewöhnlich genau. Mit vor dem Bauch gefalteten Händen saß er in seinem Bett – einer Sonderanfertigung des Tischlers, kürzer als gewöhnlich, dafür um einiges breiter – und plante den bevorstehenden Tag.

Der würde erfreulich beginnen, mit der Hinrichtung des jungen Lombarden. Sicher würden die Eltern, zuvorderst die Mutter, Trost benötigen, aber darum machte von Elten sich keine Gedanken, um ein paar salbungsvolle Worte war er nie verlegen. Nach einem kleinen Päuschen, das ihm die Gelegenheit zu einer Zwischenmahlzeit geben würde, standen dann die beiden Bestattungen an. Vorbereitet hatte er sich nicht, schließlich stammten die Verstorbenen aus einfachen Familien, Predigten für diese Klasse erledigte er aus dem Stegreif. Wenn ein van Bylant oder ein von Donsbrüggen oder sonst einer der Wichtigtuer auf den Gottesacker kam, war das natürlich etwas anderes, da musste er sich schon seine Gedanken machen. Aber Zwerts und erst recht Wannemeker, du liebe Güte, die waren doch froh, wenn überhaupt einer was sagte.

Damit war der Tag dann auch schon rum, mehr konnte man von ihm unmöglich verlangen. Pietro würde er somit erst am Dienstag ins Kloster bringen können, nein, Dienstag war es auch ungünstig, da hatte er drei Messen zu lesen, besser am Mittwoch. Gott sei Dank war der Graf ausgeflogen, sonst hätte er auch noch die Messen in der Schlosskapelle am Hals. So gerne von Elten die Einkünfte aus der Schlosskaplanei einstrich – jährlich immerhin zehn Mark aus dem gräflichen Hof Elsberghe auf dem Hau, je ein Malter Weizen und Roggen, je vier Malter Gerste und Gemengsel und seit November letzten Jahres auch noch die Berechtigung, zehn Schweine zur Eichelmast in den Reichswald zu treiben, so sehr war ihm die damit verbundene Arbeit verhasst.

Am meisten verdrießte ihn die Unpünktlichkeit des Fürstenpaares, wie oft hatte er sich in der eiskalten Kapelle schon die Beine in den Bauch gestanden, weil Graf und Gräfin nicht zur vereinbarten Zeit erschienen waren. Einmal hatte von Elten in seiner Wut den Messwein ausgetrunken und dann mit schwerer Zunge gepredigt, wofür Graf Johann ihm Blicke zugeworfen hatte, die nichts Gutes verhießen. Eine Woche lang war er krank gewesen vor Sorge, er könne sein Amt verlieren, aber der Graf hatte den Vorfall mit keinem Wort erwähnt. Seitdem ließ er im Dienst die Finger vom Wein, nur ärgern tat er sich weiterhin.

Aber dann rief er laut »Carpe diem!« und rüttelte mit seinem dicken Hintern eine Mulde in die Matratze, um es besonders bequem zu haben. Ach, das war das Schöne an einem gottgefälligen Leben, dass man verdient selbstzufrieden sein durfte. Heute pflückte er gleich zwei Seelen vom Baum des Lebens und legte sie ins richtige Körbchen. Jetzt galt es nur noch, Freund Clos im Auge zu behalten, damit der –

Die dritte Treppenstufe von oben hatte geknarrt. Zwar knarrten alle, aber die dritte knarrte anders als die anderen, lauter und unverwechselbar. Irgendwer kam die Treppe herauf, war jetzt sogar schon oben und stand vor der Tür. Von Elten stopfte sich einen Teil seiner Zudecke zwischen die Zähne, damit das Klappern nicht zu hören war. Ohne dass angeklopft worden wäre, schwang die Tür auf und schlug gegen die Truhe. Vor dem hellen Hintergrund des Stiegenhauses zeichneten sich die Umrisse eines Riesen und eines Zwerges ab.

Mühsam würgte von Elten die Zudecke aus und stotterte: »Wer seid ihr?«

»Das Schicksal«, sagte der Riese derart drohend, dass von Elten beinahe die Herrschaft über seine Schließmuskulatur verloren hätte.

»Nicht doch«, sagte der Zwerg. »Ich bin's, Elsa Zwerts. Und das ist der Comte von Amiens.«

*

»Beichten! Beichten! Beichten!«, rief von Elten, während er durch das Zimmer wuselte und seine Kasel suchte. »Was denn jetzt noch? Er hat doch gestanden.«

»Habt Ihr ihm dafür auch die Absolution erteilt?«, fragte der Comte.

»Nein.«

»Seht Ihr.«

Dieser französische Kerl behagte von Elten ganz und gar nicht. Eiskalte Augen hatte er, und wie er sich benahm! Befehligte ihn wie einen Leibeigenen. Und was sollte dieser Unfug, dass das Mädchen sich ein Tuch vors Gesicht gebunden hatte, als würde ein Schneesturm blasen? Irgendetwas stimmte hier nicht, dessen war von Elten sich todsicher.

Andererseits, was regte er sich auf? Sie wollten ihn ja nicht verschleppen, er sollte lediglich eine Beichte abnehmen, und das auch noch im Schloss, wo er zwischen Kaldewey und seinen Gardisten geborgen war wie in Abrahams Schoß. Zugegeben, beim ersten Mal war es dort ungemütlich geworden, aber nun hatte er mit Marco eine Vereinbarung, von ihm drohte also keine Gefahr mehr. Das Einzige, was ihn fuchste, war, dass nicht einmal ein Tag so lief wie geplant.

Die Kasel war hinters Bett gerutscht. Von Elten zerrte sie heraus und warf sie sich über.

»Seid Ihr endlich so weit?«, knurrte d'Amiens, und von Elten musste sich auf die Zunge beißen, um nicht zurückzuknurren.

Draußen war es schon hell, und Vogelgezwitscher und ein laues Lüftchen verhießen einen wundervollen Tag. Von Elten bog seine abgewinkelten Arme nach hinten und sog dabei tief Luft ein. Eine Übung, die ihm seine Mutter beigebracht hatte, ansonsten hatte er an die Frau nur undeutliche Erinnerungen.

Vor dem Schlosstor übergab der Comte die Zügel seines Pferdes an Elsa. Die beiden nickten sich zu wie zwei Menschen, die sich alles gesagt hatten und zwischen denen jedes weitere Wort überflüssig war.

»Wollt Ihr uns nicht begleiten?« Von Eltens Frage war an Elsa gerichtet.

»Es würde mir das Herz brechen.«

»Verstehe.« Er wandte sich an den Comte. »Nun denn, bringen wir es hinter uns.«

Die Torwache öffnete schon von weitem, als sie den Kaplan erkannte. Auch d'Amiens wurde anstandslos eingelassen. Ein Ablauf, der sich am Zugang zu den Verliesen wiederholte. Da weder von Elten noch der Comte den Weg kannten, übernahm eine der Wachen die Führung. Vor dem Kerker stießen sie auf einen maßlos erstaunten Anselmo.

»Hat der Gefangene denn nicht nach mir verlangt?«, fragte von Elten und warf dem Comte einen halb misstrauischen, halb triumphierenden Blick zu. Da hatte er mit seinem Verdacht wohl doch richtig gelegen!

»Ich weiß von nichts«, sagte Anselmo. »Ist das Mädchen denn nicht beim Grafen?«

»Hä? Welches Mädchen?«

»Na, die kleine Zwerts.«

»Graf Johann ist doch überhaupt nicht im Schloss«, schaltete sich der Wachposten ein, um im nächsten Augenblick wie vom Blitz getroffen in sich zusammenzusinken.

Voller Entsetzen starrten der Kaplan und der Kerkermeister auf den Comte, der den Posten mit der Flachseite seiner Schwertklinge niedergestreckt hatte, und die Klinge nunmehr mit einer schwungvollen, geradezu eleganten Bewegung an Anselmos Hals setzte. Von Elten versuchte, die Gunst des Augenblicks zu nutzen und sich davonzustehlen, aber d'Amiens packte ihn am Genick und schüttelte ihn wie eine Hundemutter einen ungehorsamen Welpen.

»Aufschließen. Und Ihr, mon père, macht keine Faxen.«

Zweimal fiel Anselmo der Bund zu Boden, erst dann fanden seine zitternden Finger den richtigen Schlüssel. Während der Comte die Tür aufhielt, schleppten die beiden anderen den bewusstlosen Wachposten hinein. Als Letzter betrat d'Amiens die Zelle.

»Sacre dieu!«, sagte er, nachdem er sich umgesehen hatte. »Wo steckt der Kerl?«

Natürlich arbeitete es sich mit einem abgebrochenen Steinpickel nicht besser als mit einem unversehrten, und dennoch lief es von dem Zeitpunkt an besser. Vielleicht weil Marco besonnener zu Werke ging und nur noch die Schläge ausführte, die wirklich vonnöten waren. Die halbe Sanduhrfüllung in seiner Vorstellung rieselte noch munter, als die Stange bereits wackelte wie ein lockerer Milchzahn. Ein knappes Dutzend Schläge später ließ sie sich herausnehmen.

Marco verknotete die Enden der Strickleiter an den beiden äußeren Stangen und warf das restliche zusammengerollte Stück von knapp vier Mannslängen über den Rand des Simses in die Tiefe. Dann quetschte er sich zwischen den Stangen hindurch und schob sich vor, bis er einen Blick in den Abgrund werfen konnte – und hätte beinahe schallend gelacht. Vom Sims bis zum Boden waren es allenfalls vier Ellen. Das Gelände fiel zwar steil ab, aber keineswegs lotrecht. Was sollte es, da er die Leiter nun einmal hatte, benutzte er sie auch. Er stand noch in den Sprossen aus gedrehtem Hanf, als er hörte, wie die Tür zu seiner Zelle aufgesperrt wurde. Rasch nahm er den Kopf herunter.

Mehrere Leute ächzten, als hätten sie einen Amboss zu schleppen, und dann sagte eine ihm unbekannte Stimme: »Sacre dieu! Wo steckt der Kerl?«

Es folgte eine wenige Herzschläge lange Stille, die jäh von einem ihm wohl bekannten Organ beendet wurde.

»Da!«, rief von Elten. »Er ist getürmt, dieser Verräter!«

Für einen Augenblick war Marco unschlüssig, was er tun sollte. Dann aber überwog sein Unmut über die dreiste Beschimpfung durch den Kaplan, und er stieg zum bassen Erstaunen der drei lebenden Anwesenden zurück in das Verlies.

»Das ist er!«, rief von Elten und stieß den Franzosen in die Rippen.

»Ja, ich bin es«, sagte Marco, »und ich werde nunmehr tun, was ich vor zwei Tagen versäumt habe, nämlich Euch das Genick brechen, von Elten.«

»Ha, das dürft Ihr nicht, wir haben eine Abmachung getroffen.«

»An die Ihr Euch nicht gehalten habt.«

»Das ist nicht wahr! Am Mittwoch … morgen … wenn Ihr wollt noch heute, bringe ich Euren Bruder zu den Minoriten.«

»Seit wann nehmen die Minderen Brüder Tote in ihre Reihen auf?«

Von Elten glotzte, als stehe er dem flammenden Dornbusch gegenüber. »Tot? Pietro ist … tot? Wie kann das sein? Ich habe ihn doch gestern noch …«

»Ja? Sprecht es ruhig aus, von Elten. Was habt Ihr im Beichtstuhl mit meinem Bruder angestellt? Habt Ihr ihn wieder verhext, wie all die anderen Male, als er zum Mörder wurde? Aber diesmal ist etwas missglückt, nicht wahr?«

»Mutter Gottes steh mir bei, wo denkt Ihr hin! – Beichtstuhl? Wieso Beichtstuhl? Ich habe gestern keine einzige Beichte abgenommen. Was redet Ihr denn da?«

»Als mein Bruder in der vergangenen Nacht den Beichtstuhl der Stiftskirche verließ, war er nicht mehr er selbst. In diesem Zustand ist er auf den Rabenturm gestiegen und hat sich zu Tode gestürzt.«

»Das ist ja entsetzlich! Damit habe ich nichts zu tun, das

müsst Ihr mir glauben! Getroffen haben wir uns, das heißt, er hat gestern spätabends geklopft und begehrte Einlass, aber ich war unpässlich und habe ihn fortgeschickt, zumal auch die Geschichte, die er erzählte, so wirr und –«

»Ja? Was hat Pietro Euch denn erzählt?«

»Er hatte erfahren, dass ... O nein, das darf nicht wahr sein!« Von Elten machte ein Gesicht, als habe er soeben vom Baum der Erkenntnis gegessen. »Dann wäre er es tatsächlich gewesen.«

»Was wäre Pietro gewesen?«

»Nicht Pietro. Clos. Conradus Clos. Dann hat er sein Vorhaben also doch wahr gemacht, und ich dachte ...«

»Was hat er wahr gemacht?« Marco packte von Elten an der Kasel. »Spuckt es aus!«

»Die Auslöschung, so hat er das genannt. Für ihn liegt die Ursache allen Elends auf Erden in der Verführung durch das Weib, ausgehend von Eva, der Schlange. Dort müsste man ansetzen, hat er gesagt, indem man die Ärgsten unter ihnen auslösche. Und Pietro hat er als sein Werkzeug benutzt, seine Waffe, so muss es gewesen sein, ja, ich bin mir dessen jetzt ganz sicher.«

»Und wie hat Clos meinen Bruder in diesen Zustand versetzt, in dem er zum Mörder wurde?«

»Conradus macht seit Jahren diese Konzentrationsübungen. Sie lassen sich wohl auch bei anderen anwenden, aber Genaueres weiß ich nicht, er betreibt um die Geschichte eine ziemliche Geheimniskrämerei.«

»Und das alles fällt Euch ausgerechnet in diesem Augenblick ein?«

»Ja, warum denn nicht?«

»Hattet Ihr Euren Freund Clos nie zuvor in Verdacht?«

»Ja. Nein. Beides. Ich habe bis zuletzt gehofft, die Verbrechen seien mit einer Erkrankung Eures Bruders zu erklären, aber jetzt ... Oh, welches Unglück!«

»Wisst Ihr was, von Elten? Ich glaube Euch kein einziges Wort. Mir scheint vielmehr, Ihr versucht den Verdacht auf Clos zu lenken, um Euer eigenes Fell zu retten. Dabei habt Ihr den Beweggrund sehr gut beschrieben: Weiberhass. Und der größte Weiberhasser, den ich kenne, seid Ihr, Ihr mit Eurer krankhaften Marienverehrung!«

»Ich schwöre Euch –«

»Ich denke, Ihr solltet es dabei bewenden lassen, Marco di Montemagno«, mischte sich der Comte ein. »Ein Geständnis wird der Kaplan ohnehin nicht ablegen, und Euch läuft die Zeit davon.«

Marco ließ von Elten los und wandte sich dem Ritter zu. »Wer seid Ihr? Und woher kennt Ihr meinen Namen?«

Der Comte stellte sich vor. »Ich habe ein Geschäft mit einer gewissen Elsa Zwerts abgeschlossen. Eure Befreiung gegen eine Dienstleistung. Geplant war, dass wir die Kleidung tauschen und Ihr diesen Ort als Comte d'Amiens verlasst.« Dabei klopfte er auf seinen Helm, den er noch immer am Gürtel trug. »Da Ihr Euch aber bereits einen Fluchtweg geschaffen habt, können wir den Plan ändern. Der Tausch wäre ohnehin sehr gefährlich gewesen, ich habe die Pest im Leib, da ist nicht auszuschließen, dass die Krankheit auch in meiner Kleidung sitzt.«

Bei dem Wort Pest gingen Anselmo und von Elten auf Abstand.

»Ich verstehe überhaupt nichts«, sagte Marco. »Wenn Ihr an meiner statt hier bleibt, wird man Euch einen Kopf kürzer machen.«

Der Comte lächelte spöttisch. »Glaubt Ihr, das kümmert mich angesichts meines Zustands? Der Tod durch das Schwert wird der gnädigere sein, das könnt Ihr mir glauben, ich habe Hunderte an dieser Seuche verenden sehen. Außerdem ist mir das der Dienst, den Ihr mir schuldet, wert.«

»Worum geht es dabei?«

»Um eine Beförderung gewisser Waren an einen fernen Ort. Einzelheiten wird Euch Eure Freundin mitteilen. Ihr solltet jetzt wirklich gehen.«

»Zuvor werde ich noch diesem Heuchler und Lügner, der meinen Bruder auf dem Gewissen hat, den Hals umdrehen.«

»Das werdet Ihr nicht. Ihr müsst fliehen, der Scharfrichter könnte jeden Moment erscheinen.«

»Rache zu nehmen ist mein Recht!«

»Ich spreche es Euch ab!« Zum zweiten Mal an diesem Tag zog der Comte das Schwert. »Ich werde nicht zulassen, dass Eure Hitzköpfigkeit meine Pläne gefährdet.«

Marco überlegte blitzschnell, wie es ausgehen würde, würde er sich mit dem Comte anlegen. Sicher, der Mann war alt und in keiner guten Verfassung, aber ein Blick in seine Augen belehrte ihn, dass jeder Versuch tödlich enden würde. Es waren die Augen eines zu allem Entschlossenen. Widerstandslos ließ Marco sich zum Fenster drängen.

»Hinaus mit Euch! Eure Elsa wartet am Fluss. Sie sagte, die Stelle sei Euch bekannt.«

»Ihr entwischt mir nicht, von Elten«, sagte Marco, während er über die Eisenringe in die Nische kletterte. »Ich komme wieder, darauf könnt Ihr Gift nehmen. Und dann gnade Euch Gott.«

»Das wird nicht nötig sein«, sagte der Comte. »Der Kaplan wird diese Zelle nicht mehr verlassen.«

»Ist das auch Teil der Vereinbarung?«

Der Comte nickte.

»Anselmo lasst aber gehen. Ich habe ihm viel zu verdanken.«

»Selbstverständlich. – Was zögert Ihr?«

»Schulde ich Euch Dank?«

»Nein. Haltet Euch an die Vereinbarung, dann seid Ihr mir nichts schuldig. Und nun macht endlich, dass Ihr rauskommt.«

Mit einem letzten Blick auf von Elten, der herumstand wie ein dickes Kind, das einfach nicht begreifen will, dass der Krug, mit dem es so schön gespielt hatte, nun in Scherben lag, zwängte er sich zum dritten und letzten Mal zwischen den Stäben hindurch. Ohne die Strickleiter zu benutzen, sprang er vom Sims zu Boden, laufend und auf dem Hinterteil rutschend bewältigte er den Abhang. Als er über die Mauer kletterte, die das Schlossgelände nach Osten einfriedete, überschritt die Sonne gerade in vollem Umfang den Horizont.

Der Tag hatte unwiderruflich begonnen.

*

»Meine Güte, damit sehe ich aus wie ein Stutzer«, sagte Marco. »Das ziehe ich nicht an.«

»Das waren die einzigen Kleidungsstücke, die ich in der Kürze der Zeit auftreiben konnte«, sagte Elsa. »Also hör auf zu mäkeln.«

»Woher hast du die überhaupt?«

»Die hat mein Vater mal als Pfand von einem Reisenden genommen, der seine Zeche nicht bezahlen konnte.«

»Was war das für ein Kerl?«

»Ein Stutzer.«

Die Gegenstände des Disputs waren ein besticktes Wams mit hohem steifem Kragen, der an den Wangen scheuerte, ein enges perlenverziertes Leibchen mit langen Schleppärmeln, so lang, dass Marco darauftrat, wenn er die Arme hängen ließ, und mi-parti-gefärbte lange Sohlenstrümpfe mit nach oben gebogenen Schnabelspitzen. Die Leibesmitte betonte ein aus Lederriemchen geflochtener Gürtel. Ein breitkrempiger, federnbesetzter Hut diente als Kopfbedeckung. Als Marco ihn aufsetzte, musste Elsa lachen.

»Du siehst wahrhaft reizend aus.«

»Damit falle ich auf wie ein Pfau im Hühnerhof.«

»Genau das sollst du auch. Niemand wird hinter solch geckenhafter Aufmachung einen entflohenen Gefangenen vermuten. Für alle Fälle habe ich aber noch den Umhang meines Vaters mitgehen lassen. Der verdeckt alles, wenn du willst.«
»Dass du dich überhaupt nach Hause getraut hast.«
»Sie schliefen noch, den kleinen Wannemeker zwischen sich. Ich habe ihnen ein paar Zeilen dagelassen, damit sie sich keine Sorgen machen.«
»Sind deine Eltern des Lesens mächtig?«
»Nein, aber sie können das Pergament jemandem zeigen, der es beherrscht.«
»Erzähl mir, wie das mit Pietro passiert ist.«
Diese Frage hatte unausgesprochen zwischen ihnen gestanden, seit sie sich am Badeplatz in die Arme gefallen waren, sich festgehalten und geküsst hatten. Noch bevor sie aufbrachen, musste sie gestellt und beantwortet werden, das war beiden bewusst. Nun war es so weit.
Elsa berichtete von Anfang an. Wie sie den Entschluss gefasst hatte, die Herzen zu finden, um Pietro damit zu einem Geständnis zu zwingen. Wie sie ihm gefolgt war, ihn in der Kirche verloren hatte und wie sich ihre Wege im Haus der Montemagnos erneut gekreuzt hatten. Wortgetreu gab sie das Gespräch zwischen Pietro und Hedwig wieder und schilderte den qualvollen Anfall, den er erlitten hatte. Sie fuhr damit fort, wie sie Pietro quer durch die Stadt bis zur Stiftsfreiheit gefolgt war, wo er, nachdem er die Häuser von Rektor Clos und Kaplan von Elten mit unterschiedlichem Erfolg aufgesucht hatte, zum zweiten Mal an diesem Tag in der Kirche verschwand.
Und dann kam sie auf den letzten Akt zu sprechen. So gut sie konnte, beschrieb sie Marco den Zustand, in dem sein Bruder sich befunden hatte, als er aus dem Beichtstuhl trat. Berichtete von seiner Eile, mehr schon Hast, mit der er zum Rabenturm strebte. Und zu guter Letzt, leise, ihre Worte

sorgfältig wählend, von seinem lautlosen Tod, der sie auch jetzt noch verstörte.

Marco nahm Elsas Schilderung wortlos zur Kenntnis. Zum Schluss schüttelte er den Kopf angesichts des Unbegreiflichen, während ihm gleichzeitig die Erinnerung an den Bruder ein bitteres Lächeln auf die Lippen zauberte.

»Was hast du?«, fragte Elsa.

»Pietro war nicht krank. Er stand unter fremdem Einfluss.« Marco schlug die Faust in die offene Hand. »Hätte ich das doch nur geahnt, ich hätte ihn retten können!«

Elsa legte tröstend die Arme um ihn. »Du meinst ... von Elten?«

»Nein, es scheint so, als habe der Heuchler diesmal die Wahrheit gesagt. – Vorhin hast du erzählt, Pietro habe von Hedwig erfahren, dass es Clos war, der euch beim Baden beobachtet hat.«

»Ja. Danach schwieg er eine Weile.«

»Und als sie ihm sagte, da sei noch jemand gewesen, ein Unbekannter, der auf eure Kleidung –«

»Da setzten schlagartig diese Kopfschmerzen ein.« Elsa löste sich von ihm, auf einmal ganz aufgeregt. »Du glaubst, in dem Augenblick hat er begriffen, dass er selbst derjenige war?«

»Vielleicht ist er dieser Erkenntnis nahe gekommen. Klar geworden sein muss ihm jedoch, dass Conradus Clos in diesen Fall verstrickt ist.«

»Du meinst, Clos war der Hintermann, nicht von Elten?«

»Alles spricht dafür.« Marco berichtete, was von Elten ihm soeben im Kerker erzählt hatte. »Das deckt sich mit deinen Beobachtungen. Mit dem Kaplan hat Pietro an dessen Haustür gesprochen, wohingegen er Clos nicht angetroffen hat, weil der nämlich schon im Beichtstuhl saß.«

»Und wie ist er da reingekommen?«

»Durch die Sakristei. Er ist doch eng mit von Elten befreundet. Ich nehme an, irgendwann hat er sich den Schlüssel geborgt und einen zweiten anfertigen lassen. So konnte er den Beichtstuhl für seine Zwecke nutzen. Das war weitaus unauffälliger, als Pietro zu Hause zu empfangen.«

»Und wer hat die Hostien durchstochen?«

»Auch das war vermutlich Clos. Ein geschicktes Verhalten, um den Verdacht in eine falsche Richtung zu lenken.«

»Hat er diesen vermeintlichen Juden womöglich sogar ins Spiel gebracht, weil er wusste, dass du beschnitten bist?«

»Woher sollte er das wissen?«

»Woher auch immer.«

»Letztendlich macht es keinen Unterschied.«

»Wegen von Elten habe ich ein schlechtes Gewissen. Ich hab ihn in den Tod geschickt, obwohl er gar nicht der wahre Schuldige ist.«

»Seinetwegen brauchst du dir keine Gewissensbisse zu machen, Elsa. Er hat die ganze Zeit gewusst oder zumindest geahnt, dass sein Freund Clos hinter den Morden steckte, hat aber nichts gegen ihn unternommen, sondern war überglücklich, als er Pietro und mich gegeneinander ausspielen konnte.« Marco hob den Blick in Richtung Stiftsfreiheit. »Nur schade, dass die Zeit zu knapp ist, dem sauberen Herrn Rektor den Hals umzudrehen. Aber am ersten Tag, an dem ich wieder hier bin, hole ich das nach.«

»Solange er lebt, bleiben die Morde an Anna und Nehle und der Tod deines Bruders ungesühnt.«

»Glaubst du, mir behagt das? Aber das Wagnis ist zu groß. Ich reite nur schnell nach Hause und hole ein zweites Pferd. Dann machen wir, dass wir wegkommen.«

»Und er kann weitermorden lassen«, murmelte Elsa, als habe sie nicht gehört, was Marco gesagt hatte. »Er braucht nur ein neues Opfer, das er behexen kann. Dann wird es Hedwig treffen.«

»Ich werde meiner Mutter sagen, sie soll Hedwig eine Warnung zukommen lassen«, sagte Marco und stieg in den Sattel. »In Ordnung?«

Elsa zuckte zusammen, als sei sie aus einem Tagtraum aufgewacht.

»Gewiss«, sagte sie. »In Ordnung. Reite nur. Ich warte auf dich.« Marco wendete den Rappen des Comte auf der Hinterhand und jagte davon.

Als er am elterlichen Hof eintraf, war sein Vater soeben heimgekehrt, der Braune war noch nicht einmal abgesattelt. Marco übernahm das Pferd, das Gold und die übrige Ausrüstung. Der Abschied von seinen Eltern war tränenreich, aber kurz. Alles in allem dauerte es keine zwanzig Vaterunser, bis er wieder am Kermisdahl eintraf.

Er suchte das ganze Ufer zwischen Dwarsmauer und Brücke ab, aber Elsa war verschwunden.

Marco schäumte vor Wut, während er, den albernen Hut tief in die Stirn gedrückt, die Posterne hinaufstapfte. Zum wiederholten Mal fragte er sich, wozu Elsa eigentlich den ungeheuren Aufwand für seine Befreiung getrieben hatte, wenn sie jetzt alles aufs Spiel setzte. Denn wohin sie verschwunden war, stand für ihn fest: Sie war auf dem Weg zu Clos, um ihm ihr kleines Messer zwischen die Rippen zu jagen. Deswegen spürte er abwechselnd mit der Hitze des Zorns auch die Kälte der Furcht, denn auf was sie sich da einließ, konnte lebensgefährlich werden.

Die Pferde hatte er am Kermisdahl zurückgelassen, denn der Rappe des Comte war zu auffällig und sein Brauner stadtbekannt. Zudem hatte er sich Zwerts' Umhang übergeworfen, damit ihm wegen der Narrenkleider nicht jedermann nachstarrte. Der Hut genügte schon, dass die Gassenjungen, die in der Burgstraße mit einem Kreisel spielten, ihm nachgafften, als habe er ein Storchennest auf dem Kopf.

Ansonsten waren erstaunlich wenig Leute unterwegs. Marco vermutete, dass sie sich bereits am Neuen Markt eingefunden hatten und um die besten Plätze rangelten; Hinrichtungen fanden nun mal nicht jeden Tag statt, in diesem Jahr war seine erst die zweite. Was ihn aber noch mehr erstaunte, war, dass keine Stadtknechte durch die Gassen hetzten und nach ihm suchten. Die einzige Erklärung, die ihm dafür einfiel, war, dass der Comte im Kerker Widerstand leistete, um ihm einen Vorsprung zu sichern. Und den hatte er bitter nötig.

Die letzten zehn Schritte vor dem Haus des Rektors nahm Marco Anlauf und warf sich mit der Schulter gegen die Haustür. Da der Riegel nicht vorgelegt war, war das des Guten zu viel, und beinahe wäre er hinten wieder rausgeflogen, denn die Tür am Ende des Flurs stand offen. Auf dem kleinen Hof war niemand, genauso wenig in der Küche und in der Stube. Marco sprang die Treppe hoch, immer zwei Stufen auf einmal nehmend. Das Schlafgemach war verwaist, das Bett jedoch noch warm. Die gegenüberliegende Tür war abgeschlossen. Ein Fußtritt genügte, und sie flog aus den Angeln.

So einen Raum hatte Marco noch nie gesehen. Der Boden, die Wände und die Decke waren mit Ruß geschwärzt und schluckten jedes Licht, der offen stehende Vorhang war tief dunkelbraun. An der Wand neben dem Fenster hingen drei Kruzifixe unterschiedlicher Größe, und von der Decke baumelten eine Öllampe sowie ein Schälchen, in dem – Marco roch daran – Weihrauch verbrannt worden war. Die Einrichtung bestand aus einem einfachen Tisch und zwei Hockern. Auf dem Tisch lag ein dickes, ledergebundenes Buch, daneben stand eine zinnerne Schatulle von der Größe eines kleinen Brotlaibs. Marco schlug das Buch auf. Das erste Blatt wies es als Denkschrift zu einem so genannten Demotisch-Magischen-Papyrus aus, ein Werk, das, wie Marco dem weiteren Text entnahm, im ersten Jahrhundert nach Christi Geburt verfasst worden war.

Gleich auf den ersten Seiten wurde eine besondere Heilmethode geschildert, der so genannte Tempelschlaf, den das Buch als einen Bewusstseinszustand zwischen Wachen und Schlafen beschrieb. Es folgten genaue Anleitungen, wie dieser Zustand herbeigeführt werden konnte, so zum Beispiel durch das konzentrierte Beobachten eines schwingenden Pendels, angeblich erprobt im Serapis-Tempel in Memphis, Ägypten. Von Ägypten hatte Marco schon einmal gehört, dort sollte es Grabmale hoch wie Berge geben, Pyramiden wurden sie genannt. Clos hatte einmal davon erzählt. Natürlich, wer auch sonst.

Weiter war die Rede von den Asklepios geweihten Tempeln in Epidaurus, Pergamon und auf Kos, allesamt in Griechenland, in denen der Tempelschlaf in einem eigens dafür hergerichteten unterirdischen Raum, einem Abaton, abgehalten wurde. Es folgte eine Abbildung, die einen Menschen zeigte, der steif wie ein Brett war, obwohl er zwischen zwei Bänken hing, die er nur mit dem Kopf und den Fersen berührte. Die Zeichnung danach zeigte dasselbe, nur dass zusätzlich ein Mensch auf dem Liegenden stand und dieser dennoch nicht einknickte.

Marco brauchte nicht weiterzublättern. Er wusste nun, was Clos mit seinem Bruder gemacht hatte. Und was Elsa drohte, wenn sie nicht vorsichtig war. Hastig schlug er das Buch zu und stieß dabei das zinnerne Kästchen vom Tisch. Es schlug auf den Boden, und der Deckel sprang ab.

Unwillkürlich bückte Marco sich, um das Behältnis aufzuheben, als seine Hand zurückzuckte wie bei einem Schlangenbiss. Dort lagen sie nebeneinander, einbalsamiert wie die Reliquien von Heiligen. Welches Herz Annas war und welches Nehles, konnte er nicht sagen. Für einen Augenblick überkam ihn ein großer Schmerz, aber dann sammelte er sich. Beide hatten es verdient, würdig beigesetzt zu werden. Der Gedanke gab ihm die Kraft, die Schatulle zu berühren und den Deckel wieder aufzusetzen. Dann wickelte er sie in den Umhang und machte, dass er aus dem Haus kam.

Jetzt ahnte er, wo Clos sich aufhielt. Und wo er war, würde Elsa nicht weit sein.

*

Das Portal quietschte, und das tat es schon, seit Marco die Kirche vor neun Jahren das erste Mal betreten hatte. Anfangs hatte er gedacht, der Kustos sei zu faul, einen Finger Fett an die Angeln zu schmieren, inzwischen jedoch glaubte er, dass Absicht dahinter steckte. Mit knarrenden Kirchentüren erzog man die zur Messe zu spät Erscheinenden zur Pünktlichkeit, denn sie konnten sich nicht heimlich hereinschleichen, jeder wurde per Angelächzen angekündigt, und die ganze Gemeinde drehte sich um, ein kleines Spießrutenlaufen also. Bestimmt war das in allen Kirchen so. Marco beschloss, sollte es ihm je wieder vergönnt sein, ein anderes Gotteshaus zu betreten, darauf zu achten.

Im Augenblick kam ihm das Quietschen jedoch so gelegen wie Hundegebell. Atemlos verharrte er gleich hinter dem Portal am Fuß der steilen Stiege, die zu dem behelfsmäßigen Glockenturm hinaufführte, der, sobald die Mittel vorhanden waren, durch zwei das Hauptportal flankierende Türme ersetzt werden sollte. Nur vier Kerzen brannten im Kirchenrund, zusätzlich waren die meisten Fenster verhängt, damit sie bei den Bauarbeiten nicht beschädigt wurden.

Marco legte Umhang, Schatulle und Hut auf die erste Sitzbank, dann schritt er langsam und mit gezücktem Dolch das Mittelschiff entlang. Linker Hand war der Beichtstuhl. Hinter welchem der Vorhänge saß Elsa, hinter dem linken oder dem rechten? Marco entschied sich für rechts, nahm den Dolch in die andere Hand und riss den Stoff zur Seite. Leer.

Mit einem Satz war er auf der linken Seite und zerrte am Vorhang, dass der in Fetzen ging. Leer.

An irgendeiner Stelle seiner Überlegungen hatte sich ein Fehler eingeschlichen. Nur an welcher? Fieberhaft verfolgte er seinen Gedankengang bis zum Ausgangspunkt zurück. Der Raum für den Tempelschlaf. Bei den Griechen hieß er Abalon. In ihren Tempeln hatte er unter der Erde gelegen. Unter der Erde! Die Krypta!

Marco wechselte auf die Südseite des Langschiffs, wo sich die Taufkapelle befand, und nahm eine der Kerzen aus der Halterung. Heißes Wachs lief ihm über den Handrücken und erstarrte auf seinem Unterarm, aber er spürte es kaum. Es waren nur noch wenige Schritte bis zum Zugang zur Grabkammer. Die eiserne Pforte, mit der die steinerne Wendeltreppe gesichert war, stand offen. Vorsichtig stieg Marco hinab, die Füße quer auf die schmalen Stufen setzend. Wie ein Tier lauschte er in die Dunkelheit, aber da war kein Laut zu hören.

Plötzlich roch er Weihrauch, und zwei Stufen weiter erspähte er Kerzenschein, der gelblich an der Treppenwand leckte. Die eigene Kerze löschte er und legte sie zur Seite, bevor er einen Blick in die Kammer wagte.

Der Raum war winzig, der Sarkophag Dietrichs füllte ihn beinahe aus, bereits Johann würde man woanders unterbringen müssen. Eine Kerze stand auf dem Sargdeckel, daneben ein Schälchen, dem der Weihrauchduft entströmte. Zwischen Kerze und Schälchen lag Elsas Messer.

Sie selbst stand auf der rechten Seite des Sarkophags, Clos auf der linken. Der Rektor hielt eine Kette mit einem Kruzifix in der Hand, das er vor Elsas Gesicht pendeln ließ, während ihre Hände flach auf der steinernen Grabplatte lagen. Ihr Blick war starr, das Gesicht eine Maske. Keine Frage, Clos hatte sie in jenen Zustand zwischen Wachen und Schlafen versetzt. Am erschreckendsten fand Marco, mit welcher Lautlosigkeit sich das Ganze abspielte.

Plötzlich zückte Clos eine Nadel und stieß sie Elsa tief in den Handrücken. Sie zuckte mit keiner Wimper. So also hatte Pietro sich seinen vermeintlichen Mückenstich eingehandelt. Zweifellos eine Probe, wie tief der Tempelschlaf war. Jetzt langte Clos nach Elsas Messer, und in dem Augenblick griff Marco ein.

Als er jedoch hervorstürzte, um Clos in den Arm zu fallen, trat er in einen dieser vermaledeiten Ärmel, kam ins Straucheln und prallte mit der Schulter gegen den Sarkophag. Clos reagierte blitzschnell und stach mehrfach auf Marco ein, schlitzte ihm aber nur die Wange auf. Der seinerseits tauchte ab, um seinen ehemaligen Lehrer geduckt anzuspringen, doch da fegte Clos bereits die Treppe hinauf. Marco stürzte hinterher.

Ohne Zweifel war Marco Clos körperlich überlegen, aber daraus vermochte er keinen Vorteil zu ziehen. Zum einen forderten die Tage im Kerker ihren Tribut, zum anderen war er durch die langen Ärmel wie auch die Schnabelschuhe behindert. So hatte er gerade mal das halbe Kirchenschiff durchmessen, als Clos seine Hand auf den Griff des Portals legte.

Wenn es Clos gelang, nach draußen zu kommen, war alles verloren, denn nicht er wurde gesucht, sondern Marco. So verharrte Marco, packte den Dolch an der Klinge und schleuderte ihn auf Clos. Der sah die Waffe nicht kommen, weil er am Türknauf zerrte, und konnte nicht ausweichen. Er hatte jedoch Glück. Um eine knappe halbe Handbreit verfehlte der Dolch ihn und nagelte lediglich seinen Umhang an die Tür. Erschrocken fuhr Clos herum, riss sich los und sah nur einen

Ausweg – den Glockenturm. In Windeseile erklomm er die Stiege. Marco zerrte sich die Ärmel von den Schultern und jagte ihm nach. Er durfte nicht zulassen, dass Clos die Glocke erreichte, denn Läuten zu dieser Stunde würde auf jeden Fall Aufmerksamkeit erregen. Nach der Stiege kamen drei Leitern, und hier war Marco im Vorteil. Einem Eichhörnchen gleich sprang er die Sprossen hoch und bekam schon auf der zweiten Leiter Clos' Stulpenstiefel zu fassen. Der konnte sich jedoch noch einmal befreien und schaffte es, die dritte Leiter zu erklimmen. Bevor er aber das Klöppelseil erreichte, sprang Marco ihn an und riss ihn zu Boden.

Die Plattform, auf der sie sich kugelten, maß keine zehn mal zehn Fuß, war aber durch ein Geländer gesichert. Clos kämpfte wie ein Weib, kratzte und spie, wofür Marco ihm die Nase plattschlug. Dann packte er ihn an der Tunika, stellte ihn auf die Beine und drückte ihn über das Geländer. Da schwebte er nun, der Mörder Annas, Nehles und Pietros, sechs, sieben Mannslängen über dem Boden des Schiffs, und Marcos Griff war das Einzige, was ihn noch mit dem Leben verband.

»Warum Pietro?«, schrie Marco. »Warum ausgerechnet mein Bruder?«

Als Clos nicht sofort antwortete, lockerte Marco seinen Griff. Der Rektor schrie auf und suchte Halt im Nichts.

»Nicht jeder eignet sich dafür«, kreischte er mit sich überschlagender Stimme. »Es muss ein beeinflussbarer Mensch sein.«

»Und warum Anna? Warum Nehle?«

»Sie waren Huren. Sie haben sich nackt gezeigt und die Männer auf sündige Gedanken gebracht.«

»Wieso diese harmlosen Mädchen und nicht die Dirnen vom Neuen Markt?«

»Die hätten auch noch daran glauben müssen. Eine nach der anderen. Wir standen erst am Anfang. Zuerst mussten jene ausgelöscht werden, die sich den Anschein der Jungfräulichkeit gaben. Weiber wie sie sind die Wurzel des Verderbens, das schon bald über uns kommen wird. Solche wie sie hat Jesus aus dem Tempel geworfen.«

»Aber er hat sie nicht getötet.«

»Das war sein Fehler.«

Aus Clos' Nase tropfte Blut. Die Tropfen brauchten ewig, bis sie unten waren. Aus dem Augenwinkel entdeckte Marco Elsa, die das Mittelschiff entlangkam. Ihre Bewegungen waren hölzern. Clos' weit aufgerissene Augen folgten Marcos Blick. Triumphierend heulte er auf.

»Du kannst mich nicht fallen lassen, Marco, hörst du, sonst bleibt sie auf ewig in diesem Zustand. Sie ist wach, und doch schläft sie, siehst du das? Sieh genau hin! Mein Werk, und nur ich kann sie wecken.«

»Das glaube ich nicht.«

»Das glaubst du nicht?« Trotz seiner Schräglage gelang es Clos, eine winzige tönerne Flöte aus seiner Tunika zu fingern. »Du Narr! Das Weckzeichen ist eine bestimmte Melodie, gespielt auf dieser Flöte, eine Melodie, die niemand außer mir kennt. Lässt du mich fallen, ist sie für alle Zeit verloren.«

Bei seinen Worten leuchteten Clos' Augen wie Kristalle auf. So hatten sie auch immer gefunkelt, wenn er Marco mit der Weidenrute misshandelt hatte. Marco schenkte ihm sein schönstes Lächeln. Dann feuchtete er seine Lippen an und spitzte sie. »Tü-ti-tü-tü-tü-tiiiii-ti-ti-tü-ti-tü-tü-tü-tü-tiii-ii-ta-ta ...«

Clos' Adamsapfel tanzte wie ein Derwisch, gleichzeitig trat in seinen Augen das Weiße hervor. Das war sein Moment der Erkenntnis, und genauso wollte Marco ihn in Erinnerung behalten. Er ließ ihn los.

Clos schrie und fiel und schrie und fiel, und Marco hörte seinen Schrei noch, als Clos schon längst auf dem Boden aufgeschlagen war. Elsa ging indes einen Fuß vor den anderen setzend weiter. Was sich soeben in ihrer unmittelbaren Nähe abgespielt hatte, war für sie so fern, als habe es sich auf der Unterseite der Erdscheibe ereignet. Während Marco sie beobachtete, fuhr ihm siedend heiß der Schreck in die Glieder.

»Mist, die Flöte«, sagte er.

Epilog

Marco und Elsa benötigten fast zwei Jahre für den Weg bis Tomar. Dabei reisten sie immer an der Küste entlang, weil Marco sich einbildete, am Meer sei die Gefahr, sich mit der Pest anzustecken, geringer. Ob dem wirklich so war, oder ob sie einfach nur Glück hatten, ihr Ziel erreichten sie jedenfalls unbeschadet.

In der Christusritterburg wurden sie freundlich aufgenommen, auch wenn den Ordensbrüdern der Name Jean-Batiste de Verne, Comte d'Amiens, nichts sagte. Alte Namensverzeichnisse wurden gewälzt, aber der Mann blieb unbekannt, dem Orden der Templer hatte er mit Sicherheit nie angehört.

Der vermeintliche Heilige Gral wurde umgehend als billiger Tand entlarvt. Der Becher war nicht nur wertlos, sondern nach Ansicht der Brüder eine Anfertigung aus dem neunten oder zehnten Jahrhundert, keinesfalls stammte er aus der Zeit Christi, und folgerichtig hatte er niemals beim Abendmahl auf dem Tisch gestanden.

Die Pergamente hingegen stießen auf große Beachtung, insbesondere, weil niemand sie lesen konnte. Die Sprache, in der die »Wahre Geschichte der Templer« niedergeschrieben war, war keinem der Brüder bekannt. Schriftkundige aus ganz Portugal, später sogar aus Spanien und Frankreich wurden zu Rate gezogen, aber keiner der Gelehrten wusste die Zeichen zu deuten. Was auch immer auf den siebenundvierzig Rollen stehen mochte, es blieb für alle Zeiten ein Geheimnis.

»Dann war er vielleicht doch der Lohengrin«, sagte Elsa. Marco lachte sie dafür nicht aus.

Sie verließen die Stadt am Nabao und siedelten sich weiter

nördlich im Tal des Rio Duoro an, das ihnen bereits auf der Hinreise gefallen hatte. Von dem Gold seines Vaters erwarb Marco einen Weinberg, und mit Fleiß und Geschick gehörten sie nach wenigen Jahren zu den erfolgreichsten Winzern der Gegend. Fünf Kinder gingen aus ihrer Verbindung hervor, drei Töchter und zwei Söhne. Sie selbst wurden uralt, fast so alt wie die Steine, auf denen sie ihr Brot buken.

Hin und wieder, wenn sie stritten, kam es auch nach Jahren noch vor, dass Elsa ihren Marco anfuhr, wie er es hatte wagen können, als elendiglich schlechter Flötenspieler Clos vom Turm zu werfen, ganz zu schweigen davon, dass er vergessen hatte, die Flöte an sich zu nehmen. »Was willst du«, sagte er dann, »es ist doch gut gegangen. Die Flöte war unversehrt, und die Melodie hab ich auch zu Stande gebracht.« – »Nach Stunden, als wir schon hinter Nimwegen waren!« – »Ich hätte dich auch mitgenommen, wenn du weitergeschlafen hättest, ich schwöre!«

Kleve sahen sie übrigens nie wieder.

Glossar

Albe – weißes liturgisches Untergewand
Allmende – Gemeindegut, Gemeindeflur
»*Ars amandi*« (lat.) – »Die Kunst zu lieben«
»*Audiatur et altera pars.*« (lat.) – »Man soll auch die andere Partei anhören.«
Beffroi – Bergfried, Wehrturm
»*Carpe diem!*« (lat.) – »Nutze den Tag!«
Deiwelschitt – Floh-Knöterich (trägt wegen eines kleinen schwarzen Flecks auf den Blättern den volksmundlichen Namen)
Domus Campane – Glockenhaus, Wehrturm
Epitaph – Gedenktafel in der Kirche
Fuß klevisch – ca. 27 cm
Fuß rheinisch – ca. 31 cm
Gran – kleines Apothekergewicht (ca. 65 mg)
Häfner-Töpfer, Kachelofensetzer
Hemele - Himmel
kardätschen – Wolle kämmen
Kasel - Messgewand
Kermisdahl – Name des Alten Rheins
Kessler – Kesselflicker, Kupferschmied
Komturei – Kommende, Ordenshaus
Kustodia – metallener Behälter zur Aufbewahrung der Hostien, steht im Tabernakel
Macellum – Gewandhaus
Matutin – Nachtgottesdienst (frühmorgens zwischen 2 Uhr 30 und 3 Uhr)
mi-parti – halb und halb

Lombarden – italienische Geldhändler, meist aus Asti in Piemont stammend

Obergadenfenster – Fenster im Mittelschiff einer Basilika

partim partim (lat.) – teils, teils

Patene – flache Schüssel zur Anrichtung der Hostien

Pauperes Commilitones Christi empliqué Salomonici Hierosalemitanis – Die Armen Brüder Christi vom Tempel des Salomon zu Jerusalem

Prim – Erste Stunde (gegen 7 Uhr 30 bzw. kurz bevor es hell wird)

Ricciutello (ital.) – Lockenköpfchen

Schecke, die – Wams

Schwertfeger – Waffenschmied, -polierer

Tabernakel – Schrein zur Aufbewahrung der Hostien

Triforium – Laufgang unter den Fenstern zum Mittelschiff, Querschiff und Chor, der sich zum Inneren der Kirche hin öffnet

GOLDMANN

*Das Gesamtverzeichnis aller lieferbaren Titel erhalten Sie
im Buchhandel oder direkt beim Verlag.
Nähere Informationen über unser Programm erhalten Sie auch im Internet unter:*
www.goldmann-verlag.de

★

Taschenbuch-Bestseller zu Taschenbuchpreisen
– Monat für Monat interessante und fesselnde Titel –

★

Literatur deutschsprachiger und internationaler Autoren

★

Unterhaltung, Kriminalromane, Thriller
und Historische Romane

★

Aktuelle Sachbücher, Ratgeber, Handbücher und
Nachschlagewerke

★

Bücher zu Politik, Gesellschaft, Naturwissenschaft und Umwelt

★

Das Neueste aus den Bereichen
Esoterik, Persönliches Wachstum und Ganzheitliches Heilen

★

Klassiker mit Anmerkungen, Anthologien und Lesebücher

★

Kalender und Popbiographien

★

Die ganze Welt des Taschenbuchs

★

Goldmann Verlag • Neumarkter Str. 28 • 81673 München

Bitte senden Sie mir das neue kostenlose Gesamtverzeichnis

Name: _____

Straße: _____

PLZ / Ort: _____